O URSO
E O
ROUXINOL

Katherine Arden

O URSO E O ROUXINOL

Tradução de Elisa Nazarian

ROCCO

Título original
THE BEAR AND THE NIGHTINGALE

Esta é uma obra de ficção. Nomes, personagens, lugares e incidentes são produtos da imaginação da autora, foram usados de forma fictícia. Qualquer semelhança com acontecimentos reais, localidades ou pessoas, vivas ou não, é mera coincidência.

Copyright © 2016 Katherine Arden.

Todos os direitos reservados, incluindo o de reprodução no todo ou em parte sob qualquer forma.

Direitos para a língua portuguesa reservados com exclusividade para o Brasil à
EDITORA ROCCO LTDA.
Rua Evaristo da Veiga, 65 – 11º andar
Passeio Corporate – Torre 1
20031-040 – Rio de Janeiro – RJ
Tel.: (21) 3525-2000 – Fax: (21) 3525-2001
rocco@rocco.com.br
www.rocco.com.br

Printed in Brazil/Impresso no Brasil

Preparação de originais
GUILHERME KROLL

CIP-Brasil. Catalogação na fonte.
Sindicato Nacional dos Editores de Livros, RJ.

A72u   Arden, Katherine, 1987-
       O urso e o rouxinol / Katherine Arden; tradução de Elisa Nazarian. – 1ª ed. – Rio de Janeiro: Rocco, 2021.
       Tradução de: The bear and the nightingale
       ISBN 978-65-5532-118-0
       ISBN 978-85-9517-026-1 (e-book)

       1. Ficção americana. I. Nazarian, Elisa. II. Título.

21-70901   CDD-813
                                                      CDU-82-3(73)

Camila Donis Hartmann – Bibliotecária – CRB-7/6472

O texto deste livro obedece às normas do
Acordo Ortográfico da Língua Portuguesa

Para minha mãe,
com amor.

Na costa junto ao mar, existe um carvalho verdejante,
sobre ele, acha-se uma corrente dourada;
Dia e noite, um gato erudito
dá voltas com a corrente;
quando vai para a direita, canta uma canção,
quando vai para a esquerda, conta uma história.

– A. S. PUSHKIN

PARTE UM

1

GELO

O inverno seguia avançado ao norte de Rus', o ar estava soturno, com uma umidade que não chegava a ser chuva, nem neve. A paisagem exuberante de fevereiro tinha cedido para o cinzento sombrio de março, e toda a família de Pyotr Vladimirovich fungava com a umidade, emagrecida pelo jejum de seis semanas de pão preto e repolho fermentado. Mas ninguém estava preocupado com frieiras nem com o nariz escorrendo, nem mesmo ansiava por mingau e carne assada, porque Dunya ia contar uma história.

Naquela noite, a velha senhora sentou-se no melhor lugar para falar: na cozinha, no banco de madeira ao lado do forno, uma construção maciça, feita de barro cozido, mais alta do que um homem e grande o bastante para comportar facilmente, em seu interior, os quatro filhos de Pyotr Vladimirovich. A parte superior, reta, funcionava como uma plataforma de dormir; seu interior, além de cozinhar os alimentos, esquentava a água e fazia banhos de vapor para quem estivesse doente.

– Que história vocês querem ouvir esta noite? – perguntou Dunya, satisfeita com o calor às suas costas. Os filhos de Pyotr estavam à sua frente, empoleirados em banquinhos. Todos eles amavam histórias, até o segundo filho, Sasha, uma criança intencionalmente devota que teria insistido, caso lhe tivessem perguntado, que preferia passar a noite rezando. Mas a igreja estava gelada, o granizo não dava trégua. Sasha tinha posto a cabeça para fora da porta, recebera uma lufada de água no rosto e, vencido, se recolhera para um banquinho um tanto afastado dos outros, ostentando uma expressão de indiferença piedosa.

Os outros se puseram a gritar ao ouvir a pergunta de Dunya:

– Finist, o Falcão!

— Ivã e o Lobo Cinza!

— Pássaro de Fogo! Pássaro de Fogo!

O pequeno Alyosha subiu em seu banquinho e acenou os braços, tentando ser ouvido em meio aos irmãos mais velhos; com a barulheira, o mastife alemão de Pyotr levantou a cabeçorra marcada por cicatrizes.

Antes que Dunya pudesse responder, porém, a porta de entrada abriu-se com estardalhaço, trazendo o bramido da tempestade lá de fora. Uma mulher apareceu na soleira, sacudindo o longo cabelo molhado. Seu rosto reluzia de frio, e ela estava ainda mais magra do que os filhos. O fogo projetou sombras nas reentrâncias das suas faces, da garganta e das têmporas. Seus olhos encovados refletiram a luz do fogo. Ela se inclinou e tomou Alyosha nos braços. A criança gritou de prazer:

— Mamãe! – exclamou. – Matyushka!

Marina Ivanovna largou-se em seu banquinho, levando-o para mais perto das chamas. Alyosha, ainda agarrado em seus braços, passou os punhos ao redor da trança dela. Ela tremia, embora isso não ficasse evidente sob seus trajes pesados.

— Rezem para que a ovelha miserável consiga parir esta noite. Caso contrário, receio que nunca mais voltaremos a ver o seu pai. Está contando histórias, Dunya?

— Se conseguirmos ficar em silêncio – disse a velha senhora acidamente. Tempos atrás, ela também tinha sido ama de leite de Marina.

— Eu quero uma história – falou Marina na mesma hora. Seu tom era leve, mas os olhos estavam sombrios. Dunya dirigiu-lhe um olhar penetrante. Lá fora, o vento arfava. – Conte-nos a história de Gelo, Dunyashka. Conte pra gente sobre o demônio-do-gelo, o rei do inverno, Karachun. Esta noite ele está ao largo, furioso com o degelo.

Dunya hesitou. As crianças mais velhas entreolharam-se. Em russo, Gelo chamava-se Morozko, o demônio do inverno, mas houve época em que era chamado de Karachun, o deus-da-morte. Sob esse nome, era rei do soturno solstício de inverno, vindo em busca de crianças malcriadas e as congelando à noite. Era uma palavra de mau agouro e dava azar pronunciá-la enquanto ele ainda tinha a terra em seu poder. Marina segurava o filho bem apertado. Alyosha retorceu-se e puxou a trança da mãe.

— Muito bem – disse Dunya, após um momento de hesitação. – Contarei a história de Morozko, da sua bondade e da sua crueldade. – Ela colocou uma leve ênfase nesse nome, o nome seguro que não poderia lhes trazer má sorte.

Marina sorriu com sarcasmo e se desvencilhou das mãos do filho. Nenhum dos outros fez qualquer protesto, embora a história de Gelo fosse um conto antigo, já ouvido por todos eles inúmeras vezes. Na voz profunda e precisa de Dunya, não deixaria de encantar.

– Em certo principado... – começou Dunya. Fez uma pausa e fixou um olhar severo em Alyosha, que guinchava feito um morcego, balançando-se nos braços da mãe.

– Shhh – disse Marina, e lhe devolveu a ponta da trança para que ele brincasse.

– Em certo principado – repetiu a velha senhora com dignidade –, morava um camponês que tinha uma linda filha.

– Como ela se chamava? – balbuciou Alyosha. Ele já tinha idade suficiente para comprovar a autenticidade dos contos de fadas buscando detalhes precisos com os narradores.

– Seu nome era Marfa – disse a velha senhora. – Pequena Marfa. E era linda como a aurora em junho, além de corajosa e de ter um bom coração. Mas Marfa não tinha mãe. Sua mãe morrera quando ela dava os primeiros passos. Embora o pai tivesse voltado a se casar, Marfa continuava tão desprovida de mãe quanto qualquer órfão, porque apesar de, segundo contam, sua madrasta ser muito bela, fazer bolos deliciosos, tecer lindos tecidos e preparar fortes *kvas*, tinha o coração frio e cruel. Odiava Marfa por causa da sua beleza e bondade, favorecendo em tudo a própria filha, feia e preguiçosa. Inicialmente, a mulher tentou enfear Marfa aos poucos, incumbindo-a de todo o trabalho mais pesado da casa, de modo que suas mãos ficassem retorcidas, as costas curvadas e o rosto vincado. Mas Marfa era uma menina forte e talvez possuísse um pouco de magia porque fazia todo o trabalho sem reclamar, tornando-se cada vez mais formosa à medida que os anos se passavam.

– Então, a madrasta... – vendo Alyosha abrir a boca, Dunya acrescentou – que se chamava Darya Nikolaevna, percebendo que não conseguiria enfear Marfa, nem embrutecê-la, planejou livrar-se da menina de uma vez por todas.

"Assim, certo dia, em pleno inverno, Darya virou-se para o marido e disse: 'Marido, acho que está na hora da nossa Marfa se casar.' Marfa estava na *izba* fazendo panquecas. Olhou para sua madrasta com incrível alegria, uma vez que a mulher jamais demonstrara interesse por ela, exceto para encontrar defeitos. Mas seu prazer logo se transformou em desânimo. 'E eu tenho o marido exato para ela. Coloque-a no trenó e a leve para a floresta. Deveremos casá-la com Morozko, o senhor do inverno. Existiria donzela que pudesse exigir um noivo mais elegante ou mais rico? Ora, ele é o senhor da neve branca, dos abetos negros e do gelo prateado!'

"O marido, cujo nome era Boris Borisovich, olhou com horror para a mulher. Afinal, amava a filha, e o abraço gelado do deus do inverno não serve para donzelas mortais. Mas talvez Darya tivesse um tanto de magia própria, uma vez que o marido não conseguia lhe recusar nada. Aos prantos, colocou a filha no trenó, levou-a para as profundezas da floresta e a deixou ali, aos pés de um abeto.

"A menina ficou um bom tempo lá sentada, sozinha, tiritando, tremendo, cada vez mais gelada. Por fim, ouviu um forte ruído e estalos. Levantou os olhos e encarou o próprio Gelo vindo em sua direção, saltando por entre as árvores e estalando os dedos."

– Mas como ele era? – Olga quis saber.

Dunya deu de ombros.

– Cada um diz uma coisa. Alguns dizem que ele não passa de uma brisa gelada e crepitante, sussurrando por entre os abetos. Outros dizem que é um velho num trenó, de olhos brilhantes e mãos frias. Há quem diga que ele é como um guerreiro em seu esplendor, mas todo vestido de branco com armas de gelo. Ninguém sabe. Mas alguma coisa chegou até Marfa enquanto ela estava ali sentada, uma lufada congelante fustigou ao redor do seu rosto, e ela ficou ainda mais gelada. E então, Gelo falou com ela na voz do vento invernal e da neve que caía:

"'Você está bem quentinha, minha linda?'

"Marfa era uma menina bem-educada, que enfrentava seus problemas sem reclamar, então respondeu: 'Estou, obrigada, caro lorde Gelo.' Com isso, o demônio riu, e enquanto ria, o vento soprou com mais força do que nunca. Todas as árvores gemeram sobre suas cabeças. Gelo tornou a perguntar: 'E agora? Bem quentinha, meu bem?' Embora mal pudesse falar de tanto frio, Marfa voltou a responder: 'Quentinha, estou quentinha, obrigada.' Então, uma tempestade se precipitou sobre eles;

o vento uivava e rangia os dentes até que a pobre Marfa teve certeza de que arrancaria a pele dos seus ossos. Mas agora Gelo não estava rindo, e quando perguntou pela terceira vez: 'Quentinha, minha querida?' Ela respondeu, forçando as palavras por entre os lábios congelados, enquanto um negrume dançava à frente dos seus olhos: 'Sim... quentinha. Estou quentinha, meu lorde Gelo.'

"Com isso, ele se encheu de admiração pela sua coragem e se apiedou do seu infortúnio. Envolveu-a em seu próprio manto de brocado azul e a estendeu em seu trenó. Ao sair da floresta e deixar a menina junto à porta da sua própria casa, ela ainda estava embrulhada no magnífico manto, trazendo, além disso, um baú cheio de adereços de ouro, prata e pedras preciosas. Ao ver a menina novamente, o pai de Marfa chorou de alegria, mas Darya e sua filha ficaram furiosas ao vê-la tão ricamente trajada e radiante, com um tesouro ao seu lado. Então, Darya virou-se para o marido e disse: 'Marido, rápido! Leve minha filha Liza no seu trenó. Os presentes que Gelo deu para Marfa são insignificantes comparados ao que ele dará à *minha* filha!'

"Embora no íntimo Boris protestasse contra toda essa loucura, levou Liza em seu trenó. A menina estava com seu traje mais elegante, envolta por pesados mantos de pele. O pai levou-a para o fundo da floresta e a deixou debaixo do mesmo abeto. Liza, por sua vez, ficou um longo tempo sentada. Apesar das peles, começava a sentir muito frio quando, finalmente, Gelo chegou por entre as árvores, estalando os dedos e rindo consigo mesmo. Dançou até chegar a Liza e respirou no seu rosto, e seu hálito era o vento vindo do norte que congela a pele no osso. Ele sorriu e perguntou: 'Está quentinha, querida?' Liza, tremendo, respondeu: 'Claro que não, seu idiota! Não dá pra ver que estou quase morta de frio?'

"O vento soprou com mais força do que nunca, uivando ao redor deles em grandes e dilacerantes lufadas. Por sobre o alarido, ele perguntou: 'E agora? Bem quentinha?' A menina gritou em resposta: 'Mas não, imbecil! Estou congelada! Nunca na minha vida senti tanto frio! Estou esperando meu noivo Gelo, mas o estúpido não veio.' Ao ouvir isso, os olhos de Gelo ficaram duros e determinados. Colocou os dedos na garganta da moça, inclinou-se para a frente e sussurrou em seu ouvido: 'Quentinha agora, minha pomba?' Mas ela não pôde responder porque morrera ao ser tocada por ele, e jazia congelada na neve.

"Em casa, Darya esperava andando de lá para cá. 'No mínimo dois baús de ouro', dizia, esfregando as mãos. 'Um vestido de noiva de veludo acetinado e cobertores de enxoval da melhor lã.' O marido não dizia nada. As sombras começaram a se estender, e ainda não havia sinal da filha. Por fim, Darya mandou o marido buscar a menina, advertindo-lhe que tomasse cuidado com os baús do tesouro. Só que, quando Boris chegou à árvore em que tinha deixado a filha naquela manhã, não havia tesouro algum, apenas a própria garota morta na neve.

"Com o coração pesado, o homem tomou-a nos braços e a levou de volta para casa. A mãe saiu correndo para recebê-los. 'Liza', gritou. 'Meu amor!' Então, viu o cadáver da filha encolhido no fundo do trenó. Naquele momento, o dedo de Gelo também tocou no coração de Darya, e ela caiu morta na mesma hora."

Houve um pequeno silêncio de apreciação.

Então, Olga disse com melancolia:

– Mas o que aconteceu com Marfa? Ela se casou com ele? Com o rei Gelo?

– Abraço gelado, pra cima de mim – Kolya murmurou para ninguém em particular, sorrindo.

Dunya olhou-a com dureza, mas não se deu ao trabalho de responder.

– Não, Olya – disse para a menina. – Acho que não. O que Gelo poderia fazer com uma donzela mortal? É mais provável que ela tenha se casado com um camponês e levado para ele o maior dote de toda a Rus'.

Olga parecia prestes a reagir a essa conclusão nada romântica, mas Dunya já tinha se levantado com um estalar de ossos, louca para se retirar. O alto do forno tinha o tamanho de uma cama enorme, e os velhos, os jovens e os doentes dormiam sobre ele. Dunya arrumou sua cama ali, com Alyosha.

Os outros beijaram a mãe e saíram. Por fim, a própria Marina se levantou. Apesar das roupas de inverno, Dunya mais uma vez viu o quanto ela emagrecera, e isso foi um golpe em seu coração. *Logo chegará a primavera*, ela se consolou. *As matas ficarão verdes, e os animais darão um leite gordo. Farei para ela uma torta com ovos, coalhada e faisão, e o sol lhe devolverá a saúde.*

Porém a expressão dos olhos de Marina encheu a velha ama de pressentimentos.

2

A NETA DA BRUXA

FINALMENTE O CARNEIRINHO NASCEU, SUJO E MAGRICELO, PRETO COmo uma árvore morta na chuva. A ovelha começou a lamber aquela coisinha de maneira decidida, e não demorou muito para que a minúscula criatura se levantasse, oscilando nos cascos diminutos.

– *Molodets* – disse Pyotr Vladimirovich para a ovelha, e ele próprio se pôs de pé. Suas costas doloridas protestaram quando ele a endireitou. – Más você poderia ter escolhido uma noite melhor.

O vento lá fora rangeu os dentes. A ovelha abanou o rabo, despreocupada. Pyotr sorriu e os deixou. Um bom carneiro, nascido nas garras de uma tempestade num inverno avançado. Era um bom presságio.

Pyotr Vladimirovich era um senhor abastado: um boiardo com terras férteis e muitos homens sob seu comando. Era apenas por vontade própria que passava as noites com os animais que estavam para dar cria, mas estava sempre presente quando chegava uma nova criatura para enriquecer seus rebanhos, e com frequência fazia com que viessem à luz com suas próprias mãos sangrentas.

A chuva misturada com neve tinha cessado, e a noite clareava. Algumas poucas estrelas corajosas surgiam por entre as nuvens, quando Pyotr chegou ao pátio em frente da casa, fechando a porta do curral ao passar. Apesar da chuva, a casa estava enterrada quase até o beiral, em um inverno pleno de neve. Apenas o telhado inclinado e as chaminés tinham escapado, além da área ao redor da porta, que os homens a serviço de Pyotr mantinham diligentemente limpa.

A metade da grande casa, voltada para o verão, tinha amplas janelas e uma lareira aberta, mas essa ala era fechada na chegada do inverno, e agora tinha um ar desolado, enterrada em neve e revestida de gelo. A metade da casa voltada para o inverno exibia fornos imensos, janelas altas e pequenas. Uma fumaça perene vertia das chaminés, e no primeiro congelamento intenso, Pyotr guarnecia suas vidraças com placas de gelo para bloquear o frio, mas permitir a passagem de luz. Agora, a luz das chamas no quarto da esposa lançava uma cintilante barra de ouro sobre a neve.

Pyotr pensou na mulher e apressou o passo. Marina ficaria feliz ao saber do carneirinho.

As passagens entre as construções anexas eram cobertas e estavam forradas com toras, uma proteção contra chuva, neve e lama, mas a chuva com neve veio ao entardecer, e a água enviezada tinha encharcado a madeira e se solidificado. O equilíbrio ficava difícil e os acúmulos úmidos avultavam-se majestosos, salpicados de granizo. Mas as botas de feltro e a pele de Pyotr eram firmes no gelo. Ele parou na cozinha adormecida para jogar água sobre suas mãos pegajosas. No alto do forno, Alyosha virou-se e choramingou durante o sono.

O quarto de sua esposa era pequeno – levando-se em conta o frio –, mas era alegre e, segundo os padrões do norte, luxuoso. Tiras de tecido revestiam as paredes de madeira. O maravilhoso tapete, parte do dote de Marina, tinha vindo da própria Tsargrad por estradas longas e sinuosas. Os banquinhos de madeira eram enfeitados com entalhes fantásticos, e mantas de pele de lobo e coelho jaziam espalhadas em pilhas macias.

A pequena estufa do canto despendia um brilho ardente. Marina não tinha se deitado; estava sentada próxima ao fogo, envolvida num manto de lã branca, penteando o cabelo. Mesmo depois de quatro filhos, seu cabelo continuava espesso e escuro, chegando quase até os joelhos. À luz clemente do fogo, ela se parecia muito com a noiva que Pyotr tinha trazido para casa havia muito tempo.

– Acabou? – perguntou Marina, deixando o pente de lado e começando a trançar o cabelo. Seus olhos não desgrudavam da estufa.

– Acabou – disse Pyotr, distraído. Estava tirando seu caftã no calor agradável. – Um lindo carneiro. E a mãe também está bem, um bom presságio.

Marina sorriu.

– Fico feliz, porque vamos precisar disso – ela disse. – Estou grávida.

Pyotr teve um sobressalto, enquanto tirava a camisa. Abriu a boca e voltou a fechá-la. Era possível, é óbvio, mas ela estava velha para isso e tinha emagrecido tanto naquele inverno...

– Outro? – perguntou. Endireitou o corpo e colocou a camisa de lado.

Marina percebeu a perturbação em sua voz, e sua boca foi tocada por um sorriso triste. Amarrou a extremidade do cabelo com um cordão de couro, antes de responder:

– É – disse, jogando a trança sobre o ombro. – Uma menina. Vai nascer no outono.

– Marina...

Sua esposa ouviu a pergunta silenciosa.

– Eu a quis. Ainda quero. – E depois, em tom mais baixo: – Quero uma filha como era a minha mãe.

Pyotr franziu o cenho. Marina nunca falava na mãe. Dunya, que estivera com Marina em Moscou, raramente referia-se a ela.

No reino de Ivã I, ou assim diziam as histórias, uma menina esfarrapada cavalgou para dentro dos portões do Kremlin sozinha, a não ser por seu grande cavalo cinza. Apesar de estar suja, faminta e exausta, rumores acompanharam seus passos. Era extremamente graciosa, segundo diziam, e tinha os olhos como os da donzela-cisne de um conto de fadas. Por fim, os rumores chegaram até o grão-príncipe.

– Tragam-na até mim – Ivã disse, levemente bem-humorado. – Nunca vi uma donzela-cisne.

Devorado pela ambição, Ivã Kalita era um príncipe duro, frio, inteligente e ganancioso. Não teria sobrevivido de outro modo; Moscou matava rapidamente seus príncipes. E, no entanto, os boiardos contaram depois, que quando Ivã viu essa menina pela primeira vez, permaneceu imóvel por exatos dez minutos. Alguns dos mais fantasiosos juraram que seus olhos estavam marejados quando ele foi até ela e pegou sua mão.

Àquela altura, Ivã estava viúvo pela segunda vez, sendo que seu primeiro filho era mais velho do que sua jovem amada, e, no entanto, um ano depois, ele se casou com a misteriosa menina. Contudo, nem o grão-príncipe de Moscou conseguiu silenciar os sussurros. A princesa não dizia de onde tinha vindo, nem então, nem jamais. As serviçais murmuravam que ela podia domesticar animais, sonhar com o futuro e invocar a chuva.

Pyotr juntou suas roupas e as pendurou perto da estufa. Sendo um homem prático, sempre tinha ignorado rumores, mas sua esposa estava muito quieta, olhando o fogo. Apenas as chamas mexiam-se, dourando sua mão e sua garganta. Marina deixou Pyotr inquieto, e ele se pôs a caminhar pelo assoalho de madeira.

Rus' passara a ser cristã desde que Vladimir batizara todos de Kiev no Dneiper, arrastando os velhos deuses pelas ruas. Ainda assim, a terra era vasta e mudara lentamente. Quinhentos anos depois de os monges terem vindo a Kiev, Rus' continuava repleta de forças desconhecidas, algumas delas refletidas nos olhos sábios da estranha princesa. A Igreja não gostou disso. Por insistência do bispo, Marina, sua única filha, foi dada em casamento a um boiardo na vastidão pesarosa, a muitos dias de viagem de Moscou.

Pyotr abençoava constantemente sua boa sorte. Sua mulher era tão sábia quanto bela; ele a amava e ela a ele. Mas Marina nunca falava na mãe. Pyotr nunca perguntava. A filha deles, Olga, era uma menina comum, bonita e prestativa. Eles não necessitavam de mais uma, certamente não uma que herdasse os poderes atribuídos a uma estranha avó.

– Você tem certeza de que tem força para isso? – Pyotr perguntou, finalmente. – Até Alyosha foi uma surpresa, e isso foi há três anos.

– Tenho – disse Marina, virando-se para olhar para ele. Sua mão fechou-se lentamente em um punho, mas ele não viu. – Cuidarei para que ela nasça.

Fez-se uma pausa.

– Marina, o que sua mãe foi...

A esposa pegou na mão dele e se levantou. Ele a enlaçou pela cintura e a sentiu se enrijecer sob o seu toque.

– Não sei – disse Marina. – Tinha dons que eu não tenho. Eu lembro como as nobres cochichavam em Moscou. Mas o poder é um direito adquirido de nascença pelas mulheres da sua linhagem. Olga é mais sua filha do que minha, mas esta aqui... – a mão livre de Marina deslizou para cima, tomando a forma de um berço para acolher um bebê – esta será diferente.

Pyotr puxou sua esposa mais para perto. Ela se agarrou a ele, repentinamente intensa, o coração batendo contra o peito. Sentia-se aquecida em seus braços. Ele cheirou o perfume dos seus cabelos, lavados na sala de banhos. *É tarde*, Pyotr pensou. *Por que se preocupar antes da hora?* A função das mulheres era dar à luz. Sua esposa já lhe dera quatro filhos, com certeza se sairia bem com mais uma. Se a criança revelasse algum tipo de estranhamento... Bem, isso seria resolvido quando necessário.

– Então, traga-a com boa saúde, Marina Ivanovna – ele disse.

A esposa sorriu. Tinha as costas voltadas para o fogo, então ele não viu seus cílios molhados. Ergueu seu queixo e a beijou. Ela trazia a pulsação na garganta, mas estava muito magra sob seu manto pesado, tão frágil quanto um pássaro.

– Venha para a cama – ele disse. – Amanhã haverá leite. A ovelha pode dispor de um pouco. Dunya o cozinhará para você. Você precisa pensar no bebê.

Marina pressionou o corpo contra o dele. Ele a pegou como em seus primeiros dias e girou com ela. Ela riu e passou os braços ao redor do seu pescoço, mas seus olhos fixaram-se por um instante além dele, no fogo, como se ela pudesse ler o futuro nas chamas.

◇

– Livre-se dele – disse Dunya no dia seguinte. – Pouco me importa se você traz uma menina, um príncipe ou um profeta do Antigo Testamento. – A chuva misturada com neve retornara ao amanhecer e voltava a trovejar lá fora. As duas mulheres aconchegavam-se junto ao forno, tanto pelo calor quanto pela luz em seu trabalho de cerzido. Dunya enfiava sua agulha no tecido com particular veemência. – O quanto antes, melhor. Você não tem peso, nem força para gestar uma criança, e se conseguisse fazer esse milagre, morreria na hora de parir. Você já deu três filhos para o seu marido e tem a sua menina, qual a necessidade de mais uma?

Dunya tinha sido ama de leite de Marina em Moscou, acompanhara-a até a casa do seu marido e cuidara de seus quatro filhos em sequência. Falava o que tinha vontade.

Marina sorriu com um toque de zombaria.

– Que jeito de falar, Dunyashka. O que o padre Semyon diria?

— O padre Semyon não tem chance de morrer dando à luz, tem? Enquanto que você, Marushka...

Marina baixou o olhar para seu trabalho e não disse nada. Mas quando deu com os olhos estreitos da ama estava com o rosto pálido como a neve, de tal maneira que Dunya imaginou poder ver o sangue deslizando por sua garganta. Dunya sentiu um arrepio.

— Menina, o que você viu?

— Não importa — disse Marina.

— Livre-se dele — disse Dunya, quase implorando.

— Dunya, tenho que ter este bebê; ela será como a minha mãe.

— Sua mãe! A donzela esfarrapada que saiu da floresta cavalgando sozinha? Que murchou até virar uma leve sombra de si mesma por não suportar levar a vida por detrás de biombos bizantinos? Você se esqueceu daquela velha cinzenta em que ela se transformou? Indo aos tropeços e encoberta para a igreja? Escondida em seus cômodos, comendo até ficar gorda e corpulenta, com os olhos completamente inexpressivos? Sua mãe. Você desejaria isso para qualquer um dos seus filhos?

A voz de Dunya rangeu como o grito de um corvo, porque ela se lembrou, para seu pesar, da menina que tinha chegado aos saguões de Ivã Kalita, perdida e frágil, dolorosamente bela, arrastando milagres atrás de si. Ivã ficou perdidamente apaixonado. A princesa... Bem, talvez com ele, ela tenha encontrado paz, pelo menos por um tempinho. Mas eles a abrigaram nas dependências das mulheres, vestiram-na com brocados pesados, deram-lhe ícones, servos e carnes gordurosas. Pouco a pouco, aquele brilho ardente, a luz de tirar o fôlego de qualquer um, tinha arrefecido. Dunya lamentou sua morte muito antes de a terem posto debaixo da terra.

Marina sorriu com amargura e sacudiu a cabeça.

— Não. Mas você se lembra de antes? Você costumava me contar histórias.

— Ela fez uma porção de magias boas, ou milagres — resmungou Dunya.

— Eu só tenho um pouquinho do seu dom — Marina continuou, ignorando a velha ama. Dunya conhecia suficientemente bem sua patroa para perceber seu lamento. — Mas minha filha terá mais.

— E isto é motivo o bastante para deixar os outros quatro sem mãe?

Marina olhou para seu colo.

– Eu... Não. Sim. Se for preciso. – Mal se escutava o que dizia. – Mas eu poderia viver. – Ela levantou a cabeça. – Você vai me dar a sua palavra de que cuidará deles, não vai?

– Marushka, estou velha. Posso prometer, mas quando eu morrer...

– Eles ficarão bem. Eles... terão que ficar. Dunya, não posso ver o futuro, mas viverei para vê-la nascer.

Dunya persignou-se e não disse mais nada.

3

O MENDIGO E O ESTRANHO

Os primeiros ventos uivantes de novembro chacoalhavam as árvores nuas no dia em que Marina sentiu as dores, e o primeiro choro da criança mesclou-se àquele alarido. Marina riu ao ver a filha nascer.

– O nome dela é Vasilisa – disse a Pyotr. – Minha Vasya.

O vento cedeu ao amanhecer. No silêncio, Marina expirou uma vez, suavemente, e morreu.

A neve precipitou-se feito lágrimas no dia em que Pyotr, o rosto pétreo, depositou sua esposa na terra. Sua filha recém-nascida berrou durante todo o funeral, um lamento demoníaco, como o vento ausente.

Ao longo daquele inverno, a casa ecoou os gritos da criança. Mais de uma vez, Dunya e Olga se desesperaram com ela, porque era um bebê magricelo e pálido, só olhos e membros agitados. Mais de uma vez, Kolya ameaçou, meio a sério, atirá-la para fora de casa.

O inverno passou, porém, e a criança sobreviveu, deixou de berrar e se desenvolveu com o leite das camponesas.

Os anos sucederam-se como folhas.

Num dia muito parecido com aquele que a trouxe ao mundo, no auge rigoroso do inverno, a filhinha de cabelos pretos de Marina esgueirou-se na cozinha de inverno, colocou as mãos na parede do forno e esticou o pescoço para olhar sobre a borda. Seus olhos brilharam. Dunya estava retirando bolos das cinzas. A casa inteira cheirava a mel.

– Os bolos estão prontos, Dunyashka? – ela perguntou, espiando dentro do forno.

– Quase – respondeu Dunya, puxando a criança para trás, antes que ela acabasse incendiando o cabelo. – Se você ficar sentada quieta no seu banquinho, Vasochka, e cerzir a sua blusa, vai ganhar um inteirinho só pra você.

Com o pensamento nos bolos, Vasya foi docilmente para o seu banco. Já havia uma pilha deles esfriando sobre a mesa, tostados do lado de fora e salpicados de cinzas. Um canto de um bolo desmoronou enquanto a criança olhava. Seu interior tinha o dourado dos dias quentes de verão e desprendeu uma leve espiral de fumaça. Vasya engoliu em seco. Parecia fazer um ano desde que tinha ingerido seu mingau matinal.

Dunya dirigiu-lhe um olhar de advertência. Vasya travou os lábios castamente e se pôs a costurar, mas o rasgo na sua blusa era grande, a fome imensa e sua paciência insignificante, mesmo sob as melhores circunstâncias. Seus pontos foram ficando cada vez maiores, como espaços entre os dentes de um velho. Por fim, Vasya não aguentou mais; colocou a blusa de lado e se aproximou furtivamente daquela travessa fumegante sobre a mesa, ligeiramente fora do alcance. Dunya estava de costas, debruçada sobre o forno.

A menina chegou ainda mais perto, furtiva como um gatinho no encalço de gafanhotos. Então, atacou. Três bolos desapareceram dentro da sua manga de linho. Dunya virou-se e viu o rosto da menina de relance.

– Vasya... – começou, severa, mas Vasya, temerosa e rindo ao mesmo tempo, já tinha ultrapassado a soleira e saído para o dia sombrio.

A estação começava a mudar, os campos pardacentos estavam cobertos de restolho e polvilhados de neve. Vasya, mastigando seu bolo de mel e contemplando esconderijos, correu pelo quintal da frente, passando pelas choupanas dos camponeses e depois pela cerca de paliçada. Fazia frio, mas Vasya não se preocupou com isso. Tinha nascido para o frio.

Vasilisa Petrovna era uma garotinha feia, magrela como um caniço, com dedos longos e pés enormes. Tinha a boca e os olhos grandes demais para todo o resto. Olga chamava-a de sapo, e não pensava a respeito. Mas os olhos da menina tinham a cor da floresta durante uma tempestade de verão, e sua boca larga era doce. Sabia ser ajuizada quando queria – e era esperta –, a tal ponto que os membros da sua família entreolhavam-se, atônitos, cada vez que ela perdia o juízo e punha mais uma ideia louca na cabeça.

Um monte de terra revolta revelou-se incólume nos recortes de neve, bem no limite do campo ceifado de centeio. Aquilo não estava ali no dia anterior. Vasya foi investigar. Aspirou o vento enquanto corria e soube que nevaria à noite. As nuvens estendiam-se como lã molhada acima das árvores.

Um garotinho, de nove anos, uma miniatura de Pyotr Vladimirovich, achava-se no fundo de um buraco respeitável, cavando a terra congelada. Vasya chegou até a borda e espiou.

– O que é isto, Lyoshka? – perguntou de boca cheia.

Seu irmão recostou-se na pá, franzindo os olhos para ela.

– O que você tem com isto? – Alyosha gostava bastante de Vasya, que estava disposta a tudo, quase tão boa quanto um irmão mais novo, mas era quase três anos mais velho e tinha que mantê-la em seu lugar.

– Sei lá – respondeu Vasya, mastigando. – Quer bolo? – Ela estendeu metade do último deles com um pouco de dó; era o maior e com menos cinza.

– Me dá – disse Alyosha, largando a pá e estendendo a mão imunda. Mas Vasya colocou-se fora do alcance.

– Me conte o que está fazendo – disse.

Alyosha encarou-a com raiva, mas Vasya estreitou os olhos e fingiu que ia comer o bolo. O irmão afrouxou.

– É um forte para viver dentro – disse. – Pra quando os tártaros chegarem. Assim, eu posso me esconder aqui e disparar um monte de flechas neles.

Vasya nunca havia visto um tártaro e não tinha uma noção clara do tamanho que um forte deveria ter para proteger alguém contra eles. Mesmo assim, olhou em dúvida para o buraco.

– Não é muito grande.

Alyosha revirou os olhos.

– É por isso que estou cavando, sua sabe-tudo – ele disse. – Pra ficar maior. Agora você me dá?

Vasya começou a estender o bolo de mel, mas hesitou em seguida.

– Também quero cavar o buraco e atirar nos tártaros.

– Bom, não dá. Você não tem um arco, nem uma pá.

Vasya fez uma careta. Alyosha tinha ganhado a própria faca e um arco no sétimo ano do dia do seu santo, mas, por mais que passasse um ano implorando, ela não chegara a lugar nenhum quanto à obtenção de armas para si própria.

– Não importa – disse. – Posso cavar com um galho, e mais tarde o pai vai me dar um arco.

– Não vai não. – Mas Alyosha não fez qualquer objeção quando Vasya estendeu-lhe metade do bolo, e foi procurar um graveto. Por alguns minutos, os dois trabalharam num silêncio amigável.

Mas cavar com um graveto logo perde a graça, mesmo que a pessoa fique em sobressaltos, esperando a chegada dos maldosos tártaros. Vasya começava a se perguntar se Alyosha poderia ser convencido a abandonar a construção do forte e ir subir em árvores, quando subitamente uma sombra assomou sobre os dois: sua irmã, Olga, sem fôlego e furiosa, levantara de um lugar junto ao fogo para descobrir seus irmãos ociosos.

Olhou para eles, furiosa.

– Estão com lama até as sobrancelhas. O que a Dunya vai dizer? E o pai...

A esta altura, Olga interrompeu-se para uma guinada fortuita, pegando Alyosha, que era o mais desajeitado, pelas costas da jaqueta, exatamente quando as crianças saíam em disparada como um par de codornas assustadas.

Vasilisa tinha membros compridos para uma menina, era ligeira em seus movimentos, e comer suas últimas migalhas em paz bem valia uma reprimenda. Assim, não olhou para trás, correndo como uma lebre pelo campo vazio, esquivando-se de tocos com gritos de alegria, até ser engolida pela floresta da tarde.

Olga permaneceu ofegante, segurando Alyosha pela gola.

– Por que você nunca pega *ela*? – Alyosha perguntou com certo ressentimento, enquanto Olga arrastava-o de volta para casa. – Ela só tem seis anos!

– Porque não sou Kaschei, o Imortal – disse Olga um tanto asperamente. – E não tenho um cavalo que vença o vento.

Ambos entraram na cozinha. Olga colocou Alyosha ao lado do forno.

– Não consegui pegar Vasya – disse a Dunya.

A velha senhora levantou os olhos para o alto. Vasya era extremamente difícil de pegar, quando não queria ser apanhada. Apenas Sasha conseguia fazê-lo com alguma regularidade. Dunya voltou sua ira para um encolhido Alyosha. Desnudou a criança ao lado do forno, esfregou-o com um pano que, pensou Alyosha, devia ter sido feito com urtigas e o vestiu com uma camisa limpa.

— Que jeito de se comportar! — resmungou Dunya enquanto esfregava. — Da próxima vez vou contar pro seu pai, entendeu? Ele vai te fazer encher a carroça, cortar lenha e carregar estrume até o final do inverno. *Que* absurdo! Imundo e cavando buracos...

Mas ela foi interrompida em sua preleção. Os dois irmãos altos de Alyosha entraram pisando duro na cozinha de inverno, cheirando a fumaça e gado. Ao contrário de Vasya, não recorreram a subterfúgios; foram direto até os bolos, cada um enfiando um inteirinho dentro da boca.

— Um vento do sul — disse o mais velho, Nikolai Petrovich, conhecido como Kolya, para sua irmã, a voz pouco clara por estar mastigando. Olga tinha recuperado sua compostura habitual e tricotava ao lado do forno. — Vai chover à noite. Ainda bem que os animais estão guardados e o telhado está pronto. — Kolya largou suas botas de inverno encharcadas junto ao fogo e se precipitou para um banquinho, pegando mais um bolo na passagem.

Olga e Dunya olharam as botas com idênticas expressões de censura. Uma lama congelada respingou na fornalha limpa. Olga persignou-se.

— Se o tempo estiver mudando, então, amanhã, metade da aldeia estará doente — disse. — Espero que o pai volte antes da neve. — Ela franziu o cenho enquanto contava os pontos.

O outro rapaz não falou nada, mas depositou sua carga de lenha, engoliu o bolo e foi ajoelhar-se sob os ícones no canto oposto à porta. Então, persignou-se, levantou-se e beijou a imagem da Virgem.

— Rezando de novo, Sasha? — Kolya perguntou com animada malícia. — Reze para que a neve caia suave e que o pai não se resfrie.

O rapaz alçou seus ombros esguios. Seus olhos eram grandes, graves, de cílios espessos como os de uma menina.

— Rezo mesmo, Kolya — ele respondeu. — Você também deveria experimentar.

Ele se dirigiu até o forno e tirou as meias úmidas. O cheiro pungente de lã molhada juntou-se ao odor geral de lama, repolho e animais. Sasha passara o dia com os cavalos. Olga franziu o nariz.

Kolya não caiu na provocação do irmão. Examinava uma de suas encharcadas botas de inverno, no local a pele tinha aberto na costura.

Resmungou de desgosto e a deixou cair junto da outra. Ambas começaram a fumegar. O forno agigantava-se sobre as quatro.

Dunya já tinha servido o cozido do jantar, e Alyosha observava a cumbuca como um gato à espreita em um buraco de rato.

– O que houve, Dunya? – Sasha perguntou. Tinha entrado na cozinha a tempo de ouvir a repreensão.

– Vasya – disse Olga sucintamente, e contou a história dos bolos de mel e a escapada da irmã para a floresta. Tricotava enquanto falava, o mais leve dos sorrisos condescendentes abria uma covinha em sua boca. Ela ainda conservava a gordura da opulência do verão, o rosto redondo e primoroso.

Sasha riu.

– Bem, Vasya voltará quando sentir fome – disse, e retomou assuntos mais importantes. – Aquele peixe do cozido é lúcio, Dunya?

– É tenca – Dunya falou brevemente. – Oleg trouxe quatro ao amanhecer. Mas aquela sua irmã esquisita é pequena demais para vagar pelo mato.

Sasha e Olga entreolharam-se, deram de ombro e não disseram nada. Vasya desaparecia na floresta desde que começara a andar. Voltaria a tempo do jantar, como sempre, trazendo um punhado de pinhões como pedido de desculpas, ruborizada e arrependida, felina em seus pezinhos dentro das botas.

Nesse caso, porém, estavam errados. O sol tênue deslizou pelo céu e, nas sombras das árvores, esticou-se de maneira monstruosamente longa. Por fim, o próprio Pyotr Vladimirovich entrou em casa, carregando uma faisoa pelo pescoço destroncado. Vasya ainda não tinha voltado.

◊

A floresta ficava tranquila no ápice do inverno, a neve mostrando-se mais densa entre as árvores. Vasilisa Petrovna, semienvergonhada e semissatisfeita com sua liberdade, comeu sua última metade do bolo de mel, esticada no galho gelado de uma árvore, escutando os barulhinhos da mata sonolenta.

– Sei que você dorme quando a neve chega – disse em voz alta. – Mas não daria pra acordar? Veja, eu trouxe bolos.

Ela esticou a prova, agora pouco mais do que migalhas, e fez uma pausa como se esperasse uma resposta. Mas não veio nada além de um vento leve e farfalhante, que agitou todas as árvores ao mesmo tempo.

Então, Vasya deu de ombros, ingeriu com a ponta da língua as migalhas do seu bolo e correu pela mata por um tempo à procura de pinhões. No entanto, os esquilos tinham comido todos e a floresta estava gelada até para uma menina nascida para o frio. Por fim, Vasya espanou o gelo e a cortiça das suas roupas e tomou o caminho de casa, sentindo, afinal, dor na consciência. A floresta estava fechada e sombria; os dias curtos resvalavam rapidamente para a noite, e ela correu. Seria recebida com uma repreensão enérgica, mas Dunya estaria com o jantar a postos.

Seguiu sempre em frente e então parou, franzindo o cenho. À esquerda no amieiro cinza, contornando o desagradável e velho olmo, veria as terras do seu pai. Tinha percorrido aquela trilha milhares de vezes. Mas agora não havia amieiro nem olmo, apenas um grupo de abetos de agulhas negras e um pequeno monte nevado. Vasya deu meia-volta, tentando uma nova direção. Não, aqui havia faias delgadas, posando brancas como noivas, nuas com o inverno e trêmulas. Subitamente, Vasya sentiu-se desconfortável. Não poderia estar perdida, nunca se perdia. Para ela, perder-se na floresta seria o mesmo que se perder em sua própria casa. Surgiu um vento que chacoalhou todas as árvores, só que agora eram árvores que ela não conhecia.

Perdida, Vasya pensou. Estava perdida ao entardecer, no auge do inverno, e iria nevar. Virou-se novamente, tentando outra direção, mas naquela mata ondulante não havia uma árvore que ela conhecesse. Seus olhos encheram-se subitamente de lágrimas. *Perdida, estou perdida.* Queria Olya ou Dunya; queria seu pai e Sasha. Queria sua sopa, seu cobertor e até sua costura.

Um carvalho agigantou-se em seu caminho. Ela parou. Não era uma árvore como as outras. Era maior, mais escura e retorcida como uma velha malvada. O vento sacudiu os grandes galhos escuros.

Começando a tremer, Vasya foi lentamente em sua direção e tocou na casca com a mão. Era como qualquer outra árvore, áspera e fria, mesmo através da pele da sua luva. Caminhou ao seu redor, esticando-se para olhar os galhos. Então, baixou os olhos e quase tropeçou.

Um homem estava enrodilhado como um animal aos pés da árvore, profundamente adormecido. Não era possível ver o rosto, escondido entre os braços. Pelos rasgos de suas roupas, vislumbrou uma pele branca e gelada. Ele não se mexeu à sua aproximação.

Bem, ele não poderia ficar dormindo ali, não com a neve que estava vindo do sul. Morreria. E talvez ele soubesse onde ficava a casa do pai dela. Vasya esticou-se para acordá-lo, mas pensou melhor. Em vez disso, disse:

– Avô, acorde! Vai nevar antes do surgir da lua. *Acorde!*

Por um longo momento, o homem não se moveu. Mas, justo quando Vasya criava coragem para tocar a mão em seu ombro, ouviu-se um fungado rouco e o homem ergueu o rosto, piscando um olho para ela.

A menina recuou. Um lado do rosto dele era grosseiramente atraente. Um olho era cinzento. Mas faltava o outro olho, a órbita estava fechada, e esse lado do rosto era uma massa de cicatrizes azuladas.

O olho bom piscou para ela com mau humor, e o homem ficou de cócoras, como que para enxergar melhor. Era magro, estava esfarrapado e imundo. Vasya podia ver suas costelas pelos rasgos da camisa. Mas quando ele falou, a voz era forte e grave:

– Bem – ele disse. – Faz muito tempo que não vejo uma menina russa.

Vasya não entendeu.

– Você sabe onde estamos? – perguntou. – Estou perdida. Meu pai é Pyotr Vladimirovich. Se puder me levar para casa, ele vai te dar comida e um lugar ao lado do forno. Vai nevar.

O caolho sorriu de repente. Tinha dois dentes caninos, mais compridos do que os restantes, que se afundavam em seu lábio quando sorria. Levantou-se, e Vasya viu que era um homem alto, de ossos grandes e brutos.

– Se eu sei onde estamos? – perguntou. – Bem, é claro, *devochka*, garotinha. Vou te levar pra casa. Mas você precisa vir até aqui me ajudar.

Vasya, mimada desde sempre, não tinha um motivo específico para ser desconfiada. Mesmo assim, não se mexeu.

O olho cinzento apertou-se.

– Que tipo de menina vem aqui sozinha? – E depois, mais suave: – Esses olhos. Eu quase me lembro... Bem, venha aqui. – Soou de maneira mais convincente. – Seu pai vai ficar preocupado.

Voltou seu olho cinzento sobre ela. Vasya, de cara fechada, deu um passinho em sua direção. Depois outro. Ele estendeu a mão.

De súbito, ouviu-se o esmagar de cascos na neve e o resfolegar de um cavalo. O caolho recuou. A criança tropeçou para trás, afastando-se da sua mão estendida, e o homem caiu por terra, encolhendo-se. Um cavalo irrompeu com sua montaria na clareira. Era um cavalo branco e forte. Quando seu cavaleiro desceu para o chão, Vasya viu que era esguio e de ossos pronunciados, a pele firmemente esticada sobre o rosto e a garganta. Portava um manto luxuoso de pele pesada, e seus olhos reluziam azuis.

– O que é isso? – perguntou.

O homem esfarrapado encolheu-se.

– Não é da sua conta – disse. – Ela veio até mim, é minha.

O recém-chegado voltou-se para ele com um olhar firme e frio. Sua voz encheu a clareira.

– É mesmo? Durma, Medved, porque é inverno.

E mesmo sob protestos, o dorminhoco enfiou-se mais uma vez entre as raízes do carvalho. O olho cinzento velou-se.

O cavaleiro voltou-se para Vasya. A menina recuou, pronta para fugir.

– Como foi que você chegou aqui, *devochka*? – perguntou o homem. Falava com rápida autoridade.

Lágrimas de confusão escorreram pelos olhos de Vasya. O rosto ávido do caolho tinha assustado-a, e a urgência impetuosa deste homem também a atemorizava. Mas algo em seu olhar silenciou seu choro. Ela levantou os olhos para ele.

– Sou Vasilisa Petrovna. Meu pai é o senhor de Lesnaya Zemlya.

Por um instante, os dois se encararam. E, então, a breve coragem de Vasya desapareceu, ela se virou e escapuliu. O estranho não fez menção de segui-la. Mas se voltou para sua égua quando ela veio até ele. Os dois trocaram um longo olhar.

– Ele está ficando mais forte – o homem disse.

A égua mexeu uma orelha.

Seu cavaleiro não disse mais nada, mas olhou mais uma vez na direção que a criança tinha tomado.

◇

Longe da sombra do carvalho, Vasya ficou perplexa com a rapidez da caída da noite. Sob a árvore, o anoitecer era indeterminado, mas agora era noite, uma noite indistinta no limiar da neve, todo o ar sombrio por causa disso.

A mata estava cheia de tochas e dos gritos desesperados de homens. Vasya não deu importância a isso; tornou a reconhecer as árvores, e tudo o que queria era os braços de Olga e de Dunya.

Um cavalo surgiu galopando, com um cavaleiro que não trazia tocha. A égua viu a criança pouco antes que seu cavaleiro a visse, e freou bruscamente, empinando-se. Vasya tombou de lado, esfolando a mão. Enfiou o punho na boca para abafar seu grito. O cavaleiro murmurou imprecações numa voz que lhe era conhecida, e no instante seguinte ela foi tomada nos braços do irmão.

— Sashka — soluçou Vasya, enfiando o rosto em seu pescoço. — Eu me perdi. Tinha um homem na floresta. Dois homens e um cavalo branco, e uma árvore preta, e eu fiquei com medo.

— Que homens? — perguntou Sasha. — Onde, menina? Você está machucada? — Ele a afastou de si e a apalpou.

— Não — respondeu Vasya, tremendo. — Não, só estou com frio.

Sasha não disse nada. Ela percebeu que ele estava bravo, embora fosse delicado ao colocá-la sobre sua égua. Pulou logo atrás e a envolveu com a ponta do seu capote. Vasya, a salvo, com o rosto encostado no couro bem curtido da bainha da espada do irmão, aos poucos parou de chorar.

Normalmente, Sasha tolerava sua irmãzinha seguindo-o, tentando levantar sua espada ou puxar a corda do seu arco. Mimava-a, até lhe dando um toco de vela ou um punhado de avelãs. Mas agora o medo o deixara furioso, e ele não conversou com ela enquanto cavalgavam.

Gritou à esquerda e à direita, e aos poucos a notícia do resgate de Vasya circulou por entre os homens. Se ela não tivesse sido encontrada antes da chegada da neve, morreria durante a noite e só seria descoberta quando a primavera viesse afrouxar sua mortalha, se é que seria achada.

— *Dura* — rosnou Sasha por fim, quando parou de gritar —, bobinha, o que deu em você? Fugindo da Olga, escondendo-se na floresta? Pensou que você fosse algum espírito da floresta, ou se esqueceu da estação?

Vasya sacudiu a cabeça. Agora, seus tremores vinham em fortes espasmos, batendo os dentes.

– Eu queria comer o meu bolo – ela disse –, mas me perdi. Não consegui encontrar o toco do olmo. Encontrei um homem no carvalho. Dois homens e um cavalo. E aí ficou escuro.

Sasha franziu o cenho acima da cabeça da menina.

– Me conte sobre esse carvalho – disse ele.

– Um carvalho velho – contou Vasya. – Com raízes na altura dos joelhos. E com um olho só. O homem, não a árvore. – Ela tremeu com mais força do que nunca.

– Bem, agora pare de pensar nisto – disse Sasha, e incitou seu fatigado cavalo.

Olga e Dunya encontraram-no na soleira. A boa senhora tinha o rosto coberto de lágrimas, e Olga estava branca como uma donzela de gelo de um conto de fadas. As duas haviam rastelado todos os carvões para fora do forno e derramado água quente nas pedras fumegantes para produzir vapor. Vasya viu-se despida sem a menor cerimônia e enfiada dentro da boca do forno para se aquecer.

A repreensão começou assim que ela saiu.

– Roubando bolos – disse Dunya. – Fugindo da sua irmã. Como é que você pôde nos assustar tanto, Vasochka? – Chorou enquanto dizia.

Vasya, com os olhos pesados e arrependida, murmurou:

– Sinto muito, Dunya. Me desculpe, me desculpe.

Esfregaram-na com horrorosas sementes de mostarda e fustigaram-na em gestos rápidos com ramos de bétula para avivar seu sangue. Envolveram-na em lã, fizeram um curativo em sua mão esfolada e despejaram sopa em sua garganta.

– Foi muita maldade, Vasya – Olga disse. Agradou o cabelo da irmã e a aninhou em seu colo. Vasya já estava adormecida. – Chega por esta noite, Dunya – Olga acrescentou. – Amanhã logo estará aí para mais conversa.

Vasya foi posta na cama em cima do forno, e Dunya deitou-se ao seu lado.

Quando, finalmente, sua irmã dormiu, Olga largou o corpo ao lado do fogo. Seu pai e seus irmãos sentaram-se e se serviram do cozido em um canto, usando expressões igualmente bombásticas.

— Ela vai ficar bem — afirmou Olga. — Não acho que vá se gripar.

— Mas qualquer homem poderia, tendo sido tirado do pé do fogo para procurar por ela — retorquiu Pyotr.

— Ou *eu* poderia — disse Kolya. — Um homem quer seu jantar, depois de um dia consertando o telhado do pai, e não uma cavalgada à noite à luz de tochas. Amanhã vou lhe dar umas cintadas.

— E aí? — replicou Sasha friamente. — Ela já levou surras antes. Não é tarefa de homens lidar com meninas. Isso exige uma mulher. Dunya está velha. Olya logo se casará, e então a velha vai passar a cuidar da criança sozinha.

Pyotr não disse nada. Havia seis anos que entregara a esposa a terra e não tinha pensado em outra, embora houvesse várias que teriam aceitado seu pedido. Mas sua filha assustava-o.

Quando Kolya buscou sua cama, e ele e Sasha ficaram sentados no escuro, observando a vela que se consumia perante o ícone, Pyotr disse:

— Vocês gostariam que sua mãe fosse esquecida?

— Vasya jamais a conheceu — respondeu Sasha. — Mas uma mulher sensata, não uma irmã ou uma ama bondosa e velha, lhe faria bem. Ela logo será incontrolável, pai.

Uma longa pausa.

— Não é culpa de Vasya que a mãe tenha morrido — acrescentou Sasha, em tom mais baixo.

Pyotr não disse nada. Sasha levantou-se, curvou-se perante o pai e assoprou a vela.

4

O GRANDE PRÍNCIPE DE MUSCOVY

Pyotr surrou a filha no dia seguinte, e ela chorou, embora ele não tivesse sido cruel. Ela ficou proibida de deixar a aldeia, mas por uma vez aquilo não se revelou um sofrimento. Tinha pegado a temível gripe, com pesadelos nos quais revisitava um caolho, um cavalo e um estranho numa clareira na mata.

Sasha, sem contar a ninguém, vagou pela floresta a oeste, à procura desse caolho ou de um carvalho com raízes que subiam até os joelhos, mas não encontrou nenhum dos dois. Depois a neve caiu durante três dias sem cessar e com intensidade, de modo que ninguém saiu de casa.

Suas vidas recolheram-se, como sempre acontecia no inverno, um ciclo de comida, sono e pequenas tarefas entediantes. A neve acumulou-se lá fora, e, numa noite gélida, Pyotr sentou-se em seu próprio banquinho, lixando um pedaço reto de freixo para o cabo de um machado. Seu rosto parecia de pedra, por estar lembrando algo que gostaria de esquecer. *Cuide dela*, Marina havia dito muitos anos atrás, enquanto o tom de uma doença mortal espalhava-se por seu belo rosto. *Eu a escolhi, ela é importante. Petya, prometa-me.*

Pyotr, sofrendo, havia prometido. Mas depois sua esposa tinha soltado a sua mão, caído para trás na cama, e seus olhos fitaram além dele. Sorriu uma vez, suave e feliz, mas Pyotr não achou que o olhar era para ele. Ela não voltou a falar e morreu na hora cinzenta antes do amanhecer.

E então, Pyotr pensou, *eles prepararam uma cova para recebê-la, e eu berrei com as mulheres que tentaram me impedir de entrar na câmara da morte. Eu mesmo amortalhei sua carne fria, que ainda cheirava a sangue, e, com minhas próprias mãos, coloquei-a na terra.*

Sua filha bebê passou todo aquele inverno aos berros, e ele não suportou olhar seu rosto, porque sua mãe tinha escolhido a criança e não ele.

Bem, agora ele precisava expiar sua culpa.

Pyotr observou o cabo do seu machado.

– Vou para Moscou quando o rio congelar – disse, em meio ao silêncio.

O cômodo encheu-se de exclamações. Vasya, que estivera cochilando, pesada de febre e hidromel aquecido, chiou e afundou a cabeça ao lado do forno.

– Pra Moscou, pai? – perguntou Kolya. – De novo?

Os lábios de Pyotr estreitaram-se. Tinha ido para Moscou naquele primeiro inverno rigoroso após a morte de Marina. Ivã Ivanovich, meio-irmão dela, era grão-príncipe, e, para o bem da sua família, Pyotr salvara o possível da ligação entre eles. Mas não estivera com uma mulher, nem então, nem mais tarde.

– Você quer dizer para casar, desta vez – disse Sasha.

Pyotr aquiesceu brevemente, sentindo o peso do olhar da sua família. Havia mulheres o suficiente nas províncias, mas uma dama moscovita traria alianças e dinheiro. A indulgência de Ivã para com o marido de sua falecida irmã não duraria para sempre. E, pelo bem da sua filhinha, ele precisava de uma nova esposa. Mas... *Marina, como sou bobo, pensar que não consigo suportar isto.*

– Sasha e Kolya, vocês virão comigo – Pyotr afirmou.

O prazer quase encobriu a censura nos rostos dos filhos.

– Pra Moscou, pai? – perguntou Kolya.

– Se tudo correr bem, serão dois dias a cavalo – disse Pyotr. – Precisarei de vocês na estrada. E vocês nunca estiveram na corte. O grão-príncipe precisa conhecer os seus rostos.

A cozinha foi, então, tomada pelo caos, com os meninos trocando exclamações de alegria. Vasya e Alyosha clamaram que queriam ir. Olga pediu joias e tecidos finos. Os meninos mais velhos reagiram com uma exultação arrogante, e a noite transcorreu em meio a discussões, pedidos e especulações.

◊

A neve caiu três vezes, profunda e sólida, depois do solstício de inverno, e passada a última nevada veio uma grande geada azul, em que os homens sentiram a respiração parar em suas narinas, e coisas frágeis nasceram fadadas a morrer durante a noite. Isso significa que as estradas de trenó estavam abertas, aquelas que corriam por rios cobertos de neve, lisos como vidro e cintilantes sobre trilhas sujas, que no verão eram uma miséria de atoleiros e eixos quebrados. Os meninos observaram o céu, sentiram a geada e se puseram a andar pela casa, untando suas botas gordurosas e lixando os gumes finos como cabelo de suas lanças.

Finalmente, chegou o dia. Pyotr e seus filhos levantaram-se no escuro e saíram para o quintal da frente assim que clareou. Os homens já estavam reunidos. O alvorecer penetrante avermelhava seus rostos; os animais batiam os cascos e resfolegavam nuvens de vapor. Um homem tinha arreado Metel, o mal-humorado garanhão mongol de Pyotr, e segurava firme o bridão do animal, as juntas dos dedos brancas. Pyotr deu um tapa na montaria que o aguardava, esquivou-se dos dentes prestes a morder e pulou para a sela. Seu agradecido criado retrocedeu, ofegante.

Pyotr manteve parte da sua atenção em seu garanhão imprevisível; o restante ia para o caos aparente à sua volta.

A área do estábulo fervilhava de corpos, animais e trenós. Peles amontoavam-se ao lado de caixas de cera de abelha e velas. Os potes de hidromel e mel disputavam espaço com pacotes de provisões secas. Kolya organizava o carregamento do último trenó, seu nariz vermelho no frio matinal. Tinha os olhos negros da mãe. As criadas davam risadinhas quando ele passava.

Uma cesta caiu com um baque e um tufo de neve seca quase debaixo dos pés de um cavalo de trenó. O animal assustou-se, indo para a frente e para o lado. Kolya deixou o espaço livre num pulo e Pyotr deu um tranco à frente, mas Sasha foi mais rápido. Pulou da sua égua feito um gato e, no minuto seguinte, segurou o cavalo pelo bridão, falando em seu ouvido. O animal acalmou-se, parecendo envergonhado. Pyotr observou enquanto Sasha apontava, dizia alguma coisa. Os homens apressaram-se a pegar a rédea do cavalo e apanharam a cesta problemática. Sasha disse mais alguma coisa, sorrindo, e todos riram. O menino voltou a montar em sua égua. Sua postura era melhor do que a do irmão; ele tinha afinidade com cavalos e levava sua espada com graça. *Um guerreiro nato*, pensou Pyotr, *e um líder; Marina, tenho sorte com os meus filhos.*

Olga saiu correndo cozinha afora, com Vasya trotando em seu encalço. Os *sarafans* bordados das meninas destacavam-se contra a neve. Olga segurava o avental nas mãos; dentro, estavam empilhados pães escuros e macios, saídos do forno. Kolya e Sasha já vinham em sua direção. Vasya puxou o capote do seu segundo irmão enquanto ele comia o pão.

– Mas por que eu não posso ir, Sashka? – ela indagou. – Faço jantar pra você. Dunya me ensinou. Posso montar com você no seu cavalo. Sou pequena o bastante pra isso. – Ela se agarrou ao seu capote com as mãos.

– Neste ano não, sapinho – Sasha disse. – Você *é* pequena demais. – Vendo os olhos tristes, ele se ajoelhou na neve ao lado dela e pressionou o restante do seu pão em sua mão. – Coma e cresça forte, irmãzinha, pra poder viajar. Deus te guarde.

Ele pôs a mão em sua cabeça, depois pulou de volta no lombo da sua castanha Mysh.

– Sashka! – gritou Vasya, mas ele estava longe, dando instruções rápidas aos homens que abasteciam o último veículo.

Olga pegou na mão da irmã e a puxou.

– Vamos lá, Vasochka – ela disse quando a criança arrastou os pés. As meninas correram até Pyotr. O último pão esfriava na mão de Olga.

"Boa viagem, pai", Olga disse.

Como a minha Olya se parece pouco com a mãe, Pyotr pensou, *no máximo tem o seu rosto. Ainda bem. Marina parecia um falcão numa gaiola. Olga é mais suave. Vou lhe arrumar um bom casamento.*

Ele sorriu para as filhas.

– Deus fique com vocês duas – disse. – Talvez eu te traga um marido, Olya.

Vasya emitiu um ruído como um rosnado silencioso. Olga corou e riu e quase deixou cair o pão. Pyotr inclinou-se a tempo de pegá-lo e ficou feliz por tê-lo feito: ela havia aberto a casca e colocado mel dentro, para que derretesse no calor. Ele arrancou um grande naco – seus dentes ainda eram bons – e fez uma pausa, mastigando feliz.

– E você, Vasya – acrescentou, severo. – Obedeça a sua irmã e fique perto de casa.

– Sim, pai – disse Vasya, mas olhava pensativa para os cavalos de montaria.

Pyotr limpou a boca com as costas da mão. O grupo tinha chegado a algo que parecia organizado.

— Adeus, minhas filhas — ele disse. — Estamos indo; cuidado com os trenós.

Olga assentiu com um gesto de cabeça, um tanto melancólica. Vasya não fez qualquer gesto; parecia revoltada. Houve um coro de gritos, o estalar de chicotes e então eles se foram.

Atrás deles, Olga e Vasilisa ficaram sozinhas no pátio da frente, ouvindo os sinos dos trenós até serem engolidos pela manhã.

◇

Duas semanas após se porem a caminho, com muito atraso, mas sem desastres, Pyotr e seus filhos passaram pelos círculos externos de Moscou, aquele posto comercial fervilhante e pretensioso às margens do rio Moskva. Sentiram o cheiro da cidade muito antes de vê-la, enevoada como estava com a fumaça de dez mil fogueiras; e então os domos brilhantes, verdes, escarlates e cobalto, apontaram vagamente através do vapor. Por fim, avistaram a própria cidade, vigorosa e esquálida, como uma bela mulher com os pés emplastrados de imundície. As torres altas e douradas projetavam-se orgulhosas acima dos pobres desesperados, e os ícones com o ouro desgastado observavam, inescrutáveis, enquanto príncipes e esposas de fazendeiros vinham beijar seus rostos rijos e rezar.

As ruas estavam todas cobertas de neve barrenta, revolta por inúmeros pés. Mendigos, com os narizes pretejados pelo inverno, agarravam os estribos dos meninos. Kolya chutou-os para que soltassem, mas Sasha apertou suas mãos encardidas. As ruas serpenteavam, nesta e naquela direção. Era um longo e lento percurso, e o sol vermelho de inverno inclinava-se para oeste quando, finalmente, eles chegaram, exaustos e cobertos de lama, a um sólido portão de madeira, revestido de bronze e encimado por torres.

Uma dúzia de lanceiros vigiava a rua, com arqueiros sobre o muro. Olharam friamente para Pyotr, seus trenós e seus filhos, mas Pyotr entregou ao capitão uma jarra de bom hidromel, e instantaneamente os rostos severos suavizaram-se. Pyotr fez uma mesura, primeiro para o capitão, depois para os homens, e os guardas acenaram para que entrassem, num coro de cumprimentos.

O kremlin era por si só uma cidade: palácios, cavalariças, ferrarias e inúmeras igrejas semiconstruídas. Embora os muros originais tivessem sido construídos com uma espessura dupla de carvalho, os anos haviam reduzido a madeira a lascas. O meio-irmão de Marina, o grão-príncipe Ivã Ivanovich, tinha encomendado sua substituição por muros ainda mais maciços. O ar recendia ao barro que tinha sido incrustado na madeira, parca proteção contra o fogo. Por toda parte, os carpinteiros gritavam de um lado a outro, sacudindo serragem das suas barbas. Criados, padres, boiardos, guardas e mercadores agitavam-se por toda parte, discutindo. Tártaros, cavalgando belos cavalos, cruzavam com mercadores russos dirigindo trenós carregados. Ao menor pretexto, um deles irrompia em gritos contra o outro.

Kolya ficou embasbacado com a confusão, disfarçando o nervosismo com a cabeça erguida. Seu cavalo corcoveava ao toque do seu cavaleiro nas rédeas.

Pyotr já havia estado em Moscou. Algumas palavras decididas fizeram surgir cocheiras para seus cavalos e um lugar para seus trenós.

– Cuide dos cavalos – ele disse a Oleg, o mais equilibrado dos seus homens. – Não os deixe sozinhos.

Por toda parte havia criados ociosos, mercadores desconfiados e boiardos luxuosamente paramentados em trajes bárbaros. Um cavalo desapareceria em um instante e estaria perdido para sempre. Oleg concordou com a cabeça e a ponta grosseira de um dedo roçou o punho de sua longa faca.

Eles tinham mandado avisar que viriam. Seu mensageiro encontrou-nos em frente à cocheira.

– O senhor está sendo chamado, meu lorde – disse a Pyotr. – O grão-príncipe está à mesa e saúda seu irmão do norte.

A estrada vinda de Lesnaya Zemlya tinha sido longa. Pyotr estava imundo, contundido, gelado e exausto.

– Muito bem – disse secamente. – Estamos indo. Deixe isto pra lá. – A última frase foi dirigida a Sasha, que retirava bolas de gelo do casco do seu cavalo.

Eles jogaram água fria nos rostos sujos, vestiram caftãs de lã pesada, puseram chapéus de zibelina lustrosa e puseram as espadas de lado.

A cidade-fortaleza era um labirinto de igrejas e palácios de madeira, a terra revolta com estrume, o ar ardendo com a fumaça.

Pyotr seguiu o mensageiro a passos rápidos. Atrás dele, Sasha olhava de esguelha os domos dourados e as torres pintadas. Kolya estava ligeiramente menos circunspecto, embora olhasse mais para os belos cavalos e as armas dos seus cavaleiros.

Chegaram a uma porta dupla de carvalho que se abria para um saguão lotado de homens e cachorros. As grandes mesas rangiam de boas coisas. Na extremidade do saguão, em uma alta cadeira entalhada, estava sentado um homem de cabelos sedosos, comendo fatias do assado que gotejava à sua frente.

Ivã II era chamado de Ivã Krasnii, ou Ivã, o Belo. Já não era jovem, talvez tivesse trinta anos. Seu irmão mais velho, Semyon, governara antes dele, mas juntamente com todos os seus descendentes morrera de peste em um verão desastroso.

O grão-príncipe de Moscou era realmente muito belo. Seu cabelo reluzia como o mel mais claro. As mulheres fervilhavam ao redor da beleza preciosa desse príncipe. Além disso, era um habilidoso caçador e especialista em cães de caça e cavalos. Sua mesa rangia sob um grande javali assado com uma crosta de ervas.

Os filhos de Pyotr engoliram em seco. Estavam todos famintos após duas semanas na estrada invernosa.

Pyotr atravessou o grande saguão a passos largos, seguido pelos filhos. O príncipe não tirou os olhos do seu jantar, embora eles fossem assaltados, por todos os lados, por olhares avaliadores ou simplesmente curiosos. Uma fornalha, grande o bastante para assar um boi, ardia atrás do estrado do príncipe, sombreando o rosto de Ivã e dourando o de seus convidados. Pyotr e seus filhos chegaram em frente ao estrado, pararam e se curvaram.

Ivã espetou um naco de porco com a ponta da faca. Sua barba loira estava suja de sangue.

– Pyotr Vladimirovich, não é mesmo? – disse lentamente, mastigando. Seu olhar sombreado percorreu-os do chapéu às botas. – Aquele que se casou com minha meia-irmã? – Tomou um gole do hidromel e acrescentou: – Que descanse em paz.

– Sim, Ivã Ivanovich – respondeu Pyotr.

– Seja bem-vindo, irmão – disse o príncipe, jogando um osso para o vira-lata debaixo da sua cadeira. – O que o traz tão longe?

— Queria lhe apresentar os meus filhos, *gosudar* – disse Pyotr. – Seus sobrinhos. Logo serão homens em fase de se casar. E se Deus permitir, também quero encontrar uma mulher para mim, para que meus filhos mais novos não precisem mais continuar sem mãe.

— Um objetivo merecido – disse Ivã. – Estes são os seus filhos? – Seu olhar saltou para os meninos atrás de Pyotr.

— São. Nikolai Petrovich, meu filho mais velho, e, o segundo, Aleksandr.

Kolya e Sasha deram um passo à frente.

O grão-príncipe lhes deu o mesmo olhar de alto a baixo que dera a Pyotr. Demorou-se em Sasha. O garoto tinha apenas a insinuação de uma barba, e os ossos proeminentes de um menino em crescimento. Mas seu andar era leve e os olhos cinza não vacilavam.

— É um prazer conhecê-los, parentes – disse Ivã, sem tirar os olhos do filho mais novo de Pyotr. – Você, menino, é parecido com sua mãe. – Sasha, tomado de surpresa, fez uma mesura e não disse nada. Fez-se um momento de silêncio. Depois, mais alto, Ivã acrescentou: – Pyotr Vladimirovich, você é bem-vindo em minha casa e à minha mesa, até resolver seus compromissos.

O príncipe inclinou a cabeça abruptamente e se voltou para seu assado. Dispensados, os três foram levados a ocupar três lugares rapidamente abertos na mesa principal. Kolya não precisou ser encorajado; sumos quentes ainda escorriam pelas laterais do porco assado. A torta transpirava queijo e cogumelos secos. O pão redondo dos convidados estava no meio da mesa, ao lado do bom sal cinza do príncipe.

Kolya serviu-se imediatamente, mas Sasha esperou.

— Que olhar o grão-príncipe me deu, pai – disse ele. – Como se conhecesse meus pensamentos melhor do que eu.

— Todos eles são assim, os príncipes existentes – falou Pyotr. Ele se serviu de uma fumegante fatia de torta. – Todos eles têm muitos irmãos e estão ávidos pela próxima cidade, pela melhor conquista. Ou conseguem avaliar bem os homens, ou estão mortos. Fique atento aos que sobrevivem, *synok*, porque são perigosos. – Depois, ele voltou toda a sua atenção à torta.

Sasha franziu o cenho, mas deixou que enchessem seu prato. A viagem deles fora uma sequência sem fim de cozidos estranhos e bolos chatos e duros, quebrada uma ou duas vezes pela hospitalidade dos vizinhos. A mesa do grão-príncipe era farta, e todos eles se banquetearam até não aguentarem mais.

Depois, o grupo recebeu três cômodos para seu uso: gelados e formigando de insetos, mas estavam cansados demais para se incomodarem. Pyotr cuidou do armazenamento dos trenós e do pouso dos seus homens para aquela noite, em seguida desmoronou na cama alta e se rendeu a uma noite sem sonhos.

5

O HOMEM SANTO DA COLINA MAKOVETS

— Pai — disse Sasha, vibrando de excitação. — O padre contou que tem um homem santo a norte de Moscou, na colina Makovets. Ele fundou um monastério e já reuniu onze discípulos. Dizem que fala com os anjos. Todos os dias, muita gente vai buscar a sua bênção.

Pyotr resmungou. Já fazia uma semana que estava em Moscou, adulando pessoas para conseguir favores. Seu último esforço, recém-concluído, tinha sido uma visita ao emissário tártaro, o *baskak*. Nenhum homem de Sarai, a cidade caixinha de joias construída pelas hordas de conquistadores, se dignaria a se impressionar com as reles oferendas de um senhor nortista, mas Pyotr havia pressionado-o tenazmente com peles. Pilhas de raposas, arminhos, coelhos e zibelinas passaram sob o olhar avaliador do emissário, até que finalmente ele se pôs a olhar com menos condescendência e agradeceu a Pyotr com uma clara demonstração de boa vontade. Tais peles valiam muito ouro na corte do Khan, e mais ao sul, entre os príncipes de Bizâncio. *Valeu a pena*, pensou Pyotr. *Um dia talvez eu me sinta satisfeito por ter um amigo entre os conquistadores.*

Pyotr estava exausto e transpirando em seus trajes entremeados de ouro, mas não podia relaxar, porque ali estava seu segundo filho, ardendo de ansiedade, com uma história de homens santos e milagres.

— Sempre existem homens santos — disse a Sasha. Sentiu um súbito desejo por silêncio e uma comida frugal. Os moscovitas gostavam da cozinha bizantina, e a colisão resultante com os ingredientes russos não fazia bem a seu estômago. Naquela noite haveria mais banquetes e mais intrigas. Ele ainda procurava uma esposa para si e um marido para Olga.

— Pai — disse Sasha —, eu gostaria de ir a esse monastério, se me permitir.

– Sashka, nesta cidade, é impossível jogar uma pedra sem que se atinja uma igreja – respondeu Pyotr. – Por que gastar três dias cavalgando em busca de outra?

O lábio de Sasha curvou-se.

– Em Moscou, os padres estão apaixonados por sua posição. Comem carne gorda e pregam pobreza para os miseráveis.

Isso era verdade, mas, embora Pyotr fosse um bom senhor para seu povo, faltava-lhe um abstrato senso de justiça. Deu de ombros.

– Pode ser que seu homem santo seja a mesma coisa.

– Mesmo assim, eu gostaria de vê-lo. Por favor, pai.

Embora Sasha tivesse os olhos cinzentos, suas sobrancelhas eram pretas, como as da mãe, e os cílios longos. Curvavam-se para baixo, de uma maneira estranhamente delicada em seu rosto magro.

Pyotr ponderou. As estradas eram perigosas, mas a que se estendia de Moscou até o norte, bem percorrida, não oferecia tantos riscos. Não desejava criar um filho tímido.

– Leve cinco homens e duas dúzias de velas. Isso deverá garantir a sua acolhida.

O rosto do menino se iluminou. Pyotr enrijeceu a boca. Marina transformara-se em ossos na terra inexorável, mas ele tinha visto sua expressão exatamente daquele jeito, quando a alma iluminava seu rosto como uma chama.

– Obrigado, pai – o menino disse.

Arremessou-se pela porta em disparada, como uma doninha. Pyotr ouviu-o no *dvor* em frente ao palácio, chamando os homens, pedindo seu cavalo.

– Marina – disse Pyotr em voz baixa. – Agradeço a você pelos nossos filhos.

◈

O Mosteiro da Trindade tinha sido construído em local isolado. Embora os pés dos peregrinos que passavam tivessem batido uma trilha pela floresta nevada, as árvores ainda se amontoavam de cada lado, apequenando a torre do sino da igreja simples de madeira. Sasha lembrou-se de sua própria aldeia em Lesnaya Zemlya. Uma sólida paliçada cercava o monastério, composto, sobretudo, por construções pequenas, de madeira. O ar cheirava a fumaça e pão assado.

Oleg viera com ele, o chefe dos seus acompanhantes.

– Não podemos entrar todos – disse Sasha, freando o cavalo.

Oleg concordou com a cabeça. O grupo todo desmontou, tilintando partes dos arreios.

– Você e você – disse Oleg. – Vigiem a estrada.

Os homens escolhidos acomodaram-se ao lado da trilha, afrouxaram as barrigueiras dos cavalos e começaram a procurar lenha para o fogo. Os outros passaram entre as duas traves de um portão estreito, destrancando-o. Árvores grandes lançavam sombras fuliginosas sobre a madeira bruta da igrejinha.

Um homem delgado abaixou-se para sair por uma soleira, limpando as mãos enfarinhadas. Não era muito alto, nem muito velho. Seu nariz largo estava implantado entre olhos líquidos e grandes, o marrom-esverdeado de uma lagoa de floresta. Usava o manto grosseiro de um monge, salpicado de farinha.

Sasha o conhecia. Estivesse usando os trajes de um mendigo, ou os mantos de um bispo, Sasha o reconheceria. O menino caiu de joelhos na neve.

O monge parou subitamente.

– O que o traz aqui, meu filho?

Sasha mal conseguia erguer os olhos.

– Vim pedir sua bênção, Batyushka – conseguiu responder.

O monge levantou uma sobrancelha.

– Não precisa me chamar assim, não sou ordenado, somos filhos de Deus.

– Trouxemos velas para o altar – Sasha gaguejou, ainda de joelhos.

Uma magra mão, morena, curtida enfiou-se sob o cotovelo de Sasha e o colocou de pé. Os dois eram quase da mesma altura, embora o menino tivesse os ombros mais largos e ainda não fosse totalmente desenvolvido, desengonçado como um potro.

– Aqui, só ajoelhamos para Deus – disse o monge. Analisou o rosto de Sasha por um instante. – Estou fazendo pães bentos para as missas desta noite – acrescentou abruptamente. – Venha me ajudar.

Sasha concordou com a cabeça, sem conseguir falar, e acenou para que os homens se afastassem.

A cozinha era precária e estava quente por causa do forno. A farinha, a água e o sal estavam prontos para serem misturados, amassados e assados nas cinzas. Os dois trabalharam em silêncio durante um tempo, mas era um silêncio confortável. A paz abundava naquele lugar. As perguntas do monge eram tão suaves que o menino mal notou que estava sendo questionado, mas, um tanto desajeitado com a tarefa inabitual, enrolou a massa e contou sua história: o status do pai, a morte da mãe, a viagem feita a Moscou.

– E você veio aqui – o monge terminou para ele. – O que procura, meu filho?

Sasha abriu a boca e tornou a fechá-la.

– Nã-não sei – admitiu, envergonhado. – Alguma coisa.

Para sua surpresa, o monge riu.

– Quer ficar aqui, então?

Sasha só conseguia olhar fixo.

– Levamos uma vida difícil neste lugar – o monge continuou de forma mais séria. – Você construiria sua própria cela, plantaria seu jardim, assaria seu pão, ajudaria seus irmãos, quando necessário. Mas aqui existe paz, paz acima de tudo. Percebi que você sentiu isto. – Vendo Sasha ainda boquiaberto, completou: – Sim, sim, muitos peregrinos vêm até aqui, e muitos pedem para ficar. Mas aceitamos apenas os que buscam aquilo que não sabem que estão procurando.

– Sim – Sasha disse, finalmente, devagar. – Sim, eu gostaria muito de ficar.

– Muito bem – disse Sergei Radonezhsky, e tornou a se concentrar em sua fornada.

◊

Incitaram os cavalos com energia, na volta para Moscou. Oleg desconfiou da expressão exaltada no rosto do seu jovem senhor. Cavalgou próximo ao estribo de Sasha e decidiu conversar com Pyotr. Mas o rapaz alcançou o pai primeiro.

Entraram na cidade quando o breve e ardente pôr do sol já ia pela metade, com as torres da igreja e do palácio recortadas contra o céu violeta. Sasha deixou seu cavalo fumegando no *dvor* e, imediatamente, subiu a escada em disparada até os aposentos do pai. Encontrou-o se vestindo, junto com seu irmão.

– Bem-vindo, irmãozinho – cumprimentou Kolya, quando Sasha entrou. – Ainda não se cansou de igrejas? – Lançou a Sasha um olhar rápido e tolerante, e voltou a sua atenção para suas roupas. Com a língua entre os lábios, colocou um chapéu de zibelina preta dissolutamente sobre seu cabelo preto. – Bem, chegou em boa hora. Livre-se do fedor. Esta noite temos um banquete e é possível que a família nos apresente a mulher com quem o pai vai se casar. Ela tem todos os dentes; soube de fonte segura, e um agradável... *O quê*, Sasha?

– Sergei Radonezhsky me convidou para ingressar em seu monastério na colina Makovers – repetiu Sasha mais alto.

Kolya olhou sem expressão.

– Quero ser monge – Sasha disse.

Isto atraiu a atenção deles. Pyotr enfiava suas botas de saltos vermelhos. Virou-se para encarar o filho e quase tropeçou.

– *Por quê?!* – exclamou Kolya com imenso horror.

Sasha travou os dentes, refreando várias observações impiedosas; seu irmão já tinha chamado bastante a atenção das criadas do palácio.

– Para dedicar minha vida a Deus – informou a Kolya, com um toque de superioridade.

– Estou vendo que seu homem santo causou uma impressão e tanto – Pyotr disse, antes que o perplexo Kolya se recobrasse. Tinha recuperado o equilíbrio e calçava a segunda bota, talvez com uma energia um pouco maior do que o necessário.

– Eu... Sim, causou, pai.

– Tudo bem, está autorizado – respondeu Pyotr.

Kolya perdeu o fôlego. Pyotr abaixou o pé e se levantou. Seu caftã era ocre e ferrugem; os anéis de ouro da sua mão captaram a luz da vela; o cabelo e a barba haviam sido penteados com óleo perfumado. Sua aparência era, ao mesmo tempo, imponente e desconfortável.

Sasha, que estivera esperando uma batalha prolongada, encarou o pai.

– Com duas condições – acrescentou Pyotr.

– Quais são?

– Primeira: você não deve visitar novamente este homem santo até ir se juntar à sua ordem. Isto se dará depois da colheita do próximo ano, quando terá tido um ano para refletir. Segunda: você precisa se lembrar de que, como monge, sua herança irá para seus irmãos, e você não terá nada além das suas orações para sustentá-lo.

Sasha engoliu em seco com dificuldade.

– Mas, pai, se eu puder vê-lo só mais uma vez...

– Não. – Pyotr interrompeu-o num tom que não tolerava discussão. – Pode tornar-se monge, se quiser, mas fará isso de olhos abertos, não encantado pelas palavras de um eremita.

Sasha aquiesceu com relutância.

– Muito bem, pai.

Pyotr, com o rosto um pouco mais soturno do que o habitual, virou-se sem dizer mais nada e desceu as escadas até onde os cavalos aguardavam, cochilando na luz mortiça do anoitecer.

6

DEMÔNIOS

Ivã Krasnii tinha apenas um filho, o pequeno e loiro gato selvagem, Dmitrii Ivanovich.

Aleksei, metropolitano de Moscou, o mais alto prelado em Rus', ordenado pelo próprio Patriarca de Constantinopla, estava encarregado de ensinar letras e política ao menino. Em alguns dias, Aleksei achava que o trabalho estava além de qualquer um que não soubesse fazer milagres.

Já fazia três horas que os meninos trabalhavam sobre a cortiça de bétula: Dmitrii com seu primo mais velho, Vladimir Andreevich, o jovem príncipe de Serpukhov. Os dois brigavam, derrubavam coisas. *É o mesmo que pedir aos gatos do palácio que se sentem e prestem atenção*, pensou Aleksei, desesperando-se.

– Pai! – gritou Dmitrii. – Pai!

Ivã Ivanovich entrou na sala. Os dois meninos pularam de seus banquinhos e se curvaram, empurrando um ao outro.

– Saiam, meus filhos – disse Ivã. – Vou conversar com o santo padre.

Os meninos desapareceram em um instante. Aleksei soltou-se em uma cadeira ao lado da estufa e serviu uma boa quantidade de hidromel.

– Como está meu filho? – perguntou Ivã, puxando a cadeira oposta.

O príncipe e o metropolitano conheciam-se havia muito tempo. Aleksei vinha sendo leal mesmo antes que a morte de Semyon garantisse o trono a Ivã.

– Ousado, belo, encantador, distraído como uma borboleta – respondeu Aleksei. – Será um bom príncipe, se viver tanto. Por que veio me procurar, Ivã Ivanovich?

– Anna – respondeu Ivã, sucintamente.

O metropolitano franziu o cenho.

– Ela está piorando?

— Não, mas nunca vai melhorar. Está crescida demais para espreitar pelo palácio e deixar as pessoas nervosas.

Anna Ivanovna era a única filha do primeiro casamento de Ivã. A mãe da menina morrera e sua madrasta não suportava nem vê-la. As pessoas murmuravam quando ela passava e se persignavam.

— Existem vários conventos — replicou Aleksei. — É um assunto fácil de resolver.

— Nenhum convento em Moscou — disse Ivã. — Minha esposa não aceitará isto. Ela diz que a menina provocará falatório se ficar por perto. A loucura é uma coisa vergonhosa na linhagem de um príncipe. Ela precisa ser mandada para longe.

— Posso resolver, se o senhor quiser — disse Aleksei, cansado. Já tinha resolvido muitas coisas para o príncipe. — Ela pode ir para o sul. Dê uma boa quantidade de ouro para uma abadessa, e em troca ela receberá Anna e esconderá sua linhagem.

— Meus agradecimentos, padre — disse Ivã, e se serviu de mais vinho.

— No entanto, acho que o senhor tem problemas maiores — acrescentou Aleksei.

— Inúmeros — concordou o grão-príncipe, engolindo seu vinho. Enxugou a boca com as costas da mão. — A quais está se referindo?

O metropolitano projetou o queixo em direção à porta, por onde os dois príncipes haviam saído.

— O jovem Vladimir Andreevich — disse. — O príncipe de Serpukhov. A família dele quer que ele se case.

Ivã não ficou impressionado.

— Há muito tempo para isso; ele tem apenas treze anos.

Aleksei sacudiu a cabeça.

— Eles estão pensando em uma princesa de Litva, a segunda filha do duque. Lembre-se, Vladimir também é neto de Ivã Kalita e é mais velho do que o seu Dmitrii. Com um bom casamento e adulto, teria uma melhor pretensão a Moscou do que o seu próprio filho, caso o senhor morra precocemente.

Ivã empalideceu de raiva.

— Eles que não se atrevam. Sou o grão-príncipe e Dmitrii é meu filho.

— E daí? — perguntou Aleksei, imperturbável. — O *khan* considera as pretensões dos príncipes desde que eles sirvam a suas necessidades.

O príncipe mais forte consegue o título. É assim que a horda assegura a paz em seus territórios.

Ivã refletiu.

– O que fazer, então?

– Faça com que Vladimir se case com outra mulher – disse Aleksei imediatamente. – Não uma princesa, mas não alguém de extração tão baixa que seja um insulto. Se for linda, o menino é jovem o bastante para aceitá-la sem reclamar.

Ivã refletiu, tomando seu vinho e mordendo os dedos.

– Pyotr Vladimirovich é senhor de terras férteis – disse, finalmente. – Sua filha é minha própria sobrinha e terá um grande dote. Não é possível que não seja uma beleza. Minha irmã era lindíssima, e a mãe *dela* encantou meu pai a ponto de se casar com ela, embora tivesse chegado a Moscou como mendiga.

Os olhos de Aleksei reluziram. Puxou sua barba castanha.

– É – concordou.

– Soube que Pyotr Vladimirovich também estava em Moscou à procura de uma mulher para si próprio.

– Está – disse Ivã. – Surpreendeu a todos. Minha irmã morreu há sete anos. Ninguém pensou que ele fosse se casar novamente.

– Bem, então, se ele está procurando uma esposa, que tal você lhe entregar a sua filha?

Ivã pousou seu copo com certa surpresa.

– Anna ficará bem escondida na floresta do norte – Aleksei continuou. – E Vladimir Andreevich ousará recusar a filha de Pyotr, então? Uma menina com uma ligação tão próxima ao trono? Seria um insulto ao senhor.

Ivã franziu o cenho.

– O desejo de Anna é, sobretudo, ir para um convento.

Aleksei deu de ombros.

– E daí? Pyotr Vladimirovich não é um homem cruel. Ela ficará bem feliz. Pense no seu filho, Ivã Ivanovich.

◊

Um demônio costurava no canto, e ela era a única que o via. Anna Ivanovna agarrou a cruz entre os seios. De olhos fechados, murmurou:

– Vá embora, vá embora, *por favor*, vá embora.

Ela abriu os olhos. O demônio continuava ali, mas agora duas das suas mulheres encaravam-na. Todas as outras olhavam com estudado interesse para a costura que tinham no colo. Anna tentou não deixar seus olhos dirigirem-se novamente para o canto, mas não conseguiu evitar. O demônio estava sentado em seu banquinho, distraído. Anna estremeceu. A camisa de linho pesado jazia em seu colo como uma coisa morta. Enfiou as mãos em suas dobras macias para esconder seu tremor.

Uma criada entrou na sala. Anna, rapidamente, pegou sua agulha e se surpreendeu quando os gastos sapatos de entrecasca pararam à sua frente.

– Anna Ivanovna, está sendo chamada por seu pai.

Anna olhou fixamente. Seu pai não a tinha chamado na maior parte do ano. Por um momento, permaneceu atônita, depois se levantou de um pulo. Depressa, trocou seu *sarafan* simples por um carmesim e ocre, vestindo-o sobre sua pele encardida, tentando ignorar o mau cheiro da sua longa trança castanha.

Os Rus' gostavam de estar limpos. No inverno, raramente passava-se uma semana sem que suas meias-irmãs visitassem as casas de banho, mas ali havia um diabinho barrigudo que sorria para elas em meio ao vapor. Anna tentou mostrá-lo, mas suas irmãs não viram nada. A princípio, atribuíram aquilo a sua imaginação, mais tarde a uma bobagem, e, por fim, apenas olhavam-na de esguelha e não diziam nada. Então, Anna aprendeu a não mencionar os olhos na sala de banhos, assim como nunca se referiu à criatura careca que costurava no canto. Mas, às vezes, olhava, não conseguia evitar, e não ia à sala de banhos até sua madrasta arrastá-la ou persuadi-la.

Anna desmanchou a trança do seu cabelo oleoso e voltou a fazê-la, tocando a cruz sobre o peito. Era a mais devota de todas as irmãs. Todos diziam. O que não sabiam é que numa igreja havia apenas os rostos sublimes dos ícones, não existia qualquer demônio para assombrá-la. Se pudesse, ela *viveria* numa igreja, protegida por incenso e olhos pintados.

A estufa estava quente na sala de trabalho da sua madrasta, e o grão--príncipe se encontrava ao lado dela, suando nos trajes elegantes de inverno. Portava sua expressão azeda habitual, embora os olhos brilhassem. Sua esposa estava sentada ao lado do fogo, a trança fina escapando do seu toucado alto. As agulhas estavam esquecidas em seu colo. Anna estacou a alguns passos e curvou a cabeça. Marido e mulher analisaram-na em silêncio. Por fim, seu pai disse para a madrasta:

– A glória de Deus, mulher. – Parecia irritado. – Não consegue levar a menina para se banhar? Parece que ela anda vivendo com os porcos.

– Não importa – respondeu a madrasta –, se ela já estiver comprometida.

Anna estivera com os olhos voltados para os pés, como uma donzela bem-educada, mas agora sua cabeça ergueu-se em sobressalto.

– Comprometida? – murmurou, detestando a maneira como sua voz subia, esganiçada.

– Você vai se casar – disse o pai. – Com Pyotr Vladimirovich, um daqueles boiardos do norte. É um homem rico e será gentil com você.

– Casar? Mas eu pensava... Esperava... Pretendia ir para um convento. Rezaria... rezaria pela sua alma, pai. Quero isso acima de tudo. – Anna retorcia as mãos juntas.

– Bobagem – disse Ivã, bruscamente. – Você vai gostar de ter filhos, e Pyotr Vladimirovich é um homem bom. Um convento é um lugar frio para uma menina.

Frio? Não, um convento era seguro. Seguro, abençoado, uma pausa em sua loucura. Desde que conseguia se lembrar, Anna quisera tomar os votos. Agora, sua pele empalidecia de terror. Atirou-se para a frente e agarrou os pés do pai.

– Não, pai! – gritou. – Não, por favor! Não quero me casar.

Ivã levantou-a, sem brusquidão, e a colocou em pé.

– Chega disso – ele mandou. – Decidi e é o melhor. Você receberá um bom dote, é claro, e me dará netos fortes.

Anna era pequena e magricela, e a expressão da sua madrasta revelava dúvida quanto a isso.

– Mas... por favor – murmurou Anna. – Como ele é?

– Pergunte às suas mulheres – Ivã respondeu com indulgência. – Tenho certeza de que elas terão boatos. Esposa, providencie para que as coisas dela estejam em ordem e, pelo amor de Deus, faça com que ela se banhe antes do casamento.

Dispensada, Anna voltou pesadamente para sua costura, segurando os soluços. Casar! Não o retiro, mas ser a senhora dos domínios de um homem; não estar a salvo em um convento, mas viver como a parideira de algum senhor. E os boiardos nortistas eram homens vigorosos, diziam as criadas, que se vestiam com peles e tinham centenas de filhos. Eram rudes e belicosos, e algumas gostavam de dizer que recusavam Cristo e adoravam o diabo.

Anna tirou seu belo *sarafan* pela cabeça, tremendo. Se sua imaginação pecaminosa conjurava demônios na relativa segurança de Moscou, como seria sozinha, nas propriedades de um senhor desregrado? As florestas do norte eram assombradas, as mulheres diziam, e o inverno durava oito dos doze meses. Era insuportável pensar nisso. Quando a menina voltou para sua costura, suas mãos tremiam tanto que não conseguiu fazer os pontos direito, e mesmo com todo o esforço, o linho ficou manchado de lágrimas silenciosas.

7

O ENCONTRO NO MERCADO

Pyotr Vladimirovich, sem saber que seu futuro tinha sido acordado entre o grão-príncipe e o metropolitano de Moscou, levantou-se cedo na manhã seguinte e foi até o mercado na praça principal de Moscou. A boca tinha gosto de cogumelos velhos e a cabeça latejava da conversa e da bebida. E – *velho idiota de deixar o menino à solta* – seu filho queria tornar-se monge. Pyotr tinha grandes esperanças em relação a Sasha. O menino era mais equilibrado e mais inteligente do que o irmão mais velho, melhor com os cavalos, mais habilidoso com as armas. Pyotr não conseguia imaginar maior desperdício do que vê-lo sumir em um casebre, para cultivar um jardim para a glória do Senhor.

Bem, consolou-se. *Quinze anos é muito jovem*. Sasha mudaria de ideia. Piedade era uma coisa, outra bem diferente era desistir da família e da herança em troca da privação e de uma cama fria.

O burburinho do vozerio invadiu sua divagação. Pyotr sacudiu-se. O ar frio recendia a cavalos e fogueiras, fuligem e hidromel. Homens com canecas sacudindo nos cintos proclamavam as virtudes deste último ao lado de seus barris grudentos. Os vendedores de tortas estavam a postos com seus tabuleiros fumegantes, e os de tecidos e pedras preciosas, cera e madeira rara, mel e cobre, bronze trabalhado e penduricalhos de ouro empurravam-se em busca de espaço. Suas vozes reboavam para assustar o sol matinal.

E Moscou tem apenas um pequeno mercado, Pyotr pensou.

Sarai era a sede do *khan*. Era para lá que iam os grandes mercadores vender maravilhas para uma corte enfadada com trezentos anos de pilhagem. Até os mercados mais ao sul, em Vladimir, ou a oeste, em Novgorod, eram maiores do que o de Moscou. Mas os mercadores ainda gotejavam para o norte, vindos de Bizâncio ou mais a leste, tentados pelos preços que suas mercadorias alcançavam entre os bárbaros; e seduzidos, ainda mais, pelos preços que os príncipes pagavam em Tsargrad pelas peles do norte.

Pyotr não poderia voltar para casa de mãos vazias. O presente de Olga era muito fácil; comprou-lhe um toucado de seda cravejado de pérolas, para reluzir em seu cabelo escuro. Para seus três filhos, comprou adagas curtas, mas pesadas, com o cabo incrustado. No entanto, por mais que tentasse, não conseguiu encontrar nada para dar a Vasilisa. Ela não era uma menina que gostasse de berloques, nem de contas ou toucados. Mas ele também não poderia lhe dar uma adaga. Franzindo o cenho, Pyotr insistiu, e avaliava o peso de broches de ouro quando avistou um homem estranho.

Pyotr não conseguiria dizer, exatamente, o que havia de estranho naquele homem, exceto que tinha uma espécie de... tranquilidade chocante em meio à confusão. Suas roupas eram próprias de um príncipe, as botas eram ricamente bordadas. Uma faca pendia do seu cinto, gemas brancas brilhando em seu cabo. Seus cachos negros estavam descobertos, o que era estranho em qualquer homem, mais ainda por ser pleno inverno, céu brilhante e neve rangendo debaixo dos pés. Seu rosto estava barbeado, algo quase inédito entre os Rus', e, de longe, Pyotr não conseguia dizer se era velho ou jovem.

Pyotr deu-se conta de que estava encarando e desviou o rosto. Porém ficou curioso. O mercador de joias disse em tom confidencial:

– Está curioso em relação àquele homem? O senhor não é o único. Às vezes ele vem ao mercado, mas ninguém sabe quem é o seu povo.

Pyotr ficou cético. O mercador sorriu cinicamente.

– Estou falando sério, *gospodin*. Jamais é visto na igreja, e o bispo quer que seja apedrejado por idolatria. Mas é rico, e sempre traz as coisas mais maravilhosas pra comercializar. Então, o príncipe mantém a Igreja quieta e o homem vem e vai novamente. Talvez seja um diabo. – Isto foi dito rapidamente, meio rindo, mas então o mercador fez uma careta. – Nunca o vi na primavera. Sempre, sempre no inverno, na virada do ano.

Pyotr resmungou. Ele próprio estava bem aberto à possibilidade de diabos, mas não estava convencido de que ficariam passeando em mercados, verão ou inverno, vestindo trajes principescos. Sacudiu a cabeça, indicou uma pulseira e disse:

– Isto é mercadoria podre; a prata já está verde ao redor das bordas.
– O mercador protestou e os dois puseram-se a barganhar seriamente, esquecendo tudo o que se referia ao estranho de cabelos pretos.

◊

O estranho em questão parou em frente a uma barraca do mercado, a não mais de dez passos de onde Pyotr estava. Correu os dedos sobre uma pilha de brocados sedosos. Bastavam suas mãos para saber a qualidade da mercadoria. Dedicava uma atenção apenas superficial ao tecido à sua frente. Seus olhos claros iam de lá para cá no mercado apinhado.

O vendedor de tecidos observou o estranho com uma espécie de cautela obsequiosa. Os mercadores conheciam-no; alguns pensavam que ele era um deles. Já tinha trazido maravilhas a Moscou: armas de Bizâncio, porcelana leve como o ar da manhã. Os mercadores lembravam-se. Mas dessa vez o estranho tinha outro propósito, ou não teria jamais vindo ao sul. Não gostava de cidades, e era um risco atravessar o Volga.

As cores faiscantes e o peso voluptuoso do tecido pareceram, subitamente, entediantes, e, passado um momento, o estranho largou o tecido e atravessou a praça a passos firmes. Sua égua estava no lado sul, mastigando fiapos de feno. Um velho remelento perfilava junto a sua cabeça, pálido, magro e estranhamente etéreo, embora a égua branca fosse magnífica como uma elevada montanha e tivesse um arreio trabalhado e incrustado de prata. Os homens olharam-na com admiração, quando eles passaram. Ela agitou as orelhas como uma coquete, extraindo um leve sorriso do seu cavaleiro.

Repentinamente, contudo, um homenzarrão com unhas quebradiças saiu da multidão e agarrou a rédea do cavalo. O rosto do cavaleiro endureceu. Embora não tivesse apertado o passo – não houve necessidade –, um vento gelado perpassou pela praça. Os homens seguraram seus chapéus e vestes soltas. O possível ladrão montou na sela com um pulo e enfiou os calcanhares, mas a égua não se mexeu. Nem seu cavalariço, por mais que pareça estranho. Não gritou, nem levantou a mão. Simplesmente observou, com um olhar enigmático em seus olhos fundos.

O ladrão chicoteou o ombro da égua. Ela não mexeu um casco, apenas abanou a cauda. O ladrão hesitou por um aturdido instante e então foi tarde demais. O cavaleiro deu um pulo e o arrancou da sela. O ladrão poderia ter gritado, mas sua garganta ficou congelada. Ofegante, procurou a cruz de madeira que levava ao pescoço.

O outro sorriu, sem humor.

– Você invadiu a minha propriedade. Acha que a fé vai salvá-lo?

– *Gosudar* – o ladrão gaguejou –, eu não sabia... Eu pensei...

– Que pessoas como eu não andam em lugares públicos? Bem, eu ando por onde quero.

– Por favor – implorou o ladrão sufocado. – *Gosudar*, imploro...

– Não choramingue – disse o estranho com um humor cortante –, e eu o deixarei por um tempo, para que ande em liberdade debaixo do sol. No entanto – a voz baixa tornou-se ainda mais baixa e a risada escorreu dali como água de um copo quebrado –, você está marcado, me pertence, e um dia encostarei novamente em você. Você morrerá.

O ladrão sufocou um soluço e, depois, se viu subitamente só, o braço e a garganta num ardor de fogo.

Já na sela, embora ninguém o tivesse visto montar, o estranho tocou o cavalo em meio à balbúrdia. O tratador da égua fez uma mesura e se perdeu na multidão.

A égua era leve, rápida e segura. A ira do seu cavaleiro amainou-se enquanto ele cavalgava.

– Os presságios me trouxeram até aqui – o homem falou para o cavalo. – Para cá, esta cidade fedida, quando eu não deveria ter deixado minhas próprias terras. – Já fazia um mês que estava em Moscou, procurando incansável, rosto após rosto. – Bem, os presságios não são infalíveis – ele disse. – E afinal de contas, foi apenas um vislumbre. A hora pode ter passado; pode ser que nunca chegue.

A égua inclinou uma orelha para trás, em direção a seu cavaleiro. Os lábios dele retesaram-se.

– Não – ele negou. – Sou tão fácil assim de ser vencido?

A égua prosseguiu num trote regular. O homem sacudiu a cabeça. Ainda não estava derrotado; segurava a magia tremendo na garganta, no oco da mão, pronto. Sua resposta estava em algum lugar desta miserável cidade de madeira, e ele a encontraria.

Virou a égua a oeste, incitando-a num galope de passadas largas. A friagem em meio às árvores clarearia sua cabeça. Não estava vencido.

Ainda não.

◆

O fedor de hidromel e cachorros, poeira e humanidade recebeu o estranho ao chegar ao banquete do grão-príncipe. Os boiardos de Ivã eram homenzarrões acostumados ao combate e a extrair vida da terra do gelo. O estranho não chegava nem ao tamanho do menor deles. Muitos esticaram o pescoço para olhá-lo quando entrou no saguão. Mas ninguém, nem mesmo o mais valente ou o mais bêbado, conseguia encará-lo nos olhos, e ninguém o desafiou. O estranho ocupou um lugar na mesa principal e bebeu seu hidromel sem ser incomodado. O bordado em prata do seu cafta brilhava à luz das tochas. Uma das amas da princesa sentou-se ao lado dele, olhando por entre os longos cílios.

Ivã tinha aceitado os presentes do estranho com olhos perscrutadores e lhe ofereceu a hospitalidade do seu saguão. A quaresma estava próxima e o barulho era ensurdecedor. Mas... *Tudo continua o mesmo aqui*, pensou o estranho. *Todos estes rostos estúpidos, agitados.* Sentado em meio à balbúrdia e ao fedor, pela primeira vez ele sentiu, talvez não um desespero, mas o começo de uma resignação.

Foi então que um homem adentrou o saguão com seus dois filhos crescidos. Os três tomaram seus lugares à mesa principal. O homem mais velho era bem comum, suas roupas de boa qualidade. Seu filho mais velho andava empertigado e o mais novo caminhava macio, o olhar frio e grave. Completamente comuns. E no entanto...

O olhar do estranho moveu-se. Com os três veio um sopro ondulado de vento, um vento vindo do norte. No espaço entre uma aragem e a próxima, o vento contou-lhe uma história: de vida e morte juntas, de uma criança nascida no ano desastroso. Depois, e mais fraco, como um eco, o estranho ouviu um ribombar e um choque, como de uma onda numa rocha. Num brevíssimo momento no saguão fétido, sentiu o sol, o sal e a pedra molhada.

– O sangue aguarda, irmão – ele sussurrou. – Ela vive e não me enganei. – Seu rosto estava triunfante. Voltou para a mesa (embora, na verdade, não tivesse se mexido) e sorriu com súbito prazer para os olhos da mulher ao seu lado.

◊

Pyotr tinha praticamente esquecido o estranho no mercado. Mas quando chegou naquela noite à mesa do grão-príncipe, a lembrança lhe veio rapidamente, porque o mesmo estranho estava sentado entre os boiardos, ao lado de uma das damas da princesa. Ela olhava para ele, as pálpebras pintadas tremendo como pássaros feridos.

Pyotr, Sasha e Kolya viram-se sentados à esquerda da moça. Embora fosse uma que o próprio Kolya estivera cortejando, ela mal chegou a olhar na direção dele. Furioso, o rapaz preteriu a comida em favor do olhar (ignorado), dedilhando na faca do seu cinto (a mesma coisa) e declamando a seu irmão as belezas da filha de certo mercador (que a dama arrebatada não escutou). Sasha permaneceu tão inexpressivo quanto possível, como se a aparência de surdez pudesse pôr um fim àquela conversa ímpia.

Alguém tossiu atrás deles. Pyotr levantou os olhos dessa cena interessante e encontrou um criado junto a seu cotovelo.

– O grão-príncipe gostaria de falar com você.

Pyotr franziu o cenho e assentiu. Mal tinha visto seu antigo cunhado desde aquela primeira noite. Conversara com inúmeros *dvoryanye*, fora pródigo nas gorjetas, e, em troca, tinham-lhe assegurado que, desde que pagasse tributo, não seria incomodado pelos cobradores de impostos. Além disso, estava em adiantada negociação pela mão de uma mulher modesta e decente, que cuidaria da sua casa e dos seus filhos. Tudo estava se desenrolando de acordo. Então, o que o príncipe poderia querer?

Pyotr seguiu ao longo da mesa, captando, à luz do fogo, o brilho dos dentes dos cães aos pés de Ivã. O príncipe não demorou a chegar ao ponto.

– Meu jovem sobrinho, Vladimir Andreevich de Serpukhov, quer tomar sua filha como esposa – disse.

Se o príncipe tivesse lhe informado que o sobrinho queria se tornar um menestrel e vagar pelas ruas tocando guzla, Pyotr não poderia ficar mais espantado. Seus olhos captaram de esguelha o príncipe em questão, que estava bebendo à mesa, a alguns lugares de distância. O sobrinho de Ivã tinha trezes anos, um menino no início da masculinidade, elástico e com acne. Também era o neto de Ivã Kalita, o antigo grão-príncipe. Certamente poderia pretender um casamento mais nobre. Todas as famílias ambiciosas da corte empurravam as filhas virgens para ele, sob a alegre pretensão de que uma acabaria cravando. Por que desperdiçar a posição na filha de um homem, ainda que rico, de linhagem modesta, uma menina que o menino nunca tinha visto e que, além disso, morava a uma distância considerável de Moscou?

Ah. Pyotr livrou-se da surpresa. Olga vinha de longe. Ivã estaria desconfiado de meninas escoradas por tribos de relacionamentos. Uma aliança entre famílias grandes tendia a dar aos descendentes ambições reais. A pretensão do jovem Dmitrii não era muito mais forte do que a do primo, e Vladimir tinha três anos a mais do que o herdeiro. Os príncipes herdavam segundo a vontade do *khan*. A filha de Pyotr teria um grande dote, mas não passava disso. Ivã estava fazendo o possível para amordaçar os boiardos moscovitas, para benefício de Pyotr.

Pyotr ficou satisfeito.

– Ivã Ivanovich – começou.

Mas o príncipe não tinha terminado.

– Se você ceder sua filha para o meu sobrinho, estou pronto para lhe dar minha própria filha, Anna Ivanovna, em casamento. É uma boa menina, submissa como uma pomba, e com certeza pode lhe dar mais filhos homens.

Pela segunda vez, Pyotr ficou perplexo e, de certo modo, menos satisfeito. Já tinha três filhos homens, entre os quais teria que dividir sua propriedade, e não precisava de mais. Por que o príncipe desperdiçaria uma filha virginal com um homem sem grande importância, que apenas queria uma mulher sensata para administrar sua casa?

O príncipe levantou uma sobrancelha. Pyotr hesitou.

Bem, ela era sobrinha de Marina, filha de um grão-príncipe, prima de seus próprios filhos, e ele também não poderia perguntar o que havia de errado com ela. Mesmo que fosse doente, alcoólatra, uma meretriz ou... Bem, mesmo assim o benefício de aceitar o casamento seria considerável.

– Como poderia recusar, Ivã Ivanovich? – perguntou Pyotr.

O príncipe acenou a cabeça com gravidade.

– Amanhã, um homem irá até você negociar o contrato nupcial – respondeu Ivã, voltando-se para sua taça e seus cachorros.

Dispensado, Pyotr viu-se voltando para seu lugar na longa mesa, para dar a notícia aos filhos. Encontrou Kolya amuado em seu copo. O estranho de cabelos escuros tinha ido embora, e a mulher olhava na direção em que ele partira com tal terror e desejo sofrido que Pyotr, apesar do seu esforço, viu-se com a mão lançando-se, quase que involuntariamente, em busca da espada que não trazia.

8

A PALAVRA DE PYOTR VLADIMIROVICH

Pyotr Vladimirovich pegou na mão gelada da sua noiva, olhou cismado para seu rosto pequeno e contrito e se perguntou se poderia ter se enganado. Fora preciso uma precipitada semana para negociarem os detalhes do seu casamento, de modo que pudesse ser celebrado antes do começo da quaresma. Kolya tinha passado esse tempo flertando com metade das criadas do Kremlin, em busca de comentários sobre a possível noiva do pai. Não conseguiu chegar a um consenso. Umas diziam que era bonita; outras, que tinha uma verruga no queixo e apenas metade dos dentes; disseram que o pai dela a mantinha trancada, ou que ela se escondia em seus aposentos e nunca saía; que era doente ou louca, triste ou apenas tímida, e, por fim, Pyotr decidiu que, qualquer que fosse o problema, era pior do que temia.

Porém agora, olhando sua noiva por inteiro, ficou na dúvida. Era muito pequena, mais ou menos da mesma idade de Kolya, embora sua atitude fizesse com que parecesse mais nova. Sua voz era suave e ofegante, seu comportamento, submisso, os lábios agradavelmente cheios. Não tinha nada de Marina, embora tivessem o mesmo avô, e Pyotr sentiu-se agradecido por isso. Uma vigorosa trança castanha emoldurava seu rosto redondo. Olhando de perto, também havia uma sugestão de tensão por volta dos olhos, como se seu rosto fosse se enrugar como um punho fechado, quando ficasse velha. Usava uma cruz, na qual mexia constantemente, e manteve os olhos baixos, mesmo quando Pyotr procurou olhar o seu rosto. Por mais que tentasse, Pyotr não conseguiu ver nada claramente errado com ela, exceto, talvez, um mau humor incipiente. Ela, com certeza, não parecia bêbada, nem leprosa ou louca. Talvez fosse apenas tímida e introvertida. Talvez o príncipe realmente tivesse proposto esse casamento como uma demonstração de favor.

Pyotr tocou no contorno doce dos lábios da sua noiva e desejou poder acreditar nisso.

Os festejos após o casamento foram no saguão do pai dela. A mesa gemia sob o peso de peixes, pães, tortas e queijos. Os homens de Pyotr gritaram, cantaram e beberam à sua saúde. O grão-príncipe e sua família sorriram com certa sinceridade e lhes desejaram muitos filhos. Kolya e Sasha pouco disseram, olhando com certo ressentimento para sua nova madrasta, uma prima pouco mais velha do que eles.

Pyotr encheu a esposa de hidromel e tentou deixá-la à vontade. Fez o possível para não pensar em Marina, com dezesseis anos ao se casar com ele, que o havia olhado diretamente no rosto ao dizer seus votos, rido, cantado e comido com vontade no banquete do seu casamento, dirigindo-lhe olhares de esguelha como se o desafiasse a amendrontá-la. Pyotr levara-a para a cama semilouco de desejo, beijando-a até que o desafio se transformou em paixão. Levantaram-se na manhã seguinte bêbados de langor e prazer mútuo. Mas esta criatura não parecia capaz de desafio, talvez nem mesmo de paixão. Ela se inclinou sob o toucado, respondendo às perguntas dele com monossílabos e esmigalhando um pedaço de pão entre os dedos. Por fim, Pyotr deu-lhe as costas, suspirando, e deixou seus pensamentos dispararem ao longo da trilha sinuosa que adentrava a floresta escura do inverno, até as neves de Lesnaya Zemlya e as simplicidades da caça e do cerzido, longe daquela cidade que cheirava a inimigos e favores ferinos.

◇

Seis semanas depois, Pyotr e seu séquito prepararam-se para ir embora. Os dias estavam encompridando-se e a neve na capital tinha começado a amolecer. Pyotr e seus filhos olharam a neve e apressaram os preparativos. Se o gelo afinasse antes de cruzarem o Volga, teriam que trocar seus trenós por carroças e esperar uma eternidade até que o rio ficasse ultrapassável por balsa.

Pyotr estava preocupado com suas terras e ansioso para voltar a suas caçadas e cultivo. Também pensou, vagamente, que o ar limpo do norte poderia acalmar o que quer que estivesse assustando sua esposa.

Anna, embora quieta e cordata, nunca deixava de olhar à sua volta, de olhos arregalados, mexendo na cruz entre os seios. Às vezes, murmurava de maneira perturbadora em cantos vazios. Pyotr levara-a para a cama todas as noites desde o casamento, mais por obrigação do que por prazer, é verdade, mas ela ainda teria que olhá-lo no rosto. Ouvia seu choro, quando ela pensava que ele tinha dormido.

A comitiva aumentara consideravelmente em número, com o acréscimo dos pertences e acompanhantes de Anna. Os trenós deles encheram o pátio, e muitos dos criados puxavam cavalos de carga pelas rédeas. Os dois filhos de Pyotr estavam montados. A égua de Sasha erguia uma pata, depois outra, e sacudia a cabeça escura. O cavalo de Kolya estava quieto, e o próprio Kolya jazia largado na sela, os olhos injetados semicerrados contra o sol da manhã. Kolya obtivera grande sucesso entre os filhos dos boiardos em Moscou. Superara a todos em luta e vários deles no arco e flecha; era mais resistente ao álcool do que quase todos e tinha se entretido com um grande número de palacianas. Em resumo, divertira-se, e a perspectiva de uma longa viagem, com nada além de árduo trabalho em seu final, não lhe agradava.

Do seu lado, Pyotr estava satisfeito com a expedição. Olga estava prometida a um homem – bem, um menino – de consequências muito maiores do que ele teria sonhado. Ele próprio voltara a se casar, e ainda que a moça fosse bem estranha, pelo menos não era promíscua, nem doente, e era outra filha do grão-príncipe. Assim, foi com muito bom humor que viu tudo pronto para a partida. Procurou ao redor por seu garanhão, para que pudessem montar e partir.

Um estranho estava parado próximo à cabeça do seu cavalo, o homem do mercado, que também tinha ceado no saguão do grão-príncipe. Na pressa que envolvera seu casamento, Pyotr tinha se esquecido do estranho, mas agora ali estava ele, agradando o focinho de Metel e avaliando o garanhão com o olhar.

Pyotr esperou, não sem certa expectativa, que a mão do estranho levasse uma mordida, porque Metel não era dado a familiaridades, mas depois de um tempo percebeu, atônito, que o cavalo estava absolutamente imóvel, orelhas abaixadas, como um velho burro de um camponês.

Desconcertado e irritado, Pyotr deu um longo passo em direção a eles, mas Kolya adiantou-se. O rapaz tinha encontrado um alvo onde disparar sua ira, sua dor de cabeça e sua insatisfação geral. Esporeando seu cavalo, parou a pouca distância do estranho, perto o suficiente para que os cascos do animal respingassem neve suja em todo o manto azul do homem. O cavalo deu umas empinadas revirando os olhos, fazendo brotar suor em seus flancos marrons.

– O que está fazendo aqui? – Kolya perguntou, controlando o cavalo com mãos firmes. – Como se atreve a tocar no cavalo do meu pai?

O estranho enxugou um respingo em uma das faces.

– É um cavalo muito bonito – respondeu, tranquilamente. – Pensei em comprá-lo.

– Bem, não pode. – Kolya pulou para o chão. O filho mais velho de Pyotr tinha a compleição tão larga e pesada quanto um boi siberiano. O outro, mais baixo e mais delgado, deveria parecer frágil ao seu lado, mas não foi o que aconteceu. Talvez fosse a expressão em seus olhos. Com uma sensação de desconforto, Pyotr acelerou o passo. Talvez Kolya ainda estivesse bêbado, talvez fosse apenas imprudente, mas confundiu a brandura do estranho com complacência. – E como é que você pensa em lidar com um cavalo destes, homenzinho? – acrescentou com desdém. – Volte para sua amante e deixe que homens vigorosos montem cavalos de batalha! – Avançou até os dois estarem frente a frente, tateando sua adaga.

O estranho sorriu com um esgar excessivamente modesto. Pyotr quis gritar um alerta, mas as palavras congelaram-se em sua garganta. Por um momento, o estranho ficou perfeitamente imóvel.

E então, moveu-se.

Pelo menos, Pyotr deduziu que se movera. Não viu o movimento. Viu apenas uma centelha, como luz na asa de um pássaro. Kolya gritou, apertando seu pulso, e então o homem estava às suas costas, com um braço ao redor do seu pescoço, uma adaga encostada em sua garganta. Tudo acontecera tão rápido que até os cavalos não tiveram tempo para sobressaltos. Pyotr pulou para a frente, com a mão na espada, mas parou quando o homem levantou os olhos. O estranho tinha os olhos mais esquisitos que ele já havia visto, um azul muito, muito claro, como um céu límpido num dia frio. Suas mãos eram elásticas e firmes.

– Seu filho insultou-me, Pyotr Vladimirovich – ele disse. – Devo exigir-lhe a vida? – A faca mexeu-se. Um tênue fio vermelho abriu-se no pescoço de Kolya, ensopando sua barba nova. O rapaz lutava para respirar. Pyotr não se dignou a olhá-lo.

– Está no seu direito – respondeu Pyotr. – Mas, eu lhe peço, permita que meu filho peça desculpas.

O homem olhou Kolya com desprezo.

– Um menino bêbado – disse, e tornou a apertar a mão na faca.

– Não! – esganiçou Pyotr. – Talvez eu possa compensar isto. Temos um pouco de ouro. Ou, caso queira, o meu cavalo. – Pyotr fez o possível para não olhar para seu belo garanhão cinzento. Um leve, muito leve, ar divertido apareceu nos olhos gelados do estranho.

– Generoso – disse, secamente. – Mas não. Eu lhe darei a vida do seu filho, Pyotr Vladimirovich, em troca de um serviço.

– Que serviço?

– O senhor tem filhas?

Aquilo foi inesperado.

– Tenho – Pyotr disse com precaução. – Mas...

A expressão divertida do estranho aguçou-se.

– Não, não tomarei uma delas como concubina, nem a violentarei em uma encosta nevada. Está levando presentes para seus filhos, não está? Bem, eu tenho um presente para sua filha mais nova. O senhor terá que fazê-la jurar que sempre o levará com ela. Também terá que jurar que jamais contará para alma viva as circunstâncias do nosso encontro. Apenas sob essas condições, e apenas assim, pouparei a vida do seu filho.

Pyotr considerou por um instante. *Um presente? Que presente seria dado com ameaças ao meu filho?*

– Não colocarei minha filha em risco. Nem mesmo pelo meu filho. Vasya é apenas uma menininha, a última filha da minha mulher. – Mas engoliu em seco com dificuldade. O sangue de Kolya escorria num lento fio escarlate.

O homem olhou para Pyotr com os olhos contraídos, e por um longo instante fez-se silêncio. Então, disse:

– Ela não sofrerá nenhum dano. Juro sobre o gelo e a neve e mil vidas de homens.

– Então, qual é esse presente? – perguntou Pyotr.

O estranho soltou Kolya, que ficou como um sonâmbulo, os olhos curiosamente sem expressão. O estranho caminhou até Pyotr e retirou um objeto de uma capanga que trazia ao cinto.

Nem sua imaginação mais ousada, Pyotr sonharia com o penduricalho que o homem lhe estendia: uma única pedra de um azul-prateado brilhante, incrustada num emaranhado de metal claro, como uma estrela ou um floco de neve, pendendo de uma corrente fina como uma linha de seda.

Pyotr levantou os olhos com indagações nos lábios, mas o estranho antecipou-se a ele.

– Aqui está – disse o estranho. – Um penduricalho, nada mais do que isto. Agora, a sua promessa. O senhor dará isso à sua filha e não contará a ninguém sobre o nosso encontro. Se faltar com a sua palavra, virei e matarei seu filho.

Pyotr olhou para seus homens. Estavam com expressões vazias; até Sasha, em seu cavalo, acenou pesadamente. O sangue de Pyotr gelou. Não temia nenhum homem, mas este estranho misterioso tinha enfeitiçado sua gente; até seus corajosos filhos estavam sem ação. O colar pendia gélido e pesado em sua mão.

– Prometo – Pyotr disse, por sua vez. O homem assentiu com a cabeça uma vez, virou-se e atravessou o pátio enlameado a passos firmes. Assim que ficou fora da vista, os homens de Pyotr agitaram-se à sua volta. Pyotr rapidamente enfiou o objeto brilhante na sua capanga de cintura.

– Pai? – disse Kolya. – Pai, qual é o problema? Está tudo pronto; só falta você dar a ordem e partiremos.

Pyotr, encarando seu filho com incredulidade, não disse nada, porque as manchas de sangue tinham desaparecido e Kolya piscava para ele com um olhar injetado e calmo, sem resquícios do seu encontro recente.

– Mas… – Pyotr começou, e depois hesitou, lembrando-se da sua promessa.

– Pai, qual é o problema?

– Nada – disse Pyotr.

Caminhou até Metel, montou e tocou o cavalo, resolvendo tirar o estranho encontro da cabeça. Mas duas circunstâncias conspiraram contra ele. Por um lado, quando acamparam naquela noite, Kolya descobriu cinco marcas brancas oblongas em sua garganta, como se tivesse sofrido um congelamento, embora sua barba estivesse densa, a garganta bem protegida. Por outro, por mais que procurasse ouvir, Pyotr não escutou nem uma palavra de conversa entre seus criados sobre os estranhos acontecimentos no pátio, e foi forçado, com relutância, a concluir que ele era o único que se lembrava deles.

9

A LOUCA NA IGREJA

A ESTRADA PARA CASA PARECEU MAIS COMPRIDA DO QUE QUANDO PARtiram. Anna não estava acostumada a viajar, e eles foram um pouco mais rápido, com frequentes paradas para descansar. Apesar da lentidão, a jornada não foi tão tediosa quanto poderia ter sido; deixaram Moscou sobrecarregados de provisões e também aceitaram a hospitalidade de aldeias e casas de boiardos ao se defrontarem com elas.

Tendo saído da cidade, Pyotr foi até a cama da esposa com renovada impetuosidade, lembrando-se de sua boca macia e do toque sedoso do seu corpo jovem. Mas a cada vez ela o recebia, não com raiva nem lamentos – o que ele poderia ter resolvido –, mas com um frustrante choro silencioso, as lágrimas escorrendo por suas faces roliças. Uma semana dessa atitude afastou Pyotr, num misto de irritação e desconcerto. Começou a vagar mais longe durante o dia, caçando a pé ou entrando na mata com Metel, até homem e cavalo voltarem arranhados e esgotados, Pyotr cansado o suficiente para pensar apenas em sua cama. Contudo, nem mesmo o sono era um descanso, porque em seus sonhos via um colar de safira e dedos brancos e angulosos junto ao pescoço do seu filho mais velho. Acordava no escuro gritando para que Kolya corresse.

Ansiava por estar em casa, mas não podiam correr. Por mais que Pyotr se esforçasse, Anna foi se tornando pálida e fraca com a viagem, implorando que eles parassem cada vez mais cedo durante o dia, montassem tendas e braseiros, para que as criadas pudessem lhe servir sopa quente e aquecer as mãos entorpecidas.

Mas, por fim, cruzaram o rio. Quando Pyotr julgou que o grupo estava a menos de um dia de Lesnaya Zemlya, pôs os pés de Metel na trilha nevada e soltou a rédea. A maioria do grupo seguiria com os trenós, mas ele e Kolya voaram para casa como fantasmas levados pelo vento. Foi com alívio inexprimível que Pyotr irrompeu da proteção das árvores e avistou sua própria casa prateada e incólume sob a clara luz diurna do inverno.

◇

Todos os dias, desde que Pyotr, Sasha e Kolya haviam partido, Vasya escapava de casa sempre que conseguia, correndo para subir em sua árvore preferida, aquela que tinha um grande ramo esticado sobre a estrada que levava ao sul de Lesnaya Zemlya. Às vezes, Alyosha ia com ela, mas era mais pesado e mais desajeitado para subir. Então, Vasya estava sozinha no dia em que viu o brilho dos cascos e dos arreios. Desceu da árvore feito um gato e disparou com suas pernas curtas. Ao chegar à cerca paliçada, gritava:

– Pai, pai, é o pai!

Àquela altura, não era grande novidade, porque os dois cavaleiros, com muito mais velocidade do que uma garotinha, já cruzavam os campos em disparada, e os aldeões, de sua pequena elevação, podiam vê-los plenamente. As pessoas entreolhavam-se, especulando onde estariam os outros, temendo pelos parentes. E, então, Pyotr e Kolya (Sasha tinha ficado com os trenós) entraram na aldeia e frearam seus cavalos fogosos. Dunya tentou agarrar Vasya, que tinha roubado as roupas de Alyosha pra subir em sua árvore e estava imunda, mas Vasya desvencilhou-se e correu para o quintal da frente.

– Pai! – gritou. – Kolya! – E riu quando cada um deles ergueu-a nos braços. – Pai, você voltou!

– Trouxe uma mãe pra você, Vasochka – Pyotr disse, avaliando-a com um alçar de sobrancelha. Estava coberta de pedaços de árvore. – Mas não contei a ela que receberia um espírito da floresta e não uma menininha. – Mas ele beijou seu rosto sujo e ela riu.

– Ah... Então, cadê o Sasha?! – exclamou Vasya, olhando ao redor num medo súbito. – Cadê os cavalos dos trenós?

– Não tenha medo, estão na estrada, vindo atrás de nós – explicou Pyotr, e acrescentou em tom mais alto, para que todas as pessoas a sua volta pudessem ouvir: – Estarão aqui antes do anoitecer. Temos que nos preparar para recebê-los. E você – disse mais baixo –, entre na cozinha e peça para Dunya te vestir. Se der na mesma, prefiro apresentar uma filha para sua madrasta do que um espírito da floresta. – Ele a colocou no chão com uma leve pressão, e Olga arrastou a irmã para a cozinha.

Os trenós chegaram com o cair do sol. Fizeram seu percurso desgastante pelos campos e subiram, atravessando os portões da aldeia. As pessoas festejaram e soltaram exclamações perante o elegante trenó fechado que continha a nova esposa de Pyotr Vladimirovich. Grande parte da aldeia reuniu-se para vê-la.

Anna Ivanovna saiu do trenó cambaleando, rígida, pálida como gelo. Vasya pensou que ela parecia ligeiramente mais velha do que Olya, e nem um pouco próxima à idade do seu pai. *Bem, melhor assim,* pensou. *Talvez ela brinque comigo.* Expôs seu melhor sorriso, mas Anna não respondeu, nem com palavras, nem com gestos. Encolheu-se perante todos os olhares, e Pyotr lembrou-se, com atraso, que, em Moscou, as mulheres viviam separadas dos homens.

– Estou cansada – sussurrou Anna Ivanovna, e entrou na casa agarrada ao braço de Olga.

As pessoas entreolharam-se confusas.

– Bem, foi uma viagem longa – disseram, por fim. – Com o tempo ela ficará bem. É filha de um grão-príncipe, assim como Marina Ivanovna. – E ficaram orgulhosos de tal mulher ter vindo morar entre eles. Voltaram para suas cabanas para acender o fogo contra o escuro e tomar sua sopa aguada.

Mas, na casa de Pyotr Vladimirovich, todos festejaram da melhor maneira possível com a aproximação da quaresma e o avançado do inverno. Deram uma atenção decente ao fato, com peixe e mingau. Depois, Pyotr e os filhos relataram a viagem, enquanto Alyosha saltitava por ali, ameaçando os dedos dos criados com sua esplêndida adaga nova.

O próprio Pyotr colocou o toucado sobre o cabelo negro de Olga e disse:

– Espero que o use no dia do seu casamento, Olya.

Olga corou e empalideceu, enquanto Vasya, emudecida, pousava os grandes olhos no pai. Pyotr levantou a voz para que todos na sala pudessem ouvir:

– Ela será a princesa de Serpukhov. O próprio grão-príncipe pediu-a em casamento. – E beijou a filha. Olga sorriu com um prazer misturado com medo. No tumulto dos cumprimentos, o grito débil e aflito de Vasya não foi ouvido.

Mas os festejos arrefeceram e Anna foi para a cama cedo. Olga foi ajudá-la, e Vasya foi atrás. Lentamente, a cozinha esvaziou-se.

O crepúsculo transformou-se em noite. O fogo fragmentou-se em um núcleo reluzente e o clima na cozinha esfriou e murchou. Por fim, a cozinha de inverno ficou vazia, exceto por Pyotr e Dunya. A velha senhora chorava em seu lugar junto ao fogo.

– Eu sabia que tinha que acontecer, Pyotr Vladimirovich – ela disse. – E, se algum dia existiu uma menina que deveria ser uma princesa, é a minha Olya. Mas é difícil. Ela vai viver em um palácio em Moscou, como sua avó, e eu nunca mais vou vê-la. Estou velha demais para viajar.

Pyotr ficou em frente ao fogo, manuseando a joia em seu bolso.

– Acontece com todas as mulheres – disse.

Dunya não respondeu.

– Ouça, Dunyashka – disse Pyotr, com uma voz tão estranha que a velha ama virou-se rapidamente para olhar para ele. – Tenho um presente para Vasya. – Ele já havia lhe dado um corte de um elegante tecido verde para fazer um bom *sarafan*.

Dunya franziu o cenho.

– Outro, Pyotr Vladimirovich? – perguntou. – Ela vai ficar mal acostumada.

– Mesmo assim – disse Pyotr. Dunya olhou-o com atenção, intrigada com a expressão do seu rosto. Pyotr atirou o colar para Dunya, como se estivesse ansioso para se livrar dele. – Dê você mesma para ela. Cuide para que o traga sempre com ela. Faça com que prometa isto, Dunya.

Dunya ficou mais intrigada do que nunca, mas pegou o frio objeto azul e o analisou.

Pyotr contorceu o rosto de maneira ainda mais terrível e esticou o braço como se fosse tomar a coisa de volta. Mas fechou o punho e o movimento não foi completado. Virou-se abruptamente e foi para a cama. Dunya, sozinha na cozinha escura, ficou com os olhos fixos no pendente. Virou-o de um lado e do outro, murmurando consigo mesma.

– Ora, Pyotr Vladimirovich – sussurrou –, e onde é que um homem consegue uma joia destas em Moscou? – Sacudindo a cabeça, Dunya enfiou-a no bolso, resolvendo mantê-la a salvo até que a garotinha tivesse idade suficiente para poder lhe confiar a peça reluzente.

Três noites depois, a ama sonhou.

Em seu sonho, era novamente jovem, caminhando sozinha na floresta invernosa. O som nítido dos sinos de trenó ressoou na estrada. Ela adorava andar de trenó e se virou para ver um cavalo branco trotando em sua direção, conduzido por um homem de cabelos escuros. Ele não diminuiu a velocidade ao passar, mas agarrou seu braço e a puxou com brutalidade para o trenó. O olhar não se desviou da estrada branca. Um ar como as lufadas mais geladas de janeiro girava à sua volta, apesar do sol de inverno.

Dunya sentiu um medo súbito.

– Você pegou uma coisa que não foi dada a você – disse o homem. Dunya estremeceu frente ao gemido de ventos tempestuosos em sua voz. – Por quê? – Os dentes dela batiam com tanta força que ela mal conseguia articular palavras, e o homem rodopiou ao seu redor numa labareda de uma tênue luz de inverno. – Aquele colar não foi dado a você – sibilou. – Por que ficou com ele?

– O pai de Vasilisa comprou-o para ela, mas ela não passa de uma criança. Vi a peça e sabia que era um talismã – gaguejou Dunya. – Não roubei, não fiz isso, mas fiquei com medo pela menina. Por favor, ela é jovem demais, jovem demais para feitiçarias ou o favor dos deuses antigos.

O homem riu. Dunya ouviu uma amargura rascante no som.

– Deuses? Agora só existe um Deus, criança, e eu não passo de um vento entre galhos nus. – Calou-se e Dunya, tremendo, sentiu gosto de sangue no lugar onde havia mordido o lábio. Por fim, ele concordou: – Tudo bem, guarde-o para ela, então, até que ela cresça, mas só até lá. Acho que não preciso dizer o que acontecerá se você me enganar.

Dunya viu-se concordando vigorosamente com a cabeça, chacoalhando mais do que nunca. O homem estalou seu chicote. O cavalo disparou, correndo ainda mais sobre a neve. Dunya sentiu que escorregava sobre o assento; tentou, freneticamente, agarrar-se a ele, mas estava caindo, caindo para trás...

Acordou com um arquejo em seu próprio catre na cozinha. Ficou deitada no escuro, tremendo, e levou muito tempo até conseguir se aquecer.

◊

Anna acordou relutantemente, ainda com seus sonhos na memória. O último fora agradável, com pão quente e alguém de voz macia. Mas quando tentou alcançá-lo o sonho escapou e ela foi deixada vazia, agarrando as cobertas à sua volta, para afastar o frio do amanhecer.

Ouviu um farfalhar e ergueu a cabeça, olhando em volta. Um demônio estava sentado em seu próprio banquinho, cerzindo uma das camisas de Pyotr. A luz cinzenta de uma manhã de inverno lançou barras de sombra sobre a coisa nodosa. Ela estremeceu. Seu marido roncava a seu lado, alheio, e Anna tentou ignorar o espectro, assim como tinha feito todos os dias desde que acordou pela primeira vez naquele lugar horroroso. Virou-se e se enfiou no edredom, mas não conseguiu se aquecer. O marido tinha se livrado do cobertor, mas ela estava sempre com frio ali. Quando pedia para acenderem o fogo, as criadas apenas a encaravam, educadamente perplexas. Pensou em chegar mais perto, compartilhar a quentura do marido, mas ele poderia decidir querê-la novamente. Embora procurasse ser gentil, era insistente, e na maior parte do tempo ela queria ficar só.

Arriscou olhar novamente para o banquinho. A coisa olhava diretamente para ela.

Anna não suportou mais. Levantou-se, vestiu uns trajes a esmo e enrolou um lenço ao redor das tranças meio embaraçadas. Disparando pela cozinha e saindo porta afora, recebeu um olhar atônito de Dunya, que sempre levantava cedo para assar o pão. A luz cinzenta da manhã tornava-se rosa; o chão faiscava como se estivesse cravejado de gemas, mas Anna não notou a neve. Tudo o que viu foi a igrejinha de madeira a menos de vinte passos da casa. Correu para ela, afoita, abriu a porta com força e entrou. Quis chorar, mas travou os dentes e os punhos e silenciou o choro. Em geral, chorava demais.

Sua loucura estava pior ali, no norte, muito, muito pior. A casa de Pyotr fervilhava de demônios. Uma criatura com olhos como brasas escondia-se no forno; um homenzinho na sala de banhos piscava para ela em meio ao vapor; um demônio, como uma pilha de gravetos, andava largado pelo quintal da frente.

Em Moscou, os demônios nunca olhavam para ela, nem ao menos de relance, mas ali estavam sempre *encarando-a*. Alguns até chegavam bem perto, como se fossem falar, e a cada vez Anna precisava fugir, odiando os olhares intrigados do marido e dos enteados. Via-os o tempo todo, por toda parte, exceto ali, na igreja. A abençoada e silenciosa igreja.

Comparada às de Moscou, aquela não era nada, realmente. Não havia ouro, nem dourações, e era operada apenas por um padre. Suas imagens eram pequenas e mal pintadas, mas ali ela não via nada além de chão, paredes, imagens e velas. Não havia rostos nas sombras.

Ficou e ficou, alternando rezas com o olhar perdido. Quando voltou para a casa, o dia já havia amanhecido, a cozinha estava cheia, o fogo rugindo. Assar, cozinhar, lavar e secar eram funções incessantes, do amanhecer ao anoitecer. As mulheres não reagiram quando Anna entrou, nenhuma nem mesmo olhou para ela. Anna considerou aquilo, acima de tudo, um comentário sobre sua fraqueza.

Olga foi a primeira a levantar os olhos.

– Aceita um pedaço de pão, Anna Ivanovna? – perguntou. Olga não conseguia gostar da pobre criatura que tomara o lugar da sua mãe, embora fosse bondosa e tivesse pena dela.

Anna estava faminta, mas havia uma minúscula criatura grisalha, sentada logo na abertura do forno. Sua barba brilhava com o calor, enquanto ele mascava uma crosta enegrecida.

Anna Ivanovna mexeu a boca, mas não conseguiu responder. A criaturinha desviou os olhos do pão e inclinou a cabeça. Em seus olhos brilhantes havia curiosidade.

– Não – sussurrou Anna. – Não. Não quero pão.

Virou-se e correu para a segurança duvidosa do seu próprio quarto, enquanto as mulheres na cozinha entreolhavam-se e sacudiam lentamente a cabeça.

10

A PRINCESA DE SERPUKHOV

No outono seguinte, Kolya casou-se com a filha de um boiardo vizinho. Era uma menina gorda, robusta, loira, e Pyotr construiu para eles uma casinha própria, com um bom forno de barro.

Mas o que o povo esperava era o grande casamento, quando Olga Petrovna se tornaria princesa de Serpukhov. Fora preciso quase um ano de negociação. Os presentes começaram a chegar de Moscou antes que a lama fechasse as estradas, mas os detalhes tomaram mais tempo. O percurso de Lesnaya Zemlya a Moscou era difícil; mensageiros atrasavam-se ou desapareciam, quebravam o crânio, eram roubados ou deixavam os cavalos mancos. Mas, finalmente, foi arranjado. O próprio príncipe de Serpukhov deveria vir, com sua comitiva, para se casar com Olga e levá-la com ele para sua casa em Moscou.

– É melhor para ela se casar antes da viagem – disse o mensageiro. – Ela não ficará tão assustada. – E, o mensageiro poderia ter acrescentado, Aleksei, metropolitano de Moscou, queria que o casamento fosse realizado e consumado antes de Olga ir para a cidade.

O príncipe chegou justo quando a pálida primavera transformava-se num deslumbrante verão, com um céu delicado, caprichoso, e as flores murchas enterradas em um aluvião de mato rasteiro. Um ano tinha feito com que desabrochasse. As espinhas haviam desaparecido, embora ele ainda não fosse bonito, e escondia sua timidez com um bom humor turbulento.

Com o príncipe de Serpukhov veio seu primo, o loiro Dmitrii Ivanovich, trazendo cumprimentos. Os príncipes vieram com falcões, cães de caça, cavalos, mulheres em carruagens de madeira esculpida e trouxeram muitos presentes. Os meninos também vieram com um guardião: um monge de olhos claros, não muito velho, mais quieto do que falante.

A cavalgada provocou muito barulho, poeira e clamor. Toda a aldeia veio assistir, e muitos ofereceram a hospitalidade das suas cabanas para os homens e pastos para os cavalos cansados.

O jovem príncipe Vladimir enfiou timidamente um reluzente berilo verde no dedo de Olga, e a casa toda se rendeu à alegria, o que não acontecia desde o último suspiro de Marina.

◇

– Pelo menos o menino é gentil – Dunya disse a Olga em um raro momento de tranquilidade. Estavam sentadas ao lado da ampla janela na cozinha de verão. Vasya estava aos pés de Olga, escutando e cutucando sua costura.

– É – concordou Olga. – E Sasha vai comigo para Moscou. Vai me acompanhar até a casa do meu marido, antes de ingressar no monastério. Ele me prometeu.

O anel de berilo brilhava em seu dedo. Seu noivo também havia pendurado em seu pescoço um âmbar em estado bruto e lhe dado um rolo de um tecido maravilhoso, flamejante como papoulas. Dunya estava embainhando-o para um *sarafan*. Vasya apenas fingia costurar; suas mãozinhas estavam cerradas no colo.

– Você vai se sair muito bem – disse Dunya com firmeza, cortando o fim de uma linha com os dentes. – Vladimir Andreevich é rico e jovem o bastante para aceitar conselhos de sua esposa. Foi generosidade dele, vir se casar com você aqui, em sua própria casa.

– Ele veio porque o metropolitano o obrigou – Olga interveio.

– E o grão-príncipe o tem em alta conta. Ele é o melhor amigo do jovem Dmitrii, isto está claro. Terá uma alta posição quando Ivã Krasnii morrer. Você será uma grande dama. Não poderia se sair melhor, minha Olya.

– É... é – voltou a dizer Olga, lentamente. A seus pés, a cabeça escura de Vasya pendeu. Olga abaixou-se para acariciar o cabelo da irmã. – Acho que ele é gentil, mas eu...

Dunya sorriu com sarcasmo.

– Você estava esperando que viesse um príncipe-corvo, como o pássaro no conto de fadas que veio para a irmã do príncipe Ivã?

Olga corou e riu, mas não respondeu. Em vez disso, pegou a irmã no colo, embora ela já fosse grande para ser segurada como uma criança, e a embalou para lá e para cá. Vasya enrodilhou-se rígida nos braços da irmã.

– Calma, sapinho – disse Olga, como se Vasya fosse um bebê. – Vai ficar tudo bem.

– Olga Petrovna – disse Dunya –, minha Olya, contos de fadas são para crianças, mas você é uma mulher e logo será uma esposa. Casar-se com um homem decente e estar segura em sua casa, adorar a Deus e parir filhos fortes, isto é real e certo. Está na hora de deixar os sonhos de lado. Os contos de fadas são ternos nas noites de inverno, nada além disso. – Subitamente, Dunya pensou nos olhos frios e claros e numa mão ainda mais gelada. *Tudo bem, até que ela cresça, mas só até lá.* Estremeceu e acrescentou, mais baixo, olhando para Vasya: – Até mesmo as donzelas dos contos de fadas nem sempre terminam felizes. Alenushka foi transformada em pato e assistiu à bruxa má trucidar seus filhos-patos. – E vendo Olga ainda cabisbaixa, alisando o cabelo de Vasya, acrescentou com um pouco mais de dureza: – Filha, é o destino das mulheres. Não acho que você queira tornar-se freira. Pode ser que acabe amando ele. Sua mãe não conhecia Pyotr Vladimirovich antes do casamento, e eu me lembro do medo dela, embora sua mãe fosse corajosa o bastante para enfrentar a própria Baba Yaga. Mas eles se amaram desde a primeira noite.

– A mãe está morta – Olga disse numa voz inexpressiva. – Outra pessoa está em seu lugar. E eu vou-me embora para sempre.

Encostada em seu ombro, Vasya soltou um gemido abafado.

– Ela não vai morrer nunca – retorquiu Dunya com firmeza –, porque você está viva e é tão linda quanto ela era, e será mãe de príncipes. Tenha coragem. Moscou é uma bela cidade, e seus irmãos irão visitá-la.

◇

Naquela noite, Vasya veio para a cama com Olga e falou, afobada:

– Não vá, Olya. Nunca mais vou ser ruim. Nem vou mais subir em árvores. – Olhou para sua irmã como uma coruja e tremendo. Olga não conseguiu conter uma risada, embora ela falhasse um pouco no fim.

– Tenho que ir, sapinho – disse ela. – Ele é um príncipe, é rico e bondoso, como Dunya diz. Tenho que me casar com ele ou ir para um convento. E quero ter meus filhos, dez sapinhos exatamente como você.

— Mas você me tem, Olya — Vasya disse.

Olya puxou-a mais para perto.

— Mas um dia você mesma vai crescer e não vai ser mais uma criança, e o que vai fazer, então, com sua velha irmã trôpega?

— Você vai servir sempre! — Vasya explodiu com fervor. — Sempre! Vamos fugir e viver na floresta.

— Não tenho certeza de que você gostaria de viver na floresta — disse Olga. — Baba Yaga poderia comer a gente.

— Não — Vasya retrucou com certeza absoluta. — Só tem o caolho. Se a gente ficar longe do carvalho, ele nunca vai achar a gente.

Olya não soube como reagir a isso.

— A gente vai ter uma *izba* no meio das árvores — continuou Vasya. — E eu trarei nozes e cogumelos pra você.

— Tenho uma ideia melhor — disse Olya. — Você já é uma menina grande e não vai demorar muito pra se tornar uma mulher. Quando você for grande, mando te buscar lá pra Moscou. Seremos duas princesas juntas num palácio, e você terá um príncipe pra você. O que acha?

— Mas eu já estou grande agora, Olya! — gritou Vasya imediatamente, engolindo as lágrimas e se sentando. — Veja! Estou muito maior.

— Acho que ainda não, irmãzinha — respondeu Olga com delicadeza. — Mas tenha paciência, obedeça a Dunya e coma bastante mingau. Quando o pai disser que você ficou grande, mando te buscar.

— Vou perguntar pro pai — disse Vasya com segurança. — Pode ser que ele diga que eu já estou grande.

◇

Sasha reconheceu o monge no momento em que ele entrou no pátio. Na confusão das boas-vindas e dos presentes da noiva, com um banquete sendo preparado entre as bétulas verdejantes do verão, adiantou-se, pegou na mão do monge e a beijou.

— Padre, o senhor veio — disse.

— Como pode ver, meu filho — disse o monge, sorrindo.

— Mas é tão longe!

— Na verdade, não é. Quando eu era mais jovem, vagava por toda a extensão de Rus', e a Palavra era o meu caminho e o meu escudo, meu pão e meu sal. Agora estou velho e fico no mosteiro, mas o mundo ainda me parece belo, especialmente o norte do mundo durante o verão. Estou feliz em ver você.

O que ele não disse – pelo menos não naquele momento – era que o grão-príncipe estava doente e o casamento de Vladimir Andreevich era, por consequência, ainda mais urgente. Dmitrii mal tinha feito onze anos, era sardento e mimado. Sua mãe mantinha-o sob suas vistas e dormia ao lado da sua cama. Os pequenos herdeiros dos príncipes costumavam desaparecer quando seus pais morriam precocemente.

Naquela primavera, Aleksei tinha convocado o santo homem Sergei Radonezhsky em seu palácio no Kremlin. Sergei e Aleksei conheciam-se havia muito tempo.

– Estou mandando Vladimir Andreevich para o norte, para que se case – Aleksei dissera. – Tão logo quanto possível. Ele precisa se casar antes que Ivã morra. O jovem Dmitrii irá com a comitiva nupcial. Isso o manterá a salvo. Sua mãe teme por sua vida, caso ele permaneça em Moscou.

O eremita e o metropolitano estavam bebendo hidromel bem aguado, sentados num banco de madeira na horta.

– Ivã Ivanovich está tão doente assim? – perguntou Sergei.

– Ele está, ao mesmo tempo, cinza e amarelo. Está suando, cheira mal e seus olhos estão velados – respondeu o metropolitano. – Se Deus quiser, ele vai viver, mas estarei preparado, caso isso não aconteça. Não posso deixar a cidade. Dmitrii é jovem demais. Eu pediria que você fosse na comitiva nupcial para tomar conta dele e assegurar que Vladimir se case.

– Vladimir deverá se casar com a filha de Pyotr Vladimirovich, não é isso? – indagou Sergei. – Conheci o filho de Pyotr, a quem chamam de Sasha. Ele veio até mim no mosteiro. Nunca vi olhos como os dele. Será um monge, um santo ou um herói. Há um ano, ele quis tomar os votos. Espero que ainda queira. O mosteiro poderia usufruir de um irmão como ele.

– Bem, vá e verifique – disse Aleksei. – Convença o filho de Pyotr a voltar para o mosteiro com você. Dmitrii deverá viver em seu monastério durante sua minoridade. Tanto melhor se tiver Aleksandr Petrovich como companhia, um homem do seu sangue, dedicado a Deus. Se Dmitrii for coroado, precisará de toda engenhosidade aliada que possa lhe valer.

— O mesmo acontecerá com você – disse Sergei. As abelhas zumbiam à sua volta. As flores do norte compensavam com perfumes inebriantes sua vida breve e condenada. Com hesitação, Sergei acrescentou: — Você vai ser o regente, então? Os regentes também não vivem muito, se seus príncipes-infantes forem assassinados.

— Serei eu tão covarde para não me colocar entre o menino e os assassinos? – perguntou Aleksei. – Farei isso, mesmo que custe a minha vida. Deus está conosco. Mas você terá que ser metropolitano quando eu morrer.

Sergei riu.

— Verei a face de Deus e ficarei cego pela glória, antes de ir a Moscou tentar controlar os seus bispos, irmão. Mas vou para o norte com o príncipe de Serpukhov. Faz tempo que não viajo e gostaria de rever as altas florestas.

◇

Pyotr viu o monge entre os cavaleiros e seu rosto se fechou, mas falou apenas amenidades até o fim do dia da sua chegada. Todos festejaram ao crepúsculo, e quando as risadas e as tochas de pessoas bem alimentadas foram se afastando em direção à aldeia, Pyotr veio ao anoitecer e pegou Sergei pelo ombro. Os dois encararam-se ao lado do riacho.

— E então você veio, homem de Deus, para roubar meu filho de mim? – Pyotr perguntou a Sergei.

— Seu filho não é um cavalo para ser roubado.

— Não – replicou Pyotr. – É pior. Um cavalo ouviria a voz da razão.

— Ele é um guerreiro nato e um homem de Deus – disse Sergei. Sua voz estava suave como sempre, e a raiva de Pyotr intensificou-se de tal maneira que ele se engasgou com as palavras e não disse nada.

O monge franziu o cenho como se tomasse uma decisão. Então disse:

— Ouça, Pyotr Vladimirovich. Ivã Ivanovich está morrendo. Talvez, a esta altura, já esteja morto.

Pyotr não sabia disso. Assustou-se e recuou.

— O filho dele, Dmitrii, está hospedado na sua casa – Sergei continuou. – Quando os meninos forem embora, ele irá direto para o meu monastério, onde ficará escondido. Existem candidatos ao trono, para quem a vida de um menino não é nada. Um príncipe precisa de homens do seu próprio sangue para lhe ensinar e protegê-lo. Seu filho é primo de Dmitrii.

Surpreso, Pyotr ficou em silêncio. Os morcegos estavam surgindo. Em sua juventude, as noites de Pyotr eram cheias dos seus gritos, mas agora eles esvoaçavam em silêncio como o avançar do anoitecer.

– Nós não nos limitamos a fazer pão bento e cantar, eu e o meu pessoal – acrescentou Sergei. – Você está salvo aqui, nesta floresta que poderia engolir um exército, mas poucos poderiam dizer o mesmo. Assamos nossos pães para os famintos e empunhamos espadas em sua defesa. É um chamado nobre.

– Meu filho empunhará uma espada pela sua família, serpente – replicou Pyotr, automaticamente, mais irritado agora por estar em dúvida.

– De fato – disse Sergei. – Por seu próprio primo; um menino que um dia terá toda a Muscovy sob seu comando.

Pyotr tornou a ficar calado, mas sua raiva fora quebrada.

Sergei percebeu o pesar de Pyotr e curvou a cabeça.

– Sinto muito – disse. – É uma coisa difícil. Rezarei por você. – Ele se esgueirou por entre as árvores, o som de sua partida sendo engolido pela corredeira.

Pyotr não se mexeu. A lua estava cheia; a borda do seu disco prateado surgiu acima das árvores.

– Você teria sabido o que dizer – sussurrou. – Da minha parte, eu não sei. Ajude-me, Marina. Eu não perderia o meu filho nem mesmo pelo herdeiro do grão-príncipe.

◈

– Fiquei bravo quando soube que você tinha vendido minha irmã para tão longe – Sasha disse ao pai. Falava um tanto aos sobressaltos; estava treinando um potro. Pyotr montava Metel, e o garanhão cinza, que não era um cavalo de arado, olhava com certa curiosidade o jovem animal que corcoveava ao seu lado. – Mas Vladimir é um homem bem decente, embora seja muito jovem. É cuidadoso com os cavalos.

– Fico satisfeito, pelo bem de Olya. Mas, mesmo que ele fosse um libertino bêbado e um velho imprestável, eu não poderia fazer nada – disse Pyotr. – O grão-príncipe não *pediu*.

Sasha pensou subitamente em sua madrasta, uma mulher que seu pai jamais teria escolhido, com seu choro fácil, suas rezas, seus sustos e terrores.

– Você também não pôde escolher, pai – ele concluiu.

Devo estar velho, Pyotr pensou, *se meu filho está sendo gentil comigo.*

– Não importa.

A luz dourada infiltrou-se por entre as bétulas esguias, e todas as folhas prateadas agitaram-se ao mesmo tempo. O cavalo de Sasha não gostou do bruxuleio e se empinou. Sasha freou-o a meio caminho e o fez descer. Metel surgiu ao lado deles, como que para mostrar ao potro como um cavalo de verdade se comportava.

– Você ouviu o que o monge tinha a dizer – disse Pyotr, lentamente. – O grão-príncipe e seu filho são nossos parentes, mas, Sasha, pediria a você que pensasse melhor. A vida de um monge é difícil, sempre só, pobreza, orações e uma cama fria. Você é necessário aqui.

Sasha olhou para seu pai de esguelha. Seu rosto bronzeado pareceu, subitamente, muito mais jovem.

– Tenho irmãos – disse. – Preciso ir e experimentar por mim mesmo, contra o mundo. Aqui, as árvores me confinam. Vou em frente, lutar por Deus. Nasci para isso, pai. Além disso, o príncipe, meu primo Dmitrii, precisa de mim.

– É amargo ser um pai abandonado pelos filhos – rosnou Pyotr. – Ou ser um homem sem filhos que lamentem sua morte.

– Terei irmãos em Cristo que chorarão por mim – Sasha retorquiu. – E você tem Kolya e Alyosha.

– Se você for, não levará nada consigo – replicou Pyotr. – Apenas as roupas que estiver usando, sua espada e aquele cavalo louco que você pensa em montar, mas não será meu filho.

Sasha parecia mais jovem do que nunca. Seu rosto empalideceu por baixo do bronzeado.

– Preciso ir, pai – disse ele. – Não me odeie por isso.

Pyotr não respondeu. Dirigiu Metel em direção a casa com tal fúria que o potro de Sasha ficou bem para trás.

◇

Vasya entrou de mansinho no estábulo naquele fim de tarde, quando Sasha examinava um cavalo castrado alto e jovem.

– Mysh está triste – disse Vasya. – Ela quer ir com você.

A égua castanha estava pondo a cabeça fora da baia.

Sasha sorriu para a irmã.

– Ela está ficando velha pra viajar – disse, esticando o braço para agradar seu pescoço. – Além do mais, uma égua para reprodução tem pouca serventia num monastério. Este daqui vai servir pra mim. – Deu um tapa no cavalo, que empinou as orelhas pontudas.

– Eu posso ser um monge – disse Vasya, e Sasha viu que ela novamente tinha roubado as roupas do irmão e carregava um pequeno odre.

– Não duvido – disse Sasha. – Mas, normalmente, os monges são mais velhos.

– Eu sempre sou pequena demais! – exclamou Vasya com grande desgosto. – Vou crescer. Não vá ainda, Sashka. Fique mais um ano.

– Você se esqueceu da Olya? – perguntou Sasha. – Prometi que ia acompanhá-la até a casa do marido. E, depois, estou sendo chamado para Deus, Vasochka, não tem como negar.

Vasya pensou por um momento.

– Se eu prometesse acompanhar Olya até a casa do marido dela, eu também poderia ir?

Sasha não respondeu. Ela olhou para os pés, raspando um dedo na terra.

– Anna Ivanovna me deixaria ir – disparou. – Ela quer que eu vá. Ela me odeia. Sou pequena demais e suja demais.

– Dê um tempo pra ela – disse Sasha. – Foi criada na cidade; não está acostumada com mato.

Vasya fez uma careta.

– Ela já está aqui há um tempão. Gostaria que *ela* voltasse pra Moscou.

– Olhe, irmãzinha – disse Sasha, olhando seu rosto pálido. – Venha montar.

Quando Vasya era pequena, não havia nada que gostasse mais do que cavalgar na frente da sela do irmão, o rosto ao vento, segura na curva do seu braço. Seu rosto iluminou-se, e Sasha a montou no cavalo. Quando entraram no *dvor*, ele se empinou. Vasya inclinou-se para a frente, a respiração acelerada, e então lá se foram eles, galopando com um veloz troar de cascos.

Vasya inclinava-se com alegria para a frente.

– Mais, mais! – gritou, quando Sasha freou o cavalo e o virou para voltar para casa. – Vamos para Sarai, Sashka! – Ela se virou para olhar para ele. – Ou Tsargrad, ou Buyan, onde vive o rei do mar com sua filha, a donzela-cisne. Não fica muito longe, a leste do sol, a oeste da lua. – Franziu os olhos, como que para ter certeza da direção deles.

– É um pouco longe para uma galopada à noite – disse Sasha. – Você precisa ser corajosa, sapinho, e obedecer a Dunya. Um dia eu volto.

– Vai ser logo, Sasha? – sussurrou Vasya. – Logo?

Sasha não respondeu, mas não precisava. Tinham chegado em casa. Ele parou o cavalo e desceu a irmã no estábulo.

11

DOMOVOI

Após a partida de Sasha e Olga, Dunya notou uma mudança em Vasya. Um dos motivos é que ela desaparecia mais do que nunca. Outro é que falava muito menos. E, às vezes, quando falava, as pessoas ficavam espantadas. A menina estava grande demais para balbuciar como criança, e no entanto...

– Dunya – Vasya perguntou um dia, não muito depois do casamento de Olga, quando o calor estendia-se como uma mão sobre a floresta e os campos –, o que vive no rio? – Estava tomando seiva de bétula e deu um grande gole, olhando a ama com expectativa.

– Peixe, Vasochka, e se você se comportar até amanhã, teremos alguns fresquinhos com ervas novas e creme.

Vasya adorava peixe, mas sacudiu a cabeça.

– Não, Dunya, o que mais vive no rio? Alguma coisa com olhos como os de um sapo, cabelo como algas e lama escorrendo do nariz.

Dunya olhou a criança em alerta, mas Vasya estava ocupada com os últimos pedaços de repolho no fundo da sua vasilha e não viu.

– Você andou escutando histórias de camponeses, Vasya? – perguntou Dunya. – Esse é o *vodianoy*, o rei do rio, que está sempre procurando pequenas donzelas para levar para seu castelo, debaixo da margem do rio.

Vasya estava raspando o fundo da vasilha com ar distraído.

– Não é um castelo – ela disse, lambendo o caldo dos seus dedos. – É só um buraco na margem do rio. Mas nunca soube qual era o nome dele.

– Vasya... – começou Dunya, olhando nos olhos brilhantes da criança.

– Huuum? – disse Vasya, largando a vasilha vazia e se levantando.

Dunya estava a ponto de preveni-la, explicitamente, contra... o quê? Falar sobre contos de fadas? Dunya engoliu as palavras de volta e entregou a Vasya uma cesta coberta com pano.

– Tome. Leve isso para o padre Semyon. Ele tem andado doente.

Vasya acenou com a cabeça, concordando. O quarto do padre fazia parte da casa, mas era possível entrar nele por uma porta separada, na parede sul. Vasya pegou um bolinho e o enfiou na boca antes que Dunya pudesse reagir. Saiu da cozinha cantarolando alto e fora do tom, como seu pai costumava fazer certa época.

Devagar, como que contra a sua vontade, a mão de Dunya enfiou-se num bolso costurado dentro da sua saia. A estrela ao redor da pedra azul reluziu, perfeita como um floco de neve, e a pedra estava gelada ao toque, embora ela tivesse trabalhado junto ao fogão durante toda aquela manhã sufocante.

– Ainda não – murmurou. – Ela ainda é uma menininha. Ah, por favor, ainda não.

A pedra ficou reluzindo em sua palma ressecada. Dunya enfiou-a com raiva de volta no bolso e se virou para mexer a sopa com uma fúria que não era do seu feitio. O caldo claro espirrou por cima da borda e chiou nas pedras quentes do fogão.

◊

Algum tempo depois, Kolya viu a irmã espiando de uma moita de capim. Apertou os lábios. Ninguém em dez aldeias, disso ele tinha certeza, poderia estar sempre maquinando, como Vasya fazia.

– Você não deveria estar na cozinha, Vasya? – perguntou num tom cortante. O dia estava quente, sua esposa suada, irritadiça. Começavam a nascer os dentes do seu filho e ele gritava sem parar. Por fim, Kolya, rangendo os dentes, tinha agarrado linha e cesto e se dirigido ao rio. Mas, agora, aqui estava sua irmã para vir atrapalhar a sua paz.

Vasya esticou mais a cabeça para fora do capim, mas não saiu do seu esconderijo.

– Não pude evitar, irmão – disse ela de forma convincente. – Anna Ivanovna e Dunya estavam berrando uma com a outra, e Irina estava chorando *de novo*. – Irina era sua meia-irmã bebê, nascida pouco antes do próprio filho de Kolya. – Seja como for, não consigo costurar quando Anna Ivanovna está por perto. Esqueço como se faz.

Kolya bufou.

Vasya mexeu-se no seu esconderijo.

– Posso te ajudar a pescar? – perguntou ela, esperançosa.

– Não.

– Posso te *ver* pescar?

Kolya abriu a boca para recusar e reconsiderou. Sentada na margem do rio, ela não estaria arrumando confusão em outro lugar.

– Tudo bem. Se ficar sentada ali. *Em silêncio*. Não faça sombra na água.

Vasya foi docilmente até o lugar indicado. Kolya não lhe deu mais atenção, concentrando-se na água e na sensação da linha nos dedos.

Uma hora depois, Vasya continuava sentada como lhe havia sido mandado, e Kolya tinha seis bons peixes no cesto. Talvez sua esposa lhe perdoasse o desaparecimento, pensou, olhando a irmã e se perguntando como ela conseguia ficar quieta tanto tempo. Olhava a água com uma expressão embevecida que o deixou inquieto. O que estaria vendo que a fazia encarar daquele jeito? A água murmurava sobre seu leito, como sempre, canteiros de agrião balançando nas duas margens da corrente.

A linha deu um puxão firme, e ele esqueceu Vasya, enquanto a puxava. Mas, antes que o peixe saltasse na margem, o anzol de madeira soltou-se. Kolya xingou. Recolheu a linha com impaciência e substituiu o anzol. Preparando-se para lançar novamente, olhou em torno. Seu cesto já não estava no lugar. Xingou novamente, mais alto, e olhou para Vasya. Mas ela estava sentada em uma pedra, a dez passos de distância.

– O que aconteceu? – perguntou.

– Meus peixes sumiram! Algum *durak* da aldeia deve ter vindo e...

Mas Vasya não estava escutando. Tinha corrido para a beirinha do rio.

– Não é seu! – gritou. – Devolva!

Kolya pensou ter ouvido um som estranho no chapinhar da água, como se ela estivesse respondendo.

Vasya bateu o pé.

– Agora! Pegue seu próprio peixe!

Um grande rangido subiu das profundezas, como se fossem pedras se atritando, e então o cesto apareceu voando, vindo do nada, batendo no peito de Vasya e a jogando para trás. Instintivamente, ela o agarrou e sorriu para o irmão.

– Aqui estão eles! – disse. – A coisa velha e gulosa só queria... – Mas ela parou de imediato ao ver o rosto do irmão. Sem mais palavras, estendeu-lhe o cesto.

Kolya teria gostado de ir para a aldeia, largando seu cesto e sua irmã esquisita, mas era um homem, filho de um boiardo, então adiantou-se cautelosamente, as pernas rígidas, para pegar o que havia pescado. Talvez tenha tido vontade de falar; com certeza sua boca abriu uma ou duas vezes – *bem como um peixe*, Vasya pensou –, mas depois deu meia-volta, sem uma palavra, e partiu a passos largos.

◊

Finalmente chegou o outono, pousando seus dedos frios na relva seca do verão. A luz passou de dourada a cinzenta, e as nuvens tornaram-se úmidas e macias. Se Vasya ainda chorava por seu irmão e sua irmã, não o fazia onde sua família pudesse vê-la, e parou de perguntar todos os dias ao pai se já estava crescida o bastante para ir a Moscou. Mas comia seu mingau com uma intensidade de lobo e perguntava frequentemente a Dunya se estava um pouco maior. Evitava a costura e a madrasta. Anna batia o pé e dava ordens estridentes, mas Vasya as desafiava.

Naquele verão, ela errou pela mata, enquanto havia luz, e na entrada da noite. Agora não havia Sasha para agarrá-la quando fugia, e ela fugia com frequência, apesar das repreensões de Dunya. Mas os dias ficaram mais curtos, o tempo piorou, e nas tardes curtas e ventosas, Vasya, às vezes, sentava-se dentro de casa, no seu banquinho. Ali, comia pão e conversava com o *domovoi*.

O *domovoi* era pequeno, atarracado e marrom. Tinha uma longa barba e olhos brilhantes. À noite, esgueirava-se para fora do forno para limpar os pratos e esfregar a fuligem. Também costumava cerzir quando as pessoas deixavam a costura à mostra, mas Anna gritava se visse uma camisa largada, e poucas criadas se arriscariam a incorrer em sua raiva. Antes da chegada da madrasta de Vasya, elas lhe deixavam oferendas: uma vasilha de leite ou um pedaço de pão. Mas Anna também gritava quando via isso. Dunya e as criadas tinham começado a esconder suas oferendas em cantos absurdos, onde Anna raramente ia.

Vasya conversava entre mordidas, chutando as pernas do seu banquinho. O *domovoi* costurava – ela havia, furtivamente, lhe entregado sua costura. Seus dedos minúsculos moviam-se rápido como mosquitos num dia de verão. A conversa entre eles era, como sempre, quase unilateral.

– De onde você vem? – Vasya perguntou-lhe com a boca cheia. Já tinha feito esta pergunta antes, mas às vezes ele mudava a resposta.

O *domovoi* não levantou os olhos, nem interrompeu seu trabalho.

– Daqui – respondeu.

– Você quer dizer que existem mais como você? – perguntou a menina, perscrutando.

A ideia pareceu desconcertar o *domovoi*.

– Não.

– Mas, se você é único, então de onde você vem?

Conversas filosóficas não eram o forte do *domovoi*. Sua testa vincada enrugou-se, e houve um toque de hesitação em suas mãos.

– Estou aqui porque a casa é aqui. Se a casa não fosse aqui, eu também não estaria aqui.

Vasilisa não conseguiu entender nada.

– Então – tentou novamente –, se a casa for queimada pelos tártaros, você vai morrer?

O *domovoi* parecia estar lutando com um conceito impenetrável.

– Não.

– Mas você acabou de dizer que...

A esta altura, o *domovoi* insinuou, com certa brusquidão de gestos, que já não estava interessado em conversar. De qualquer modo, Vasya tinha terminado seu pão. Intimamente confusa, desceu do banquinho espalhando migalhas. O *domovoi* lhe lançou um olhar raivoso, os lábios trancados. Sentindo-se culpada, a menina espanou as migalhas, espalhando-as ainda mais. Por fim, desistiu e fugiu, tropeçando numa tábua solta e dando de encontro com Anna Ivanovna, que estava parada na porta, olhando com a boca semiaberta.

Em sua defesa, Vasya não pretendia mandar sua madrasta aos tropeços contra o batente da porta, mas era forte para sua idade, e só pele e osso, podendo fugir com muita rapidez. Levantou os olhos num rápido pedido de desculpas, mas se conteve. Anna estava branca como papel, com um pouco de cor queimando em cada face. Seu peito arfava. Vasya deu um passo para trás.

– Vasya – Anna começou, parecendo sufocada. – Com quem você estava conversando?

Tomada de surpresa, Vasya não respondeu.

– Responda-me criança! Com quem você estava conversando?

Desconcertada, a menina escolheu a resposta mais segura:

— Com ninguém.

O olhar de Anna arremessou-se de Vasya para o cômodo atrás. Abruptamente, estendeu o braço e a estapeou.

Vasya levou a mão ao rosto, pálida com uma fúria perplexa. Um momento depois, as lágrimas lhe vieram aos olhos. Seu pai surrava-a com bastante frequência, mas com um grave senso de justiça. Ela nunca tinha sido estapeada por raiva.

— Não vou perguntar de novo – disse Anna.

— É só o *domovoi* – Vasya murmurou. Seus olhos estavam enormes. – Só o *domovoi*.

— E que tipo de diabo é o *domovoi*? – quis saber Anna com estridência.

Vasya, aturdida e tentando não chorar, não disse nada.

Anna levantou a mão para estapear de novo.

— Ele ajuda a limpar a casa – Vasya gaguejou rapidamente. – Não faz mal nenhum.

Os olhos de Anna arremessaram-se, em chamas, para dentro do cômodo, e seu rosto corou num vermelho apagado.

— Vá embora, você! – gritou.

O *domovoi* olhou numa confusão ofendida.

Anna voltou-se para Vasilisa.

— *Domovoi*? – sibilou, avançando para a enteada. – *Domovoi*? Não existe esse tal de *domovoi*!

Furiosa, confusa, Vasya abriu a boca para contradizê-la, mas ao ver a expressão da madrasta fechou-a de pronto. Nunca tinha visto ninguém com tanto medo.

— Caia fora daqui! – gritou Anna. – Vá embora, *fora*!

A última palavra foi um guincho, e Vasya virou-se e fugiu.

◇

O calor do animal vinha de baixo e aquecia o palheiro de cheiro doce. Vasya enfiou-se numa pilha de palha, gelada, ferida e desconcertada. O *domovoi* não existia? Claro que existia. Era visto todos os dias! Estivera bem ali! Mas será que as pessoas o viam mesmo? Vasya não conseguia se lembrar de ninguém falando com ele, exceto ela mesma. Mas... É claro que Anna Ivanovna o vira: "Vá embora", tinha dito. Não tinha? Talvez... Talvez *não houvesse* essa coisa de *domovoi*. Vai ver que ela estava louca.

Talvez estivesse destinada a ser uma bobinha abençoada, vagando por entre os aldeões. Mas não, esses doidinhos eram protegidos por Cristo; não chegariam nem perto de ser tão malvados quanto ela.

A cabeça de Vasya doía de tanto pensar. Se o *domovoi* não era real, então, e os outros? O *vodianoy* no rio, o homem-galho nas árvores? A *rusalka*, o *polevik*, o *dvornik*? Teria ela imaginado todos eles? Estaria louca? Anna Ivanovna também? Desejou poder perguntar a Olya ou Sasha. Eles saberiam, e nenhum deles jamais bateria nela. Mas estavam longe.

Vasya afundou a cabeça entre os braços. Não soube ao certo quanto tempo ficou ali. As sombras moveram-se pelo estábulo em penumbra. Cochilou um pouco à maneira das crianças cansadas, e quando acordou, a luz no palheiro era cinza e ela estava enlouquecida de fome.

Rigidamente, Vasya esticou-se, abriu os olhos e se viu olhando diretamente nos olhos de uma criaturinha estranha. Vasya soltou um gemido de desânimo e tornou a se enrodilhar, pressionando os punhos nas órbitas oculares. Mas, quando olhou novamente, os olhos continuavam ali, ainda grandes, castanhos e tranquilos, ligados a um rosto largo, nariz vermelho e uma barba branca que se mexia de um lado a outro.

A criatura era bem pequena, não ultrapassava a própria Vasya, e estava sentada em uma pilha de feno, olhando-a com uma expressão de curiosa simpatia. Diferentemente do *domovoi* com seu manto perfeito, esta criatura usava uma série de refugos esfarrapados e tinha os pés nus.

Vasya viu tudo isto antes de apertar bem os olhos novamente. Mas não poderia ficar afundada na palha para sempre. Por fim, juntou coragem, abriu os olhos mais uma vez e disse, trêmula:

– Você é um diabo?

Houve uma pequena pausa.

– Não sei. Pode ser. O que é um diabo? – A criaturinha soava como o ronco de um cavalo bonzinho.

Vasya refletiu:

– Uma criatura sombria, com barba de fogo e rabo bifurcado, que quer se apossar da minha alma e me arrastar pra ser torturada num buraco de fogo.

Voltou a olhar o homenzinho.

Fosse ele o que fosse, não parecia corresponder a essa descrição. Sua barba era garantidamente branca e sólida, e ele estava se virando para examinar os fundilhos da sua calça, como que para confirmar a falta de rabo.

– Não – respondeu enfim. – Não acho que eu seja um diabo.

– Você está mesmo aqui? – Vasya perguntou.

– Às vezes – o homenzinho respondeu tranquilamente.

Vasya não estava totalmente sossegada, mas depois de pensar por um momento decidiu que "às vezes" era preferível a "nunca".

– Ah – disse ela, tranquilizada. – Então, o que você é?

– Cuido dos cavalos.

Vasya assentiu com prudência. Se havia uma criaturinha que tomava conta da casa, bem, então deveria haver outra para os estábulos. Mas aprendera a ter cautela.

– Qualquer um pode... pode ver você? Eles sabem que você está aqui?

– Os tratadores sabem que estou aqui. Pelo menos, eles deixam oferendas nas noites frias. Mas, não, ninguém pode me ver. Só você. E aquela outra, mas ela nunca vem. – Ele esboçou uma pequena mesura em sua direção.

Vasya olhou-o com crescente consternação.

– E o *domovoi*? Ninguém também pode vê-lo, pode?

– Não sei o que é um *domovoi* – respondeu a criaturinha, sem se alterar. – Pertenço aos estábulos e aos animais que vivem aqui. Não saio a não ser para exercitar os cavalos.

Vasya abriu a boca para perguntar como ele fazia isso. Não era mais alto do que ela, e todos os cavalos tinham as costas muito acima da sua cabeça. Mas, naquele momento, deu-se conta da voz rouca de Dunya chamando-a. Deu um pulo.

– Tenho que ir – ela falou. – Vou te ver de novo?

– Se quiser – respondeu o outro. – Nunca falei com ninguém antes.

– Meu nome é Vasilisa Petrovna. Qual é o seu?

A criaturinha pensou por um instante.

– Nunca tive que me dar um nome antes – disse. Voltou a pensar. – Sou o *vazila*, o espírito dos cavalos – acrescentou, por fim. – Acho que você pode me chamar assim.

Vasya assentiu uma vez, respeitosamente.

– Obrigada – disse. Depois rolou e correu para a escada do palheiro, tirando feno do cabelo.

◊

Os dias e as estações foram se sucedendo. Vasya foi crescendo e aprendeu a ter cautela. Assegurou-se de nunca falar com ninguém a não ser outras pessoas, a menos que estivesse sozinha. Decidiu gritar menos, correr menos, preocupar Dunya menos e, acima de tudo, evitar Anna Ivanovna.

De certa forma, até teve sucesso, porque se passaram quase sete anos em paz. Se Vasya ouvia vozes no vento, ou via rostos nas folhas, ignorava-os. A maioria. O *vazila* tornou-se a exceção.

Ele era uma criatura muito simples. Como todos os espíritos domésticos, disse, passou a existir quando os estábulos foram construídos e não se lembrava de nada anterior a isso. Tinha a simplicidade generosa dos cavalos e, sob suas diabruras, Vasilisa tinha uma constância que, embora não soubesse disso, atraía o pequeno espírito do estábulo.

Sempre que podia, Vasya desaparecia no celeiro. Poderia ficar horas contemplando o *vazila*. Seus movimentos eram de uma leveza e habilidades inumanas, e subia nas costas de todos os cavalos como um esquilo. Até Metel ficava como uma pedra enquanto ele fazia isso. Depois de um tempo, pareceu perfeitamente natural que Vasya pegasse uma faca e um pente e fosse ajudá-lo.

De início, as aulas do *vazila* eram apenas sobre coisas técnicas: cuidar do pelo, tratar, sarar, mas Vasya era muito impaciente e logo ele estava lhe ensinando coisas estranhas.

Ensinou-lhe a conversar com cavalos. Era uma linguagem de olhos e corpo, som e gestos. Vasya era jovem o suficiente para aprender rápido. Logo estava se esgueirando no celeiro não apenas para o conforto do feno e dos corpos quentes, mas para a conversa dos cavalos. Sentava-se nas baias continuamente, escutando.

Os cavalariços poderiam tê-la mandado embora, se tivessem dado com ela, mas as vezes em que conseguiram vê-la foram de uma raridade surpreendente. Às vezes, Vasya ficava preocupada por eles nunca a encontrarem. Ela só precisava se encostar na lateral de uma baia, depois rodear o cavalo de cabeça baixa e fugir, e o tratador nem mesmo levantava os olhos.

PARTE DOIS

12

O PADRE DE CABELOS DOURADOS

No ano em que Vasilisa Petrovna fez quatorze anos, o metropolitano Aleksei fez seus planos para a ascensão do príncipe Dmitrii Ivanovich. Durante sete anos, o metropolitano assumira a regência de Moscou; esquematizava, discutia, fazia alianças e as quebrava, chamava homens para guerrear e os mandava novamente para casa. Porém, quando Dmitrii chegou à idade adulta, Aleksei, vendo-o ousado, arguto e firme no julgamento, disse:

– Bem, um bom potro não deve ser deixado no pasto. – E começou a fazer planos para a coroação. Foram costurados mantos, compradas joias e peles, mensageiros foram enviados a Sarai para pedir a indulgência do *khan*.

E Aleksei continuou, como sempre, a procurar a sua volta aqueles que poderiam estar em posição de se oporem à sucessão do príncipe. Foi então que soube de um padre chamado Konstantin Nikonovich.

Konstantin era bem jovem, é verdade, feliz (ou infelizmente), possuidor de uma beleza terrível: cabelo cor de ouro velho, olhos como água azul. Era conhecido em Muscovy por sua misericórdia e, apesar da juventude, tinha viajado para longe, ao sul até Tsargrad e a oeste até Hellas. Lia grego e podia argumentar sobre pontos obscuros de teologia. Além disso, cantava com uma voz de anjo, a ponto de as pessoas chorarem ao ouvi-lo e erguerem os olhos para Deus.

Mas, acima de tudo, Konstantin Nikonovich era pintor de imagens. Imagens tais, diziam, como jamais haviam sido vistas em Muscovy. Deviam ter vindo do dedo de Deus para abençoar o mundo perverso. Suas imagens já eram copiadas pelos monastérios do norte de Rus', e os espiões de Aleksei trouxeram-lhe histórias de multidões arrebatadas em tumulto, mulheres chorando ao beijar os rostos pintados.

Esses rumores perturbaram o metropolitano.

– Bem, livrarei Moscou desse padre de cabelos dourados – disse consigo mesmo. – Se ele é tão amado, se quiser, sua voz poderia virar o povo contra o príncipe.

Passou a considerar alguns meios.

Enquanto refletia, chegou um mensageiro da casa de Pyotr Vladimirovich.

O metropolitano mandou buscar o homem imediatamente. O mensageiro chegou no momento oportuno, ainda empoeirado e cansado, surpreso com seu reluzente entorno. Mas ficou suficientemente firme e disse:

– A bênção, padre – gaguejou apenas um pouco.

– Deus esteja convosco – respondeu Aleksei, esboçando o sinal da cruz. – Diga-me o que o traz tão longe, meu filho.

– O pároco de Lesnaya Zemlya morreu – explicou o mensageiro, engolindo em seco. Esperava contar sua incumbência para um personagem menos referenciado. – O bom e gordo padre Semyon foi ao encontro de Deus e estamos à deriva, segundo a senhora. Ela implora para que o senhor nos mande outro, para nos manter naquele ermo.

– Bem – disse o metropolitano imediatamente. – Agradeça, porque sua salvação está bem à mão.

O metropolitano Aleksei dispensou o mensageiro e mandou chamar Konstantin Nikonovich.

O rapaz veio à presença do prelado, alto, pálido e afogueado. Seu manto de tecido escuro ressaltava a beleza do seu cabelo e dos seus olhos.

– Padre Konstantin – disse Aleksei –, está sendo chamado por Deus para uma tarefa.

O padre não disse nada.

– Uma mulher – o metropolitano continuou –, irmã do próprio grão-príncipe, enviou um mensageiro pedindo nossa ajuda. O rebanho da sua aldeia está sem pastor.

O rosto do rapaz não se alterou.

– Você é o homem certo para ir assistir a senhora e sua família – Aleksei terminou, sorrindo com um ar de estudada benevolência.

– Batyushka – começou o padre Konstantin. Tinha a voz tão profunda que era chocante. O criado, junto ao cotovelo de Aleksei, guinchou.

O metropolitano estreitou os olhos. – Sinto-me honrado, mas já tenho o meu trabalho entre o povo de Moscou. E minhas imagens, que pintei para a glória de Deus, estão aqui.

– Temos muitos entre nós para cuidar do povo de Moscou – replicou o metropolitano. A voz do jovem padre era calmante e enervante ao mesmo tempo, e Aleksei o observou com cautela. – E ninguém para aquelas pobres almas perdidas no ermo. Não, não, precisa mesmo ser o senhor. Partirá em três semanas.

Pyotr Vladimirovich é um homem sensato, pensou Aleksei. *Três estações no norte matará este pretensioso, ou pelo menos amainará esse encanto tão perigoso. É melhor do que matá-lo agora e correr o risco de o povo pegar sua carne como relíquia, transformando-o num mártir.*

Padre Konstantin abriu a boca. Mas deparou-se com o olhar do metropolitano, duro como pedra. Os guardas estavam dispostos por toda parte, além da antessala, com longas lanças vermelhas. Konstantin engoliu em seco seja lá o que quisesse dizer.

– Estou certo – disse Aleksei com suavidade – que tem muito a fazer antes da partida. Deus esteja convosco, meu filho.

Konstantin, lívido e mordendo seu lábio vermelho, inclinou a cabeça rigidamente e deu meia-volta. Seu manto pesado ondulou e estalou atrás dele enquanto deixava a sala.

– Me livrei de uma boa – murmurou Aleksei, embora continuasse inquieto. Despejou *kvas* em um copo e a entornou gelada goela abaixo.

◇

No alto verão, as estradas estavam secas e com o mato crescido. O sol ameno gostava da terra de cheiro doce, e chuvas leves espalhavam flores pela floresta. No entanto, o padre Konstantin não viu nada disso; cavalgava ao lado do mensageiro de Anna com uma raiva de dentes travados. Seus dedos ansiavam por seus pincéis, seus pigmentos, seus painéis de madeira, pela sua cela fria e silenciosa. Mais do que tudo, sentia falta das pessoas, do seu amor e fome, do seu arrebatamento combinado com certo medo, da maneira como suas mãos estendiam-se para as dele. Que os diabos levassem o intrometido metropolitano. E agora ele estava exilado, por nenhuma razão a não ser a de que as pessoas preferiam-no. Bem. Treinaria algum menino da aldeia, faria com que fosse ordenado e, depois, estaria livre para voltar a Moscou. Ou, talvez, ir mais ao sul, para Kiev, ou oeste, para Novgorod. O mundo era vasto, e Konstantin Nikonovich não seria deixado para apodrecer em alguma fazenda na floresta.

Konstantin passou uma semana irritado e depois foi tomado por uma curiosidade natural. As árvores cresciam com uma regularidade maior, à medida que se aprofundavam nas terras selvagens: carvalhos de circunferência gigantesca e pinheiros altos como os domos das igrejas. Os campos luminosos iam se escasseando, enquanto a floresta acercava-se dos dois lados. A luz era verde, cinza e roxa, e as sombras estendiam-se espessas como veludo.

– Como são as terras de Pyotr Vladimirovich? – Konstantin perguntou certa manhã a seu acompanhante.

O mensageiro levou um susto; fazia uma semana que cavalgavam, e o belo padre mal tinha aberto a boca, exceto para comer suas refeições.

– Lindíssimas, Batyushka – o homem respondeu com respeito. – Árvores lindas como catedrais e corredeiras claras por todos os lados. Flores no verão, frutas no outono. Mas no inverno faz frio.

– E seu patrão e sua patroa? – perguntou Konstantin, numa curiosidade involuntária.

– Pyotr Vladimirovich é um bom homem – respondeu o mensageiro com o entusiasmo transparecendo na voz. – Às vezes é duro, mas justo, e sua gente não passa necessidade.

– E a patroa?

– Ah, uma boa mulher, uma boa mulher. Não é como a antiga patroa, mas mesmo assim uma boa mulher. Nunca ouvi reclamação dela.

Lançou a Konstantin um olhar furtivo enquanto falava, e o padre se perguntou o que o mensageiro teria deixado de dizer.

◆

No dia em que o padre chegou, Vasya estava sentada numa árvore, conversando com uma *rusalka*. Houve uma época em que achara tais conversas desconcertantes, mas agora tinha se acostumado com a nudez de pele verde da mulher e o constante gotejar de água do seu cabelo claro, coberto de plantas. O espírito estava sentado em um galho grosso, com um relaxamento felino, penteando seguidamente suas longas madeixas. O pente era seu maior tesouro, porque, se seu cabelo secasse, ela morreria. Mas o pente poderia produzir água em qualquer lugar. Olhando de perto, Vasya podia ver a água fluindo dos dentes do pente. A *rusalka* tinha um apetite por carne; abocanhava cervos que vinham beber em seu lago ao amanhecer e, às vezes, os rapazes que nadavam ali no alto verão. Mas gostava de Vasilisa.

Era fim de tarde, e a luz dos longos dias do norte brilhava nelas duas, destacando o brilho do cabelo de Vasya e reduzindo a *rusalka* a um fantasma esverdeado em forma de mulher. O espírito da água era tão antigo quanto o próprio lago, e às vezes ela olhava pensativa para Vasya, a filha audaciosa de um mundo mais novo.

Tinham se tornado amigas sob estranhas circunstâncias. A *rusalka* roubara um menino da aldeia. Vasya, vendo o jovem desaparecer, gorgolejando, e o relance de dedos verdes, mergulhara no lago atrás dele. Embora fosse uma criança, resplandecia com a força de sua própria mortalidade e poderia se equiparar a qualquer *rusalka*. Agarrou o menino e o arrastou de volta para a luz. Chegaram a salvo na praia, o menino ferido e cuspindo água, olhando para Vasya num misto de gratidão e terror. Livrou-se dela e correu para a aldeia assim que sentiu a terra sob os pés.

Vasya tinha dado de ombros e ido atrás, torcendo a água da sua trança. Queria sua sopa. Mas ao findar o longo crepúsculo da primavera, quando cada folha e lâmina de grama projetavam-se escuras contra o ar tingido de azul, Vasya retornara ao lago. Sentou-se na beirada, com os dedos dos pés na água.

– Você queria comer ele? – perguntou para a água, estabelecendo conversa. – Não dá pra achar outra carne?

Houve um pequeno silêncio preenchido pelas folhas.

Então...

– Não – respondeu uma voz ondulada.

Vasya ficou de pé num pulo, os olhos faiscando através da folhagem. Foi, acima de tudo, por sorte que seu olhar divisou o sinuoso contorno de uma mulher nua. A *rusalka* estava agachada em um galho, com uma coisa branca reluzente presa em uma das mãos.

– Não era a carne – a criatura tinha dito com um levantar de ombros, o cabelo deslizando como ondinhas sobre sua pele. – Medo... e desejo... Não que *você* conheça alguma coisa a respeito de qualquer um dos dois.

Isso dá sabor à água e me alimenta. Ao morrer, eles me veem como sou. Caso contrário, eu não passaria de lago, árvore e alga.

– Mas você mata eles! – exclamou Vasya.

– Tudo morre.

– Não vou deixar você matar a minha gente.

– Então vou desaparecer – respondeu a *rusalka*, sem inflexão.

Vasya pensou por um tempo.

– Sei que você está aqui. Posso te ver. Não estou morrendo, nem com medo, mas posso te ver. Poderia ser sua amiga. Isso basta?

A *rusalka* olhava para ela com curiosidade.

– Talvez.

E cumprindo sua palavra, Vasya vinha à procura do espírito das águas e, na primavera, jogava flores no lago, e a *rusalka* não morreu.

Em troca, ensinou Vasya a nadar de um jeito que poucas pessoas conseguiam e a subir em árvores como um gato, e foi assim que as duas viram-se juntas, modorrando em um galho sobre a estrada, quando o padre Konstantin aproximou-se de Lesnaya Zemlya.

A *rusalka* foi a primeira a ver o padre. Seus olhos brilharam.

– Aí vem alguém que seria bom comer.

Vasya espiou a estrada e viu um homem de cabelo dourado coberto de poeira e o manto escuro de um padre.

– Por quê?

– Está cheio de desejo. Desejo e medo. Ele não sabe o que deseja e não admite seu medo. Mas sente os dois com uma força a ponto de estrangular.

O homem aproximava-se. De fato, era um rosto faminto. Maçãs do rosto altas, destacadas, lançavam sombras cinza em suas faces encovadas; tinha olhos azuis fundos e suaves, lábios cheios, embora dispostos com severidade, como que para esconder a doçura. Um dos homens do pai de Vasya cavalgava a seu lado, e os dois cavalos estavam empoeirados e cansados.

O rosto de Vasya iluminou-se.

– Vou pra casa. Se ele estiver vindo de Moscou, vai trazer notícias do meu irmão e da minha irmã.

A *rusalka* não estava olhando para ela, mas para a trilha que o homem tinha tomado, uma luz faminta nos olhos.

– Você prometeu que não faria isto – disse Vasya secamente.

A *rusalka* sorriu, dentes afiados reluzindo por entre lábios verdes.

– Talvez ele deseje a morte – disse ela. – Se for assim... posso ajudá-lo.

◇

O quintal da frente da casa fervilhava como um formigueiro, tingido de dourado pela luz da tarde. Um homem desarreava os cavalos exaustos, mas o padre não estava à vista. Vasya correu para a porta da cozinha. Dunya, que a encontrou na soleira, sibilou com os galhos em seu cabelo e as manchas no seu vestido herdado.

– Vasya, onde...? – ela disse, e então: – Não importa. Entre rápido. – Levou a menina para pentear o cabelo e trocar as roupas sujas por uma blusa e um *sarafan* bordado.

Corada e aflita, porém mais ou menos apresentável, Vasya saiu do quarto que dividia com Irina. Alyosha estava a sua espera. Sorriu com a sua aparência.

– Talvez eles consigam te casar, afinal de contas, Vasochka.

– Anna Ivanovna diz que não – respondeu Vasya pausadamente. – Alta demais, magricela como uma doninha, pés e rosto parecidos com um sapo. – Ela bateu palmas e revirou os olhos. – Infelizmente, só príncipes de contos de fadas casam-se com esposas-sapo. E elas podem fazer uma mágica e ficar lindas se quiserem. Acho que não terei um príncipe, Lyoshka.

Alyosha bufou.

– Eu teria dó do príncipe, mas não leve Anna Ivanovna a sério; ela não quer que você seja linda.

Vasya não disse nada, e em seu rosto baixou rapidamente uma sombra.

– Bem, então temos um novo padre – Alyosha acrescentou, apressado. – Está curiosa, irmãzinha?

Os dois saíram e contornaram a casa.

O olhar que ela lhe deu era límpido como o de uma criança.

– Você não está? – perguntou. – Ele vem de Moscou; vai ver que traz notícias.

◇

Pyotr e o padre estavam sentados juntos na grama fresca do verão, bebendo *kvas*. Pyotr virou-se quando ouviu seus filhos aproximando-se, e seus olhos se estreitaram ao ver sua segunda filha.

Ela é quase uma mulher, pensou. *Faz muito tempo desde a última vez que olhei para ela de verdade. Está muito parecida e muito diferente da mãe.*

Na verdade, Vasya ainda era desajeitada, mas tinha começado a definir seus traços. A ossatura continuava grosseira e abrutalhada, a boca larga demais, os lábios muito cheios em relação ao restante, mas ela era envolvente: os humores passavam como nuvens sobre a cristalina água verde do seu olhar, e algo em seus movimentos, na linha do pescoço, no cabelo trançado, atraía e retinha a atenção. Quando a luz batia no cabelo preto, ele não emitia um brilho bronze, como acontecia com Marina, mas sim vermelho-escuro, como se houvesse granadas presas nas mechas sedosas.

Padre Konstantin olhava Vasya com as sobrancelhas erguidas e uma leve careta. *Não é de espantar*, Pyotr pensou. A menina tinha algo de indomável, mesmo considerando sua veste apropriada e o cabelo perfeitamente trançado. Parecia uma coisa selvagem recém-capturada e mal começando a ser domesticada.

– Meu filho – disse Pyotr, rapidamente. – Aleksei Petrovich. E esta é minha filha, Vasilisa Petrovna.

Alyosha fez uma mesura, tanto para o padre, quanto para seu pai. Vasya olhava para Konstantin com evidente ansiedade. Alyosha cutucou-a com força com o cotovelo.

– Ah! – disse Vasya. – O senhor é bem-vindo aqui, Batyushka. – E, então, acrescentou às pressas: – Tem notícias do nosso irmão e da nossa irmã? Meu irmão foi embora há sete anos para tomar seus votos no mosteiro da Trindade e minha irmã é a princesa de Serpukhov. Diga que o senhor esteve com eles!

Sua mãe deveria orientá-la, Konstantin pensou, sombrio. Uma voz suave e uma cabeça curvada seriam mais adequadas quando uma mulher se dirigia a um padre. Essa menina encarava-o sem pudor, com olhos verdes élficos.

– Basta, Vasya – ordenou Pyotr com severidade. – A viagem dele foi longa.

Konstantin foi poupado de responder. Houve um ruído de passos na relva do verão. Anna Ivanovna surgiu sem fôlego, vestida no seu melhor. Sua filhinha, Irina, seguia-a, impecável como sempre, linda como uma boneca. Anna curvou a cabeça. Irina chupava o dedo e encarou o recém-chegado de olhos arregalados.

– Batyushka – Anna disse. – O senhor é especialmente bem-vindo.

O padre acenou de volta. Pelo menos essas duas eram mulheres adequadas. A mãe tinha um lenço envolvendo o cabelo e a garotinha estava apresentável, era pequena e respeitosa. Porém, contra a vontade, o olhar de Konstantin resvalou de lado e deu com o olhar interessado da outra filha.

◇

– Cores? – perguntou Pyotr, franzindo o cenho.

– Cores, Pyotr Vladimirovich – disse o padre Konstantin, tentando não trair sua ansiedade.

Pyotr ficou em dúvida de ter ouvido o padre corretamente.

O jantar na cozinha de verão era uma atividade barulhenta. A floresta era dadivosa nos meses dourados, e a horta transbordava. Dunya superava-se com cozidos delicados.

– E, então, corremos como lebres – disse Alyosha do outro lado da lareira.

Ao seu lado, Vasya corou e cobriu o rosto. A cozinha encheu-se de risadas.

– Você quer dizer corantes? – Pyotr perguntou ao padre, seu rosto desanuviando. – Bem, não precisa temer este quesito; as mulheres tingirão o que você quiser.

Sorriu, sentindo-se benevolente. Pyotr estava satisfeito da vida. Suas plantações cresciam altas e verdejantes, sob um sol claro e adequado. Sua esposa chorava, gritava e se escondia menos, desde a chegada desse padre de cabelos claros.

– Podemos – Anna interrompeu, sem fôlego. Estava esquecendo seu cozido. – O que o senhor quiser. Ainda está com fome, Batyushka?

– Cores – disse Konstantin. – Não para corantes. Quero fazer pinturas.

Pyotr sentiu-se ofendido. A casa estava pintada sob os beirais, escarlate e azul. Mas a pintura estava viva e bem conservada, e se esse homem julgava precisar se intrometer...

Konstantin apontou o canto de imagens no lado oposto à porta.

– Para pintar imagens – disse com clareza. – Para a glória de Deus. Sei o que eu preciso, mas não sei onde encontrar, aqui na sua floresta.

Para pintar imagens. Pyotr olhou para Konstantin com respeito renovado.

– Como os nossos? – perguntou ele. Firmou os olhos na Virgem do canto, escurecida pela fumaça, pintada com indiferença, o toco de vela à sua frente. Tinha trazido as imagens da família de Moscou, mas nunca havia conhecido um pintor de imagens. Os monges pintavam imagens.

Konstantin abriu a boca, suavizou a expressão e disse:

– Sim, um pouco como eles. Mas preciso de tintas. Cores. Trouxe algumas comigo, mas...

As imagens eram sagradas. Sua casa seria glorificada, quando soubessem que ele hospedava um pintor de imagens.

– Claro, Batyushka – disse Pyotr. – Imagens, pintura de imagens, bem, traremos suas tintas. – Pyotr levantou a voz: – Vasya!

No outro lado da lareira, Alyosha disse alguma coisa e riu. Vasya também estava rindo. A luz do sol brilhava por entre seus cabelos e iluminava as sardas que enfeitavam a ponte do seu nariz.

Desajeitada, Konstantin pensou. *Estabanada, semiadulta. Mas metade da casa observa para ver o que ela fará a seguir.*

– Vasya! – Pyotr voltou a chamar, com mais rispidez.

Ela saiu sussurrando e veio em direção a eles. Usava um vestido verde. O cabelo havia se soltado nas têmporas e cacheava um pouco, perto das sobrancelhas, abaixo do lenço vermelho e amarelo. *Ela é feia*, pensou Konstantin, e então se perguntou: Que diferença fazia para ele, se uma menina fosse feia?

– Pai? – disse Vasya.

– O padre Konstantin quer entrar na mata – disse Pyotr. – Está atrás de cores. Você vai com ele. Mostrará onde estão as plantas de corantes.

O olhar que ela lançou ao padre não continha o sorriso afetado, nem a timidez de uma donzela; era transparente como a luz do sol, luminoso e curioso.

– Sim, pai – disse. E para Konstantin: – Acho que amanhã, ao amanhecer, Batyushka. É melhor colher antes da luz plena.

Anna Ivanovna aproveitou o momento para servir mais cozido na tigela de Konstantin.

— Com sua licença – disse.

Ele não tirou os olhos de Vasya. Por que algum homem da aldeia não poderia ajudá-lo a encontrar seus pigmentos? Por que a feiticeira de olhos verdes? Abruptamente, percebeu que a estava encarando. A animação tinha arrefecido no rosto da menina. Konstantin se recompôs.

— Meus agradecimentos, *devushka*. – Esboçou o sinal da cruz no espaço entre eles.

Vasya sorriu subitamente.

— Amanhã, então – disse.

— Vá embora, Vasya – disse Anna, com certa estridência. – O santo padre já não tem necessidade de você.

◇

Na manhã seguinte, havia uma bruma no chão. A luz do sol nascente transformou-a em fogo e fumaça, entremeados com as sombras das árvores. A menina cumprimentou Konstantin com um rosto cauteloso e ardente. Ela era como um espírito no nevoeiro.

A floresta de Lesnaya Zemlya não era como a floresta que circundava Moscou. Era mais selvagem, mais cruel e mais bela. As árvores imensas sussurravam no alto, em conjunto, e por toda parte, Konstantin parecia perceber olhos. *Olhos... Bobagem.*

— Sei onde cresce a menta silvestre – contou Vasya, enquanto seguiam por uma estreita trilha de terra. As árvores formavam um arco de catedral sobre suas cabeças. Os pés nus da menina eram delicados na poeira. Trazia um odre pendurado às costas. – E se tivermos sorte, haverá bagas do sabugueiro e amoras-pretas. Amieiro para o amarelo. Mas isso não basta para o rosto de um santo. O senhor pintará imagens para nós, Batyushka?

— Tenho a terra vermelha, as pedras pulverizadas, o metal preto. Até tenho o pó de lápis-lazúli para fazer o véu da Virgem. Mas não tenho verde, nem amarelo ou violeta – disse Konstantin. Percebeu com atraso a ansiedade em sua própria voz.

— Essas cores a gente pode encontrar – disse Vasya. Saltitava como uma criança. – Nunca vi uma imagem sendo pintada. Nem ninguém aqui viu. Todos nós viremos lhe pedir orações, pra poder olhar enquanto o senhor trabalha.

Ele tinha conhecido pessoas que faziam exatamente isso. Em Moscou, elas se apinhavam ao redor das suas imagens...

– Afinal de contas, o senhor é humano – disse Vasya, observando os pensamentos atravessarem o seu rosto. – Fiquei cismada. O senhor mesmo é como uma imagem, às vezes.

Ele não sabia o que ela havia visto no seu rosto, e ficou irritado consigo mesmo.

– Você pensa demais, Vasilisa Petrovna. É melhor ficar tranquila em casa com sua irmãzinha.

– O senhor não é o primeiro a me dizer isso – observou Vasya, sem rancor. – Mas, se eu ficasse, quem iria com o senhor, ao amanhecer, procurar pedaços de folhas? Aqui...

Eles pararam para pegar bétula e novamente para apanhar mostarda silvestre. A menina era hábil com sua faquinha. O sol subiu mais para o alto, acabando com a bruma.

– Eu lhe fiz uma pergunta ontem, quando não deveria – disse Vasya, depois que as rendadas folhas de mostarda estavam enfiadas em sua bolsa. – Mas hoje vou perguntar de novo, e o senhor, por favor, perdoará a ansiedade de uma menina, Batyushka. Amo meu irmão e minha irmã. Há muito tempo não temos notícias de nenhum deles. Meu irmão se chama irmão Aleksandr, agora.

A boca do padre estreitou-se.

– Eu o conheço – disse ele, depois de breve hesitação. – Houve um escândalo quando ele tomou os votos sob seu nome de batismo.

Vasya sorriu levemente.

– Nossa mãe escolheu aquele nome pra ele, e meu irmão sempre foi teimoso.

Rumores da intransigência blasfema do irmão Aleksandr em relação a esse assunto espalharam-se por Moscou. Mas, Konstantin lembrou a si mesmo, votos monásticos não eram assunto para donzelas. A garota estava com os grandes olhos fixos em seu rosto. Konstantin começou a se sentir desconfortável.

– O irmão Aleksandr foi a Moscou para a coroação de Dmitrii Ivanovich. Dizem que ele ganhou certa notoriedade por seu ofício nas aldeias – o padre acrescentou rigidamente.

– E minha irmã? – perguntou Vasya.

– A princesa de Serpukhov é reverenciada por sua misericórdia e pelos filhos saudáveis – disse Konstantin, querendo encerrar a conversa.

Vasya deu uma girada, com um gritinho de satisfação.

– Preocupo-me com eles – disse ela. – O pai também, embora finja que não. Obrigada, Batyushka. – E ela lhe mostrou um rosto com uma luz que vinha de dentro, de tal maneira que Konstantin ficou atônito e relutantemente fascinado. Sua expressão tornou-se mais fria. Fez-se um pequeno silêncio. A trilha alargou-se e eles caminharam lado a lado.

– Meu pai disse que o senhor esteve nos confins da terra – disse Vasya. – Em Tsargrad e no palácio de mil reis. Na igreja da Santa Sabedoria.

– Sim – respondeu Konstantin.

– O senhor me contaria a respeito? – ela indagou. – O pai diz que os anjos cantam ao entardecer e que o czar governa todos os homens de Deus, como se ele mesmo fosse Deus. Diz que ele tem cômodos entulhados de pedras preciosas e mil criados.

A pergunta dela pegou-o de surpresa.

– Anjos não – respondeu ele lentamente. – Apenas homens, mas homens com vozes que não envergonhariam os anjos. Ao cair da noite, eles acendem cem mil velas, e há ouro e música por toda parte...

Ele parou abruptamente.

– Deve ser como no paraíso – Vasya disse.

– É – respondeu Konstantin. A memória pegara-o pela garganta: ouro e prata, música, homens cultos e liberdade. A floresta pareceu sufocá-lo. – Não é um assunto adequado para meninas – acrescentou.

Vasya levantou uma sobrancelha. Chegaram a uma moita de amoras-pretas. Ela colheu um punhado.

– O senhor não queria vir pra cá, não é? – disse ela, às voltas com as amoras. – Não temos música, nem luz, e poucas pessoas são refinadas. O senhor não pode ir embora de novo?

– Vou aonde Deus me manda – Konstantin respondeu de forma fria. – Se meu trabalho for aqui, ficarei aqui.

– E qual é o seu trabalho, Batyushka? – perguntou Vasya. Ela havia parado de comer amoras-pretas. Por um instante, seu olhar lançou-se para o alto das árvores.

Konstantin acompanhou seus olhos, mas não havia nada para ver. Uma sensação esquisita subiu-lhe pela espinha.

— Salvar almas — ele respondeu. Dava para ele contar as sardas no nariz dela. Se havia alguma menina com necessidade de salvação era esta. As amoras-pretas haviam manchado seus lábios e mãos.

Vasya deu um meio sorriso.

— Então, o senhor vai nos salvar?

— Se Deus me der forças, salvarei você.

— Não passo de uma camponesa — disse Vasya. Ela voltou a estender o braço para a moita de amoras-pretas, cuidadosa com os espinhos. — Nunca vi Tsargrad, nem anjos, nem ouvi a voz de Deus, mas acho que o senhor deveria tomar cuidado, Batyushka, porque Deus não fala segundo a voz do seu desejo. Nunca precisamos de salvação antes.

Konstantin encarou-a. Ela apenas sorriu para ele, mais criança do que mulher, alta, magra e suja com o sumo das amoras-pretas.

— Rápido — ela falou. — Logo vai estar luz plena.

◇

Naquela noite, o padre Konstantin deitou-se em seu catre estreito, tremendo, e não conseguiu dormir. No norte, o vento tinha dentes que mordiam depois do pôr do sol, até no verão.

Havia colocado suas imagens da maneira certa, no canto oposto à porta. A Mãe de Deus estava pendurada no centro, com a Trindade logo abaixo. Ao anoitecer, a dona da casa, tímida e inoportuna, tinha lhe dado uma grossa vela de cera de abelha, para colocar perante as imagens. Konstantin acendeu-a no começo da noite e desfrutou da luz dourada. Mas, ao luar, a vela projetava sombras sinistras sobre o rosto da Virgem e dispunha figuras estranhas dançando loucamente entre as três partes do Todo-Poderoso. Havia algo de hostil na casa durante a noite. Parecia quase respirar...

Que tolice, pensou Konstantin. Irritado consigo mesmo, levantou-se, pretendendo apagar a vela, mas, ao cruzar o quarto, ouviu o nítido clique de uma porta se fechando. Sem pensar, dirigiu-se para a janela. Uma mulher atravessava o espaço em frente a casa, enrolada num xale pesado. Parecia roliça e sem forma sob o envoltório. Padre Konstantin não conseguiu discernir quem poderia ser. A figura veio até a porta da igreja e parou. Pôs a mão no aro de bronze, puxou a porta e desapareceu lá dentro.

Konstantin olhou para o lugar onde ela havia sumido. Logicamente não havia nada que impedisse alguém de rezar na calada da noite, mas a casa tinha as próprias imagens. A pessoa poderia facilmente rezar perante elas, sem ter que enfrentar a escuridão e o úmido ar noturno. E havia algo de furtivo, quase culpado, no comportamento da mulher.

Ficando cada vez mais curioso e irritado, além de desperto, Konstantin virou-se da janela e vestiu seu manto escuro. Seu quarto tinha sua própria porta externa. Saiu sem fazer barulho, sem se incomodar em calçar sapatos, e atravessou a grama até a igreja.

◊

Anna Ivanovna ajoelhou-se no escuro perante o biombo de ícones e tentou não pensar em nada. O cheiro de poeira e tinta, cera de abelha e madeira velha envolvia-a como um bálsamo, enquanto o suor de mais um pesadelo secava na friagem. Dessa vez, ela estivera caminhando na mata à meia-noite, sombras escuras por toda parte. Vozes estranhas tinham se erguido à sua volta.

– Senhora – gritavam para ela. – Senhora, por favor, veja-nos, conheça-nos, para que seu lar não fique desprotegido. Por favor, senhora.

Mas ela não olhava. Seguia sem parar, enquanto as vozes afligiam-na. Por fim, desesperada, começou a correr, machucando os pés em pedras e raízes. Ergueu-se um grande grito de lamentação. De súbito, sua trilha terminou. Continuou correndo para dentro do nada e caiu de costas, ofegante e pingando suor.

Um sonho, nada além disso. Mas seu rosto e seus pés ardiam, e mesmo acordada, Anna conseguia ouvir aquelas vozes. Por fim, disparou para a igreja e se encolheu defronte ao biombo de ícones. Poderia ficar na igreja e voltar furtivamente com os primeiros raios. Já fizera isso antes. Seu marido era um homem tolerante, embora sumiços de noite inteira fossem estranhos de explicar.

O estalo macio das dobradiças resvalou em seus ouvidos como se fosse um ladrão. Anna ergueu-se de um pulo e girou o corpo. A silhueta de uma figura com manto escuro, iluminada pela lua nascente, entrou suavemente e veio em sua direção. Anna ficou apavorada demais para se mexer. Continuou paralisada até a sombra aproximar-se o suficiente para que ela pudesse perceber o brilho dos cabelos de ouro velho.

— Anna Ivanovna — disse Konstantin. — Está tudo bem com você?

Ela olhou para o padre de boca aberta. A vida toda, as pessoas tinham lhe feito perguntas zangadas e exasperadas.

— O que está fazendo? — diziam elas. — O que há de errado com você? — Mas ninguém jamais lhe perguntara como ela estava naquele tom brando de indagação. O luar brincava nas reentrâncias do rosto do padre.

Anna gaguejou para falar:

— Eu... É claro, Batyushka, estou bem, eu só... me desculpe, eu... — O soluço na garganta a sufocou. Tremendo, incapaz de olhá-lo nos olhos, deu-lhe as costas, persignou-se e tornou a se ajoelhar perante o biombo de ícones santos.

Padre Konstantin ficou um momento perto dela, sem palavras, depois se virou com muita precisão, para se persignar e se ajoelhar na outra extremidade do iconóstase, em frente ao rosto tranquilo da Mãe de Deus. Sua voz, enquanto rezava, chegou baixinho aos ouvidos de Anna, um murmúrio lento, ressonante, embora ela não conseguisse entender as palavras. Por fim, a lamúria de sua respiração aquietou-se. Beijou a imagem de Cristo e olhou o padre de esguelha. Contemplava as imagens na penumbra, as mãos entrelaçadas. Sua voz, quando se ouvia, era profunda, baixa e inesperada.

— Conte-me — ele pediu —, o que a faz vir procurar consolo numa hora destas?

— Não lhe disseram que sou louca? — Anna respondeu, amarga, surpreendendo a si mesma.

— Não — o padre respondeu. — Você é?

Seu queixo afundou numa mera alusão de concordância.

— Por quê?

Os olhos dela ergueram-se para encontrar os dele.

— Por que eu sou louca? — Sua voz saiu num sussurro rouco.

— Não — Konstantin respondeu com paciência. — Por que você acredita que é louca?

— Vejo... coisas. Demônios, diabos, por toda parte, o tempo todo.

Sentiu-se como se estivesse além de si mesma. Algo havia assumido o controle da sua língua e formatava suas respostas. Nunca tinha contado a ninguém. Metade do tempo, recusava-se a admitir para si mesma, até quando resmungava nos cantos e as mulheres sussurravam por trás das mãos. Até o bondoso, beberrão e atrapalhado padre Semyon, que rezara com ela mais vezes do que ela conseguia contar, nunca extraíra essa confissão dela.

– Mas por que isto deveria significar que você é louca? A Igreja ensina que os demônios andam entre nós. Você nega os ensinamentos da Igreja?

– Não! Mas...

Anna sentiu calor e frio ao mesmo tempo. Quis olhar novamente no rosto dele, mas não se atreveu. Em vez disso, olhou para o chão e viu a sombra tênue do seu pé, incongruentemente nu por baixo do manto pesado. Por fim, conseguiu sussurrar:

– Mas eles não são... *não podem*... ser reais. Ninguém mais os vê... Sou louca. Sei que sou louca. – Ela se calou e depois acrescentou lentamente: – Só que às vezes acho que... minha enteada, Vasilisa, mas é apenas uma criança que ouve histórias demais.

O olhar do padre Konstantin aguçou-se.

– Ela fala nisso?

– Não... não recentemente. Mas, quando ela era pequena, às vezes eu achava... Os olhos dela...

– E você não fez nada?

A voz de Konstantin era elástica como uma cobra e bem afinada como qualquer cantora. Anna desanimou com o tom dele de incrédulo desprezo.

– Bati nela quando pude e a proibi de tocar no assunto. Pensei que, talvez, se a pegasse bem jovem, a loucura não assumiria o controle.

– Você só pensou nisso? Loucura? Nunca temeu pela alma dela?

Anna abriu a boca, fechou-a novamente e encarou o padre, aturdida. Ele rodeou até o centro do iconóstase, onde um segundo Cristo estava no trono, ladeado por apóstolos. O luar tornou seu cabelo dourado em cinza-prateado, e sua sombra rastejou escura pelo chão.

– Os demônios podem ser exorcizados, Anna Ivanovna – disse o padre, sem tirar os olhos do ícone.

– Ex... Exorcizados? – ela guinchou.

– Naturalmente.

– Como? – Ela se sentiu como se estivesse pensando através da lama. Durante toda a sua vida tinha suportado sua maldição. Que ela simplesmente pudesse desaparecer... Sua mente não conseguia compreender a noção.

– Ritos da Igreja. E muita oração.

Fez-se um breve silêncio.

– Ah – Anna suspirou. – Ah, por favor, faça isso ir embora. Faça com que vão embora.

Ele poderia ter sorrido, mas não dava para ter certeza à luz do luar.

– Rezarei e pensarei a respeito. Volte e torne a dormir, Anna Ivanovna.

Ela olhou para ele com grandes olhos aturdidos, depois se virou e foi às cegas até a porta, os pés desajeitados na madeira nua.

Padre Konstantin prostrou-se perante o iconóstase. Não conseguiu dormir o restante da noite.

O dia seguinte era domingo. No amanhecer cinza-esverdeado, Konstantin voltou para o próprio quarto. Com os olhos pesados, jogou água fria sobre a cabeça e lavou as mãos. Logo deveria rezar a missa. Estava exaurido, mas calmo. Durante as longas horas da sua vigília, Deus lhe dera a resposta. Sabia que o diabo se estabelecera nesta terra. Ele estava nos símbolos solares no avental da ama, no terror daquela mulher estúpida, nos olhos visionários e selvagens da filha mais velha de Pyotr. O lugar estava infestado de demônios: os *chyerty* da antiga religião. Aquelas pessoas idiotas e selvagens adoravam Deus durante o dia e os velhos deuses em segredo. Tentavam seguir pelas duas trilhas ao mesmo tempo e se faziam de humildes à vista do padre. Não era de estranhar que o diabo tivesse vindo arquitetar suas artimanhas.

A excitação percorreu suas veias. Tinha pensado que apodreceria ali, no fim do mundo, mas de fato havia uma batalha, uma disputa pelo domínio das almas de homens e mulheres, o diabo de um lado e ele, como mensageiro de Deus, do outro.

As pessoas estavam chegando. Ele quase conseguia sentir a curiosidade ansiosa deles. Não era ainda como Moscou, onde as pessoas se agarravam famintas às suas palavras e o amavam com seus olhos amedrontados. Ainda não.

Mas seria.

Vasya contraiu um ombro e desejou poder tirar o toucado. Como estavam na igreja, Dunya havia acrescentado um véu ao pesado artifício feito com tecido, madeira e pedras preciosas. Aquilo coçava. Mas ela não era nada comparada a Anna, que estava vestida como que para um banquete, uma joia em formato de cruz pendurada ao pescoço e anéis em todos os dedos. Dunya tinha dado uma olhada em sua patroa e murmurado baixinho sobre misericórdia e cabelos dourados. Até Pyotr levantou uma sobrancelha perante sua mulher, mas conservou a calma. Vasya entrou na igreja atrás dos irmãos, coçando o couro cabeludo.

As mulheres ficavam à esquerda da nave, em frente à Virgem, enquanto os homens ficavam à direita, em frente ao Cristo. Vasya sempre desejara poder ficar ao lado de Alyosha, para que eles pudessem cutucar e se mexer durante a missa. Irina era tão pequena e meiga que cutucar não tinha graça e, de qualquer modo, Anna sempre via. Vasya travou os dedos às costas.

As portas no centro do iconóstase abriram-se e o padre apareceu. Os murmúrios da aldeia reunida foram silenciando, pontuados pela risadinha de uma menina.

A igreja era pequena e o padre Konstantin parecia preenchê-la. Seu cabelo dourado atraía a atenção de uma maneira que nem as joias de Anna conseguiam. Seus olhos azuis perfuraram a multidão como facas, uma pessoa de cada vez. Não falou de imediato. Um silêncio ofegante espalhou-se como som entre as pessoas, de tal maneira que Vasya viu-se no esforço de escutar aquela respiração suave e ansiosa.

– Abençoado seja o reino do Pai, do Filho e do Espírito Santo agora e sempre e para todo o sempre – disse, finalmente, Konstantin, envolvendo-os com a voz.

Ele não *soava* como o padre Semyon, pensou Vasya, embora as palavras da liturgia fossem as mesmas. Sua voz era como um trovão, no entanto, ele colocava cada sílaba como se fosse Dunya ao dar os pontos. Sob seu toque, as palavras criavam vida. A voz era profunda como os rios na primavera. Falou para eles sobre vida e morte, Deus e pecado. Falou de coisas que eles não conheciam, de diabos, tormentos e tentação. Convocou aquilo perante seus olhos, para que eles se vissem submetidos ao julgamento de Deus, amaldiçoados e decaídos.

Enquanto cantava, Konstantin atraiu a multidão para si até ela ecoar suas palavras num torpor de pavor fascinado. Foi conduzindo-as sem trégua com o chicote flexível da sua voz, até que as pessoas deixaram de responder e ouviram como crianças aterrorizadas durante uma tempestade. Exatamente quando estavam à beira do pânico, ou do êxtase, sua voz amainou.

– Tenha piedade de nós e nos salve, porque Ele é bom e ama a humanidade.

Um silêncio pesado instalou-se. Na quietude, Konstantin ergueu a mão direita e abençoou a multidão.

Todos foram deixando a igreja como sonâmbulos, agarrando-se uns aos outros. Anna tinha uma expressão de terror exaltado que Vasya não conseguia entender. Os outros pareciam entorpecidos, até exaustos, com resquícios de um arrebatamento temeroso nos olhos.

– Lyoshka! – chamou Vasya, correndo para o irmão. Mas quando ele se voltou para ela estava pálido como os outros, e seu olhar parecia encontrar o dela de uma longa distância.

Ela o estapeou, assustada ao vê-lo de olhos parados. Abruptamente, Alyosha voltou a si e lhe deu um empurrão que poderia tê-la jogado por terra, mas ela era rápida como um esquilo e usava um vestido novo. Então, retorceu-se para trás e manteve o equilíbrio, e os dois passaram a se encarar, os peitos ofegantes, punhos fechados.

Ambos caíram em si ao mesmo tempo. Riram, e Alyosha disse:

– Então é verdade, Vasya? Demônios entre nós e tormentas por vir se não os expulsarmos? Mas os *chyerty*... Ele está falando sobre os *chyerty*? As mulheres sempre deixaram pão para o *domovoi*. Por que Deus precisa se importar com isso?

– Sejam ou não histórias, por que deveríamos expulsar os espíritos domésticos por causa da ordem de algum velho padre de Moscou? – retorquiu Vasya. – Sempre deixamos pão, sal e água pra eles e Deus nunca se enfureceu.

– Não passamos fome – disse Alyosha hesitante. – E não houve incêndios, nem doenças. Mas talvez Deus esteja esperando que morramos para que nosso castigo jamais termine.

– Pelo amor de Deus, Lyoshka – Vasya começou, mas foi interrompida pelo chamado de Dunya. Anna tinha ordenado uma refeição especialmente magnífica, e Vasya precisava enrolar bolinhos e mexer a sopa.

Comeram ao ar livre, ovos, *kasha*, vegetais de verão, pão, queijo e mel. A costumeira e alegre algazarra foi controlada. As jovens camponesas ficaram nervosas e aos sussurros.

Konstantin, mastigando absorto, irradiava satisfação. Pyotr, de cenho franzido, balançava a cabeça para lá e para cá como o touro que pressente o perigo, mas ainda não viu os lobos na relva. *O pai conhece animais ferozes e bandidos*, pensou Vasya, *mas pecado e danação não podem ser combatidos.*

Os outros olhavam para o padre com terror e uma admiração faminta. Anna Ivanovna reluzia com uma espécie de alegria hesitante. O fervor das pessoas pareceu levantar e carregar Konstantin, como um cavalo a galope. Vasya não sabia, mas no silêncio da nave, depois que todos haviam se retirado, o padre tinha jogado esse sentimento em seu exorcismo, todo ele, até que mesmo um cego poderia jurar ouvir diabos gritando e tentando escapar com vida para longe dos muros de Pyotr.

◊

Naquele verão, Konstantin andou em meio ao povo e escutou suas lamúrias. Abençoou os moribundos e os recém-nascidos. Escutou quando lhe falavam, e quando a voz grave dele ressoava, as pessoas faziam silêncio para ouvi-lo.

– Arrependam-se – ele lhes dizia – para que não ardam. O fogo está muito próximo, à espera de vocês e de seus filhos a cada vez que vocês se deitam para dormir. Deem seus frutos para Deus, e somente para Deus. É sua única salvação.

As pessoas murmuravam juntas, e seus murmúrios foram se tornando cada vez mais temerosos.

Konstantin comia à mesa de Pyotr todas as noites. Sua voz fazia ondular o hidromel da casa e chacoalhar suas colheres de pau. Irina passou a colocar sua colher encostada no copo, dando risadinhas ao ouvir o retinido dos dois juntos. Vasya ajudava-a nisso; a alegria da criança era um alívio.

A conversa sobre maldição não assustava Irina; ela era muito pequena. Mas Vasya sentia medo. Não do padre, nem dos diabos ou dos buracos de fogo. Tinha visto seus diabos, via-os todos os dias. Alguns eram maldosos, outros eram bons, e havia os travessos. Todos tinham manias tão humanas quanto as pessoas que protegiam.

Não, Vasya sentia medo era de sua própria gente. Eles já não brincavam a caminho da igreja; escutavam o padre Konstantin num silêncio pesado e faminto. E mesmo quando não estavam na igreja, inventavam desculpas para visitá-lo em seu quarto.

Konstantin tinha pedido cera de abelha a Pyotr para derreter e misturar com seus pigmentos. Quando a luz do dia entrava em sua cela, pegava os pincéis e abria frascos de pó. E, então, pintava. São Pedro ganhou forma sob seu pincel. A barba do santo era encaracolada, o manto amarelo e ocre, sua mão estranha, de dedos longos, erguida em sinal de bênção.

Lesnaya Zemlya não conseguia conversar sobre mais nada.

Num domingo, desesperada, Vasya infiltrou um punhado de grilos dentro da igreja e os soltou em meio aos fiéis. Seus trilos fizeram um contraponto divertido à voz grave do padre Konstantin. Mas ninguém riu; as pessoas encolheram-se e sussurraram sobre presságios diabólicos. Anna Ivanovna não vira, mas suspeitou de quem estaria por trás daquilo. Depois da missa, chamou Vasya.

Vasya veio de má vontade ao quarto da madrasta. Anna tinha um ramo de salgueiro na mão. O padre estava junto à janela aberta, pulverizando um pedaço de pedra azul. Não parecia ouvir enquanto Anna interrogava a enteada, mas Vasya sabia que as perguntas eram em benefício do padre, para mostrar a retidão e o comando da madrasta em sua própria casa.

O questionamento não tinha fim.

– Eu faria isso de novo – retorquiu Vasya, finalmente, perdendo a paciência e a cautela. – Deus não fez todas as criaturas? Por que só nós teríamos permissão para erguer a voz em louvor? Os grilos louvam com canções tanto quanto nós.

O olhar azul de Konstantin cintilou em sua direção, embora ela não conseguisse ler sua expressão.

– Insolência! – esganiçou Anna. – Sacrilégio!

Vasya, de queixo erguido, manteve-se em silêncio mesmo quando o ramo de salgueiro da madrasta desceu com um silvo. Konstantin assistiu, grave e inescrutável. Vasya encarou-o, recusando-se a desviar os olhos.

Anna viu a menina e o padre, o mútuo e firme olhar dos dois, e seu rosto furioso ficou mais vermelho do que nunca. Pôs toda a força do braço no salgueiro cortante. Vasya recebeu a varada imóvel, mordendo o lábio até tirar sangue. Mas, apesar de todo seu esforço, as lágrimas afloraram e escorreram pelo rosto.

Atrás de Anna, Konstantin assistia, mudo.

Vasya gritou uma vez perto do fim, tanto por humilhação, quanto por dor. Mas então terminou; Alyosha, os lábios lívidos, tinha ido buscar o pai. Pyotr viu o sangue e o rosto branco da filha e segurou o braço de Anna.

Vasya não disse uma palavra para o pai, nem para ninguém. Saiu aos tropeços imediatamente, embora o irmão tentasse chamá-la de volta, e se escondeu na mata como um bichinho ferido. Se chorou, apenas a *rusalka* ouviu.

— Isso vai ensinar a ela o preço do pecado — disse Anna com orgulho, quando Pyotr reprovou-a por sua brutalidade. — É melhor ela aprender agora do que queimar mais tarde, Pyotr Vladimirovich.

Konstantin não disse nada. Não falou o que pensava.

Depois que seus cortes sararam, Vasya passou a andar com mais cuidado e segurar a língua com mais presteza. Passava mais tempo com os cavalos e fazia planos loucos de se vestir como menino e ir se juntar a Sasha em seu monastério, ou de mandar um mensageiro secreto para Olga.

Alyosha, embora não contasse a ela, começou a anotar suas idas e vindas, para que ela nunca ficasse sozinha com a madrasta.

Todo esse tempo, Konstantin condenava as oferendas das pessoas — pão ou hidromel — a seus espíritos domésticos.

— Deem para Deus — dizia. — Esqueçam seus demônios, para não arderem. — As pessoas escutavam. Até Dunya estava meio convencida; murmurava consigo mesma, sacudia sua velha cabeça e tirou os símbolos do sol dos lenços e aventais.

Vasya não viu isso; escondia-se na mata ou no estábulo, mas o *domovoi* lamentava sua ausência mais do que qualquer um, porque para ele agora não havia nada além de migalhas.

13

LOBOS

O OUTONO CHEGOU NUMA EXPLOSÃO DE GLÓRIA QUE RAPIDAMENTE desbotou para cinza. O silêncio do ano que findava estendia-se como uma bruma sobre as terras de Pyotr Vladimirovich, enquanto as imagens multiplicavam-se sob as mãos do padre Konstantin. Os homens da aldeia trabalhavam em um novo biombo de ícones para lhes servir de suporte: São Pedro e São Paulo, a Virgem e o Cristo. As pessoas demoravam-se no quarto de Konstantin e olhavam com assombro os ícones terminados, suas formas e rostos luminosos. Konstantin estava fazendo um iconóstase completo, uma imagem por vez.

– Vocês devem sua salvação a Deus – dizia Konstantin. – Olhem no rosto Dele e se salvem.

E eles nunca tinham visto nada como os olhos grandes, a carne pálida e as mãos longas e magras do Cristo que ele fizera. Olhavam, ajoelhavam-se e, às vezes, choravam.

O que é um domovoi, diziam, senão uma história para as crianças malcriadas? Sentimos muito, Batyushka, estamos arrependidos.

Quase ninguém fez oferendas, nem mesmo no equinócio do outono. O *domovoi* foi ficando fraco e apático. O *vazila* emagreceu e ficou abatido, com o olhar alucinado; sua barba embaraçada ficou coberta de palha. Roubava centeio e cevada guardados para os cavalos. Os próprios cavalos começaram a pisar duro em suas baias e se espantar com as brisas. Os ânimos na aldeia ficaram tensos.

◊

– Bem, não fui eu, garoto, nem o cavalo, um gato, um fantasma – disse rispidamente Pyotr para o menino do estábulo, numa manhã difícil. Tinha sumido mais cevada durante a noite, e Pyotr, já tenso, ficou furioso.

– Eu não vi! – exclamou o menino fungando. – Eu nunca faria...

O ar estava cortante naquelas manhãs de novembro, e a terra parecia tilintar debaixo dos pés, quebradiça de geada. Pyotr estava cara a cara com o moleque e reagiu a suas negativas com o punho fechado. Houve um baque e um grito de dor.

– Nunca mais roube de mim – Pyotr ordenou.

Vasya, que acabava de passar pela porta do estábulo, franziu o cenho. Seu pai nunca perdia a paciência; nunca nem mesmo batia em Anna Ivanovna. *O que está acontecendo com a gente?* Vasya saiu de mansinho e subiu no depósito de feno. Levou um tempinho para localizar o *vazila*, que estava enrodilhado, meio enterrado na palha. Estremeceu ao ver a expressão dos seus olhos.

– Por que você está comendo a cevada? – perguntou ela, juntando coragem.

– Porque não têm tido oferendas. – Os olhos do *vazila* brilharam num negrume desconcertante.

– Você está assustando os cavalos?

– O humor deles é o meu e o meu é o deles.

– Então, você está muito bravo? – a menina sussurrou. – Mas as pessoas não estão fazendo isso de propósito. Só estão com medo. Um dia o padre vai embora. As coisas não vão ficar assim pra sempre.

Os olhos do *vazila* tinham um brilho ameaçador, mas Vasya pensou ter visto tristeza neles além de raiva.

– Estou com fome – ele disse.

Vasya sentiu uma onda de simpatia. Sentia fome com frequência.

– Posso te trazer pão – disse, valentemente. – *Eu* não tenho medo.

Os olhos do *vazila* faiscaram.

– Preciso de pouca coisa. Pão. Maçãs.

Vasya tentou não pensar demais em abrir mão de parte das suas refeições. Não havia uma abundância de comida depois do solstício de inverno; logo ela estaria se ressentindo de cada migalha. Mas...

– Eu trago pra você. Prometo – disse ela, olhando ansiosa nos olhos castanhos e redondos do demônio.

– Meus agradecimentos – respondeu o *vazila*. – Mantenha a sua promessa e eu deixo os grãos em paz.

Vasya manteve a promessa. Nunca era muito. Uma maçã murcha. Uma côdea roída, uma porção de hidromel levada nos dedos ou na boca.

Mas o *vazila* recebia tudo com avidez e, quando comia, os cavalos aquietavam-se. Os dias escureceram e ficaram mais curtos; a neve caía como que para vedá-los com brancura. Mas o *vazila* tornou-se rosado e contente; o estábulo no inverno tornou-se sonolento como no passado. Ainda bem. A estação foi comprida e, em janeiro, o frio aumentou a ponto de nem mesmo Dunya conseguir se lembrar de nada parecido.

O anoitecer do inverno implacável levou as pessoas a ficar em casa. Pyotr teve excesso de tempo para sofrer com a visão dos rostos chupados da sua família. Eles se amontoavam junto ao fogo, mastigando pão e tiras de carne seca, revezando-se para jogar lenha no fogo. Mesmo à noite, não ousavam deixá-lo diminuir. Os mais velhos murmuravam que sua lenha queimava rápido demais, que eram necessárias três achas para manter as chamas altas, quando antes precisavam de uma. Pyotr e Kolya menosprezavam isso como bobagem, mas suas pilhas de lenha diminuíam.

O solstício de inverno veio e se foi; os dias encompridaram-se mais uma vez, mas o frio só piorou, matando carneiros e coelhos e escurecendo os dedos dos desavisados. Era preciso ter lenha com aquele frio, houvesse o que houvesse, e, assim, conforme seus estoques foram diminuindo, as pessoas enfrentavam a floresta silenciosa sob o fulgor do sol de inverno. Vasya e Alyosha, saindo com um pônei, um trenó e machados de cabo curto, foram os que viram as marcas de patas na neve.

– Devemos ir atrás deles, pai? – Kolya perguntou naquela noite. – Matar alguns, tirar suas peles e afastar o restante? – Estava consertando uma foice, firmando a vista à luz do forno. Seu filho, Seryozha, rígido e calado, encolhia-se junto à mãe.

Vasya tinha lançado um olhar desanimado para sua enorme cesta de costura, pegando seu machado e uma pedra de amolar. Alyosha olhou-a com ar divertido, por cima do cabo de seu próprio machado.

– Viu? – disse o padre Konstantin para Anna. – Olhe à sua volta. Na graça de Deus está a sua salvação.

Os olhos de Anna estavam fixos no rosto dele, a costura esquecida no colo.

Pyotr espantou-se com a esposa. Ela nunca parecera tão à vontade, embora aquele fosse o inverno mais rigoroso de que pudesse se lembrar.

– Acho que não – disse Pyotr, respondendo à pergunta do filho. Examinava suas botas; no inverno, os buracos poderiam custar um pé a um

homem. Colocou uma delas no chão, junto ao fogo, e pegou a outra.
– Os lobos do extremo norte são maiores do que o dogue alemão. Faz vinte anos que eles não chegam tão perto. – Pyotr abaixou-se e agradou a cabeça abatida de Pyos. O cão lhe deu uma lambida desanimada. – O fato de estarem fazendo isto agora mostra que estão desesperados, que se pudessem caçariam crianças ou abateriam carneiros sob as nossas vistas. Juntos, os homens poderiam enfrentar um bando, mas está gelado demais para lidar com arcos, teria que ser com lança, e nem todos voltariam. Não, temos que cuidar das nossas crianças e da nossa criação, e só sair para a floresta à luz do dia.

– Poderíamos instalar armadilhas – propôs Vasya, raspando sua pedra de amolar.

Anna dirigiu-lhe um olhar sombrio.

– Não – negou Pyotr. – Lobos não são coelhos; eles sentiriam seu cheiro na armadilha, e *ninguém* vai se arriscar na floresta com uma margem tão pequena de sucesso.

– Sim, pai – respondeu Vasya, docilmente.

Aquela noite foi de um frio mortal. Todos eles se amontoaram em cima do forno, espremidos como sardinhas, envoltos em todos os cobertores que tinham.

Vasya dormiu mal; seu pai roncava, e os joelhinhos pontudos de Irina cutucavam suas costas. Ela se sacudiu e se revirou, tentando não chutar Alyosha, até que, por fim, perto da meia-noite, adormeceu num sono leve. Sonhou com lobos uivando, com estrelas de inverno sendo engolidas por nuvens macias, com um *starik* esquelético de olhos vermelhos e, finalmente, com um homem pálido, de queixo forte, olhar faminto e malicioso, que olhava de maneira lasciva e piscava seu único olho. Acordou ofegante na hora severa antes do amanhecer e viu uma figura cruzar o cômodo, contornada pela luz do fogo do forno amontoado.

Não é nada, ela pensou, *um sonho, o gato da cozinha*. Mas então a figura parou, como se percebesse seu olhar. Virou-se um segundo. Vasya mal se atreveu a respirar, porque viu o rosto, um rabisco pálido na penumbra. Os olhos tinham a cor do gelo do inverno. Tomou alento para falar ou gritar, mas a figura se foi. A luz do dia infiltrava-se pela porta da cozinha, e um grito de lamento veio da aldeia.

– É Timofei – disse Pyotr, referindo-se a um menino da aldeia. Pyotr tinha se levantado antes do amanhecer para ver seu rebanho. Agora, entrava abruptamente pela porta, batendo a neve das suas botas e espanando o gelo que se formara em sua barba. Seus olhos estavam fundos por causa do frio e da falta de sono. – Morreu durante a noite.

A cozinha encheu-se de exclamações. Vasya, semiacordada sobre o forno, lembrou-se da figura que tinha passado na escuridão. Dunya não disse nada, mas continuou a fazer suas massas, lábios travados. Seu olhar preocupado moveu-se rápido de Vasya para Irina. O inverno era cruel com os pequenos.

No meio da manhã, as mulheres reuniram-se na casa de banhos para envolver o corpo inútil do menino. Vasya, entrando na cabana atrás da sua madrasta, olhou de relance o rosto de Timofei: seus olhos estavam vidrados, as lágrimas congeladas em suas faces magras. A mãe agarrava o corpo enrijecido do menino junto a ela, cochichando para ele, ignorando seus vizinhos. Nem com paciência, nem com argumentos, conseguiram tirar-lhe a criança, e, quando as mulheres recorreram à força para arrancá-la dos seus braços, ela começou a gritar.

O lugar dissolveu-se no caos. A mãe voou para suas vizinhas, gritando pelo filho. A maioria das mulheres tinha seus próprios filhos; confrontadas com a expressão dos seus olhos, recuaram. A mãe arranhou às cegas, tateando. O espaço era pequeno demais. Vasya colocou Irina a salvo e segurou os braços esticados. Ela era forte, mas delgada, e a mãe estava enlouquecida de dor. Vasya agarrou-a e tentou falar.

– Me solte, bruxa! – gritou a mulher. – Me solte!

Desconcertada, Vasya afrouxou o aperto e um cotovelo atingiu-a no rosto. Ela viu estrelas e seus braços soltaram-na.

Naquele momento, padre Konstantin surgiu à soleira. Tinha o nariz vermelho, o rosto áspero como todos os outros, mas absorveu a cena em um instante. Atravessou a cabana minúscula com dois passos largos e pegou os dedos tateantes da mãe. A mulher deu um puxão desesperado e depois parou, tremendo.

– Ele se foi, Yasna – disse Konstantin, severo.

– *Não* – ela grasnou. – Segurei ele nos braços, a noite toda que passou, eu segurei ele, enquanto o fogo ardia baixinho. Ele não pode, se eu segurar ele, ele não vai embora. Devolva pra mim!

— Ele pertence a Deus – disse Konstantin. – Como todos nós.

— Ele é meu filho! Meu único filho. Meu...

— Fique calma – ele pediu. – Sente-se. Isto não é digno. Venha, as mulheres o estenderão junto ao fogo e esquentarão a água para a lavagem. – Falava com a voz grave num tom baixo e uniforme. Yasna permitiu que ele a levasse até o forno e despencou ali ao lado.

Durante toda aquela manhã, na verdade, durante todo aquele dia breve e carregado de inverno, Konstantin falou, e Yasna olhou para ele como um nadador pego na rebentação, enquanto as mulheres despiam o corpo de Timofei, lavavam-no e o envolviam em roupa branca fria. O padre ainda estava lá quando Vasya voltou de mais um dia difícil, procurando lenha. Ela o viu parado em frente à porta da casa de banhos, tragando o ar frio como se fosse água.

— Quer um pouco de hidromel, Batyushka? – perguntou.

Konstantin estremeceu de surpresa. Vasya caminhava sem fazer barulho, e suas peles cinza mesclavam-se com o cair da noite. Mas, depois de uma pausa, ele disse:

— Aceito, Vasilisa Petrovna. – Sua linda voz mal passava de um fiapo, sem qualquer ressonância. Gravemente, ela lhe estendeu seu odre de hidromel. Ele o bebeu com avidez desesperada. Enxugando a boca com as costas da mão, estendeu o odre de volta para ela e a viu analisando-o, uma depressão entre as sobrancelhas.

— O senhor vai participar do velório esta noite?

— É a minha função – ele respondeu com um laivo de altivez. A pergunta era impertinente.

Ela percebeu sua irritação e sorriu. Ele franziu o cenho.

— Eu o respeito por isto, Batyushka – ela disse.

Virou-se em direção à casa grande, confundindo-se com as sombras. Konstantin viu-a ir embora com os lábios contraídos, o gosto de hidromel acentuado na boca.

Naquela noite, o padre velou o corpo. Seu rosto magro estava firme e os lábios moviam-se em oração. Vasya, que tinha voltado de madrugada para fazer sua vigília, não pôde deixar de admirar o propósito inabalável do padre, embora o ar jamais tivesse ecoado tantos soluços e orações como desde a sua chegada.

O frio era demasiado para permitir uma permanência maior junto à minúscula cova do menino, aberta com muito esforço na terra dura como ferro. Assim que a decência permitiu, as pessoas dispersaram-se, voltando para suas cabanas, deixando o pobrezinho só em seu berço de gelo, padre Konstantin por último, quase arrastando a mãe enlutada.

As pessoas começaram a se aglomerar cada vez em menos *izby*, com famílias inteiras compartilhando um forno para economizar lenha. Mas a madeira desaparecia com muita rapidez, como se alguma maldição a fizesse queimar. Então, eles entravam na mata, apesar das pegadas, as mulheres incitadas pela visão do rosto marmóreo de Timofei e pela expressão terrível no rosto da sua mãe. Era inevitável que alguém não voltasse.

O filho de Oleg, Danil, era apenas ossos quando foi encontrado, fartamente espalhados sobre uma extensão de neve pisada e sanguinolenta. Seu pai trouxe os ossos de pontas roídas para Pyotr e os colocou à sua frente sem uma palavra.

Pyotr olhou para aquilo e não disse nada.

– Pyotr Vladimirovich – Oleg começou, rouco, mas Pyotr sacudiu a cabeça.

– Enterre seu filho – disse Pyotr, com o olhar demorando-se em seus próprios filhos. – Convocarei os homens amanhã.

Alyosha passou a longa noite verificando o cabo da sua lança de caçar javalis e afiando sua faca de caça. Seu rosto imberbe exibia certo colorido. Vasya observou-o trabalhando. Em parte, sentia comichões para também pegar uma lança, sair e enfrentar os perigos na mata invernal. Por outro lado, tinha vontade de partir a cabeça do irmão por causa da sua excitação despreocupada.

– Vou te trazer uma pele de lobo, Vasya – Alyosha disse, deixando sua arma de lado.

– Fique com a sua pele – retorquiu Vasya –, se pelo menos puder me prometer trazer sua própria pele de volta, sem perder seus dedos do pé congelados.

O irmão sorriu, os olhos brilhando.

– Está preocupada, irmãzinha?

Os dois estavam sentados perto do forno, longe dos outros, mas mesmo assim Vasya abaixou a voz:

– Não gosto disso. Pensa que eu *quero* precisar cortar seus dedos do pé congelados? Ou da mão?

– Mas não tem como evitar, Vasochka – disse Alyosha, colocando sua bota no chão. – Temos que ter lenha. É melhor sair e lutar do que morrer congelado dentro das nossas casas.

Vasya travou os lábios, mas não respondeu. Pensou, subitamente, no *vazila*, os olhos escuros de raiva. Pensou nas côdeas que levava para ele, para acalmar seu ódio. *Tem mais alguém zangado?* Esse só poderia estar na mata, onde sopravam os ventos gelados e os lobos uivavam.

Nem ouse pensar nisso, Vasya, disse a voz sensata dentro da sua cabeça. Mas Vasya olhou para a sua família. Viu o rosto soturno do pai, a excitação reprimida dos irmãos.

Bem, só posso tentar. Se Alyosha se ferir amanhã, vou me odiar para sempre se não tentar. Sem perder mais tempo pensando, Vasya foi buscar suas botas e sua capa de inverno.

Ninguém se deu ao trabalho de perguntar aonde ela estava indo. A verdade não ocorreria a ninguém.

Vasya escalou a paliçada, dificultada por suas luvas de um dedo só. As estrelas eram poucas e fracas. A lua resplandecia sobre a neve dura. Vasya passou a beirada da mata, indo do luar para a escuridão. Caminhava com energia. O frio era terrível. A neve rangia sob seus pés. Em algum lugar, um lobo uivou. Vasya tentou não pensar nos olhos amarelos. Seus dentes com certeza cairiam de tanto chacoalhar de medo.

Subitamente, Vasya parou com um sobressalto. Pensou ter ouvido uma voz. Respirando mais devagar, escutou. Não... apenas o vento.

Mas o que havia ali? Parecia uma grande árvore; uma da qual tinha uma vaga lembrança, estranhamente furtiva, que ia e vinha na sua mente. Não... Era apenas uma sombra projetada pela lua.

Um vento de arrepiar os ossos brincou nos galhos do alto.

Em meio aos silvos e ruídos, Vasya subitamente pensou ter ouvido palavras. *Está quentinha, menina?*, disse o vento, meio rindo.

Na verdade, Vasya sentia que seus ossos se estilhaçariam como galhos mortos pela gelada, mas respondeu sem pestanejar:

– Quem é você? É você quem está mandando esse gelo?

Fez-se um silêncio muito longo. Vasya perguntou-se se teria imaginado a voz. Então, pareceu-lhe ter ouvido, em tom de zombaria. *E por que não? Eu também estou furioso.* A voz parecia lançar ecos, de modo que a mata toda absorvia a exclamação.

– Isto não é resposta – retorquiu a menina. Seu lado sensato observou que talvez fosse de bom-tom um pouco de meiguice ao lidar com vozes mal ouvidas na calada da noite. Mas o frio estava deixando-a sonolenta; ela lutava contra isso com tudo que lhe restava de vontade e não havia sobrado nada de meiguice.

Eu trago o gelo, disse a voz. Subitamente eram dedos amorosos de gelo espiralado no rosto e na garganta dela. Um toque gelado como de ponta de dedos entrou debaixo das suas roupas e envolveu seu coração.

– Então você poderia parar? – Vasya sussurrou, lutando contra o medo. Seu coração batia como se fosse contra outra mão. – Estou falando em nome da minha gente. Eles estão com medo, estão arrependidos. Logo será como sempre foi: nossas igrejas e nossos *chyerty* juntos, sem que se sinta mais medo nem se fale em demônios.

Será tarde demais, disse o vento, e a floresta ressoou: *demais, demais.* Então: *Além disso, não é do meu gelo que você deveria ter medo, devushka. É das fogueiras. Diga-me, suas fogueiras queimam rápido demais?*

– É só por causa do frio que elas queimam assim.

Não, é por causa da tempestade que vem vindo. O primeiro sinal é medo, o segundo é sempre o fogo. Sua gente está com medo e agora as fogueiras queimam.

– Então, desvie a tempestade, eu te imploro. Veja, eu te trouxe um presente. – Vasya colocou a mão dentro da manga.

Não era muita coisa, só um pedaço de pão seco e uma pitada de sal, mas quando ela os estendeu o vento parou.

No silêncio, Vasya voltou a ouvir o uivo do lobo, agora muito perto, e respondido em coro. Mas no mesmo instante uma égua branca surgiu por entre duas árvores e Vasya esqueceu os lobos. A longa crina da égua caía como pingentes de gelo, e seu resfolegar formou uma pluma na noite.

Vasya prendeu a respiração.

– Ah, você é linda – ela disse, e até podia ouvir a nostalgia em sua voz. – Você é que está trazendo o gelo?

A égua teria um cavaleiro? Vasya não conseguiu saber. Num momento parecia que sim, e então a égua contraiu a pele e a forma nas suas costas não passou de um truque da luz.

A égua branca pôs as orelhinhas para a frente, em direção ao pão e ao sal. Vasya estendeu a mão. Sentiu o bafo quente do cavalo no rosto e olhou dentro dos seus olhos escuros. Repentinamente, sentiu-se mais aquecida. Até o vento pareceu mais quente ao se retorcer ao redor do seu rosto.

Eu trago o gelo, disse a voz. Vasya não achou que fosse da égua. *É a minha ira e o meu aviso. Mas você é corajosa, devushka, e eu cedo, em nome de uma oferenda.* Uma pequena pausa. *Mas o medo não é meu, nem as fogueiras. A tempestade está vindo, e o gelo não será comparável a nada. A coragem a salvará. Se o seu povo está com medo, então está perdido.*

– Que tempestade? – sussurrou Vasya.

Fique atenta às mudanças de estações, ela pensou ter ouvido no suspiro do vento. *Fique atenta...* E a voz se foi. Mas o vento permaneceu. Soprou cada vez com mais força, sem palavras, arremessando nuvens através da lua, e o vento, abençoadamente, tinha cheiro de neve. O gelo profundo não poderia perdurar se nevasse.

Quando Vasya entrou aos tropeços em sua própria casa, os flocos que cobriam seu capuz e estavam presos em seus cílios silenciaram eficazmente o clamor de sua família. Alyosha agarrou-a numa alegria muda, e Irina saiu rindo para pegar um punhado da branquidão que caía.

Naquela noite, o frio de fato amainou. Nevou durante uma semana. Quando a neve finalmente parou, foram necessários mais três dias para desenterrá-los. Mas então os lobos tinham tirado vantagem do relativo calor para se banquetear com coelhos fibrosos e avançar mais para dentro da floresta. Ninguém nunca mais voltou a vê-los. Apenas Alyosha pareceu decepcionado.

◇

Dunya dormiu mal naquelas noites de fim de inverno, e não foi apenas por causa do frio e dos seus ossos doloridos, nem ainda por causa da sua preocupação com a tosse de Irina ou o rosto pálido de Vasya.

– Está na hora – disse o demônio do gelo.

Desta vez, não havia trenó no sonho de Dunya, nem luz do sol nem o ar revigorante do inverno. Ela estava em uma floresta sombria e sussurrante. Parecia que uma grande sombra espreitava em algum lugar no escuro. À espera. As feições pálidas do demônio do inverno estavam bem desenhadas como uma gravura, os olhos desprovidos de cor.

– Tem que ser agora – ele disse. – Ela é uma mulher e mais forte do que até ela mesma pensa. Talvez eu possa manter o mal longe de vocês, mas preciso ter aquela menina.

– Ela é uma criança – protestou Dunya. *Demônio*, ela pensou. *Sedutor. Mentiroso.* – Uma criança ainda. Ela me provoca para ganhar bolos de mel, mesmo quando sabe que não tem. E ficou tão pálida neste inverno, só olhos e ossos. Como é que eu posso abrir mão dela agora?

O rosto do demônio estava gelado.

– Meu irmão está acordando. Todos os dias a sua prisão enfraquece. Aquela criança, mesmo sem saber, fez o possível para proteger vocês, com côdea, coragem e a visão. Mas meu irmão ri com essas coisas; ela precisa ter a joia.

O escuro pareceu pressionar mais de perto, sibilando. O demônio do gelo falava rispidamente, com palavras que Dunya não conhecia. Um vento vivo infiltrou-se ao redor da clareira, e as sombras recuaram. A lua surgiu e fez a neve reluzir.

– Por favor, rei do inverno – Dunya pediu com humildade, apertando as mãos juntas. – Mais um ano. Mais uma estação com sol. Ela se tornará forte com a chuva e a luz do sol. Não vou, não posso, dar minha menina para o Inverno agora.

Uma risada ribombou de súbito vinda da vegetação rasteira: uma risada velha, lenta. Repentinamente, pareceu a Dunya que o luar brilhava através do demônio do gelo, que ele era apenas um truque de luz e sombra.

Mas logo ele voltou a ser um homem real, com peso, formato e forma. Seu rosto estava virado para outro lado, analisando a vegetação rasteira. Quando se voltou novamente para Dunya, tinha o rosto sombrio.

– Você a conhece melhor – disse ele. – Não posso tomá-la sem que esteja pronta; ela morreria. Mais um ano, então. Contra a minha vontade.

14

O CAMUNDONGO E A DONZELA

Naquele inverno, Anna Ivanovna sofreu com os outros. Suas mãos incharam e se enrijeceram, os dentes doeram. Sonhou com queijo, ovos e agriões, enquanto o tempo todo comia repolho, pão preto e peixe defumado. Irina, que nunca fora forte, declinou a uma sombra apática de si mesma, e Anna, aterrorizada pela filha, descobriu uma estranha afinidade com Dunya, ao persuadir a criança a engolir caldos e mel e mantê-la aquecida.

Mas pelo menos não viu demônios. A criaturinha barbada não se arrastou pela casa, o mendigo marrom de graveto não se moveu pelo *dvor*. Anna só viu homens e mulheres e suportou apenas os problemas comuns de uma casa apinhada num inverno rigoroso. E padre Konstantin estava ali, como um anjo, de um jeito que ela nunca tinha imaginado que um homem pudesse ser, com sua voz clara, a boca doce e os abençoados ícones que tomavam forma sob suas mãos fortes. Viu-o todos os dias naquele inverno, quando todos eles estavam engaiolados dentro de casa. Para ela era um prazer desfrutar da sua presença; não desejava nada além. A mente estava tranquila; ela até conseguia sorrir para seus enteados e suportar Vasilisa.

Porém, quando a neve veio e o gelo quebrou-se, a paz de Anna foi estilhaçada.

Um meio dia cinzento, com pequenas precipitações de neve vindas de um céu plúmbeo, encontrou Anna correndo para encontrar Konstantin em seu cubículo.

– Os demônios ainda estão aqui, Batyushka! – gritou ela. – Eles voltaram. Só estavam escondidos. São dissimulados, mentirosos. Como foi que pequei? Padre, o que tenho que fazer? – Ela chorava e tremia. Bem naquela manhã, o *domovoi* tinha se esgueirado para fora do forno, birrento e fumegante, e pegado a cesta de costura de Dunya.

Konstantin não respondeu de pronto. Seus dedos estavam azuis e brancos, no ponto onde agarravam o pincel; ele tinha se retirado para seu quarto para pintar. Anna trouxera-lhe sopa. Ela respingava em suas mãos trêmulas. *Repolho*, Konstantin notou com desgosto. Estava mortalmente farto de repolho. Anna pousou a vasilha ao lado dele, mas não saiu.

– Paciência, Anna Ivanovna – o padre respondeu, quando ficou claro que ela esperava que ele falasse. Konstantin não se virou, nem retardou suas pinceladas rápidas. Fazia semanas que não pintava. – É uma infestação de longa data, alimentada pelo desvio de muitos. Basta esperar e eu os levarei de volta para Deus.

– Sim, Batyushka – Anna disse. – Mas hoje eu vi...

Ele falou por entre os dentes:

– Anna Ivanovna, você nunca se livrará dos diabos se ficar andando por aí à procura deles. Qual é a boa cristã que se comporta desse jeito? Seria melhor você temer a Deus e passar o tempo em orações. Muitas orações.

Ele olhou enfaticamente em direção à porta.

Mas Anna não saiu.

– O senhor já fez maravilhas. Estou... Não pense que sou ingrata, Batyushka. – Ela oscilou em direção a ele, tremendo. Pousou a mão no seu ombro.

Konstantin desferiu-lhe um olhar de impaciência. Ela deu um pulo para trás, como se tivesse se queimado, e seu rosto foi tomado por um leve rubor.

– Agradeça a Deus, Anna Ivanovna – Konstantin disse. – Deixe-me trabalhar.

Ela ficou parada por um momento, sem fala, e depois fugiu.

Konstantin pegou a sopa e a engoliu de um gole. Limpou a boca e tentou mais uma vez encontrar a paz necessária para pintar. Mas as palavras da senhora arranhavam-no: *Demônios. Diabos. Como foi que pequei?* A mente de Konstantin divagou. Tinha enchido aquelas pessoas com o temor a Deus, e elas estavam no caminho da salvação. Precisavam dele, amavam-no e o temiam na mesma medida. O que era certo, por ser ele mensageiro de Deus. Adoravam suas imagens. Tinha feito tudo o que era possível conceber com palavras e olhares ameaçadores, na obediência da vontade de Deus e espírito de humildade. Percebia o resultado. E no entanto...

Involuntariamente, Konstantin pensou na segunda filha de Pyotr. Observara-a naquele inverno, sua graça infantil, a risada, a petulância descuidada, a tristeza secreta que às vezes cruzava o rosto. Lembrou-se de como uma vez ela havia brotado do anoitecer, à vontade com o frio e a noite que caía. Ele mesmo tinha tirado o hidromel da sua mão, não pensando em nada além da gratidão por poder saciar sua sede.

Ela não tem medo, Konstantin pensou, taciturno. *Não teme a Deus, não teme nada.* Viu nos silêncios dela, em seu olhar incomum, as longas horas que passava na floresta. De qualquer modo, nenhuma boa moça cristã tinha olhos como aqueles, nem andava com tal graça no escuro.

Pela sua alma, e pelas almas de todos naquele lugar desolado, pensou Konstantin, ele necessitava ter a sua humildade. Ela precisava ver o que era e temer isso. Salvando-a, ele salvaria a todos. Falhando nisso... Konstantin não prestava atenção nos seus dedos; pintava por impulso, enquanto sua mente se ocupava persistentemente do problema. Por fim, ele voltou à consciência e seus olhos analisaram o que havia pintado.

Olhos verdes selvagens encaravam-no, quando ele pretendera pintar apenas um leve azul. O longo véu da mulher poderia com a mesma facilidade ser uma cortina de cabelos negros acobreados. Ela parecia rir para ele, presa na madeira e livre para sempre. Konstantin gritou e atirou a tábua longe. Ela caiu no chão com um baque, espalhando tinta.

◈

Aquela primavera foi muito úmida e muito fria. Irina, que amava flores, chorou porque as campânulas brancas não floresceram. Os campos foram arados debaixo de torrentes de chuvas extemporâneas, e durante semanas nada secou, dentro ou fora de casa. Desesperada, Vasya tentou colocar as meias deles no forno, com o fogo afastado de lado. Retirou-as consideravelmente mais quentes, mas não mais secas. Metade da aldeia tossia, e ela examinou seu irmão com o cenho franzido, quando ele veio se vestir.

– De acordo com os seus experimentos, esta aqui poderia ter ficado pior – disse Alyosha, olhando as meias ligeiramente chamuscadas. Seus olhos estavam vermelhos, a voz, rouca. Fez uma careta ao enfiar a lã quente e úmida no pé.

– É – disse Vasya, enfiando as próprias meias. – Eu poderia ter cozinhado o lote. – Ela voltou a olhar para ele. – Esta noite vai ter uma coisa quente no jantar. Não morra antes que a chuva pare, irmãozinho.

– Não prometo, irmãzinha – respondeu Alyosha, sombriamente, tossindo. Arrumou o chapéu e saiu.

Com a chuva e a umidade, padre Konstantin passou a fazer seus pincéis e a pulverizar sua pedra na cozinha de inverno. Ela era consideravelmente mais quente e um tanto mais seca do que o seu quarto, embora muito mais barulhenta com os cachorros, as crianças e as cabras mais debilitadas sob os pés.

Vasya lamentou a mudança. Ele jamais conversava com ela, embora elogiasse Irina e instruísse Anna Ivanovna com bastante frequência. Mas, mesmo naquela balbúrdia, Vasya podia sentir os olhos dele sobre ela. Enquanto brincava com Dunya, amassava seu pobre pão magro e fiava com a sua roca, Vasya estava sempre ciente do olhar fixo do padre.

É melhor me dizer diretamente onde errei, Batyushka.

Ela se escondia no estábulo sempre que podia. Suas incursões na casa lotada significavam sequências de tarefas incansáveis, enquanto Anna alternava gritos e orações. E sempre havia o silêncio do padre e seu olhar grave.

Vasya nunca contou a ninguém onde tinha ido naquela noite gélida de janeiro. Depois de um tempo, ela às vezes pensava ter sonhado com aquilo: a voz no vento e o cavalo branco. Com Konstantin observando, tomava cuidado para não dirigir comentários ao *domovoi*. Mas o padre observava-a mesmo assim. Ela pensava, quase com desespero, que seria apenas uma questão de tempo para acabar se metendo em confusão e ele dar o bote. Mas os dias foram se passando e o padre manteve-se em silêncio.

Abril chegou e Vasya viu-se no pasto dos cavalos suturando Mysh, a velha égua de Sasha, que agora era um cavalo de reprodução e tinha parido sete potros. Embora já não fosse jovem, a égua ainda estava forte e saudável, e seus velhos olhos sábios não perdiam nada. Os cavalos mais valiosos – Mysh entre eles – passavam o inverno no estábulo e saíam para pastar com os outros assim que a grama despontava na neve. Como consequência, sempre surgiam alguns desacertos, e Mysh tinha um talho no formato de um casco em seu flanco. Vasya tinha mais habilidade para manejar sua agulha na carne do que em tecido. O talho escarlate foi ficando progressivamente menor. O cavalo manteve-se quieto, apenas com uns tremores de vez em quando.

– Verão, verão, verão – cantava Vasya. O sol voltou a aquecer, e a chuva parou por tempo suficiente para que a cevada tivesse chance. Medindo-se de encontro ao cavalo, Vasya descobriu que havia crescido ainda mais durante o inverno. *Bem*, pensou com tristeza, *não dá para sermos todos pequenos como Irina.*

A pequena Irina já era aclamada como uma beldade. Vasya tentava não pensar nisso.

Mysh interrompeu os devaneios da menina. *Gostaríamos de lhe oferecer um presente*, disse. Abaixou a cabeça para mordiscar a grama nova.

As mãos de Vasya vacilaram.

– Um presente?

Você nos trouxe pão neste inverno. Estamos em dívida com você.

– Nós? Mas o *vazila*...

É todos nós juntos, respondeu a égua. *Um pouco mais também, mas ele é principalmente nós.*

– Ah – disse Vasya, perplexa. – Bem, obrigada.

É melhor não agradecer pela grama antes de comê-la, a égua disse com um bufo desdenhoso. *Nosso presente é o seguinte: queremos ensinar você a cavalgar.*

Dessa vez, Vasya realmente ficou paralisada, embora o sangue tivesse desabalado para dentro do seu coração. Ela sabia cavalgar, num pônei cinza e gordo que dividia com Irina, mas...

– É verdade? – sussurrou ela.

É, respondeu a égua, *embora isso possa acabar sendo uma faca de dois gumes. Esse presente poderá afastar você da sua gente.*

– Minha gente – repetiu Vasya, muito lentamente. *Eles choraram em frente às imagens, enquanto o domovoi morria de fome. Não conheço a minha gente. Eles mudaram muito e eu não.* Em voz alta, disse: – Não tenho medo.

Ótimo, disse a égua. *Vamos começar quando a lama estiver seca.*

◇

Vasya meio que esqueceu a promessa da égua nas semanas que se seguiram. A primavera significava semanas de tarefas entorpecedoras, e ao fim de cada dia, Vasya comia o pão miserável da cevada do ano anterior, com queijo branco macio e ervas novas tenras. Depois, lançava-se para cima do forno e dormia feito criança.

Mas repentinamente era maio, e a lama desapareceu debaixo da grama nova. Dentes-de-leão brilhavam como estrelas em meio ao verde escuro. Os cavalos projetavam longas sombras, e a meia-lua estava sozinha no céu no dia em que Vasya, suando, arranhada e exausta, parou no pasto dos cavalos, de volta do campo de cevada.

Venha cá, disse Mysh. *Suba nas minhas costas.*

Vasya estava quase cansada demais para responder. Olhou como uma idiota para o cavalo e disse:

– Não tenho sela.

Mysh resfolegou. *Nem terá. Precisa aprender a se virar sem. Vou carregar você, mas não sou sua criada.*

Vasya olhou a égua nos olhos. Dava para perceber um lampejo de humor nas profundezas castanhas.

– Sua perna não está doendo? – perguntou debilmente, indicando com a cabeça o talho em recuperação no lombo da égua.

Não, Mysh respondeu. *Monte.*

Vasya pensou no seu jantar quente, no seu banquinho ao lado do forno. Depois, criou coragem, afastou-se, correu e se arremessou de barriga para baixo nas costas da égua. Depois de se contorcer um pouco, instalou-se com desconforto logo atrás da cernelha dura.

As orelhas da égua foram para trás perante o esforço. *Você vai precisar de prática.*

Vasya jamais conseguiu se lembrar de onde elas foram naquele dia. Andaram, por necessidade, dentro da mata. Mas a cavalgada foi dolorosa, disso Vasya sempre se lembrava. Foram num leve galope até que as costas e as pernas de Vasya tremeram.

Fique quieta, disse a égua. *É como se houvesse três de você em vez de uma.*

Vasya tentou, pendendo para um lado e para o outro. Por fim, exasperada, Mysh parou bruscamente. Vasya rolou por cima do ombro do animal e aterrissou, piscando, no chão argiloso.

Levante-se, disse a égua. *Tome mais cuidado.*

Quando voltaram para o pasto, Vasya estava suja, contundida e certa de não conseguir andar. Também tinha perdido o jantar e levou uma reprimenda. Mas no fim da tarde do dia seguinte repetiu o feito. E mais uma vez. Nem sempre era com Mysh; os cavalos revezaram-se, ensinando-a a cavalgar. Nem todos os dias ela conseguia ir. Na primavera, trabalhava sem cessar – todos eles também – no semeio da terra. Mas Vasya ia com bastante frequência, e, lentamente, suas coxas, as costas e a barriga começaram a doer menos. Finalmente, chegou o dia em que já não doíam nada, e nesse meio-tempo ela aprendeu a manter o equilíbrio, a saltar nas costas de um cavalo, a girar, arrancar, parar e saltar, até não saber mais onde terminava o cavalo e começava ela.

O céu pareceu maior naquele alto verão, com nuvens deslizando por ele como cisnes. A cevada ondulou verde nos campos, embora estivesse raquítica e fizesse Pyotr balançar a cabeça. Vasya, com o cesto no braço, desaparecia todos os dias na floresta. Às vezes, Dunya olhava com desconfiança as ofertas da menina: geralmente casca de bétula, ou baga de espinheiro para fazer tintura, e raramente em quantidade suficiente. No entanto, Vasya resplandecia felicidade, então Dunya só limpava a garganta e não dizia nada.

O tempo todo o calor aumentava, contudo, até que se podia cortar com uma faca: quente demais. Por mais que as pessoas rezassem, houve incêndios na floresta estalando de seca, e a cevada cresceu, mas lentamente.

Um dia abrasador de agosto encontrou Vasya indo até o lago, procurando não mancar. Metel tinha-na levado para cavalgar. O garanhão cinza, agora branco, ainda era o maior dos cavalos de montaria e tinha um senso de humor maldoso. Vasya trazia hematomas para comprová-lo.

O lago cegava à luz do sol. Conforme Vasya aproximou-se, pensou ter ouvido um farfalhar nas árvores que bordejavam a água. Mas, quando olhou para cima, não viu reflexo de pele verde. Após alguns instantes de uma busca inútil, Vasya desistiu, despiu-se e deslizou para dentro do lago. A água era pura neve derretida, gelada até no auge do verão. Vasya perdeu o fôlego e conteve um uivo. Mergulhou de uma vez; a água gelada despertou o ânimo nos seus membros cansados. Fez acrobacias debaixo d'água, espiando aqui e ali. Mas nada de *rusalka*. Com uma inquietação vaga, Vasya foi patinhando até a margem, puxou suas roupas para dentro da água e bateu-as nas pedras para que ficassem limpas. Por fim, pendurou-as, pingando, em um ramo próximo e subiu na mesma árvore, esticando-se como um gato em um galho para se secar ao sol.

Talvez uma hora depois, Vasya despertou de um exausto estupor e olhou suas roupas úmidas. O sol tinha passado o seu pico e começava a se inclinar para oeste, o que significava, nos longos dias do alto verão, que a tarde já ia bem avançada. A esta altura, Anna estaria espumando, e até Dunya lhe daria uma olhada com os lábios contraídos quando ela se esgueirasse pela porta. Irina estaria, sem dúvida, debruçada sobre o forno sufocante, ou usando seus dedos para consertar roupas. Sentindo-se culpada, Vasya desceu para um galho mais baixo e congelou. Padre Konstantin estava sentado na grama.

Ele poderia ter sido um fazendeiro bonito, de jeito nenhum um padre. Tinha trocado seu manto por uma camisa de linho e uma calça folgada, salpicada com pedacinhos de talos de cevada, e seu cabelo descoberto reluzia ao sol da tarde. Olhava para o lago. *O que está fazendo aqui?* Vasya ainda estava protegida pela folhagem da árvore. Enganchou os joelhos ao redor do galho, soltou-se e agarrou suas roupas com a rapidez de um esquilo. Mal empoleirada em um galho mais alto, tentando não cair e quebrar um braço, enfiou a camisa e a perneira – roubada de Alyosha – e passou os dedos no cabelo, tentando forçá-lo a um mínimo de ordem. Por fim, atirou para trás a ponta de uma trança cheia de calombos, agarrou o galho e se balançou para o chão. *Talvez, se eu escapar bem rápido...*

Então, Vasya viu a *rusalka*. Estava em pé na água. Seu cabelo flutuava ao seu redor, encobrindo parte dos seios nus. Sorria, bem de leve, para o padre Konstantin. O padre, encantado, levantou-se e foi oscilando em sua direção. Sem pensar, Vasya arremessou-se para ele e pegou sua mão. Mas ele a afastou, quase casualmente, com mais força do que parecia ter.

Vasya virou-se para a *rusalka*.

– Deixe ele em paz!

– Ele vai matar todos nós – a *rusalka* respondeu, com a voz macia, os olhos não desgrudando da presa. – Já começou. Se ele continuar assim, todos os guardiões das profundezas da floresta desaparecerão. A tempestade virá e a terra ficará indefesa. Você não percebeu? Primeiro o medo, depois o fogo, depois a fome. Ele torna a sua gente medrosa. E então as fogueiras queimaram e agora o sol torra. Vocês sentirão fome quando vier o frio. O rei do inverno está fraco, e seu irmão está muito próximo. Se as defesas falharem, ele virá. Qualquer coisa é melhor do que isso. – Sua voz vibrava com paixão. – É melhor que eu leve este daqui agora.

Padre Konstantin deu mais um passo. A água subiu ao redor das botas dele. Estava bem na beira do lago.

Vasya sacudiu a cabeça, tentando entender.

– Você não deve.

– Por que não? A vida dele vale a de todos os outros? E eu te digo com toda a certeza que, se ele viver agora, muitos morrerão.

Vasya hesitou por um longo momento. Lembrou-se, a contragosto, do padre rezando ao lado do corpo rígido de Timofei, articulando as palavras muito depois de sua voz ter sumido. Lembrou-se dele segurando firme a mãe do menino, quando ela teria caído na neve, aos prantos. A menina trincou os dentes e balançou a cabeça.

A *rusalka* atirou a cabeça para trás e soltou um grito agudo. E então já não estava lá; restavam apenas o sol sobre a água, algas e sombras das árvores.

Vasya segurou na mão do padre e o puxou para longe da borda. Ele olhou para ela e a consciência voltou-lhe aos olhos.

◈

Os pés de Konstantin estavam gelados e ele se sentia estranhamente desolado. Gelados porque ele estava de pé em quinze centímetros de água, bem na beirada do lago, mas cismou com a sensação de solidão. Nunca se sentia solitário. Um rosto estava entrando em foco. Antes que pudesse dar-lhe um nome, a pessoa pegou a sua mão e o puxou trôpego de volta à terra firme. Da trança negra refletiu uma luz vermelha, e subitamente ele a reconheceu:

– Vasilisa Petrovna.

Ela soltou a sua mão, virou-se e olhou para ele.

— Batyushka.

Ele sentiu seus pés molhados, lembrou-se da mulher no lago e sentiu o princípio de um medo.

— O que você está fazendo? – perguntou ele.

— Salvando sua vida – ela replicou. – O lago é um perigo para o senhor.

— Demônios...

Vasya deu de ombros.

— Ou os guardiões do lago. Chame-a como quiser.

Ele fez como se fosse voltar para a água, mexendo em sua cruz com uma das mãos.

Ela esticou o braço e a pegou, quebrando a tira que a prendia ao redor do pescoço.

— Deixe isto e deixe ela – a menina disse num ímpeto, segurando a cruz longe do alcance. – O senhor já causou muitos danos. Será que não pode deixá-los em paz?

— Quero salvar você, Vasilisa Petrovna – ele disse. – Vou salvar vocês todos. Existem forças sinistras que vocês não entendem.

Para surpresa dele, e talvez dela, ela riu. O divertimento suavizou os ângulos do seu rosto. Surpreso, ele olhou para ela com uma admiração involuntária.

— O que me parece, Batyushka, é que quem não entende é o senhor, uma vez que é a sua vida que precisa de salvação. Volte para o trabalho nas plantações de cevada e esqueça o lago.

Ela se virou sem esperar para ver se ele a seguia, os pés inaudíveis no musgo e nas agulhas de pinheiro. Konstantin desabou ao lado dela. Ela ainda segurava sua cruz de madeira entre dois dedos.

— Vasilisa Petrovna – ele tentou novamente, amaldiçoando seu desajeitamento. Sempre sabia o que dizer, mas essa menina dirigia-lhe o olhar límpido e todas as suas certezas tornavam-se vagas e ridículas. – Você precisa abandonar seus costumes bárbaros. Precisa voltar-se para Deus com medo e um arrependimento verdadeiro. Você é filha de um bom senhor cristão. Sua mãe enlouquecerá se não exorcizarmos os demônios do seu lar. Vasilisa Petrovna, volte-se. Arrependa-se.

— Eu frequento a igreja, padre – ela replicou. – Anna Ivanovna não é minha mãe, e a loucura dela não é problema meu, assim como minha alma não pertence ao senhor. E me parece que a gente se virava muito bem antes da sua chegada, porque, se rezávamos menos, também chorávamos menos.

Ela havia caminhado rapidamente. Por entre os troncos das árvores, ele podia ver a paliçada da aldeia.

– Preste atenção, Batyushka – ela disse. – Reze pelos mortos, conforte os doentes e conforte minha madrasta, mas me deixe em paz, ou na próxima vez que um deles vier atrás do senhor, não levantarei um dedo para impedir.

Ela não esperou uma resposta, mas jogou a cruz de volta na mão dele e caminhou a passos largos para a aldeia.

A cruz conservava o calor da sua mão, e os dedos do padre curvaram-se com relutância ao seu redor.

15

ELES SÓ VÊM BUSCAR A DONZELA SELVAGEM

A LUZ OFUSCANTE DO SOL DA TARDE CEDEU PARA UM MEL DOURADO e, por fim, para âmbar e ferrugem. Uma meia-lua fraca surgiu logo acima de uma linha de céu amarelo-claro. O calor do dia foi-se com a luz, e os homens na plantação de cevada estremeceram com o resfriamento do seu suor.

Konstantin colocou sua foice no ombro. Na pele endurecida da palma das suas mãos haviam brotado bolhas sangrentas. Equilibrou a foice com a ponta dos dedos e evitou Pyotr Vladimirovich. A nostalgia fechou sua garganta e a raiva roubou sua voz. *Era um demônio. Era a sua imaginação. Você não a expulsou, rastejou em sua direção.*

Deus, como queria voltar para Moscou, ou Kiev, ou ainda mais longe. Comer fartamente pão quente, em vez de passar fome metade do ano; deixar o arado para os fazendeiros, falar perante milhares e nunca ficar acordado, imaginando.

Não. Deus havia lhe dado uma tarefa. Não poderia deixá-la de lado, pela metade.

Ah, se eu ao menos conseguisse completar a missão.

Seu queixo travou-se. Ele a acabaria. Tinha que terminar. E antes de morrer, voltaria a viver em um mundo onde as meninas não o desafiassem e os demônios não caminhassem em plena luz cristã do dia.

Konstantin passou pela cevada cortada e contornou o pasto dos cavalos. A beirada da mata projetava sombras famintas. Desviou o rosto para os rebanhos de Pyotr pastando no longo crepúsculo. Um lampejo de luz surgiu entre os cinza e os castanhos. Konstantin estreitou os olhos. Um cavalo, o garanhão de guerra de Pyotr, estava parado, a cabeça erguida. Uma figura esguia aparecia junto ao ombro do animal, esboçada contra o pôr do sol. Konstantin reconheceu-a de imediato. O garanhão curvou a cabeça diabólica para o lado, para mordiscar sua trança, e ela riu como uma criança.

Konstantin nunca tinha visto Vasya daquele jeito. Dentro de casa, ela era, alternadamente, séria e cautelosa, descuidada e sedutora, toda olhos e ossos, pés inaudíveis. Mas sozinha, sob o céu, era linda como uma potranca ou um falcão aprendendo a voar.

Konstantin forçou uma expressão de frieza. O povo lhe oferecia cera de abelha e mel, pedia-lhe conselhos e orações, beijava sua mão. Seus rostos iluminavam-se quando o viam. Mas aquela menina evitava seu olhar e suas pisadas. No entanto, um *cavalo*, um animal idiota, conseguia fasciná-la a ponto de provocar aquela luz, que deveria ser para ele, para Deus, para ele como mensageiro de Deus. Ela era como Anna Ivanovna a definir: não tinha compaixão, desobediente, comportava-se de maneira imprópria para uma donzela. Conversava com demônios e se atrevia a se gabar de ter salvado a vida dele.

Mas os dedos dele ansiavam por madeira, cera e pincéis, por capturar o amor e a solidão, o orgulho e o desabrochar da feminilidade inscritos nos contornos do corpo da menina. *Ela salvou sua vida, Konstantin Nikonovich.*

Com ferocidade, reprimiu tanto o pensamento, quanto o impulso. Pintar servia para a glória de Deus, não para glorificar a fragilidade da carne em transição. *Ela invocou um diabo; foi o dedo de Deus que salvou a minha vida.* Mas, quando ele se forçou a se afastar, a cena estava gravada no interior das suas pálpebras.

◊

O anoitecer estava violeta, quando Vasya entrou na cozinha ainda corada de sol. Pegou a vasilha e a colher, serviu-se de uma porção e a levou até a janela. O entardecer verdejava seus olhos. Atacou a comida, parando de tempos em tempos para contemplar o longo crepúsculo do verão.

Com passos duros e decididos, Konstantin colocou-se ao seu lado. O cabelo dela cheirava a terra, sol e água do lago. Ela não desviou os olhos da janela. A aldeia estava estrelada de fogueiras bem alimentadas. Uma meia-lua fraca elevou-se num céu agitado de nuvens. O silêncio entre eles alongou-se, em meio ao burburinho da cozinha lotada. Foi o padre quem o quebrou:

– Sou um homem de Deus – disse ele, baixinho. – Mas teria lamentado morrer.

Vasya dirigiu-lhe um olhar rápido e perplexo. Um esboço de sorriso surgiu no canto da sua boca.

– Não acredito nisso, Batyushka. Não roubei do senhor sua rápida ascensão ao céu?

– Agradeço-lhe pela minha vida – continuou Konstantin, contido. – Mas não se zomba de Deus. – Subitamente, sua mão estava morna sobre a dela. O sorriso deixou o rosto da menina. – Lembre-se – ele disse, enfiando um objeto entre os seus dedos. Sua mão, áspera com o uso da foice, deslizou sobre os nós dos dedos. Ele não falou, mas olhou claramente para ela.

De súbito, Vasya entendeu por que todas as mulheres lhe pediam orações; compreendeu, também, que sua mão quente, os ossos fortes do seu rosto eram uma arma para ser usada quando as da fala falhavam. Assim, ele conseguiria que ela lhe obedecesse, com sua mão grosseira, os olhos lindos.

Sou tão idiota quanto Anna Ivanovna? Vasya jogou a cabeça para trás e se afastou. Ele permitiu que se fosse. Ela não viu que a mão dele tremia. Sua sombra ondulou na parede quando ele saiu.

Anna estava costurando lençóis em seu banquinho junto ao fogo. A roupa escorregou para seus joelhos e, quando ela se levantou, caiu despercebida no chão.

– O que foi que ele te deu? – disse ela com fúria contida. – *O que foi?* – Todos os traços do seu rosto realçaram-se.

Vasya não fazia ideia, mas levantou o objeto para que a madrasta visse. Era sua cruz de madeira, com os dois braços esticados, escavada num pinho sedoso. Vasya olhou para ela com certo assombro. *O que é isto, padre? Um aviso? Um pedido de desculpas? Um desafio?*

– Uma cruz – respondeu.

Mas Anna a havia agarrado.

– É minha – disse ela. – Ele queria dar pra mim. Caia fora!

Eram muitas as coisas que Vasya poderia ter dito, mas ela optou pela mais segura:

– Tenho certeza que sim.

Mas não saiu. Levou sua vasilha até o fogo para se servir de mais cozido com Dunya e roubar uma ponta de pão de sua irmã desprevenida. Em poucos minutos, Vasya limpava a vasilha com a côdea e ria com a expressão aturdida da irmã.

Anna não voltou a falar, mas também não retomou a costura. Vasya, por mais que risse, podia sentir o olhar abrasador da madrasta.

◇

Naquela noite, Anna não dormiu. Foi da sua cama para a igreja. Quando um amanhecer límpido e profundo substituiu o azul da meia-noite do verão, foi até o marido e o sacudiu para que acordasse.

Nem uma vez, em nove anos, Anna tinha ido até Pyotr por sua própria vontade. Pyotr agarrou a mulher e a sufocou de maneira muito eficiente, até perceber quem era. O cabelo de Anna espalhou-se, castanho grisalho, sobre seu rosto, e seu lenço pendeu torto. Os olhos pareciam duas pedras.

– Meu amor – ela disse, ofegante, massageando o pescoço.

– Qual é o problema? – Pyotr perguntou, saindo da cama quente e se vestindo às pressas. – É Irina?

Anna alisou o cabelo, ajeitou o lenço.

– Não… Não.

Pyotr enfiou uma camisa pela cabeça e amarrou a faixa.

– Então, o quê? – ele perguntou num tom não muito agradável. Ela o havia assustado demais.

Anna tremeu, as pálpebras abaixadas.

– Você reparou que a sua filha Vasilisa cresceu muito desde o verão passado?

Os movimentos de Pyotr vacilaram. O nascer do dia projetou linhas de um dourado pálido pelo chão. Anna nunca tivera interesse por Vasya.

– É mesmo? – ele disse, agora confuso.

– E que ela ficou de uma beleza bem razoável?

Pyotr piscou e fez uma careta.

– Ela é uma criança.

– Uma mulher – retorquiu Anna. Pyotr levou um susto. Ela nunca o contradissera. – Moleca, toda braços, pernas e olhos. Mas terá um bom dote. É melhor que ela se case agora, marido. Se ela perder esses atrativos, pode ser que jamais se case.

— Ela não vai perder seus atrativos em um ano – disse Pyotr, secamente. – E, com certeza, não na próxima hora. Por que me acordar, mulher? – Ele saiu do quarto. O cheiro de nozes do pão que assava alegrou a casa e ele estava com fome.

— Sua filha Olga casou-se com quatorze anos. – Anna seguiu-o, ofegante. Olga tinha prosperado com o casamento, tornara-se uma grande dama, uma gorda matrona com três filhos. Seu marido dispunha de grande prestígio junto ao grão-príncipe.

Pyotr pegou um pão fresco e o abriu.

— Vou pensar no assunto – disse ele, para fazê-la se calar.

Pegou uma grande bola no interior fumegante e encheu a boca. Às vezes, seus dentes doíam. A maciez não era mal vinda. *Você está velho*, Pyotr pensou. Fechou os olhos e tentou abafar a voz da mulher com o som da sua mastigação.

◇

Ao nascer do sol, os homens foram para as plantações de cevada. Durante toda a manhã, ceifaram a vegetação ondulante com grandes golpes e gritos. Depois, espalharam os talos para secar. Seus rastelos iam para lá e para cá num chiado monótono. O sol era uma coisa viva, lançando os braços quentes sobre os pescoços dos homens. Suas sombras frágeis escondiam-se debaixo dos pés, os rostos reluzindo de suor e queimados do sol. Pyotr e os filhos trabalharam junto com os camponeses; todos labutavam na época da colheita. Pyotr era cuidadoso com cada semente. A cevada não crescera tanto quanto deveria, as cabeças ficaram magras e pobres.

Alyosha endireitou as costas doloridas e protegeu os olhos com a mão suja. Seu rosto animou-se. Um cavaleiro vinha da aldeia, galopando em um cavalo marrom.

— Finalmente.

Colocou dois dedos na boca. Um longo assobio atravessou a quietude do meio-dia. Por toda a plantação, os homens puseram de lado seus rastelos, esfregaram os filetes de mato do rosto e foram até o rio. As encostas profundas e verdejantes e o marulho das águas aliviaram um pouco o calor.

Pyotr apoiou-se em seu rastelo e empurrou o cabelo úmido e grisalho da testa, mas não deixou a plantação de cevada. O cavaleiro aproximava-se, galopando em uma égua de passos regulares. Pyotr prestou atenção. Conseguiu discernir a trança escura de sua segunda filha fluindo atrás dela. Mas não vinha montada em seu próprio e tranquilo pônei. Os pés brancos de Mysh reluziram na poeira. Vasya viu o pai e o cumprimentou com um acenar de braço. Pyotr esperou de cara fechada para repreender a filha quando ela chegasse mais perto. *Um dia ela quebrará o pescoço, essa maluca.*

Mas como montava bem! A égua saltou uma vala e continuou vindo a galope, sua amazona imóvel, com exceção do cabelo que voava. As duas pararam à beira da mata. Vasya tinha um cesto de junco equilibrado à frente. Sob a forte luz do sol, Pyotr não conseguiu discernir suas feições, mas ficou chocado ao ver como estava alta.

– Não está com fome, pai?! – ela gritou.

A égua ficou parada, a postos. E sem rédea. Não tinha coisa alguma, nem mesmo um cabresto. Vasya cavalgava com as mãos no cesto.

– Estou indo, Vasya – ele disse, sentindo-se inexplicavelmente triste. Colocou o rastelo sobre o ombro.

O sol refletiu de uma cabeça dourada; Konstantin Nikonovich não deixara a plantação de cevada, mas ficou observando a elegante amazona até que as árvores a encobriram.

Minha filha monta como um garoto da estepe. O que ele deve pensar dela, nosso virtuoso padre?

Os homens jogavam água fria sobre a cabeça e a bebiam em grandes porções. Quando Pyotr veio até o córrego, Vasya tinha descido do cavalo e estava entre eles, passando um odre cheio de *kvas*. Dunya havia feito um enorme pastelão no forno, recheado com grãos, queijo e vegetais de verão. Os homens reuniram-se ao redor e cortaram fatias. A gordura misturou-se ao suor em seus rostos.

Pyotr ficou perplexo ao ver como Vasya parecia estranha entre os homens grandes e grosseiros, com seus ossos longos, sua esbeltez, os olhos grandes dispostos tão separados. *Quero uma filha como era a minha mãe,* Marina tinha dito. Bem, ali estava ela, um falcão entre vacas.

Os homens não falaram com ela; comeram a torta rapidamente, de cabeça baixa, e voltaram para os campos abrasadores. Alyosha puxou a trança da irmã e riu para ela, ao passar. Mas Pyotr viu os homens lançarem-lhe olhares pelas costas ao irem embora.

– Bruxa – um deles murmurou, embora Pyotr não tivesse ouvido. – Ela encantou o cavalo. O padre diz...

O empadão foi-se e os homens com ele, mas Vasya ficou mais um tempo. Deixou o odre de *kvas* de lado e foi mergulhar as mãos na corrente. Andava feito criança. *Bem, é claro que ande. Ainda é uma menina, meu sapinho.* E, no entanto, tinha algo de selvagem em sua graça descuidada. Vasya deixou o riacho e veio em sua direção, pegando o cesto no caminho. Pyotr levou um choque ao olhar em seu rosto, o que talvez fosse o motivo de ter franzido o cenho de maneira tão sombria.

O sorriso dela murchou.

– Tome, pai – ela disse, e lhe estendeu o odre de *kvas*.

Ah, Deus do céu, ele pensou. *Talvez a fala de Anna Ivanovna não esteja tão errada. Se ela não for uma mulher, logo será.* Pyotr viu que o olhar do padre Konstantin demorou-se novamente em sua filha.

– Vasya – disse Pyotr, mais bruto do que pretendia. – O que significa isto, pegar a égua e vir cavalgando deste jeito, sem sela, nem rédea? Você vai quebrar um braço ou seu pescoço idiota.

Vasya corou.

– Dunya me pediu para trazer o cesto e vir depressa. Mysh era o cavalo mais próximo, e era só um caminho curto, perto demais para me preocupar com uma sela.

– Ou com um cabresto, *dochka*? – inquiriu Pyotr com certa aspereza.

Vasya corou ainda mais.

– Não me machuquei, pai.

Pyotr a analisou em silêncio. Se ela fosse um menino, estaria aplaudindo aquela exibição de habilidade na cavalgada. Mas era uma menina, uma menina-moleque, prestes a ficar adulta. Pyotr tornou a se lembrar do olhar do padre.

– Falaremos disto mais tarde – disse Pyotr. – Vá para casa ficar com Dunya. E não cavalgue tão rápido.

– Sim, pai – Vasya disse docilmente. Mas havia orgulho na maneira como saltou para as costas do cavalo e também no controle com que virou a égua e a mandou a meio-galope, pescoço arqueado, de volta na direção de casa.

O dia evoluiu para o crepúsculo, chegando ao fim, de modo que a única luz era o fraco fulgor do verão que iluminava as noites como manhã.

– Dunya – chamou Pyotr. – Há quanto tempo Vasya tornou-se mulher?

Estavam sentados a sós na cozinha de verão. Ao redor deles, toda a casa dormia. Mas para Pyotr as noites com luz diurna afastavam o sono e a questão da sua filha incomodava-o. Dunya sentia dor nos membros e não estava ansiosa para se deitar em seu catre duro. Girou sua roca, mas devagar. Pyotr ficou atônito ao ver como estava magra.

Dunya olhou para Pyotr com dureza.

– Há meio ano. Veio pra ela perto da Páscoa.

– Ela é uma menina bonita – disse Pyotr. – Embora selvagem. Precisa de um marido, isso a acalmaria. – Mas, ao falar isso, veio-lhe uma imagem de sua filha selvagem casada e coabitando, suando sobre um fogão. A imagem encheu-o de um pesar estranho, e ele a afastou.

Dunya deixou de lado a roca e disse lentamente:

– Ela ainda não pensou em amor, Pyotr Vladimirovich.

– E daí? Ela fará o que for mandado.

Dunya riu.

– É mesmo? Você se esqueceu da mãe de Vasya?

Pyotr ficou calado.

– Eu te aconselharia a esperar – disse Dunya. – A não ser que...

Durante todo o verão, Dunya tinha visto Vasya sumir ao nascer do sol e voltar ao entardecer. Tinha visto a impetuosidade crescer na filha de Marina e um... distanciamento que era novo, como se a menina estivesse apenas vivendo em parte no mundo de plantações, criação e costura da sua família. Dunya havia observado e se preocupara, lutando consigo mesma. Agora, tomou uma decisão. Afundou a mão no bolso. Quando retirou a peça, a joia azul estava aninhada em sua palma, incompatível com a pele gasta.

– Você se lembra, Pyotr Vladimirovich?

– Era um presente para Vasya – disse Pyotr com aspereza. – Isto é uma traição? Pedi a você que desse a ela. – Ele olhou o pingente como se fosse uma cobra.

– Guardei para ela – respondeu Dunya. – Implorei e o rei do inverno me permitiu. Era uma carga muito grande para uma criança.

– Rei do inverno? – Pyotr perguntou, furioso. – Você é alguma criança pra acreditar em contos de fadas? Não existe rei do inverno.

– Contos de fadas? – replicou Dunya, com raiva na voz. – Será que sou tão má para inventar uma mentira dessas? Também sou cristã, Pyotr Vladimirovich, mas acredito no que vejo. De onde veio esta joia, que se presta para um *khan*, que você trouxe pra sua filhinha?

Pyotr, engolindo em seco, ficou quieto.

– Quem te deu isto? – Dunya continuou. – Você trouxe de Moscou, mas nunca perguntei mais nada.

– É um colar – disse Pyotr, mas já não havia raiva em sua voz.

Pyotr tinha procurado esquecer o homem de olhos claros, o sangue na garganta de Kolya, seus homens parados, indiferentes. *Aquele era ele, o rei do inverno?* Agora ele se lembrava da rapidez com que tinha concordado em dar o berloque para sua filha. *Magia antiga*, pareceu ter ouvido Marina dizer. *Quero uma filha como era a minha mãe.* E depois, mais baixo: *Proteja-a, Petya. Eu a escolhi, ela é importante. Petya, prometa-me.*

– Não é só um colar – Dunya disse com dureza. – É um talismã, que Deus me perdoe. Tenho visto o rei do inverno. O colar é dele, e ele vai vir buscá-la.

– Você o tem visto? – Pyotr ficou em pé.

Dunya concordou com a cabeça.

– Onde você o viu? Onde?

– Sonhando – disse Dunya. – Só em sonhos. Mas ele manda os sonhos e eles são verdadeiros. Ele diz que eu tenho que dar o colar pra ela. Ele vai vir buscá-la no solstício de inverno. Ela não é mais uma criança. Mas ele é embusteiro; todos os reis são. – As palavras vieram atropeladas. – Amo Vasya como se fosse minha própria filha. Ela é corajosa demais para que seja bom. Tenho medo por ela.

Pyotr foi até a grande janela e voltou em direção a Dunya.

– Você está me falando a verdade, Avdotya Mikhailovna? Pela alma da minha mulher, não minta para mim.

– Tenho visto ele – Dunya repetiu. – E acho que você também. Tem cabelos pretos cacheados, olhos claros, mais claros do que o céu em pleno inverno. Não tem barba e se veste todo de azul.

– Não darei minha filha a um demônio. Ela é uma moça cristã.

O medo em estado bruto na voz de Pyotr era novo, vindo dos sermões de Konstantin.

– Então ela precisa ter um marido – disse Dunya, simplesmente. – Quanto antes, melhor. Os demônios do gelo não têm interesse em meninas mortais, casadas com homens mortais. Nas histórias, o príncipe-pássaro e o feiticeiro perverso, eles só vêm atrás de donzelas selvagens.

◊

– Vasya? – disse Alyosha. – Casada? Aquela coelha? – Ele riu. Os talos secos da cevada sussurraram. Rastelava ao lado do pai. Havia palha em seus cachos castanhos. Andara cantando para quebrar a quietude da tarde. – Ela ainda é uma menina, pai. Derrubei aos socos um camponês que olhou pra ela tempo demais, mas ela nem reparou. Nem mesmo quando o imbecil passou uma semana com o rosto todo machucado. – Ele também tinha esmurrado um camponês que a chamara de bruxa, mas não contou ao pai.

– Ela não encontrou um homem que a atraísse, só isso – retrucou Pyotr. – Mas pretendo que isso mude. – Pyotr foi brusco, estava decidido. – Kyril Artamonovich é filho do meu amigo. Tem uma grande herança e o pai morreu. Vasya é jovem e saudável, e seu dote é muito bom. Partirá antes da neve. – Pyotr inclinou-se mais uma vez em seu rastelo.

Alyosha não o acompanhou.

– Ela não vai aceitar facilmente, pai.

– Facilmente ou não, fará o que for mandado – disse Pyotr.

Alyosha desdenhou:

– Vasya? Quero só ver.

◊

– Você vai se casar – disse Irina para Vasya, com inveja. – E vai ter um bom dote, viver numa casa grande de madeira e ter muitos filhos. Estava ao lado da cerca rústica de travessas e mourões, mas não se recostou nela para não sujar seu *sarafan*. Sua longa trança castanha estava envolta num lenço vivo, e sua mãozinha, pousada delicadamente na madeira. Vasya aparava o casco de Metel, murmurando ameaças terríveis para o garanhão, caso ele resolvesse se mexer. Parecia que ele estava decidindo que parte dela iria morder. Irina estava bem assustada.

Vasya abaixou o casco e olhou para sua irmãzinha.

– Não vou me casar – disse ela.

A boca de Irina vincou-se numa desaprovação meio invejosa, quando Vasya pulou a cerca.

– Vai sim – ela contestou. – Vem vindo um lorde. O Kolya foi buscar. Ouvi o pai dizer pra mãe.

A testa de Vasya franziu-se.

– Bem... Suponho que vou ter que me casar... um dia – ela disse. Sorriu de esguelha para a irmã. – Mas como é que eu vou atrair o olhar de um homem com você por perto, passarinho?

Irina deu um sorriso tímido. Sua beleza já estava sendo comentada entre as aldeias sob domínio do seu pai. Mas então:

– Você não vai entrar na mata, vai, Vasya? Está quase na hora do jantar. Você está toda suja.

A *rusalka* estava sentada acima delas, uma sombra verde estendida em um galho de carvalho. Ela acenou. Seu cabelo em cascata gotejava água.

– Chegarei a tempo – disse Vasya.

– Mas o pai diz...

Vasya pulou para pegar um galho, um pé no tronco, agarrando o galho acima da sua cabeça com suas mãos fortes. Enganchou um joelho sobre ele, pendurando-se de cabeça para baixo.

– Não vou me atrasar pro jantar. Não se preocupe, Irinka.

No minuto seguinte, ela havia desaparecido entre as folhas.

◇

A *rusalka* estava abatida e tremendo.

– O que você está fazendo? – Vasya perguntou. A *rusalka* tremeu mais do que nunca. – Está com frio? – Parecia quase impossível; a terra devolvia o calor do dia e quase não havia brisa.

– Não – disse a *rusalka*. Seu cabelo escorrido escondia seu rosto. – Quem tem frio são as menininhas, não os *chyerty*. O que aquela criança está dizendo, Vasilisa Petrovna? Você vai deixar a floresta?

Ocorreu a Vasya que a *rusalka* estava com medo, embora não fosse fácil saber; as inflexões da sua voz não eram como as de uma mulher.

Vasya nunca havia pensado nesses termos antes.

– Um dia, eu vou – disse lentamente. – Algum dia. Vou ter que me casar e ir pra casa do meu marido. Mas não achava que seria tão rápido.

Como a *rusalka* estava fraca! As folhas farfalhantes exibiam seu rosto abatido por entre elas.

– Você não pode – disse a *rusalka*. Seus lábios arregaçaram-se dos dentes verdes. A mão que penteava o cabelo fez um movimento brusco, de modo que a água que caía escorreu pelo nariz e pelo queixo. – Não sobreviveremos ao inverno. Você não me deixou matar o homem faminto, e suas proteções estão falhando. Você é apenas uma criança; seus bocados de pão e hidromel não podem sustentar os espíritos domésticos. Não eternamente. O Urso está acordado.

– Que urso?

– A sombra na parede – disse a *rusalka*, com a respiração acelerada. – A voz na escuridão. – O rosto dela não se mexia como um rosto humano, mas suas pupilas avolumaram-se negras. – Cuidado com os mortos. Você precisa prestar atenção em mim, Vasya, porque não vou voltar. Não como eu mesma. Ele me chamará, e eu atenderei; terá minha aliança e eu me voltarei contra vocês. Não posso agir de outro jeito. As folhas estão caindo. Não abandone a floresta.

– O que você quer dizer com "cuidado com os mortos"? Como é que você vai se voltar contra nós?

Mas a *rusalka* apenas estendeu a mão com tal força que seus dedos úmidos e enevoados pareciam carne, fechados em torno do braço de Vasya.

– O rei do inverno ajudará você no que puder – ela falou. – Ele prometeu. Todos nós ouvimos. Ele é muito velho e inimigo do seu inimigo. Mas você não deve confiar nele.

As dúvidas acorreram aos lábios de Vasya com tal rapidez que a deixaram sufocada em silêncio. Seus olhos encontraram os da *rusalka*. O cabelo sedoso do espírito das águas caía ao redor do seu corpo nu.

– Eu confio em você – Vasya conseguiu dizer. – Você é minha amiga.

– Tenha um bom coração, Vasilisa Petrovna – disse a *rusalka* com tristeza, e então restou apenas uma árvore com turbulentas folhas prateadas. Como se ela nunca houvesse estado ali.

Vai ver que estou louca de verdade, pensou Vasya. Agarrou o galho abaixo dela e pulou para o chão. Seus pés correram macios em direção a casa, no glorioso entardecer do avançado verão. A toda volta, a floresta parecia sussurrar: *A sombra na parede. Você não deve confiar nele. Cuidado com os mortos. Cuidado com os mortos.*

◇

– Casar, pai?

O crepúsculo límpido e verde transpirava frescor na terra ressequida e ofegante, a tal ponto que o fogo do forno confortava em vez de atormentar. Ao meio-dia, eles tinham comido apenas pão com coalhada ou cogumelos em conserva, porque não se podia desperdiçar tempo nas plantações. Mas naquela noite havia cozido e torta, frango assado e coisas verdes mergulhadas em um pouco de sal precioso.

– Se houver alguém que possa ser trazido pra ter você – disse Pyotr sem grande gentileza, colocando sua tigela de lado. Safiras e olhos claros, ameaças e promessas semicompreendidas invadiam seu crânio de maneira desagradável.

Vasya tinha entrado na cozinha com o rosto molhado, e havia sinais explícitos de que tentara limpar a terra debaixo das unhas. Mas a água só fizera espalhar a sujeira. Estava trajada como uma camponesa, num vestido fino de linho cru, o cabelo preto descoberto e formando cachos. Seus olhos estavam enormes, rebeldes e perturbados.

Seria muito mais fácil fazê-la se casar, Pyotr pensou com irritação, *se ela resolvesse se apresentar mais como uma mulher e menos como uma criança camponesa, ou um espírito da floresta.*

Pyotr viu as sucessivas objeções aflorarem em seus lábios e se afastarem. Todas as meninas casavam-se, a não ser que se tornassem freiras. Ela sabia disso tão bem quanto qualquer um.

– Casar? – ela repetiu, lutando pelas palavras. – Agora?

Novamente, Pyotr sentiu uma aflição. Viu-a pesada como uma criança, debruçada sobre um fogão, sentada em frente a um tear, a graça perdida...

Não seja tolo, Pyotr Vladimirovich. É o destino das mulheres. Pyotr lembrou-se de Marina, quente e elástica em seus braços. Mas também se lembrou das suas fugas para a floresta, como um fantasma, aquele mesmo olhar selvagem.

– Com quem vou ter que me casar, pai?

Meu filho estava certo, Pyotr pensou. Vasya estava realmente zangada. Suas pupilas tinham crescido e a cabeça estava jogada para trás como uma potranca que não vai aceitar o freio. Ele esfregou o rosto. As meninas ficavam felizes em se casar. Olga mostrara-se radiante quando seu marido colocou uma joia em seu dedo e a levou embora. Talvez Vasya tivesse inveja da sua irmã mais velha. Mas sua filha jamais encontraria um marido em Moscou. Seria o mesmo que colocar um falcão em um pombal.

– Kyril Artamonovich – disse Pyotr. – Meu amigo Artamon era rico e deixou tudo para seu único filho. Eles são grandes criadores de cavalos.

Os olhos dela ocuparam metade do rosto. Pyotr repreendeu-a. Era uma boa união; ela não tinha nada que ficar abalada.

– Onde? – ela murmurou. – Quando?

– Uma semana para o leste em um bom cavalo – disse Pyotr. – Ele virá após a colheita.

O rosto de Vasya ficou imóvel e determinado. Ela se virou de costas. Pyotr acrescentou, persuadindo-a:

– Ele mesmo vai vir aqui. Mandei Kolya até ele. Será um bom marido e lhe dará filhos.

– Por que tanta pressa? – Vasya retorquiu.

A amargura em sua voz tocou-o num ponto sensível.

– Basta, Vasya – disse, friamente. – Você é uma mulher e ele é um homem rico. Se queria um príncipe, como Olga, bom, eles gostam que suas mulheres sejam mais gordas e menos insolentes.

Ele viu a rápida pontada de dor, antes que ela o disfarçasse.

– Olya prometeu que mandaria me buscar quando eu estivesse crescida – ela reclamou. – Falou que viveríamos juntas em um palácio.

– É melhor que você se case agora, Vasya – disse Pyotr de imediato. – Você poderá ir visitar sua irmã depois que nascer seu primeiro filho.

Vasya mordeu o lábio e saiu. Pyotr viu-se especulando com inquietação o que Kyril Artamonovich faria da sua filha.

– Ele não é velho, Vasya – disse Dunya, quando Vasya atirou-se ao chão, ao lado do fogo. – É famoso por ser bom na caça. Vai te dar filhos fortes.

– O que o pai está deixando de me contar? – retorquiu Vasya. – É muito precipitado. Eu poderia esperar um ano. Olya prometeu que mandaria me buscar.

– Bobagem, Vasya – disse Dunya, talvez com energia exagerada. – Você é uma mulher. Vai se sair melhor com um marido. Tenho certeza que Kyril Artamonovich deixará que visite sua irmã.

Os olhos verdes ergueram-se, contraídos.

– Você sabe o motivo do meu pai. Por que esta pressa?

– Não... Não posso dizer, Vasya – disse Dunya. De repente, ela pareceu pequena e cansada.

Vasya não disse nada.

– É o melhor – continuou a ama. – Tente compreender.

Ela se largou no banco do fogão, como se tivesse perdido as forças, e Vasya sentiu uma pontada de remorso.

– Está bem. Me desculpe, Dunyashka. – Colocou a mão no braço da ama, mas não voltou a falar.

Depois de engolir seu mingau, escapuliu porta afora como um fantasma e sumiu na noite.

◆

A lua estava um pouco maior do que crescente, a luz um brilho azul. Vasya correu sentindo um pânico que não conseguia compreender. A vida que levava deixava-a forte. Disparou e deixou que o vento frio levasse o gosto de medo que tinha na boca. Mas não fora longe; a luz do fogo da lareira de sua família ainda incidia sobre suas costas, quando ouviu alguém chamá-la.

– Vasilisa Petrovna.

Quase correu e deixou que a noite a engolisse. Mas aonde poderia ir? Parou. O padre estava à sombra da igreja. Estava escuro. Ela não o teria reconhecido pelo rosto, mas não dava para confundir a sua voz. Não disse nada. Sentiu gosto de sal e percebeu que em seus lábios secavam lágrimas.

Konstantin tinha acabado de sair da igreja. Não havia visto Vasya deixar a casa, mas não se enganaria com sua sombra desabalada. Chamou-a antes de se dar conta e se amaldiçoou quando ela parou. Mas a visão do seu rosto chocou-o.

– O que foi? – perguntou ele, com rispidez. – Por que está chorando?

Se tivesse falado de um jeito frio e impositivo, Vasya não teria respondido. Mas, sendo como foi, respondeu, exausta:

– Vou me casar.

Konstantin franziu o cenho. Viu tudo de imediato, assim como acontecera com Pyotr: a criatura selvagem levada para dentro de casa, atarefada e sem fôlego, uma mulher como as outras. Assim como Pyotr, sentiu uma tristeza estranha e se livrou daquilo. Aproximou-se sem pensar, para poder decifrar o rosto dela, e viu, atônito, que ela estava com medo.

– E daí? – perguntou ele. – Ele é um homem cruel?

– Não – Vasya respondeu. – Acho que não.

É melhor, foi o que veio na ponta da língua do padre. Mas ele tornou a pensar em anos parindo filhos e exaustão. O fim da impetuosidade, a graça de falcão acorrentada... Engoliu em seco. *É melhor*. A impetuosidade era pecaminosa.

Mas, mesmo sabendo a resposta, viu-se perguntando:

– Por que está com medo, Vasilisa Petrovna?

– O senhor não sabe, Batyushka? – ela indagou. Sua risada era leve e desesperada. – O senhor sentiu medo quando foi mandado pra cá. Sentiu a floresta fechando-se sobre o senhor como um punho. Pude ver isto em seus olhos. Mas, se quiser, o senhor pode ir embora. Existe todo um vasto mundo à espera de um homem de Deus, e o senhor já bebeu a água de Tsargrad e viu o sol sobre o mar. Enquanto que eu... – Ele pôde ver o pânico aflorando novamente nela, então foi em frente e agarrou o seu braço.

– Calma. Não seja boba. Você está se deixando tomar pelo medo.

Ela riu novamente.

– O senhor tem razão – disse ela. – Sou boba. Afinal, nasci para uma gaiola. Convento ou casa, que outra opção existe?

– Você é uma mulher – Konstantin afirmou. Ainda segurava seu braço. Ela recuou e ele a deixou ir. – Com o tempo, você aceitará isso. Será feliz.

Ela mal conseguia ver o rosto dele, mas havia um tom na sua voz que ela não entendeu. Soava como se ele mesmo estivesse tentando se convencer.

– Não – disse Vasya, com a voz abafada. – Reze por mim, se puder, Batyushka, mas eu tenho que... – E, então, ela voltou a correr entre as casas.

Konstantin reprimiu o desejo de chamá-la de volta. A palma da sua mão ardia, no ponto onde a tocara.

É melhor, pensou. *É melhor*.

16

O DIABO À LUZ DE VELA

Era um outono de céus cinzentos e folhas amarelas, de nuvens repentinas e feixes inesperados de uma luz pálida do sol. O filho do boiardo veio com Kolya após a colheita ter sido guardada em segurança em porões e palheiros. Kolya mandou um mensageiro à frente, na trilha enlameada, e no dia da chegada do lorde, Vasya e Irina passaram a manhã na casa de banhos. O *bannik*, espírito da casa de banhos, era uma criatura barriguda, com olhos como duas groselhas. Bem-humorado, olhou as meninas com malícia.

– Você não pode se esconder debaixo de um banco? – Vasya perguntou baixinho, quando Irina estava no outro cômodo. – Minha madrasta vai te ver, ela vai gritar.

O *bannik* sorriu. Emanava vapor por entre os dentes. Era pouco mais alto do que o joelho dela.

– Como quiser. Mas não se esqueça de mim neste inverno, Vasilisa Petrovna. A cada estação estou menor. Não quero sumir. O velho comedor está despertando. Este não será um bom inverno pra você perder seu velho *bannik*.

Vasya hesitou, surpreendida. *Mas eu vou me casar. Vou-me embora. Cuidado com os mortos.* Seus lábios firmaram-se.

– Não esquecerei.

O sorriso dele alargou-se. O vapor rodeou seu corpo até ela não poder distingui-lo da carne. Uma luz vermelha aqueceu o fundo dos seus olhos, da cor de pedras em brasa.

– Uma profecia, então, sereia.

– Por que está me chamando assim? – ela cochichou.

O *bannik* flutuou para o banco ao lado dela. Sua barba era o vapor que espiralava.

– Porque você tem os olhos do seu bisavô. Agora, me ouça. Você vai cavalgar até onde o céu encontra a terra. Nascerá três vezes: uma de ilusões, uma de carne e uma de espírito. Colherá campânulas brancas no solstício de inverno, chorará por um rouxinol e morrerá por sua livre escolha.

Vasya sentiu frio, apesar do vapor.

– Por que eu escolheria morrer?

– Três nascimentos, uma morte – disse o *bannik*. – Não é justo? Não me esqueça, Vasilisa Petrovna. – E então só restou vapor onde ele havia estado.

Mãe de Deus, pensou Vasya, *já tive o que basta dos avisos malucos deles.*

As duas meninas ficaram sentadas, suando, até estarem coradas e brilhando; bateram uma na outra com ramos de bétulas e jogaram água fria em suas cabeças fumegantes. Depois de limpas, Dunya entrou com Anna para pentear e trançar seus cabelos longos.

– É uma pena que você seja tão parecida com um menino, Vasya – disse Anna, passando um pente de madeira perfumada pelos longos cachos castanhos de Irina. – Espero que seu marido não se decepcione demais. – Ela olhou de esguelha para a enteada. Vasya corou e mordeu a língua.

– Mas este cabelo – disse Dunya, sarcasticamente – é o cabelo mais bonito de Rus', Vasochka. – E de fato era mais longo e mais espesso do que o de Irina, bem negro com leves reflexos acobreados.

Vasya conseguiu sorrir para a ama. Irina escutara, desde a infância, que era linda como uma princesa. Vasya tinha sido uma criança feia, frequentemente comparada, de maneira desfavorável, com sua delicada meia-irmã. No entanto, recentemente, as longas horas na garupa de um cavalo, onde suas pernas compridas eram úteis, haviam feito Vasya ter uma opinião melhor sobre si mesma e, de qualquer modo, não era muito dada à contemplação do próprio reflexo. O único espelho da casa era um de bronze, oval, pertencente à madrasta.

Agora, contudo, todas as mulheres da casa pareciam estar olhando para ela, avaliando-a como se fosse uma cabra na engorda para vender. Ocorreu a Vasya imaginar se havia alguma vantagem em ser bonita.

Por fim, as duas meninas estavam vestidas. Vasya teve a cabeça envolvida com um toucado virginal, o fio de prata pendendo para emoldurar o rosto. Anna jamais deixaria Vasya ofuscar a própria filha, mesmo sendo ela quem iria se casar. Assim sendo, o toucado e as mangas de Irina estavam bordados com pequenas pérolas, seu pequeno *sarafan* de um azul-claro arrematado em branco. Vasya usava verde e azul-escuro, sem pérolas, e uma leve sugestão de bordado branco. Seu único defeito era a simplicidade. Ela deixara grande parte da costura a cargo de Dunya. Mas a simplicidade lhe caía bem. O rosto de Anna azedou quando viu sua enteada vestida.

As duas meninas saíram para o *dvor*. O pátio da frente tinha lama até os tornozelos; a chuva caía como uma leve aspersão. Irina manteve-se junto à mãe. Pyotr já aguardava no *dvor*, rígido numa pele elegante e botas bordadas. A esposa de Kolya tinha vindo com os filhos; o pequeno sobrinho de Vasya, Seryozha, corria por ali, aos gritos. Uma grande mancha já arruinava sua camisa de linho. Padre Konstantin ficou ao lado, em silêncio.

– Tempo esquisito pra um casamento – disse Alyosha baixinho para Vasya, chegando ao seu lado. – Um verão seco e uma colheita minguada. – Seu cabelo castanho estava limpo, a barba curta penteada com óleo perfumado. A camisa bordada de azul combinava com a faixa ao redor da cintura. – Você está muito linda, Vasya.

– Não me faça rir – a irmã retorquiu. Mais séria, acrescentou: – É... e o pai sente isso. – De fato, Pyotr parecia jovial, a linha entre suas sobrancelhas estava nítida. – Ele parece alguém destinado a uma missão desagradável. Deve está bem desesperado pra me mandar embora.

Ela tentou fazer uma brincadeira com isso, mas Alyosha olhou para ela em rápido entendimento.

– Ele está tentando te manter a salvo.

– Ele amava a nossa mãe e eu a matei.

Alyosha ficou quieto por um instante.

– Você é quem diz. Mas, falando sério, Vasochka, ele está tentando te manter a salvo. Os cavalos estão com a pelagem como penugem de pato, e os esquilos ainda estão à solta, comendo como se suas vidas dependessem disso. Vai ser um inverno difícil.

Um cavaleiro entrou pelo portão da paliçada e galopou em direção a casa. A lama voou em grandes arcos da parte inferior dos cascos do seu cavalo. Estacou derrapando e pulou da sela. Era um homem de meia-

-idade, não alto, mas de compleição larga, envelhecido, barba castanha. Um toque de juventude irrefreável espreitava ao redor da boca. Tinha todos os dentes, e o sorriso era luminoso como o de um menino. Fez uma mesura para Pyotr.

– Não estou atrasado, espero, Pyotr Vladimirovich? – perguntou, rindo.

Os dois homens trocaram um aperto de braço.

Não é de estranhar que ele tenha ultrapassado Kolya, Vasya pensou. Kyril Artamonovich cavalgava o cavalo jovem mais magnífico que ela jamais vira. Até Metel, um príncipe entre os cavalos, parecia grosseiro perto da perfeição vigorosa do garanhão ruão. Quis passar as mãos sobre as patas do potro, sentir a qualidade dos ossos e músculos.

– Eu disse ao pai que esta era uma má ideia – sussurrou Alyosha em seu ouvido.

– O quê? E por quê? – perguntou Vasya, preocupada com o cavalo.

– Casar você tão cedo. Porque se espera que as donzelas tímidas olhem com cobiça para os lordes que disputam sua mão, não para seus lindos cavalos.

Vasya riu. Kyril fazia uma mesura para a pequena Irina com uma cortesia exagerada.

– Um cenário rústico, Pyotr Vladimirovich, para encontrar tal joia – ele disse. – Pequena campânula branca, você deveria ir para o sul e florescer entre nossas flores.

Ele sorriu e Irina ficou ruborizada. Anna olhou para a filha com certa complacência.

Kyril voltou-se para Vasya com o sorriso fácil ainda nos lábios. O sorriso foi-se assim que a viu. Vasya pensou que ele devia ter se desagradado com sua aparência; levantou o queixo em leve desafio. *Tanto melhor. Encontre outra mulher, se eu lhe desagrado.* Mas Alyosha entendeu muito bem o olhar profundo. Vasya olhava uma pessoa diretamente no rosto; parecia mais uma potranca indomada do que uma menina criada num lar, e Kyril contemplava-a fascinado. Inclinou a cabeça para ela, o sorriso mais uma vez brincando nos lábios, mas não era o mesmo que dera para Irina.

– Vasilisa Petrovna. Seu irmão disse que você era linda. Você não é. – Ela enrijeceu e ele alargou o sorriso. – Você é magnífica. – Os olhos dele percorreram-na do toucado até os pés calçados.

Ao lado dela, a mão de Alyosha fechou-se num punho.

– Ficou louco? – disse Vasya entre os dentes. – Ele tem o direito. Estamos comprometidos.

Alyosha olhava Kyril com muita frieza.

– Este é meu irmão – disse Vasya às pressas. – Aleksei Petrovich.

– Prazer em conhecê-lo – cumprimentou Kyril, bem-humorado. Era quase dez anos mais velho. Seus olhos percorreram Vasya mais uma vez, lentamente.

A pele dela pinicava sob as roupas. Podia ouvir Alyosha rangendo os dentes.

Naquele momento, houve um bufo, um grito e um chapinhar. Todos se viraram. Seryozha, sobrinho de Vasya, tinha se esgueirado para o lado não visível do garanhão vermelho de Kyril e tentado subir na sela. Vasya identificou-se com ele, ela já queria montar no potro vermelho, mas o peso inesperado tinha feito o jovem garanhão empinar, com o olhar inquieto. Kyril correu para pegar a rédea do seu cavalo. Pyotr levantou o neto da lama e deu uma bofetada em sua orelha. Nesse momento, Kolya entrou no pátio a galope, e sua chegada acabou com a confusão. A mãe de Seryozha levou o menino embora, aos berros. Ao longe na estrada, surgiu a primeira carroça do restante do grupo, vívida contra a floresta cinzenta do outono. As mulheres entraram rapidamente em casa, para servir a refeição do meio-dia.

– É bem natural que ele prefira Irina, Vasya – disse Anna, enquanto elas lidavam com uma imensa panela de cozido. – Um cachorro vira-lata jamais será igual a um de raça pura. Pelo menos sua mãe está morta, o que torna ainda mais fácil esquecer seus infelizes antepassados. Você é forte como um cavalo; isso conta para alguma coisa.

O *domovoi* saiu sorrateiro do forno, tremeluzindo, mas determinado. Disfarçadamente, Vasya havia derrubado um pouco de hidromel para ele.

– Veja, madrasta – disse Vasya. – Aquilo é o gato?

Anna olhou e seu rosto ficou cor de argila. Oscilou onde estava. O *domovoi* fez-lhe uma careta, e ela desmaiou na mesma hora. Vasya desviou-se, agarrando com força a panela escaldante. Salvou o cozido. Mas não se poderia dizer o mesmo de Anna Ivanovna. Seus joelhos falsearam e ela bateu nas pedras do forno com um estalido satisfatório.

◇

– Você gostou dele, Vasya? – Irina perguntou naquela noite, na cama.

Vasya estava semiadormecida. Ela e Irina tinham se levantado antes do sol para se arrumarem, e a festa fora até tarde. Kyril Artamonovich havia se sentado ao lado de Vasya e bebido da sua taça. Seu prometido tinha mãos carnudas e uma maneira de rir que parecia fazer as paredes tremerem. Ela gostou do tamanho dele, mas não da insolência.

– É um homem de bom tamanho – Vasya disse, mas desejou por todos os santos que ele desaparecesse.

– Ele é bonito – concordou Irina. – Tem um sorriso bom.

Vasya virou-se na cama, franzindo o cenho. Em Moscou, não era permitido que as meninas se misturassem com os pretendentes, mas as coisas eram mais livres no norte.

– Pode ser que tenha um sorriso bom – ela falou –, mas seu cavalo tem medo dele.

Quando o entusiasmo da festa diminuiu, ela havia escapado até a cocheira. O potro de Kyril, Ogon, fora colocado em uma baia. Não era confiável em um pasto.

Irina riu.

– Como é que você sabe o que um cavalo pensa?

– Eu sei – respondeu Vasya. – Além disso, ele é velho, passarinho. Dunya diz que está beirando os trinta.

– Mas é rico. Você vai ter joias e carne todos os dias.

– Então, case você com ele – disse Vasya, paciente, cutucando a irmã no estômago. – E você vai ficar gorda como um esquilo e vai se sentar o dia todo em cima do forno, costurando.

Irina riu.

– Pode ser que a gente se veja quando formos casadas, se nossos maridos não morarem muito longe.

– Tenho certeza que não vão – disse Vasya. – Você pode guardar um pouco das suas carnes gordas pra mim, quando eu vier esmolar com meu marido-mendigo, enquanto você vai estar casada com um grande lorde.

Irina voltou a rir.

– Mas é você quem vai se casar com um grande lorde, Vasya.

Vasya não respondeu. Não tornou a falar. Por fim, Irina desistiu. Enroscou-se na irmã e adormeceu. Mas Vasya permaneceu muito tempo acordada. *Ele encantou a minha família, mas seu cavalo teme a sua mão. Cuidado com os mortos. Vai ser um inverno difícil. Você não deve deixar a floresta.* Os pensamentos fluíam feito água, e ela estava sendo levada pela corrente. Mas era jovem e estava cansada, e finalmente ela também virou-se na cama e adormeceu.

◇

Os dias passaram-se numa sucessão de jogos e comemorações. Kyril Artamonovich serviu a vasilha de Vasya no jantar e a provocou na porta da cozinha. Seu corpo exalava um calor animal. Vasya irritou-se ao se descobrir corando sob seu olhar. À noite, ficava acordada, pensando qual seria a sensação de todo aquele calor entre as suas mãos. Mas a risada dele não incluía os olhos. O medo aflorava em momentos estranhos, para agarrá-la pela garganta.

Os dias foram se passando e Vasya não conseguia se entender. *Você precisa se casar*, as mulheres advertiam. *Todas as meninas se casam. Pelo menos ele não é velho e, além disso, é bem-apessoado. Então, por que ter medo?* Mas Vasya tinha e evitava o noivo sempre que podia, andando de lá para cá, um passarinho numa gaiola que se encolhia.

– Por quê, pai? – perguntou Alyosha a Pyotr, não pela primeira vez, no início de mais um jantar barulhento. A sala longa e pouco iluminada recendia a peles, hidromel, carne assada, sopa e humanidade suada. O *kasha* circulava em uma grande vasilha; o hidromel era esvaziado e reabastecido. Seus vizinhos entulhavam a sala. A casa agora estava transbordando, e os visitantes entulhavam as cabanas dos camponeses.

– Faltam três dias para o casamento dela. Precisamos homenagear nosso convidado – disse Pyotr.

– Por que ela está se casando agora? – retorquiu o filho. – Ela não pode esperar um ano? Por que depois de um inverno e de um verão difíceis, precisamos desperdiçar comida e bebida com estas pessoas? – Seu gesto abarcou a longa sala, onde seus convidados acabavam afoitamente com o resultado do trabalho de um verão.

– Porque é preciso – Pyotr replicou. – Se quer ser de alguma utilidade, convença sua irmã maluca a não castrar o marido na noite de núpcias.

– Esse Kyril é um touro – Alyosha disse de forma seca. – Teve cinco filhos com camponesas e acha normal flertar com as esposas dos fazendeiros enquanto se hospeda em sua casa, nada menos do que isso. Se a minha irmã achar certo castrar o marido, pai, terá razão, e eu não a dissuadirei.

Como que por um acordo não verbalizado, eles olharam para onde o casal em questão estava sentado, lado a lado. Kyril falava com Vasya com gestos largos e imprecisos. Ela olhava-o com uma expressão que deixou Pyotr e Alyosha nervosos. Kyril não parecia notar.

– E lá estava eu, sozinho – Kyril disse a Vasya. Reabasteceu a taça deles, derrubando um pouco. Seus lábios deixaram um círculo de gordura ao redor da borda. – Minhas costas estavam encostadas em uma pedra, e o javali investia. Meus homens haviam se dispersado, com exceção do que tinha morrido, exibindo o grande buraco vermelho.

Esta não era a primeira narrativa destacando o heroísmo de Kyril Artamonovich. A mente de Vasya começou a divagar. *Onde está o padre?* Padre Konstantin não comparecera à festa e não era do seu feitio ficar à parte.

– O javali veio me pegar – disse Kyril. – Seus cascos sacudiram a terra. Encomendei minha alma a Deus.

E morreu ali com sangue na boca, Vasya pensou, desgostosa. *Para mim teria sido a maior sorte.*

Ela pousou a mão no seu braço e olhou para ele com uma expressão que esperava ser piedosa.

– Chega. Não suporto mais ouvir.

Kyril olhou para ela, desconcertado. Vasya estremeceu dos pés à cabeça.

– Não suporto saber do resto. Tenho medo de desmaiar, Kyril Artamonovich.

Kyril pareceu atônito.

– Dunya tem nervos muito mais fortes do que eu – disse Vasya. – Acho que você deveria terminar a história perto dela para ela escutar. – Não havia nada de errado com os ouvidos de Dunya (ou com os nervos de Vasya, por falar nisso); a velha senhora lançou um olhar de resignação para o alto e outro de advertência para Vasya. Mas esta estava dona da situação, e mesmo o olhar furioso do pai, da ponta da mesa, não a derrubou. – Agora – Vasya levantou-se com uma graça teatral e pegou um pão da mesa –, se me der licença, preciso cumprir um dever de caridade.

Kyril abriu a boca em protesto, mas Vasya fez uma reverência apressada, enfiou o pão na manga e saiu desabalada. Fora do saguão lotado, a casa estava fria e quieta. Por um longo momento, ela ficou no *dvor*, respirando. Depois, saiu e arranhou a porta do padre.

– Entre – disse Konstantin, depois de uma pausa gélida. O quarto todo parecia tremular com a luz da vela. Ele pintava junto ao lume. Um rato havia roído a côdea que restava intocada ao seu lado. O padre não se virou quando Vasya abriu a porta.

– A bênção, padre – ela disse. – Trouxe pão para o senhor.

Konstantin enrijeceu-se.

– Vasilisa Petrovna. – Pousou o pincel e fez o sinal da cruz. – Que o Senhor a abençoe.

– O senhor está doente para não ter vindo festejar conosco? – perguntou Vasya.

– Estou de jejum.

– É melhor comer. Não haverá comida como esta durante todo o inverno.

Konstantin não disse nada. Vasya substituiu a côdea roída pelo pão novo. O silêncio alongou-se, mas ela não foi embora.

– Por que o senhor me deu a sua cruz? – perguntou ela, abruptamente. – Depois do nosso encontro no lago?

Ele travou o queixo, mas não respondeu de imediato. Na verdade, mal sabia o motivo. Porque ela o deixara comovido; porque esperava que o símbolo pudesse alcançá-la, quando ele não conseguia. Porque queria tocar na sua mão e olhar em seu rosto, perturbá-la, talvez vê-la inquieta e de sorriso insinuante como as outras meninas, ajudá-lo a esquecer seu terrível fascínio.

Porque ele jamais poderia voltar a olhar a cruz sem ver a mão dela à sua volta.

– A Cruz Sagrada vai colocá-la no caminho certo – disse Konstantin, por fim.

– Vai?

O padre ficou calado. Agora, à noite, sonhava com a mulher do lago. Nunca conseguia visualizar seu rosto, mas, em seus sonhos, seu cabelo era preto, movia-se com rapidez e escorria junto a sua carne nua. Desperto, Konstantin passava longas horas rezando, tentando livrar-se da imagem. Mas não conseguia porque todas as vezes via Vasya, sabia que a mulher dos seus sonhos tinha os olhos dela. Estava assombrado, envergonhado. A culpa era dela por tentá-lo, mas em três dias ela iria embora.

– Por que está aqui, Vasilisa Petrovna? – falou com a voz alta e irregular, e ficou irritado consigo mesmo.

A tempestade está vindo, Vasya pensou. *Cuidado com os mortos. Primeiro o medo, depois o fogo, depois a fome. Culpa sua. Tínhamos fé em Deus antes de você aparecer e também fé nos espíritos domésticos, e tudo corria bem.*

Se o padre fosse embora, então, talvez, sua gente estaria mais uma vez a salvo.

– Por que o senhor fica aqui? – Vasya perguntou. – O senhor odeia os campos, a floresta e o silêncio. Odeia nossa igreja rude e simples. Mas continua aqui. Ninguém o culparia por ir embora.

Um leve rubor percorreu as maçãs do rosto de Konstantin. Sua mão remexeu as tintas.

– Tenho uma missão, Vasilisa Petrovna. Preciso salvar vocês de vocês mesmos. Deus pune aqueles que se perdem.

– Uma missão de foro íntimo – disse Vasya – a serviço do seu orgulho. Por que cabe ao senhor dizer qual é a vontade de Deus? As pessoas jamais o venerariam, se o senhor não as tivesse deixado com medo.

– Você é uma camponesa ignorante. O que você sabe? – replicou Konstantin.

– Acredito no que está evidente aos meus olhos – Vasya disse. – Tenho visto o senhor falar. Tenho *visto* minha gente com medo. E o senhor sabe que estou falando a verdade, está tremendo.

Ele tinha pegado uma vasilha de cor não totalmente misturada. A cera morna de dentro tremeu. Konstantin soltou-a abruptamente.

Ela chegou mais perto, e ainda mais perto. A luz da vela ressaltou os salpicos de ouro em seus olhos. O olhar dele vagou até a sua boca. *Demônio, desapareça.* Mas a voz dela era a de uma menina com um leve toque suplicante.

– Por que não vai embora? Para Moscou, ou Vladimir ou Suzdal? Por que permanecer aqui? O mundo é grande e nosso canto é muito pequeno.

– Deus me deu uma missão. – Ele arrancou cada palavra, quase cuspindo.

– Somos homens e mulheres – ela retorquiu. – Não somos uma *missão*. Volte para Moscou e salve as pessoas de lá.

Ela estava parada perto demais. A mão dele disparou e atingiu-a no rosto. Vasya tropeçou para trás, a mão amparando a face. Ele deu dois passos rápidos para a frente, de maneira a baixar os olhos para olhá-la, mas ela permaneceu firme. A mão dele levantou-se para golpear mais uma vez, mas ele respirou fundo e se controlou. Estava além dele bater nela. Queria agarrá-la, beijá-la, machucá-la, não sabia o que mais. *Demônio.*

– Vá embora, Vasilisa Petrovna – ele disse entre os dentes. – Não pense em me fazer sermão. E não volte aqui.

Ela recuou para a porta. Mas se voltou com a mão no trinco. Sua trança acompanhava a linha da garganta. A marca escarlate deixada pela mão destacava-se furiosa em seu rosto.

– Como quiser – disse ela. – É uma missão cruel amedrontar as pessoas em nome de Deus. Deixo em suas mãos. – Hesitou e acrescentou, bem baixinho: – No entanto, Batyushka, eu não tenho medo.

◇

Depois que ela se foi, Konstantin pôs-se a andar de um lado a outro. Sua sombra pulava diante dele, e a mão, que tinha batido na menina, queimava. A fúria fechava sua garganta. *Ela vai embora antes da neve. Vai embora e estará acabado: minha vergonha e meu fracasso. Mas é melhor do que tê-la aqui.*

A vela pingava em frente aos ícones, e a chama emitia sombras irregulares.

Ela vai embora. Tem que ir.

A voz veio da terra, da chama da vela, do próprio peito. Era suave, clara e radiante.

– A paz está contigo – disse ele. – Embora eu veja que você está perturbado.

Konstantin ficou paralisado.

– Quem está aí?

– ... Querendo contra a vontade e detestando o que ama. – A voz suspirou. – Ah, você é lindo.

– Quem está falando? – disse Konstantin, irritado. – Está caçoando de mim?

– Eu não caçoo – veio a resposta pronta. – Sou um amigo, um mestre, um sábio. – A voz vibrou com compaixão.

O padre virou-se, à procura.

– Apareça – ele ordenou, forçando-se a ficar parado. – Mostre-se.

– O que é isto? – Agora, a voz tinha um toque de raiva. – Dúvidas, meu servo? Não sabe quem sou eu?

O quarto estava vazio, exceto pela cama, pelos ícones e pelas sombras reunidas nos cantos. Konstantin olhou-as fixo até seus olhos arderem. Ali... O que era aquilo? Uma sombra que não se mexia com a luz do fogo. Não, aquela era apenas a sua sombra, projetada pela vela. Não havia ninguém lá fora, ninguém atrás da porta. Então, quem...?

O olhar de Konstantin buscou as imagens. Olhou profundamente nos seus estranhos rostos solenes. O próprio rosto mudou.

– Pai – sussurrou ele. – Senhor. Anjos. Depois de todo o seu silêncio, o senhor por fim fala comigo? – Todos os seus membros tremiam. Aguçou todos os sentidos, desejando que a voz voltasse a falar.

– Pode duvidar disso, meu filho? – disse a voz, novamente gentil. – Você sempre foi meu servo leal.

O padre começou a chorar, de olhos abertos, em silêncio. Caiu de joelhos.

– Há tempos que o observo, Konstantin Nikonovich – prosseguiu a voz. – Você tem trabalhado com afinco em meu nome. Mas agora existe esta menina que o tenta e o desafia.

Konstantin juntou as mãos.

– Minha vergonha – disse, ardentemente. – Não consigo salvá-la sozinho. Está possuída. É uma diaba. Rezo para que em sua sabedoria o senhor lhe aponte a luz.

– Ela aprenderá muitas lições – replicou a voz. – Muitas... muitas. Não tenha medo. Estou ao seu lado e você nunca mais estará só. O mundo cairá a seus pés e conhecerá os meus milagres através dos seus lábios, porque você tem sido leal.

Parecia que as trombetas deveriam tocar quando aquela voz falava. Konstantin estremeceu de prazer, as lágrimas ainda caindo.

– Apenas nunca me abandone, Senhor – ele pediu. – Sempre fui fiel. – Fechou os punhos com tal força que suas unhas fizeram buracos na pele das mãos.

– Seja leal – disse a voz –, e eu jamais o abandonarei.

17

UM CAVALO CHAMADO FOGO

KYRIL ARTAMONOVICH AMAVA, ACIMA DE TUDO, CAÇAR OS JAVALIS DE presas longas do norte, mais velozes do que os cavalos. Na véspera do seu casamento, convocou uma caçada a javali.

– Vai fazer passar o tempo – disse a Pyotr, dando uma piscada para Vasya, que não disse nada.

Pyotr não fez objeção. Kyril Artamonovich era um caçador famoso, e no outono a carne de porco alimentado com castanhas era uma iguaria. Um bom pernil honraria o jantar de casamento e traria cor para o rosto pálido da sua filha.

A casa toda se levantou antes do amanhecer. As lanças para caçar javalis já estavam dispostas em uma pilha reluzente. Os cachorros tinham ouvido o som de afiação e passaram a noite toda andando e uivando nos canis.

Vasya levantou-se antes de todos. Não comeu, mas foi até a cocheira, onde os cavalos escavavam ansiosos, por causa do som dos cachorros lá fora. O jovem garanhão ruão de Kyril tremia a cada novo som. Vasya foi até ele e encontrou o *vazila* ali, empoleirado nas costas do potro. Sorriu para a criaturinha. O garanhão resfolegou para ela e empinou as orelhas.

– Você é mal-educado – Vasya lhe disse. – Mas suponho que Kyril Artamonovich te traga num cortado.

O potro trouxe as orelhas para a frente. *Você não parece um cavalo.*

Vasya sorriu.

– Graças a Deus. Você não quer ir caçar?

O cavalo refletiu. *Gosto de correr. Mas o porco cheira mal, e o homem vai bater em mim, se eu ficar com medo. Preferiria pastar em um campo.*

Vasya pousou a mão reconfortante no pescoço do cavalo. Kyril ia acabar estragando aquele potro maravilhoso – pouco mais do que um potrilho – se continuasse daquele jeito. O potro cutucou seu peito com o focinho. Em seu vestido pingaram água e baba verde.

– Agora, pareço mais um espantalho do que o normal – Vasya observou a ninguém em particular. – Anna Ivanovna vai ficar encantada.

E acrescentou para Ogon:

– O porco não vai te machucar se você for rápido, e você é a coisa mais rápida do mundo, meu lindinho. Não precisa ter medo.

O potro não disse nada, mas colocou a cabeça em seus braços. Vasya agradou suas orelhas sedosas e suspirou. Não havia nada que quisesse mais do que uma cavalgada desembestada pela floresta de outono, preferivelmente montada no Ogon de pernas longas, que parecia poder ultrapassar uma lebre em campo aberto. Em vez disso, deveria ir para a cozinha, amassar pão e ouvir as fofocas de um bando de mulheres visitantes. Tudo isso enquanto Irina exibia suas várias perfeições e Vasya tentava não queimar nada.

– Normalmente, eu chamaria uma donzela de idiota por chegar tão perto do meu cavalo – disse uma voz às suas costas. Ogon jogou a cabeça para cima, quase quebrando o nariz de Vasya. – Mas você tem jeito com animais, Vasilisa Petrovna. – Kyril Artamonovich aproximou-se deles, sorrindo. Pegou o potro pelo cabresto. – Calma, seu maluco. – O potro girou os olhos, mas ficou parado, tremendo.

– Saiu cedo, meu lorde – disse Vasya, recuperando-se.

– Assim como você, Vasilisa Petrovna.

A respiração deles formava nuvens; a cocheira estava gelada.

– Tem muita coisa pra ser feita – respondeu Vasya. – As mulheres cavalgarão para encontrar vocês depois da caçada, se o dia estiver bom. E hoje à noite teremos a comemoração.

Ele sorriu.

– Não precisa se desculpar, *devushka*. Acho bom que uma menina acorde cedo e se interesse pelos animais de um homem. – Ele tinha uma covinha em um lado da boca. – Não contarei ao seu pai que te encontrei aqui.

Vasya recuperou a compostura.

– Conte, se quiser – disse ela.

Ele sorriu.

– Gosto da sua essência.

Ela deu de ombros.

— Sua irmã é mais bonita do que você — acrescentou ele, pensativo. — Daqui a poucos anos ela será uma esposa fácil, uma florzinha. Não uma menina que vá perturbar as noites de um homem. Mas você... — Kyril estendeu o braço, puxou-a para ele e correu a mão pelas suas costas, numa espécie de avaliação. — Ossos demais, mas gosto de uma menina forte. E você não morrerá de parto. — Lidou com ela confiante, com a expectativa de ser obedecido. — Você vai gostar de me fazer filhos?

Beijou-a antes que ela se desse conta, enquanto ainda estava desconcertada com a força das suas mãos. Seu beijo era como seu toque: firme, com uma espécie de prazer competente. Vasya empurrou-o sem conseguir grande coisa. Ele levantou seu rosto, afundando os dedos no ponto macio atrás do maxilar. A cabeça dela flutuou. Ele cheirava a almíscar, hidromel e cavalos. Tinha a mão muito grande, espalmada em suas costas. A outra deslizava sobre seu ombro, o peito e a coxa.

O que quer que tenha encontrado, agradou-lhe. Quando a soltou, o peito dele arfava, e suas narinas alargaram-se como as de um garanhão. Vasya ficou parada, engolindo sua náusea. Olhou-o direto no rosto. *Para ele, sou uma égua*, pensou repentina e claramente. *E se uma égua não se submeter aos arreios, ele a domará.*

Por um segundo, o sorriso de Kyril se desfez. Ela não pôde saber o quanto ele havia se inteirado do seu orgulho e desprezo. Seus olhos vagaram mais uma vez para a boca dela, a forma do seu corpo, e ela soube que ele também viu o seu medo. O breve desconforto deixou o seu rosto. Tentou alcançá-la novamente, mas Vasya foi mais rápida. Tirou a mão dele de lado, correu da cocheira e não olhou para trás. Quando chegou à cozinha, estava tão pálida que Dunya fez com que se sentasse ao lado do fogo e bebesse vinho quente até que seu rosto recuperasse um pouco de cor.

◇

Durante todo aquele dia, uma bruma fria ergueu-se da terra, circulando pelas árvores. A caçada fez uma morte perto do meio-dia. Vasya, manejando uma pá de pão com soturna competência, ouviu, ao longe, o grito do animal agonizante. Combinava com seu estado de espírito.

As mulheres deixaram a casa num meio-dia cinzento com homens para conduzir os carregados cavalos de carga. Konstantin cavalgou com eles, o rosto pálido e exaltado à luz do outono. Homens e mulheres olhavam-no com reverência e furtiva admiração. Vasya, evitando o padre, ficou com Irina próxima ao final da cavalgada, segurando a passada longa da sua égua para igualar ao pônei de Irina.

A bruma dominava a terra. As mulheres reclamaram do frio e puxaram suas capas mais para junto do corpo.

Subitamente, Mysh empinou-se. Até o calmo animal de Irina assustou-se, fazendo a criança dar um grito sufocado e agarrar as rédeas. Rapidamente, Vasya acalmou a égua e segurou o cabresto do pônei. Acompanhou as orelhas de Mysh com os olhos. Uma criatura de pele branca estava entre duas bétulas de troncos altos. Tinha o formato de um homem e olhos claros. Seu cabelo era o emaranhado da vegetação rasteira da floresta. Não projetava sombra.

— Está tudo bem — Vasya disse a Mysh. — Aquele ali não come cavalos, só viajantes idiotas.

A égua girou as orelhas, mas recomeçou a andar, hesitante.

— *Leshy, lesovik* — murmurou Vasya ao passarem. Fez uma mesura dobrando o tronco. Ele era o guardião da floresta, o *leshy*, e raramente chegava tão perto dos homens.

— Gostaria de falar com você, Vasilisa Petrovna. — A voz do guardião da floresta era o sussurro dos ramos ao amanhecer.

— Logo — ela respondeu, dominando sua surpresa.

Ao seu lado, Irina perguntou com a voz estridente:

— Com quem você está falando, Vasya?

— Com ninguém. Comigo mesma — retorquiu Vasya.

Irina ficou quieta. Vasya suspirou internamente; Irina contaria para a mãe.

Encontraram os caçadores um pouco além na floresta, relaxando sob uma grande árvore. Já haviam pendurado o javali, uma fêmea, pelos jarretes, em um galho maciço. Sua garganta cortada pingava sangue em um balde. Na floresta ressoavam risadas e ostentação.

Seryozha, que se considerava bem crescido, com grande dificuldade fora convencido a cavalgar com as mulheres. Agora, pulava do seu pônei e corria para ver, de olhos arregalados, o porco dependurado. Vasya desceu das costas de Mysh e deu as rédeas na mão de um empregado.

— Conseguimos um belo animal, não é, Vasilisa Petrovna? — A voz veio do seu cotovelo. Vasya virou-se. O sangue estava endurecido nas linhas das palmas de Kyril, mas seu sorriso moleque era inabalável.

— A carne será bem-vinda — disse Vasya.

— Vou guardar o fígado pra você. — Seu olhar era especulativo. — Você poderia dar uma engordada.

— Você é generoso — agradeceu Vasya. Inclinou a cabeça e saiu, como uma donzela modesta demais para falar. As mulheres estavam tirando uma refeição fria das trouxas que haviam sido levadas. Com cautela, Vasya foi se aproximando aos poucos de um bosque de bétulas, depois se enfiou entre as árvores e desapareceu.

Não viu Kyril sorrir consigo mesmo e segui-la.

◇

Os *leshiye* eram perigosos. Quando queriam, poderiam conduzir os viajantes em círculos até eles sucumbirem. Às vezes, os viajantes eram espertos o bastante para colocar suas roupas ao contrário, como proteção, mas não era o normal. A maioria morria.

Vasya encontrou-o no centro de um bosquezinho de bétulas. O *leshy* olhou para ela com olhos faiscantes.

— Qual é a novidade? — perguntou Vasya.

O *leshy* emitiu um rangido de desprazer.

— Sua gente vem com uma barulheira para assustar a minha floresta e matar minhas criaturas. Eles costumavam pedir minha autorização.

— Pedimos sua autorização novamente — disse Vasya rapidamente. Eles já tinham problemas suficientes sem irritar o guardião da floresta. Ela desamarrou seu toucado bordado e o colocou na mão dele. Ele o revirou com seus dedos longos de gravetos. — Desculpe-nos — acrescentou Vasya. — E... não me esqueça.

— Eu pediria o mesmo — falou o guardião da floresta, tranquilizado. — Estamos desvanecendo, Vasilisa Petrovna. Até eu, que assisti a estas árvores crescerem desde mudas. Sua gente vacila, e assim os *chyerty* definham. Se o Urso vier agora vocês estarão desprotegidos. Haverá uma avaliação. Cuidado com os mortos.

— O que isso quer dizer: "cuidado com os mortos"?

O *leshy* abaixou a cabeça encanecida.

— Três sinais e os mortos são o quarto — ele disse. Depois desapareceu e tudo o que ela ouviu foram os passarinhos cantando na floresta farfalhante.

— Chega disso — murmurou Vasya, não esperando realmente uma resposta. — Por que nenhum de vocês pode falar claramente? Do que têm medo?

Kyril Artamonovich surgiu por entre as árvores.

Vasya retesou a espinha.

— Está perdido, meu lorde?

Ele fez um muxoxo.

— Não mais do que você, Vasilisa Petrovna. Nunca vi uma menina andar com tanta leveza na floresta. Mas você não deveria sair desprotegida.

Ela não disse nada.

— Caminhe comigo.

Não havia como recusar. Andaram lado a lado pela argila densa e molhada, enquanto as folhas caíam à sua volta.

— Você gostará das minhas terras, Vasilisa Petrovna — Kyril afirmou. — Os cavalos correm por campos maiores do que a vista consegue enxergar, e os mercadores nos trazem joias de Vladimir, a cidade da Mãe de Deus.

Vasya foi, então, tomada por uma visão, não da bela casa de um lorde, mas de si mesma em um cavalo a galope, em uma terra sem limites de floresta. Por um momento ficou paralisada e distante. Kyril levantou-se e acariciou sua longa trança no ponto em que repousava sobre o seio. Voltando a si mesma num sobressalto, ela a livrou das suas garras. Ele pegou seu cabelo num punho, sorrindo, e a trouxe mais para perto.

— Venha, deixe disso. — Ela recuou, mas ele foi atrás, enrolando sua trança na mão. — Vou te ensinar a me querer. — A boca dele procurou a dela.

Um grito agudo atravessou o silêncio do meio da tarde.

Kyril soltou-a. Houve um lampejo marrom entre as árvores, e Vasya saiu correndo amaldiçoando suas saias. Mas, mesmo dificultada, ela era mais leve do que o grandalhão atrás dela. Arremessou-se contornando um azevinho e estacou horrorizada. Seryozha estava agarrado ao pescoço de Mysh, e a égua castanha pinoteava e girava como um potrilho. Um círculo branco rodeava seus olhos frenéticos.

Vasya não conseguiu entender aquilo. O menino já tinha montado na égua antes, e Mysh era muito sensata. Mas agora pulava como se houvesse três diabos montados em suas costas. Irina estava grudada em uma árvore na beira da clareira, as mãos na boca.

– Eu disse pra ele – ela lamentava. – Disse que ele estava sendo mau, mas ele disse que já era grande, que podia fazer o que quisesse. Ele queria montar nos cavalos. Não escutava.

A clareira de amieiros estava cheia de sombras, grandes demais para a luz do meio-dia. Uma delas pareceu inclinar-se para a frente. Por um segundo, Vasya poderia jurar ter visto o sorriso de um louco e um único olho piscante.

– Mysh, fique quieta – ela disse para o animal. A égua parou de repente, orelhas empinadas. Houve uma fração de segundo de calmaria.

– Seryozha – disse Vasya. – Agora...

Kyril chegou pesadamente pela vegetação rasteira. No mesmo instante, as sombras pareceram pular de três lugares ao mesmo tempo. O nervosismo da égua recomeçou. Ela rodou e saiu desabalada. Suas longas pernas afundavam-se na trilha da floresta e ela quase derrubou seu cavaleiro em sua corrida louca entre as árvores. Seryozha berrava, mas ainda estava na sela, agarrado ao pescoço da égua.

Em algum lugar, alguém ria.

Vasya correu para os outros cavalos, pegando sua faca de cinto. Kyril foi atrás dela, mas ela foi mais rápida. Passou em disparada por seu pai atônito e alcançou Ogon antes.

– O que você está fazendo?! – gritou Kyril.

Vasya não respondeu. O potro estava amarrado, mas a corda foi cortada com um golpe, e com um salto ela se instalou em suas costas nuas, os dedos enrolados na crina vermelha.

O cavalo disparou em perseguição. Kyril foi deixado de boca aberta. Vasya inclinou-se para a frente, inteirando-se do ritmo do cavalo, os pés travados ao redor da sua barriga. Desejou que tivesse tido tempo para se desembaraçar das suas camadas de saias. Eles ventaram por entre as árvores como uma tempestade. Vasya abaixou-se bem sobre o pescoço do cavalo. Um tronco caído surgiu no caminho. Vasya respirou fundo. Ogon livrou-se da barreira com a destreza de um veado.

Eles irromperam para fora da floresta e entraram num terreno pantanoso a dez corpos de distância da fugitiva. Milagrosamente, Seryozha continuava agarrado ao pescoço de Mysh. Não tinha muita escolha; uma queda em velocidade seria fatal, num percurso traiçoeiro com centenas de tocos semiescondidos.

Ogon assumiu um ritmo constante; era de longe o cavalo mais rápido, e a égua corria em zigue-zagues apavorados, retorcendo-se num esforço para se livrar da criança. Vasya berrou para Mysh parar, mas a égua não ouviu ou não lhe deu atenção. Vasya gritou encorajando Seryozha, mas o vento levou suas palavras. Ela e Ogon aos poucos venceram a distância. Dos lábios dos cavalos voava espuma. Estavam chegando a uma vala na extremidade do campo, cavada para escoar água da chuva da cevada. Mesmo que Mysh pudesse saltar aquilo, Seryozha jamais ficaria nas suas costas. Vasya gritou para Ogon. Uma série de saltos vigorosos levou-o a alcançar a fugitiva. A vala aproximava-se rapidamente. Vasya esticou o braço para o sobrinho.

— Solte, *solte*! — gritou, agarrando um punhado da sua camisa.

Seryozha teve tempo para um olhar cheio de pânico, e então Vasya puxou-o de uma só vez e o atirou de bruços sobre a cernelha vermelha de Ogon. O menino tinha um punhado de crina preta agarrado em cada punho.

Simultaneamente, Vasya mudou o peso do seu corpo, impelindo o potro a virar-se antes da borda iminente. De algum modo, o garanhão conseguiu, juntando a anca e dando uma guinada de lado numa corrida que o levou paralelo à vala. Alguns passos depois, deslizou numa parada escorregadia, tremendo dos pés à cabeça. Mysh não teve tanta sorte. Em pânico, acabou dentro da vala e agora estava acabada, no fundo.

Vasya escorregou das costas de Ogon, cambaleando enquanto suas pernas tentavam firmar-se sob ela. Puxou para baixo o sobrinho que soluçava e deu uma rápida examinada nele. O nariz e o lábio estavam ensanguentados por causa do ombro duro como ferro do garanhão.

— Seryozha — ela disse. — Sergei Nikolaevich. Você está bem. Calma.

O sobrinho soluçava, tremia e ria, tudo ao mesmo tempo. Vasya estapeou seu rosto ensanguentado. Ele estremeceu e ficou quieto, e ela o abraçou com força. Atrás deles veio o som de um cavalo fazendo esforço.

— Ogon — disse Vasya. O garanhão estava atrás dela, salpicado de espuma. — Fique aqui. — O cavalo contraiu uma orelha em concordância.

Vasya deixou o sobrinho ir e, meio correndo, meio deslizando, chegou ao fundo da vala. Mysh estava em trinta centímetros de água, mas Vasya não considerou isso. Ajoelhou-se ao lado da cabeça da égua, raiada de espuma. Milagrosamente, as pernas do animal não estavam quebradas.

— Você está bem — Vasya cochichou. — Você está bem. — Ela igualou a respiração da égua uma vez e mais uma. Repentinamente, Mysh ficou calma sob sua mão ardente. Vasya levantou-se e se afastou.

A égua recuperou-se, desajeitada como um potro recém-nascido, e ficou em pé com as patas abertas. Vasya, tremendo agora como reação, passou os braços em volta do pescoço do cavalo.

— Boba — cochichou ela. — O que deu em você?

Vi uma sombra, disse a égua. *E tinha dentes.*

Não houve tempo para mais nada. Uma confusão de vozes veio do alto da vala. Uma pequena avalanche de pedras anunciou a chegada de Kyril Artamonovich. Mysh recuou. Kyril olhava fixo.

O rosto de Vasya ardeu.

— A égua levou um susto — disse às pressas, agarrando o cabresto de Mysh. — Você está cheirando a sangue, Kyril Artamonovich. É melhor se afastar.

Kyril não tinha intenção de escorregar para dentro da lama e da água, mas mesmo assim as palavras de Vasya não o enterneceram.

— Você roubou meu cavalo.

Vasya teve a bênção de parecer envergonhada.

— Quem te ensinou a cavalgar desse jeito?

Vasya ficou quieta, avaliando sua expressão horrorizada.

— Meu pai.

Seu noivo pareceu chocado, o que foi gratificante.

Ela se esforçou para sair da vala. A égua seguiu-a como um gatinho. A menina parou no alto. Kyril lançou-lhe um olhar duro.

— Talvez eu possa montar todos os seus cavalos quando formos casados — Vasya disse, inocentemente.

Kyril não respondeu.

Vasya deu de ombros — e só então percebeu o quanto estava cansada. Suas pernas se encontravam fracas como talos de junco, e o ombro esquerdo, o do braço usado para puxar Seryozha para as costas de Ogon, doía.

Um bando de cavaleiros corria pelo campo irregular. Pyotr conduzia-os no firme Metel. Os irmãos de Vasya vinham logo atrás. Kolya foi o primeiro a descer do cavalo. Saltou e correu até o filho, que ainda chorava.

– Seryozha, você está bem? – perguntou ele. – Synok, o que aconteceu? Seryozha! – A criança não respondia. Kolya voltou-se para Vasya. – O que aconteceu?

Vasya não sabia o que dizer. Gaguejou alguma coisa. Seu pai e Alyosha desmontaram depois de Kolya. O olhar urgente de Pyotr passou rapidamente por Vasya, Seryozha, Ogon e Mish.

– Você está bem, Vasya? – perguntou.

– Estou – Vasya conseguiu responder. Corou. Agora, seus vizinhos, todos homens, chegavam a galope. Olhavam fixo. Vasya, subitamente, tomou consciência, encolhendo-se, da sua cabeça descoberta, das saias rasgadas e do rosto sujo. Seu pai atravessou para tranquilizar Kolya, que segurava o filho em lágrimas.

Em sua missão desabalada, Vasya deixara cair sua capa. Agora, Alyosha descia do cavalo e colocava a sua sobre ela.

– Vamos, boba – disse ele, enquanto ela prendia a capa, agradecida. – É melhor você não ficar à vista.

Vasya retomou seu orgulho e levantou o queixo numa fração de teimosia.

– Não estou envergonhada. É melhor ter feito *alguma coisa* do que ver Seryozha morto, com o crânio arrebentado.

Pyotr ouviu o que ela disse.

– Vá com seu irmão – rosnou, acercando-se dela inesperadamente. – *Agora*, Vasya.

Vasya encarou o pai e então, sem dizer nada, deixou que Alyosha a ajudasse a subir na sela. Um murmúrio percorreu os vizinhos. Todos olhavam avidamente. Vasya fechou os punhos e se recusou a abaixar os olhos.

Mas os vizinhos não tiveram muito tempo para ficar embasbacados. Alyosha pulou no cavalo atrás dela, incitou seu animal e saiu a galope.

– *Você* está envergonhado, Lyoshka? – perguntou Vasya com bastante desprezo. – Vai me prender no porão, agora? Melhor nosso sobrinho morto do que eu envergonhar a família?

— Não seja idiota — disse Alyosha, secamente. — Isto terminará mais rápido se eles não tiverem o seu vestido rasgado para ficar encarando.

Vasya não disse nada.

Com mais delicadeza, o irmão acrescentou:

— Vou te levar até a Dunya. Você parecia prestes a desmoronar lá onde estava.

— Não posso dizer que não. — A voz dela ficou mais branda.

Alyosha hesitou.

— Vasochka, o que você *fez*? Eu sabia que você podia cavalgar, mas... daquele jeito? Naquele potro vermelho maluco?

— Os cavalos me ensinaram — Vasya disse depois de uma pausa. — Eu costumava levá-los até o pasto.

Não entrou em detalhes. Seu irmão ficou calado por um bom tempo.

— Nós teríamos trazido nosso sobrinho morto ou quebrado, se você não o tivesse salvado — ele disse, devagar. — Sei disso e me sinto agradecido. O pai também, sem dúvida.

— Obrigada — Vasya sussurrou.

— Mas — acrescentou, levemente irônico — tenho medo de que sua tendência seja ter uma cabana na mata, se não quiser entrar para um convento ou se casar com um fazendeiro. Seu comportamento de guerreira dissuadiu nosso vizinho. Kyril foi humilhado quando você pegou seu cavalo.

Vasya riu, mas havia dureza em sua risada.

— Que bom — disse ela. — Salvei-me de fugir antes do casamento. Preferiria me casar com um camponês a casar com aquele Kyril Artamonovich. Mas o pai está bravo.

Assim que a casa ficou à vista, Pyotr surgiu cavalgando ao lado deles. Parecia agradecido, exasperado, bravo e alguma coisa mais sombria. Poderia ser preocupação. Limpou a garganta.

— Você não está machucada, Vasochka?

Vasya não ouvia este tratamento carinhoso do seu pai desde pequena.

— Não — disse —, mas sinto ter te envergonhado, pai.

Pyotr sacudiu a cabeça, mas não falou. Houve uma longa pausa.

— Obrigado — disse, por fim. — Pelo meu neto.

Vasya sorriu.

— Deveríamos ficar agradecidos a Ogon – ela disse, sentindo-se mais animada. – E que Seryozha tenha tido a presença de espírito de se segurar por todo aquele tempo.

Foram para casa em silêncio. Rapidamente, Vasya retirou-se para se esconder na casa de banhos e colocar seus membros doloridos no vapor.

Mas naquela noite Kyril foi até Pyotr no jantar.

— Pensei que estava recebendo uma donzela bem-educada, não uma criatura selvagem.

— Vasya é uma boa menina – disse Pyotr. – Cabeça dura, mas isto pode ser…

Kyril riu entre os dentes.

— O que poderia segurar aquela menina no meu cavalo é magia negra, não uma arte mortal.

— Apenas força e impulsividade – disse Pyotr com certo desespero. – Ela lhe dará filhos fortes.

— A que preço? – disse Kyril Artamonovich, sombrio. – Quero uma mulher em casa, não uma bruxa ou um espírito da floresta. Além disso, ela me envergonhou na frente de todos os seus.

E embora Pyotr tentasse argumentar com ele, não conseguiu influenciá-lo.

Pyotr raramente batia nos filhos, mas, quando Kyril rompeu o noivado, bateu em Vasya mesmo assim, em grande parte para atenuar seu medo por ela. *Será que ela não pode fazer o que lhe dizem pelo menos uma vez na vida?*

Eles só vêm buscar a donzela selvagem.

Vasya aguentou aquilo com os olhos secos e lhe lançou um olhar de censura antes de sair andando duro. Ele não a viu chorando mais tarde, enrodilhada entre os pés de Mysh.

Mas não houve casamento. Ao amanhecer, Kyril Artamonovich foi-se embora em seu cavalo.

18

UM HÓSPEDE PARA O FIM DO ANO

Depois que Kyril foi embora, Anna Ivanovna voltou a procurar o marido. As longas noites já arrematavam os dias de outono; a casa toda se levantava no escuro e ceava à luz do fogo. Naquela noite, Pyotr sentou-se alerta em frente ao forno. Seus filhos já tinham se recolhido, mas lhe faltava o sono. As brasas do fogo em combustão avermelhavam o cômodo. Pyotr olhava a boca cintilante, pensando na filha.

Anna tinha a costura em seu colo, mas não costurava. Pyotr não levantou os olhos e assim não viu o rosto da mulher, duro e exangue.

– Então, Vasilisa não se casará – ela disse.

Pyotr sobressaltou-se. Sua esposa falou com autoridade, lembrando a ele, pela primeira vez, o pai dela. E suas palavras ecoaram seus pensamentos.

– Nenhum homem de boa linhagem a aceitará – ela prosseguiu. – Você vai entregá-la a algum camponês?

Pyotr ficou calado. Andara revirando esta questão na cabeça. Era contra o seu orgulho dar a filha para um homem de baixa extração. Mas o aviso de Dunya não deixava de soar em seus ouvidos: *Qualquer coisa é melhor do que um demônio do gelo.*

Marina, pensou Pyotr. *Você me deixou esta menina louca e eu a amo muito. Ela é mais corajosa e mais intempestiva do que qualquer um dos meus filhos. Mas de que serve isso para uma mulher? Jurei que ia mantê-la a salvo, mas como posso protegê-la de si mesma?*

– Ela precisa ir para um convento – Anna disse. – Quanto antes, melhor. Que outra chance existe? Nenhum homem de família decente a aceitará. Está possuída. Rouba cavalos, enlouqueceu um deles, arriscou a vida do sobrinho à toa.

Pyotr, olhando atônito para a esposa, achou-a quase bonita em seu propósito persistente.

– Um convento? – ele indagou. – Vasya? – Cismou por um breve instante com o motivo de estar tão surpreso.

Todos os dias, as filhas impossíveis de casar iam para conventos. Mas ele nunca tinha visto uma freira mais improvável do que Vasya.

Anna apertou as mãos. Seus olhos buscaram-no e se fixaram nele.

– Uma vida entre irmãs santas poderia salvar sua alma imortal.

Pyotr voltou a se lembrar do rosto do estranho em Moscou. Talismã ou não, um demônio do gelo não poderia vir atrás de uma menina devotada a Deus. Mas, ainda assim, hesitou. Vasya jamais iria de boa vontade.

O padre Konstantin estava sentado na penumbra, ao lado de Anna. Seu rosto estava fechado, os olhos escuros como abrunhos.

– O que o senhor acha, Batyushka? – Pyotr perguntou. – Minha filha tem assustado seus pretendentes. Devo mandá-la para um convento?

– Você tem pouca escolha, Pyotr Vladimirovich – Konstantin respondeu. Sua voz estava lenta e rouca. – Sua filha não temerá a Deus e não ouvirá a voz da razão. O Ascensão é um convento para donzelas de alta extração dentro dos muros do Kremlin de Moscou. As irmãs de lá a aceitariam.

Anna retesou a boca. Houve época, fazia muito tempo, em que sonhara entrar naquele convento.

Pyotr hesitou.

– As paredes do Kremlin são fortes – acrescentou Konstantin. – Ela estaria segura e não passaria fome.

– Bem, vou pensar nisso – disse Pyotr, devastado. Ela poderia ir com os trenós, quando ele enviasse seu tributo. Mas que homem ele poderia mandar para comunicar a vinda dela? Sua filha não poderia ser entregue como um pacote indesejável, e já era muito tarde, naquele ano, para mensageiros.

Olya, ele poderia mandá-la para ela, que resolveria isso. Mas não... Vasya precisa estar casada ou detrás das paredes de um convento antes do solstício de inverno. *Ele vai vir buscá-la no solstício de inverno.*

Vasya... Vasya em um convento? Um véu sobre seu cabelo negro, uma virgem até morrer?

Mas a alma, acima de tudo havia sua alma. Ela teria paz e fartura. Rezaria pela família. E estaria a salvo dos demônios.

Mas ela não irá de boa vontade. Ficará numa tristeza imensa.

Konstantin viu a luta de Pyotr e ficou calado. Sabia que Deus estava ao seu lado. Pyotr seria convencido e os meios, encontrados. E, de fato, o padre estava certo.

Três dias depois, Vasya trouxe para casa um monge molhado e espirrando, que encontrara perdido na floresta.

◆

Ela o arrastou para dentro um pouco, antes do pôr do sol, no meio de um aguaceiro. Dunya contava uma história.

– O pai deles adoeceu de saudade – ela dizia. – Então, o príncipe Aleksei e o príncipe Dmitrii partiram em busca do pássaro de fogo de asas brilhantes. Cavalgaram para muito longe, três vezes a distância de nove reinos, até que deram com um lugar onde a estrada se dividia. Ao lado do caminho havia uma pedra onde estavam esculpidas palavras.

A porta externa abriu-se com um barulhão, e Vasya entrou na sala segurando pela manga um monge grande, jovem e esfarrapado.

– Este é o irmão Rodion – disse ela. – Estava perdido na floresta. Veio de Moscou, da corte do grão-príncipe. Sasha foi quem o mandou pra nós.

Instantaneamente, a casa atônita pôs-se em movimento. O monge precisava ser seco e alimentado, era preciso encontrar um novo manto e colocar hidromel em sua mão. Dunya, no meio de toda a pressa, ainda teve tempo de fazer uma resistente Vasya trocar suas roupas molhadas e se sentar ao pé do fogo para secar seu cabelo encharcado. O tempo todo, o monge foi bombardeado com perguntas: sobre o tempo em Moscou, as joias que as mulheres da corte usavam para ir à missa, os cavalos dos senhores da guerra tártaros. Acima de tudo, perguntaram-lhe sobre a princesa de Serpukhov e o irmão Aleksandr. As perguntas jorravam com tal abundância que o monge mal conseguia responder.

Por fim, Pyotr interveio, afastando as crianças de lado.

– Calma, todos vocês. Deixem que ele coma.

A cozinha foi se aquietando aos poucos. Dunya pegou sua roca, Irina, a sua agulha. O irmão Rodion se concentrou unicamente em seu jantar. Vasya pegou um pilão e um almofariz e começou a triturar ervas secas. Dunya retomou a história:

– Ao lado do caminho havia uma pedra onde estavam esculpidas palavras:

"Aquele que cavalgar em frente encontrará fome e frio.
Aquele que cavalgar para a direita viverá, mas seu cavalo morrerá.
Aquele que cavalgar para a esquerda morrerá, mas seu cavalo viverá.

"Nada disso soava nem um pouco agradável. Então, os dois irmãos viraram-se para o lado, armaram suas barracas em um bosque verdejante e passaram o tempo, esquecendo o motivo de sua vinda."

O príncipe Ivã cavalgou para a direita, pensou Vasya. Ela ouvira a história milhares de vezes. *O lobo cinza matou seu cavalo. Ele chorou ao vê-lo massacrado. Mas as histórias nunca contam o que esperava por ele caso tivesse ido em frente, ou para a esquerda.*

Pyotr estava numa conversa íntima com o irmão Rodion no outro lado da cozinha. Vasya desejava poder ouvir o que diziam, mas a chuva ainda tamborilava no telhado.

Ela havia saído para coletar alimentos na primeira luz da manhã. Qualquer coisa, até ficar encharcada, por algumas horas ao ar livre. A casa a oprimia. Anna Ivanovna e Konstantin, e até mesmo seu pai, olhavam para ela com expressões que não conseguia decifrar. Os aldeões murmuravam, quando ela passava. Ninguém havia esquecido o incidente com o cavalo de Kyril.

Tinha encontrado o jovem monge cavalgando em círculos em sua forte mula branca.

Estranho, Vasya pensou, tê-lo encontrado vivo. Em suas perambulações, a menina tinha dado com ossos, mas nunca com um homem vivo. A floresta era perigosa para viajantes. O *leshy* os conduziria em círculos até que eles desmoronassem, ou o *vodianoy*, espiando com seus frios olhos de peixe, os puxariam para dentro do rio. Mas esta grande criatura de boa índole tinha andado às cegas e, no entanto, sobrevivera.

O aviso da *rusalka* aflorou à mente de Vasya: *Do que os* chyerty *têm medo?*

◊

— Você teve sorte de a minha filha temerária ter saído para coletar com tal tempo e ter te encontrado — constatou Pyotr.

O irmão Rodion, com a fome básica satisfeita, arriscou uma rápida olhada para a fornalha. A filha em questão pilava ervas. A luz do fogo revestia de ouro seu corpo esguio. À primeira vista, achara-a feia, e mesmo agora não a considerava bonita, mas, quanto mais olhava, mais difícil era desviar a vista.

— Estou feliz que ela tenha feito isso, Pyotr Vladimirovich — Rodion disse rapidamente, vendo a sobrancelha erguida de Pyotr. — Tenho uma mensagem do irmão Aleksandr.

— Sasha? — perguntou Pyotr, rispidamente. — Que notícias?

— O irmão Aleksandr é conselheiro do grão-príncipe — respondeu o noviço com dignidade. — Ele criou fama pelos bons feitos e pela defesa dos fracos. É reconhecido por sua sabedoria ao julgar.

— Como se eu quisesse ouvir sobre os talentos que Sasha poderia ter aproveitado melhor como senhor de suas próprias terras — disse Pyotr. Mas Rodion percebeu o orgulho em sua voz. — Vá direto ao assunto. Essas notícias não o trariam aqui tão no fim do ano.

Rodion olhou Pyotr nos olhos.

— Seu tributo para o *khan* já foi mandado, Pyotr Vladimirovich?

— Será mandado com a neve — rosnou Pyotr. A colheita fora escassa, a caça, parca. Pyotr ressentia-se de cada grão e de cada pele. Matavam os carneiros que podiam, e seus filhos ficavam exaustos de caçar. As mulheres saíam para coletar alimentos em qualquer tempo.

— Pyotr Vladimirovich, e se o senhor não tivesse que pagar tal imposto? — Rodion prosseguiu.

Pyotr não gostava de perguntas especulativas e deixou isso claro.

— Muito bem — disse o rapaz com firmeza. — O príncipe e seus conselheiros se perguntaram por que deveríamos continuar pagando tributo, ou nos dobrarmos para um rei pagão. O último *khan* foi assassinado e seus herdeiros não conseguem se sentar por doze meses em seus tronos sem que eles também sejam assassinados. Estão todos confusos. Por que deveriam ser senhores de bons cristãos? Vamos lutar contra a Horda, e o irmão Aleksandr pede sua ajuda, porque já foi seu filho.

Vasya viu o rosto do pai mudar e ficou imaginando o que o jovem monge teria dito.

– Guerra – disse Pyotr.

– Liberdade – respondeu Rodion.

– Usamos o cabresto com leveza aqui no norte – disse Pyotr.

– No entanto, usam.

– É melhor um cabresto do que o punho da Horda Dourada – disse Pyotr. – Eles não precisam nos encontrar em combate aberto, basta mandar homens à noite. Dez flechas de fogo queimariam Moscou até o chão, e minha casa também é feita de madeira.

– Pyotr Vladimirovich, o irmão Aleksandr me pediu para dizer...

– Perdoe-me – disse Pyotr, levantando-se abruptamente –, mas já ouvi o suficiente. Espero que me perdoe.

Rodion teve, necessariamente, que aquiescer e voltou sua atenção para o hidromel.

◇

– Por que não deveríamos lutar, pai? – perguntou Kolya. Dois coelhos mortos pendiam do seu punho, seguros pelas orelhas. Pai e filho tiravam vantagem de uma trégua na chuvarada para percorrer uma série de armadilhas.

– Porque prevejo pouca vantagem nisso e muitos danos – Pyotr respondeu, não pela primeira vez. Nenhum dos seus filhos havia o deixado em paz desde que o monge virara suas cabeças com histórias da fama do irmão. – Sua irmã vive em Moscou. Você gostaria que ela se visse presa em uma cidade sob cerco? Quando os tártaros investem contra uma cidade, não deixam sobreviventes.

Kolya rejeitou a possibilidade com um aceno de mão, os coelhos sacudindo-se grotescamente no fim do seu braço.

– É claro que os encontraríamos em batalha, bem antes dos portões de Moscou.

Pyotr curvou-se para checar a armadilha seguinte, que estava vazia.

– E pense, pai – Kolya continuou, entusiasmando-se com o assunto –, poderíamos mandar bens para o sul como permuta, não tributos. Meu primo não se ajoelharia para ninguém, um príncipe, na verdade. Seus próprios bisnetos poderiam ser grão-príncipes.

— Prefiro meus filhos vivos, e minha filha a salvo, a uma chance de glória para descendentes não nascidos. — Ao ver a boca do filho abrir-se em outro protesto, Pyotr acrescentou, com mais suavidade: — Synok, você sabe que Sasha partiu extremamente contra a minha vontade. Não vou me inclinar para amarrar meu próprio filho no batente da porta. Se quiser lutar, pode ir também, mas não vou abençoar a guerra de um tolo e não te darei nem uma tira de roupa, nem prata ou cavalo. Sasha, você se lembra, pode ser rico em fama, mas precisa esmolar seu pão e cultivar ervas em seu próprio jardim.

O que quer que Kolya pudesse ter respondido foi abafado por uma exclamação de alegria porque mais um coelho pendia da armadilha, sua outonal pele mosqueada raiada de terra. Enquanto o filho se curvava para desenroscá-lo, Pyotr levantou a cabeça e, repentinamente, ficou imóvel. O ar cheirava a morte recente. Pyos, o dogue alemão de Pyotr, encolheu-se junto às canelas do dono, ganindo feito um filhote.

— Kolya — disse Pyotr. Algo no tom do pai fez o rapaz se levantar, um lampejo em seus olhos negros.

— Sinto o cheiro — ele disse, depois de um momento. — O que machucou o cachorro?

Porque Pyos gania, tremia e olhava com ansiedade na direção da aldeia. Pyotr sacudiu a cabeça; olhava de um lado a outro, ele mesmo quase como um cão farejador. Não disse nada, mas apontou: um respingo de sangue nas folhas caídas ao redor dos seus pés, e não era do coelho. Pyotr fez um gesto firme para o cachorro; o dogue alemão ganiu e avançou, sorrateiro. Kolya pendeu um pouco para a esquerda, num silêncio de coruja, como o pai. Rodearam cautelosamente um grupo de árvores, chegando a uma pequena clareira desgastada e sinistra, com suas folhas podres.

Tinha sido um cervo. Uma anca jazia quase aos pés de Pyotr, arrastando sangue e tendão. A parte principal da carcaça estava um pouco além, as entranhas estouradas e espalhadas, fedendo até no frio.

A sanguinolência não acalmou nenhum dos dois, embora a cabeça chifruda do cervo estivesse próxima a seus pés, a língua para fora. Mas eles trocaram um olhar significativo porque nada naquela mata poderia mutilar uma criatura daquele jeito. E que animal mataria um cervo gordo de outono e deixaria a carne?

Pyotr agachou-se na lama, os olhos perscrutando o chão.

– O cervo correu e o caçador foi atrás; o cervo correu muito e estava privilegiando uma perna dianteira. Veio para a clareira, aqui. – Pyotr movia-se, enquanto falava, semiagachado: – Um salto, dois, e então um golpe lateral derrubou-o. – Pyotr calou-se. Pyos abaixou-se bem na borda da clareira, não tirando os olhos do dono.

"Mas de quem veio o golpe?", murmurou.

Kolya havia decifrado uma história semelhante na lama.

– Não há rastros – disse ele. Sua longa faca silvou ao ser tirada da bainha. – Nenhum. Nem qualquer sinal de que alguém tenha tentado apagá-los.

– Olhe pro cachorro – disse Pyotr. Pyos havia se levantado e olhava para uma brecha entre as árvores. Todos os pelos em sua espinha levemente coberta estavam eriçados, e ele rosnava baixinho, os dentes à mostra. Os dois homens viraram-se ao mesmo tempo, a faca de Pyotr em sua mão, o gesto quase antecipando o desejo. Por um breve instante, ele pensou ter visto movimento, uma sombra mais escura na penumbra, mas depois ela sumiu. Pyos latiu uma vez, alto e curto, um som de desafio medroso.

Pyotr estalou os dedos para o cachorro. Kolya virou-se com ele. Atravessaram o composto de folhas caídas sujo de sangue e foram para a aldeia sem uma palavra.

◇

Um dia depois, quando Rodion bateu à porta de Konstantin, o padre inspecionava as tintas à luz de vela. Com a umidade, as bordas e respingos das misturas de cores haviam se transformado em mofo. Lá fora ainda era dia claro, mas as janelas do padre eram pequenas e o clamor da chuva impedia o sol. O quarto estaria escuro, se não fosse pelas velas. *Velas demais*, pensou Rodion. *Um desperdício terrível.*

– A bênção, padre – pediu Rodion.

– Deus esteja convosco – respondeu Konstantin. O quarto estava frio. O padre tinha envolvido seus ombros magros com um cobertor. Não ofereceu um a Rodion.

– Pyotr Vladimirovich foi caçar com os filhos – disse Rodion. – Mas não querem falar sobre sua caça. Não disseram nada que o senhor pudesse ouvir?

– Que eu ouvisse, não – respondeu Konstantin.

Chovia copiosamente lá fora.

Rodion franziu a testa.

– Não posso imaginar o motivo de eles levarem suas lanças de javali, deixando os cachorros para trás. E o tempo está cruel pra cavalgar.

Konstantin não respondeu.

– Bem, que Deus lhes traga sucesso, seja qual for – continuou Rodion. – Preciso partir em dois dias, e não pretendo encontrar o que quer que tenha posto aquela expressão nos olhos de Pyotr Vladimirovich.

– Rezarei por sua segurança na estrada – disse Konstantin, secamente.

– Fique com Deus – retrucou Rodion, ignorando a dispensa. – Sei que não gosta de ser perturbado em suas reflexões. Mas pediria seu conselho, irmão.

– Peça – falou Konstantin.

– Pyotr Vladimirovich quer que sua filha receba os votos – disse Rodion. – Ele me encarregou, com palavras e dinheiro, de ir a Moscou, até o Ascensão, e as prepare para a ida da filha. Diz que ela será mandada com os bens do tributo, assim que houver neve suficiente para os trenós.

– Uma tarefa piedosa, irmão – disse Konstantin. Mas havia erguido o olhar das suas tintas. – Que necessidade de conselho?

– Porque ela não é uma menina fadada a conventos – disse Rodion. – Um cego conseguiria ver.

Konstantin travou o maxilar, e Rodion viu, com surpresa, o rosto do padre arder de raiva.

– Ela não pode se casar – disse Konstantin. – Apenas o pecado está à sua espera neste mundo. É melhor que se retire. Rezará pela alma do pai. Pyotr Vladimirovich é um homem velho, ficará feliz com suas rezas quando for se encontrar com Deus.

Tudo isso era muito razoável. Não obstante, Rodion sentiu dor na consciência. A segunda filha de Pyotr lembrava-lhe o irmão Aleksandr. Embora Sasha fosse monge, nunca ficava muito tempo no mosteiro. Percorria a extensão de Rus' em seu bom cavalo de guerra, alternando estratagemas, sedução e lutas. Levava uma espada às costas e era conselheiro de príncipes. Mas tal vida não era possível para uma mulher que tomasse o véu.

— Bem, farei isso – disse Rodion com relutância. – Pyotr Vladimirovich tem sido meu anfitrião e dificilmente eu poderia fazer por menos. Mas, irmão, gostaria que o fizesse mudar de ideia. Com certeza alguém pode ser convencido a se casar com Vasilisa Petrovna. Não acho que ela durará muito tempo em um convento. Os pássaros selvagens morrem nas gaiolas.

— E daí? – replicou Konstantin. – Abençoados os que permanecem pouco tempo neste lamaçal de maldade, antes de ir para a presença de Deus. Só espero que sua alma esteja preparada quando houver o encontro. Agora, irmão, eu gostaria de rezar.

Sem dizer uma palavra, Rodion persignou-se e saiu, piscando à débil luz do dia. *Bem, lamento pela menina,* pensou. E depois, com desconforto: *Como as sombras são densas naquele quarto.*

◇

Pyotr e Kolya levaram seus homens para caçar não uma, mas diversas vezes antes da neve. A chuva não cessava, embora passasse a ser cada vez mais fria, e suas forças baqueassem naqueles dias longos e molhados. Mas, por mais que tentassem, não descobriram um vestígio da coisa que havia despedaçado o cervo. Os homens começaram a murmurar e, por fim, a protestar. A exaustão competia com a lealdade e ninguém ficou triste quando o gelo pôs um fim à caçada.

Mas foi então que o primeiro cachorro desapareceu. Era uma cadela alta, nova, boa e destemida diante de javalis, mas encontraram-na junto à paliçada, sem a cabeça e ensanguentada na neve. As únicas pegadas perto do corpo congelado eram de suas patas correndo.

As pessoas começaram a entrar na floresta aos pares, com machado no cinto.

Mas depois um pônei sumiu, enquanto estava amarrado a um trenó para puxar lenha. Ao voltar com uma braçada de lenha, o filho do seu dono viu as pegadas ocas e uma grande faixa escarlate espalhada pela terra enlameada. Largou as achas, até o machado, e correu para a aldeia.

O medo instalou-se na aldeia; um medo arraigado, murmurante, tenaz como teias de aranha.

19

PESADELOS

Novembro chegou rugindo com folhas pretas e neve cinza. Em uma manhã embaçada, como vidro sujo, o padre Konstantin ficou parado ao lado da sua janela, traçando com seu pincel a perna dianteira esguia do garanhão branco de São Jorge. Seu trabalho absorvia-o e tudo estava tranquilo. Mas, de alguma maneira, o silêncio escutou. Konstantin viu-se fazendo força para ouvir. *Senhor, não vai falar comigo?*

Quando alguém arranhou a sua porta, a mão de Konstantin teve um estremecimento que quase manchou a pintura.

– Entre – grunhiu, jogando o pincel para o lado. Com certeza, era Anna Ivanovna, com leite apurado e tediosos olhos de adoração.

Mas não era Anna Ivanovna.

– A bênção, padre – disse Agafya, a criada.

Konstantin fez o sinal da cruz.

– Deus esteja convosco. – Mas estava zangado.

– Não fique bravo, Batyushka – a moça sussurrou, torcendo as mãos calejadas pelo trabalho. Não tinha passado da porta. – Se eu puder ter só um momento.

O padre comprimiu os lábios. À sua frente, São Jorge cavalgava o mundo em um painel de carvalho. Seu corcel tinha apenas três pernas. A quarta, ainda por pintar, estaria levantada numa curva elegante para esmagar a cabeça de uma serpente.

– O que você quer me dizer? – Konstantin tentou fazer sua voz soar gentil. Não conseguiu completamente; a menina empalideceu e recuou, mas não foi embora.

– Temos sido bons cristãos, Batyushka – gaguejou ela. – Tomamos o sacramento e veneramos as imagens. Mas nunca foi tão difícil pra gente.

Nossas hortas apodreceram com a chuva de verão; sentiremos fome antes da mudança da estação.

Ela fez uma pausa e lambeu os lábios.

– Fiquei pensando, não consigo deixar de fazê-lo, será que a gente ofendeu os antigos? Chernobog, talvez, que adora sangue? Minha avó sempre dizia que, se algum dia ele se voltasse contra nós, acabaria em desastre. E agora eu sinto medo pelo meu filho. – Ela olhava para ele numa súplica muda.

– É melhor ter medo – rosnou Konstantin. Seus dedos ansiavam pelo pincel; lutou para ter paciência. – Mostra seu verdadeiro arrependimento. Esta é a hora do julgamento, quando Deus saberá quem são seus leais servidores. É preciso se manter firme, e logo você verá reinos de um tipo que não imagina. As coisas das quais você fala são falsas, ilusões para tentar o desavisado. Agarre-se à verdade e tudo ficará bem.

Ele se virou novamente em busca das tintas. Mas a voz dela tornou a se fazer ouvir:

– Mas eu não preciso de um reino, Batyushka, só o bastante para alimentar meu filho durante o inverno. Marina Ivanovna mantinha os antigos costumes e nossos filhos nunca passaram fome.

O rosto de Konstantin assumiu uma expressão nada diferente do santo que empunhava a lança à sua frente. Agafya cambaleou contra o batente da porta.

– E agora Deus fará sua avaliação – ele sibilou. Sua voz fluía como água com uma camada de gelo. – Você acha que só por ter sido adiado dois anos, ou dez, Deus não ficou furioso com tal blasfêmia? A justiça tarda, mas não falha.

Agafya estremeceu como um pássaro numa rede.

– Por favor – sussurrou ela. Pegou nas mãos dele e beijou seus dedos respingados. – O senhor, então, pedirá perdão por nós? Não por mim, mas pelo meu filho.

– Na medida do possível – ele disse com mais delicadeza, colocando a mão em sua cabeça curvada. – Mas primeiro você mesma tem que pedir.

– Sim... sim, Batyushka – ela concordou, levantando os olhos, com o rosto tomado de gratidão.

Quando, finalmente, saiu apressada para a tarde cinzenta, e a porta fechou-se à sua passagem, as sombras na parede pareceram esticar-se como gatos ao despertar.

— Fez bem. — A voz ecoou nos ossos de Konstantin. O padre ficou paralisado, todos os nervos alertas. — Eles precisam me temer acima de tudo, para que possam ser salvos.

Konstantin atirou o pincel de lado e se ajoelhou.

— Só desejo agradar-lhe, Senhor.

— Estou satisfeito — disse a voz.

— Tentei colocar estas pessoas no caminho da retidão — disse Konstantin. — Só pediria, Senhor... Quero dizer, gostaria de pedir...

A voz foi infinitamente gentil:

— O que você pediria?

— Por favor — disse Konstantin —, permita que minha missão aqui esteja terminada. Eu levaria sua palavra aos confins da terra, se me pedisse, mas a floresta é pequena demais.

Ele curvou a cabeça, esperando.

Mas a voz riu, com um deleite terno, de tal maneira que Konstantin pensou que sua alma voaria do seu corpo de alegria.

— Claro que você deve ir — ela disse. — Só mais um inverno. Apenas sacrifício e seja fiel. Então, você poderá mostrar ao mundo a minha glória, e estarei com você para sempre.

— Só me diga o que eu preciso fazer — pediu Konstantin. — Serei fiel.

— Desejo que você invoque a minha presença, quando falar — disse a voz. Qualquer outro homem teria ouvido a ansiedade nela. — E quando rezar. Chame-me em cada alento e pelo meu nome. Sou o portador de tempestades. Eu estaria presente entre vocês e lhes daria graça.

— Será feito — disse Konstantin com fervor. — Exatamente como o senhor diz, será feito. Só nunca me deixe novamente.

Todas as velas oscilaram com algo muito semelhante a um longo suspiro de satisfação.

— Obedeça-me sempre — respondeu a voz —, e jamais o deixarei.

◇

No dia seguinte, o sol afundou-se em nuvens saturadas e lançou uma luz fantasmagórica sobre um mundo desprovido de cor. Começou a nevar no nascer do dia. Os moradores da casa de Pyotr foram tremendo para a igrejinha e se amontoaram lá dentro. A igreja estava escura, com exceção das velas. Vasya pensou que quase podia ouvir a neve lá fora, enterrando-os até a primavera. Ela impedia a luz, mas as velas iluminavam o padre. Os ossos do seu rosto projetavam sombras elegantes. Sua expressão era mais distante do que a de seus ícones, e jamais estivera tão lindo.

O biombo dos ícones estava terminado. O Cristo ressuscitado, a imagem final, encontrava-se entronado acima da porta. Julgava sobre uma terra tempestuosa, com uma expressão que Vasya não conseguia decifrar.

– Invoco a Ti – disse Konstantin, em tom baixo e claro. – Deus que me chamou para ser seu servo. A voz vinda das trevas, amante das tempestades. Que Sua presença esteja entre nós.

E então, mais alto, começou a missa.

– Bendito seja Deus. – Seus olhos eram grandes buracos negros, mas sua voz parecia faiscar com fogo. A missa prosseguiu indefinidamente. Quando ele falava, as pessoas esqueciam a umidade gelada e o espectro sombrio da fome. Os problemas terrenos não eram nada quando aquela voz os tocava. O Cristo acima da porta parecia levantar a mão, abençoando-os. – Ouçam – disse Konstantin. Sua voz abaixou tanto que eles tiveram que se esforçar para ouvir. – O demônio está entre nós. – A congregação entreolhou-se. – Ele se insinua em nossas almas à noite, no silêncio. Está à espera dos desavisados. – Irina aproximou-se de Vasya, que passou o braço em volta dela. – Apenas a fé – Konstantin prosseguiu –, apenas a oração, apenas *Deus* poderá salvar vocês. – Sua voz crescia a cada palavra. – Temam a Deus e se arrependam. É sua única escapatória à danação. Caso contrário, vocês arderão... Vocês arderão!

Anna gritou. Seu grito ecoou na extensão da igrejinha, seus olhos saltaram debaixo das pálpebras azuladas.

– Não! – gritou. – Oh, Deus, não aqui! *Não aqui!*

Sua voz pareceu separar as paredes e se multiplicar, de modo que centenas de mulheres berravam.

No minuto antes de tudo se transformar em caos, Vasya seguiu o dedo para onde sua madrasta apontava. O Cristo ressuscitado agora sorria para eles, quando antes estava solene. Seus dois caninos entravam no lábio inferior. Mas em vez de dois olhos tinha apenas um. O outro lado do rosto estava riscado de cicatrizes azuis, e o olho era apenas uma órbita, costurada grosseiramente.

Ela já vira aquele rosto antes, pensou Vasya, lutando contra o medo que fechava sua garganta. Mas não tinha tempo para pensar. Ao seu redor, as pessoas levavam as mãos aos ouvidos, jogavam-se de bruços ou abriam caminho em direção à segurança do nártex. Anna foi deixada sozinha. Ria e chorava, arranhando o ar. Ninguém poderia tocá-la. Seus gritos atravessaram as paredes. Konstantin abriu caminho até ela e deu um tapa em seu rosto. Ela acalmou-se, em choque, mas o barulho pareceu continuar ecoando, como se as próprias imagens estivessem gritando.

Vasya agarrou Irina no início do caos, para que não fosse arrastada. Um instante depois, Alyosha apareceu e passou seus braços fortes ao redor de Dunya, que era pequena como uma criança, frágil como as folhas de novembro. Os quatro agarraram-se. As pessoas corriam de um lado para outro, gritavam.

— Preciso ir até a mãe — disse Irina, contorcendo-se.

— Espere, passarinho — disse Vasya. — Você só seria pisoteada.

— Mãe de Deus — disse Alyosha. — Se alguém souber que a mãe de Irina tem tais ataques, ninguém jamais se casará com ela.

— Ninguém vai saber — Vasya retorquiu. Sua irmã tinha ficado muito pálida. Olhava para o irmão enquanto a multidão empurrava-os contra a parede. Ela e Alyosha protegeram Dunya e Irina com seus corpos.

Vasya tornou a olhar para o iconóstase. Agora estava como sempre estivera. Cristo sentado no trono acima do mundo, a mão erguida em bênção. Teria ela imaginado o outro rosto? Mas, se tivesse, por que Anna havia gritado?

— Silêncio!

A voz de Konstantin soou como uma dúzia de sinos. Todos ficaram paralisados. Ele parou em frente ao iconóstase e levantou a mão, um eco vivo da imagem de Cristo acima da sua cabeça.

— Tolos! — trovejou. — Vocês são crianças para terem medo de uma mulher que grita? Levantem-se, todos vocês. Calem-se. Deus nos protegerá.

Eles se amontoaram em silêncio, como crianças castigadas. O que os urros de Pyotr não haviam conseguido, a voz do padre conseguiu. Aproximaram-se dele bamboleando. Anna continuou tremendo, chorando, lívida como o céu ao amanhecer. O único rosto mais pálido naquela igreja era o do próprio padre. A luz de velas enchia a nave de sombras estranhas. Ali, novamente, uma delas se lançou em frente ao iconóstase, e não era a sombra de um homem.

Deus, pensou Vasya, quando a missa foi retomada com hesitação. *Aqui? Os* chyerty *não podem entrar nas igrejas; são criaturas deste mundo, e a igreja é para o próximo.*

Mesmo assim, ela havia visto a sombra.

◊

Pyotr levou a esposa para casa assim que conseguiu. Sua filha a despiu e a colocou na cama. Mas Anna chorava, tinha ânsias de vômito, chorava e não parava.

Por fim, Irina, desesperada, voltou para a igreja. Encontrou o padre Konstantin sozinho, ajoelhado perante o biombo de ícones. Depois da missa daquele dia, as pessoas haviam beijado sua mão e lhe pedido que as salvasse. Ele, então, parecia em paz. Até triunfante. Mas agora Irina achou que ele parecia a pessoa mais solitária do mundo.

– O senhor poderia ir até a minha mãe? – sussurrou ela.

Konstantin teve um sobressalto e olhou ao redor.

– Ela está chorando e não para – completou Irina.

Konstantin não falou; estava tensionando todos os sentidos. Depois que o povo deixou a igreja, Deus tinha vindo até ele na fumaça das velas apagadas.

– Lindo. – O sussurro mandou a fumaça em pequenos rodamoinhos ao longo do chão. – Eles ficaram tão apavorados. – A voz soava quase alegre. Konstantin ficou em silêncio. Por um instante questionou sua sanidade e se a voz teria vindo rastejando do seu coração. Mas... *não, claro que não. É apenas a sua maldade que duvida, Konstantin Nikonovich.*

– Estou contente que tenha vindo até nós – murmurou Konstantin baixinho –, para conduzir seu povo à retidão.

Mas a voz não respondera, e agora a igreja estava quieta.

Mais alto, Konstantin disse para Irina:

– Sim, irei.

◊

– Aqui está o padre Konstantin – disse Irina, levando-o para dentro do quarto da mãe. – Ele a confortará. Vou buscar o jantar. Vasya já está esquentando o leite. – Ela saiu correndo.

— A igreja, Batyushka? — soluçou Anna Ivanovna quando os dois ficaram a sós. Estava deitada em sua cama, enrolada em peles. — A igreja... Nunca a igreja.

— Que bobagem você está falando — disse Konstantin. — A igreja está protegida por Deus. Só Deus faz sua morada na igreja, e seus santos e anjos.

— Mas eu vi...

— Você não viu nada! — Konstantin colocou a mão em seu rosto. Ela estremeceu como um cavalo assustado. A voz dele ficou mais baixa, hipnótica. Tocou os lábios dela com o indicador. — Você não viu nada, Anna Ivanovna.

Ela levantou a mão trêmula e tocou a dele.

— Não verei nada, se o senhor me mandar não ver, Batyushka. — Corou feito uma menina. Seu cabelo estava escuro de suor.

— Então, não veja — Konstantin disse. Retirou a mão.

— Vejo o senhor — ela disse. Mal era uma respiração. — O senhor é tudo que vejo, às vezes, neste lugar horroroso, com o frio, os monstros e a fome. O senhor é uma luz para mim. — Ela voltou a pegar a mão dele. Apoiou-se em um cotovelo. Seus lábios marejaram de lágrimas. — Por favor, Batyushka, só quero ficar perto.

— Você é louca — ele disse. Empurrou as mãos dela para baixo e se afastou.

Ela era macia e velha, estragada pelo medo e pelas esperanças perdidas.

— Você é casada e eu me entreguei a Deus.

— Não é isso! — ela gritou em desespero. — Jamais isso. Quero que o senhor me enxergue. — Engolia em seco com dificuldade e gaguejava. — Me *enxergue*. O senhor enxerga a minha enteada. Observa-a. Assim como eu o tenho observado. Eu o observo. Por que não *eu*? Por que não eu? — Sua voz subiu para um gemido.

— Calma. — Ele colocou a mão na porta. — Eu te enxergo, mas, Anna Ivanovna, há pouco para se ver.

A porta era pesada. Ao ser fechada, abafou o som do choro dela.

◇

Naquele dia, as pessoas ficaram perto dos seus fornos, enquanto caíam rajadas de neve. Mas Vasya esgueirou-se para ver os cavalos. *Ele está vindo*, disse Mysh, revirando os olhos desvairados.

Vasya foi até o pai.

— Temos que trazer os cavalos pra dentro da paliçada – disse ela. – Esta noite, antes do escurecer.

— Por que você está aqui pra nos sobrecarregar, Vasya? – retorquiu Pyotr. A neve caía densa, grudando em seus chapéus e ombros. – Você deveria ter ido embora. Há muito, e estaria a salvo. Mas assustou seu pretendente e agora está aqui e é inverno.

Vasya não respondeu. Na verdade, não podia, porque viu súbita e claramente que seu pai estava com medo. Nunca tinha visto o pai com medo. Quis esconder-se no forno, como uma criança.

— Me desculpe, pai – ela pediu, controlando-se. – Este inverno vai passar, assim como os outros. Mas acho que agora, à noite, deveríamos fechar os cavalos.

Pyotr respirou fundo.

— Tem razão, filha. Tem razão. Venha, ajudo você.

Os cavalos acalmaram-se um pouco quando o portão foi fechado à sua passagem. Vasya levou Mysh e Metel para o próprio estábulo, enquanto que os cavalos menos valiosos andavam em círculos pelo pátio. O pequeno *vazila* colocou a mão na dela.

— Não nos deixe, Vasya.

— Preciso buscar a minha sopa – disse Vasya. A Dunya está chamando. Mas vou voltar.

Tomou a sopa, enrodilhada no fundo da estreita baia de Mysh, e deu à égua o seu pão. Depois, envolveu-se numa capa equina e contou as sombras na parede do estábulo. O *vazila* estava ao seu lado.

— Não vá embora, Vasya – ele disse. – Quando você fica, eu me lembro da minha força e também de que não tenho medo.

Então, Vasya ficou, tremendo apesar da palha e da coberta. A noite estava muito fria. Ela pensou que jamais dormiria.

Mas deve ter dormido, porque acordou gelada, depois que a lua se foi. O estábulo estava escuro. Até Vasya, com olhos de gato, mal podia discernir Mysh parada acima dela. Por um momento, tudo ficou quieto.

Depois, de fora, veio uma risadinha. Mysh resfolegou e recuou, sacudindo a cabeça. Apareceu um círculo branco ao redor dos seus olhos.

Vasya levantou-se em silêncio, deixando a coberta cair. O ar frio entrava como presas em sua carne. Foi devagarzinho até a porta do estábulo. Não havia lua, e nuvens gordas sufocavam as estrelas. A neve continuava caindo.

Um homem caminhava furtivamente pela neve, silencioso como os flocos. Arremessava-se de sombra em sombra. Quando soltava o ar, ria no fundo da garganta. Vasya chegou mais perto. Não conseguia ver o rosto, apenas roupas esfarrapadas e um tufo de cabelos grosseiros.

O homem aproximou-se da casa e pôs a mão na porta. Vasya gritou assim que o homem se jogou para dentro da cozinha. Não houve som de carne na madeira. Ele passou pela porta como fumaça.

Vasya atravessou o *dvor*, correndo. O pátio reluzia com a neve recente. O homem esfarrapado não deixara pegadas. A neve estava espessa e macia. Vasya sentia os membros pesados. Mesmo assim, correu, gritando, mas antes que conseguisse chegar a casa o homem havia pulado de volta para o pátio da entrada, aterrissando de quatro, com a agilidade de um animal. Ria.

– Ah – disse ele. – Faz tanto tempo. Como as casas dos homens são doces, e, ah, como ela gritou...

Ele então deu-se conta da presença de Vasya, e a menina tropeçou. Conhecia aquelas cicatrizes, o único olho cinza. Era o rosto do ícone, o rosto... *o rosto do homem que dormia na mata, anos atrás. Como era possível?*

– Bem, o que é isto? – o homem indagou. Fez uma pausa. Ela viu a lembrança cruzar o seu rosto. – Lembro-me de uma garotinha com os seus olhos. Mas agora você é uma mulher. – Os olhos dele fixaram-se nos dela, como se ele pretendesse arrancar um segredo da sua alma. – Você é a bruxinha que tenta o meu servo. Mas não vi... – Ele se aproximava cada vez mais.

Vasya tentou fugir, mas seus pés não obedeceram. O bafo dele recendia a sangue quente, ele o soprava em ondas sobre o seu rosto. Ela juntou coragem.

– Não sou ninguém – disse ela. – Caia fora. Deixe-nos em paz.

Os dedos úmidos dele saltaram para fora e levantaram o queixo dela.

– Quem é você, menina? – E depois, mais baixo: – Olhe para mim.

Seus olhos transpiravam loucura. Vasya não olhou, sabia que não deveria, mas os dedos dele eram uma armadilha de ferro e logo ela olharia...

Mas, então, uma mão fria agarrou-a e a puxou para longe. Ela sentiu cheiro de água gelada e pinheiro esmagado. Acima da sua cabeça, uma voz disse:

– Ainda não, irmão. Volte.

Vasya não conseguia ver nada de quem falava, a não ser uma linha curva de um capote preto, mas pôde ver o outro, o caolho. Sorria, encolhia-se e ria, tudo ao mesmo tempo.

– Ainda não? Mas está feito, irmão – disse ele. – Está feito. – Piscou o olho bom para Vasya e se foi. O capote preto ao redor dela passou a ser o mundo todo. Ela sentia frio, um cavalo relinchava e uma criança chorava bem ao longe.

Então, Vasya acordou, rígida e trêmula no chão do estábulo. Mysh pressionou o nariz quente no rosto dela. Mas embora Vasya estivesse acordada ainda era possível ouvir o choro. Continuou por muito tempo. Vasya levantou-se de um salto, afastando o pesadelo. Os cavalos nas baias relinchavam e escoiceavam, lascando as portas do estábulo. E no *dvor* congelante eles rodopiavam em pânico. Não havia uma figura caolha esfarrapada. *Um sonho*, Vasya pensou. *Apenas um sonho.* Disparou em meio aos cavalos, desviando-se dos seus corpos pesados.

A cozinha estava fervilhando como um ninho de vespas furiosas. Seus irmãos entraram intempestivamente, semidespertos e armados; Irina e Anna Ivanovna amontoaram-se na entrada oposta. As criadas corriam pra cá e pra lá, persignando-se, rezando ou se agarrando umas às outras.

E então chegou seu pai, grande e firme, espada na mão. Abriu caminho à força, maldizendo, entre bandos de criados aterrorizados.

– Quietos – ordenou ele para as pessoas agitadas. O padre Konstantin irrompeu atrás dele.

Quem gritava era a pequena Agafya, a criada. Sentou-se rapidamente em seu catre, com as costas tesas. Suas mãos de juntas brancas agarravam a lã do cobertor. Tinha mordido o lábio inferior de tal maneira que o sangue escorria pelo queixo, e um círculo branco contornava seus olhos arregalados. Os gritos cortavam o ar como pingentes de gelo caindo do beiral lá fora.

Vasya abriu caminho por entre as pessoas apavoradas. Agarrou a moça pelos ombros.

– Agafya, escute – disse ela. – Escute, está tudo bem. Você está segura. Está tudo certo. Calma agora, calma. – Vasya segurou a menina com firmeza, e, depois de um momento, Agafya gemeu e se calou. Seus olhos grandes se focaram lentamente no rosto de Vasya. A garganta engolia com dificuldade. Tentou falar, Vasya esforçou-se para ouvir.

– Ele veio atrás dos meus pecados – ela disse, sufocada. – Ele... – Arfou para respirar.

Um garotinho rastejou em meio à multidão.

– Mãe! – gritou ele. – Mãe! – Atirou-se sobre ela, mas a mãe não lhe deu atenção.

Subitamente, Irina estava ali, o rostinho sério.

– Ela desmaiou – disse ele, com gravidade. – Precisa de ar e água.

– É apenas um pesadelo – disse o padre Konstantin para Pyotr. – É melhor deixar que as mulheres cuidem dela.

Pyotr poderia ter respondido, mas ninguém ouviu porque Vasya gritou, então, em choque e com uma fúria repentina. Todo o cômodo agitou-se em novo medo.

Vasya olhava para a janela.

Então...

– Não – disse ela, visivelmente se recompondo. – Me perdoem. Eu... Nada. Não foi nada.

Pyotr franziu o cenho. Os criados olharam para ela com uma suspeita evidente e murmuraram entre si.

Dunya foi se arrastando até Vasya, a respiração farfalhante e oca no peito.

– As meninas sempre têm pesadelos na mudança do tempo – Dunya arquejou, alto o suficiente para que todos ouvissem. – Vamos lá, criança, busque água e hidromel. – Olhou para Vasya com dureza.

Vasya não disse nada. Seu olhar vagou mais uma vez para a janela. Por um instante, poderia jurar ter visto um rosto. Mas não era possível porque era o rosto do seu sonho, com cicatrizes azuis e caolho. Ele tinha sorrido e piscado para ela através do gelo oscilante.

◆

Na manhã seguinte, assim que clareou, Vasya saiu à procura do *domovoi*. Procurou até que o sol aguado estivesse alto e ao longo da breve tarde, esquivando-se do seu trabalho. O sol inclinava-se para oeste quando ela conseguiu arrastar a criatura sorrateiramente para fora do forno. As beiradas da sua barba fumegavam. Estava magro e curvado, as roupas surradas, parecendo derrotado.

– Ontem à noite – disse Vasya sem preâmbulos, aninhando a mão queimada –, sonhei com um rosto e depois o vi na janela. Tinha um olho e sorria. Quem era?

– Loucura – resmungou o *domovoi*. – Apetite. O dorminhoco, o comedor. Não consegui mantê-lo lá fora.

– Você precisa se esforçar mais – replicou Vasya.

Mas o olhar do *domovoi* vagou e sua boca pendeu aberta.

– Estou fraco – disse com dificuldade. – E o guardião da floresta está fraco. Nosso inimigo afrouxou sua corrente. Logo estará livre. Não consigo mantê-lo a distância.

– *Quem é o inimigo?*

– Apetite – repetiu o *domovoi*. – Loucura. Terror. Ele quer devorar o mundo.

– Como posso vencê-lo? – disse Vasya com urgência. – Como é que a casa pode ser protegida?

– Com oferendas – murmurou o *domovoi*. – Pão e leite me darão forças... E talvez sangue. Mas você é apenas uma menina sozinha, e não posso extrair minha vida de você. Vou desfalecer. O comedor virá novamente.

Vasya segurou o *domovoi* e o chacoalhou de modo a seus maxilares baterem um no outro. Seus olhos opacos carearam, e por um momento ele pareceu atônito.

– Você *não* vai desfalecer – Vasya retorquiu. – Pode extrair sua vida de mim. Você fará isso. O caolho, o comedor, não entrará de novo. Não entrará.

Não havia leite, mas Vasya roubou pão e o enfiou na mão do *domovoi*. Fez isso naquela noite e em todas as outras depois disso, reduzindo as próprias refeições. Cortou a mão e espalhou o sangue nos peitoris e em frente ao forno. Pressionou a mão sangrenta na boca do *domovoi*. Suas costelas saltaram pela pele, os olhos ficaram fundos, e pesadelos perseguiram seu sono. Mas as noites se escoaram, uma, duas, uma dúzia, e ninguém mais gritou perante alguma coisa que não estava ali. O vacilante *domovoi* resistiu, e ela despejou sua força dentro dele.

Mas a pequena Agafya nunca mais falou coisa com coisa. Às vezes, alegava coisas que ninguém podia ver: santos, anjos e um urso caolho. Mais tarde, delirou com um homem e um cavalo branco. Uma noite, saiu correndo da casa, desmaiou na neve com os lábios roxos e morreu.

As mulheres prepararam o corpo com a rapidez permitida pela decência. O padre Konstantin manteve uma vigília ao seu lado, lábios brancos, cabeça curvada, um rosto que ninguém poderia interpretar. Embora se ajoelhasse ao seu lado, nem uma vez rezou em voz alta. As palavras pareciam engasgar em sua esforçada garganta.

Enterraram Agafya na breve luz diurna de inverno, enquanto a floresta gemia ao redor deles. No rápido declinar do crepúsculo, todos correram para se juntar perante seus fornos. O filho de Agafya chorou pela mãe, seu gemido pairando feito nevoeiro sobre a aldeia silenciosa.

◊

Na noite após o funeral, um sonho se apossou de Dunya como se fosse doença, como as mandíbulas de uma criatura caçadora. Ela estava parada em uma floresta imóvel, cheia de tocos escurecidos de árvores. Uma fumaça oleosa encobria as estrelas hesitantes; o fogo faiscava sua luz contra a neve. O rosto do demônio do gelo era uma máscara de caveira com a pele bem repuxada. Sua voz suave assustou Dunya mais do que se gritasse.

– Por que você adiou?

Dunya juntou todas as suas forças.

– Amo ela. É como se fosse minha própria filha. Você é o inverno, Morozko, é a morte, é gelado. Não pode ficar com ela. Ela vai entregar a vida a Deus.

O demônio do gelo riu com amargura.

– Ela morrerá no escuro. O poder do meu irmão aumenta dia a dia. E ela o viu, quando não deveria. Agora ele sabe como ela é. Se puder, a matará e a levará consigo. Aí você terá motivo pra falar em danação. – A voz de Morozko suavizou-se ligeiramente. – Posso salvá-la – disse ele.

– Posso salvar todos vocês. Mas ela precisa ficar com aquela joia. Caso contrário...

E Dunya viu que a luz do fogo faiscante era sua aldeia queimando. A floresta encheu-se de criaturas sinistras, cujos rostos ela conhecia. A maior dentre elas era um caolho sorridente, e ao lado dele havia outra forma, alta e esguia, com a palidez de um cadáver, cabelo escorrido.

– Você deixou que eu morresse – o espectro disse com a voz de Vasya, e seus dentes reluziram entre lábios sangrentos.

Dunya viu-se pegando o colar e o estendendo. Ele soltou um minúsculo fragmento de luz num mundo informe e escuro.

– Eu não sabia – gaguejou Dunya. Ela tentou alcançar a menina morta, o colar balançando do seu punho. – Vasya pegue. Vasya! – Mas o caolho apenas riu, e a menina não fez um gesto.

Então, o demônio do gelo colocou-se entre ela e o horror, agarrou seus ombros com as mãos duras e geladas.

– Você não tem tempo, Avdotya Mikhailovna – afirmou ele. – Da próxima vez que me vir, farei um aceno e você seguirá. – Sua voz era a voz da madeira, parecia ecoar em seus ossos, vibrar em sua garganta. Dunya sentiu suas entranhas retorcerem-se de medo e certeza. – Mas você pode salvá-la antes de ir – ele prosseguiu. – Tem que salvá-la. Dê o colar pra ela. Salve todos.

– Darei – sussurrou Dunya. – Será como você diz. Juro. *Juro*...

E, então, a própria voz acordou-a.

Mas o calafrio daquela floresta queimada, do toque do demônio do gelo, permaneceu. Os ossos de Dunya estremeceram até que pareceu que tremeriam atravessando a pele. Tudo o que ela conseguia ver era o demônio do gelo, decidido e desesperado, e o rosto às gargalhadas do seu irmão, a criatura de um olho só. Os dois rostos confundiram-se em um. A pedra azul no seu bolso parecia gotejar chama gelada. Sua pele rachou e escureceu quando sua mão se fechou com força ao redor dela.

20

UM PRESENTE DE UM ESTRANHO

Naqueles dias reduzidos e metálicos, Vasya ia até os cavalos todas as manhãs assim que amanhecia, apenas um pouco depois do pai. Tinham uma afinidade com isso, temer pelos animais ardorosamente. À noite, os cavalos eram colocados no *dvor*, a salvo por detrás da paliçada, e todos os que cabiam eram resguardados no estábulo resistente. Mas, durante o dia, eram soltos para se defenderem por si mesmos, perambulando pelas pastagens cinza e escavando capim debaixo da neve.

Numa manhã clara e gélida, pouco antes do alto inverno, Vasya levou os cavalos para o pasto, aos gritos, montada em pelo em Mysh. Mas depois que os cavalos estavam acomodados a menina desmontou e examinou a égua com atenção. Suas costelas estavam começando a aparecer através da pelagem castanha, não por necessidade, mas pela espera.

Ele vai voltar, a égua disse. *Você consegue sentir o cheiro?*

Vasya não tinha o focinho de um cavalo, mas se virou para o vento. Por um instante, o cheiro de folhas apodrecendo e peste fechou sua garganta.

– Consigo – disse soturna, tossindo. – Os cachorros também sentem. Ganem quando são soltos e correm para os canis. Mas não vou deixar que ele te machuque.

Ela começou sua ronda, indo de cavalo em cavalo, com miolos murchos de maçã, cataplasmas e palavras carinhosas. Mysh seguiu-a como um cachorro. À margem do rebanho, Metel raspou o chão com um casco dianteiro e emitiu um desafio para a mata à espera.

– Fique calmo – pediu Vasya. Ela se aproximou do garanhão e colocou a mão na crineira quente.

Ele estava furioso como um garanhão que vê um rival entre suas éguas e quase a escoiceou antes de se controlar. *Que ele venha!* Empinou-se, dando golpes com suas patas dianteiras. *Desta vez vou matá-lo.*

Vasya esquivou-se dos cascos voadores, pressionando seu corpo de encontro ao dele.

– Espere – disse ela em seu ouvido.

O cavalo girou, estalando os dentes, mas ela se colou nele, e ele não conseguiu alcançá-la. Manteve a voz baixa:

– Guarde a sua força.

Os garanhões obedecem às éguas; Metel abaixou a cabeça.

– Você precisa estar forte e calmo quando ele vier – explicou Vasya.

Seu irmão, disse Mysh. Vasya virou-se e viu Alyosha, sem chapéu, correndo em sua direção, saindo do portão da paliçada.

Em um minuto, Vasya passou o braço por detrás da cernelha de Mish e se viu nas costas do animal. A égua galopou pelo campo, chutando para o alto a camada congelada. A cerca resistente do pasto surgiu, mas Mysh venceu a barreira e continuou correndo.

Vasya encontrou-se com Alyosha logo junto à paliçada.

– É a Dunya – disse Alyosha. – Não acorda. Está repetindo seu nome.

– Vamos – disse Vasya, e Alyosha lançou-se atrás dela.

◊

A cozinha estava quente; o forno roncava e bocejava como uma boca. Dunya se encontrava deitada em cima do forno, de olhos abertos e sem enxergar, imóvel, com exceção das mãos que se retorciam. Murmurava consigo mesma vez ou outra. Sua pele quebradiça estendia-se sobre os ossos, tão repuxada que Vasya pensou poder ver o sangue fluindo. Subiu rapidamente em cima do forno.

– Dunya – chamou ela. – Dunya, acorde. Sou eu. A Vasya.

Os olhos abertos piscaram uma vez, mas foi tudo. Vasya passou por um momento de pânico; sufocou-o. Irina e Anna estavam ajoelhadas lado a lado em frente ao canto dos ícones, rezando. Lágrimas escorriam no rosto de Irina; não era bonita quando chorava.

– Água quente – disse, secamente, Vasya, voltando-se. – Irina, pelo amor de Deus, rezar não vai deixá-la aquecida. Traga sopa.

Anna olhou com olhos venenosos, mas Irina, com uma rapidez surpreendente, levantou-se e encheu uma tigela.

Vasya passou o dia todo sentada ao lado de Dunya, curvada em cima do forno. Envolveu o corpo murcho da sua ama com cobertores e tentou fazê-la engolir o caldo. Mas o líquido escorria para fora da boca, e ela não acordava. Durante todo aquele longo dia, as nuvens amontoaram-se e a luz diurna escureceu.

No fim da tarde, Dunya puxou o ar como se pretendesse engolir o mundo e pegou nas mãos de Vasya. A menina deu um pulo para trás, surpresa. A força na garra da velha ama surpreendeu-a.

– Dunya – ela disse.

Os olhos da velha senhora vagaram.

– Eu não sabia – a ama murmurou. – Não vi.

– Você vai ficar bem – respondeu Vasya.

– Ele tem um olho. Não, ele tem olhos azuis. Eles são o mesmo. São irmãos. Vasya, lembre-se... – E, então, sua mão caiu e ela ficou parada, resmungando consigo mesma.

Vasya despejou mais colheres de bebidas quentes na garganta de Dunya. Irina manteve o fogo crepitando. Mas a pulsação da velha senhora enfraqueceu junto com a luz do dia. Ela parou de murmurar e ficou com os olhos abertos.

– Ainda não. – Ela se dirigiu ao canto vazio, chorando algumas vezes. – Por favor – disse, então. – Por favor.

O dia débil tremeluziu e um silêncio abateu-se sobre a casa e a aldeia. Alyosha saiu para buscar lenha. Irina foi cuidar de sua mãe rabugenta.

Quando a voz de Konstantin quebrou o silêncio, Vaysa quase morreu de susto.

– Ela está viva? – ele perguntou. As sombras envolviam-no como um manto.

– Está – respondeu Vasya.

– Rezarei com ela – ele disse.

– Não faça isto – retorquiu Vasya, cansada e assustada demais para gentilezas. – Ela não vai morrer.

Konstantin aproximou-se.

– Posso aliviar a dor dela.

– Não – Vasya repetiu. Estava quase chorando. – Ela não vai morrer. Pelo amor que tem a Deus, eu lhe imploro, saia.

– Ela está *morrendo*, Vasilisa Petrovna. Aqui é o meu lugar.

– *Não* está! – A voz de Vasya foi arrancada da sua garganta. – Ela não está morrendo. Vou salvá-la.

– Estará morta ao amanhecer.

– O senhor quer que a minha gente o ame, então faz com que tenham medo. – Vasya estava pálida de fúria. – Não vou deixar que Dunya tenha medo. *Saia*.

Konstantin abriu a boca e voltou a fechá-la. Virou-se abruptamente e deixou a cozinha.

Vasya esqueceu-o na mesma hora. Dunya não havia acordado. Estava deitada quieta, sua pulsação por um fio, Vasya mal a sentia respirar em sua mão inquieta.

A noite veio. Alyosha e Irina voltaram. A cozinha encheu-se brevemente de um burburinho abafado, enquanto a refeição noturna era servida. Vasya não conseguiu comer. As horas se arrastaram e a cozinha se esvaziou mais uma vez até que só restaram quatro pessoas: Dunya, Vasya, Irina e Alyosha. Os dois últimos cochilavam sobre o forno. A própria Vasya cabeceava.

– Vasya – disse Dunya.

Vasya acordou de um pulo, com um soluço. Dunya tinha a voz fraca, mas estava lúcida.

– Você está bem, Dunyashka. Eu sabia que estaria.

Dunya sorriu sem mostrar os dentes.

– Sim – ela disse. – Ele está esperando.

– Quem está esperando?

Dunya não respondeu. Lutava para respirar.

– Vasochka – ela chamou. – Tenho uma coisa que seu pai me deu pra guardar pra você. Preciso te entregar agora.

– Mais tarde, Dunyashka – disse Vasya. – Agora você precisa descansar.

Mas Dunya já remexia no bolso da sua saia com a mão rígida. Vasya abriu o bolso para ela e tirou algo duro, embrulhado num trapo macio.

– Abra – sussurrou Dunya. Vasya obedeceu. O colar era feito de um metal claro e cintilante, mais brilhante do que prata, e no formato de um floco de neve ou de uma estrela com vários raios. Uma joia de um azul prateado brilhava no centro. Anna não tinha nenhuma joia igual àquela. Vasya jamais vira algo tão belo.

– Mas o que é isto? – ela perguntou, aturdida.

– Um talismã – respondeu Dunya, lutando para respirar. – Ele tem poder. Mantenha-o escondido. Não fale sobre ele. Se o seu pai perguntar, diga que não sabe nada a respeito.

Loucura. Uma linha formou-se entre as sobrancelhas de Vasya, mas ela passou a corrente pela cabeça. Balançou entre os seus seios, invisível debaixo das roupas.

Repentinamente, Dunya ficou rígida, os dedos secos esgaravatando o braço de Vasya.

– O irmão dele – ela falou entredentes – está bravo por você ter a joia. Vasya, Vasya, você precisa... – Ela se engasgou e emudeceu.

Lá de fora veio uma risadinha longa e selvagem.

Vasya ficou paralisada, o coração aos pulos. *De novo? Da última vez, eu estava sonhando*. Então, veio uma raspagem, o som macio de um pé se arrastando. E outra, e outra. Vasya engoliu em seco. Desceu do forno sem fazer barulho. O *domovoi* estava agachado na boca do forno, frágil e alerta.

– Ele não pode entrar – disse, ameaçador. – Não vou deixar, não vou.

Vasya pousou a mão sobre a sua cabeça e foi com cautela até a porta. No inverno, nada cheira a podre do lado de fora, mas na soleira ela captou uma lufada de podridão que revirou seu estômago vazio. Sobre o esterno, onde se achava a joia, sentiu uma sensação de queimado de frio. Soltou um gritinho de dor. Acordar Alyosha? Acordar a casa? Mas o que era aquilo? *O domovoi diz que não vai deixá-lo entrar. Vou ver*, Vasya pensou. *Não tenho medo*. Saiu pela porta da cozinha.

– Não – arfou Dunya do forno. – Vasya, não. – Virou um pouco a cabeça. – Salve ela – sussurrou para o vazio. – Salve-a e eu não me importo se o seu irmão vier me buscar.

◊

Fosse o que fosse tinha um cheiro diferente de tudo: morte, pestilência e metal quente. Vasya seguiu a pista das pegadas que se arrastavam. Ali, um movimento rápido, à sombra da casa. Viu algo como se fosse uma mulher, bem abaixada, usando um envoltório branco que se arrastava na neve. A coisa se movia de lado, como se tivesse inúmeras articulações.

Vasya juntou coragem e se aproximou furtivamente. A coisa arremessava-se de janela em janela, parando em cada uma, às vezes estendendo a mão retrátil, nunca tocando o peitoril. Mas, na última janela, a do padre, ela ficou esticada. Seus olhos cintilavam vermelhos.

Vasya correu em frente. *O domovoi disse que ele não poderia entrar*. Mas uma pancada de um punho exangue rompeu o gelo que estava atracado no batente da janela. Vasya viu um lampejo de pele cinza à luz da lua. A roupa branca que se arrastava era uma mortalha, e debaixo dela a criatura estava nua.

Morta, Vasya pensou. *Aquela coisa está morta.*

As mãos cinzentas e gotejantes agarraram o alto peitoril da janela de Konstantin, e a coisa – *ela*, porque Vasya viu de relance o cabelo longo e embaraçado – pulou para dentro do quarto. Vasya parou debaixo da janela, depois seguiu a coisa subindo e pulando para dentro. Conseguiu fazer isso, recorrendo a uma força brutal. Dentro estava escuro como breu. A coisa agachou-se, rosnando, sobre uma figura se debatendo na cama.

As sombras na parede pareceram se avolumar, como se fossem saltar para fora da madeira. Vasya pensou ter ouvido uma voz: *A menina! Deixe-o, ele já é meu. Pegue a menina, pegue-a...*

Uma dor em seu esterno aguilhoou-a; a joia queimava como um gelo ardente. Sem pensar, Vasya levantou a mão e gritou. A criatura na cama girou, o rosto escuro de sangue.

Pegue-a!, rosnou a voz-sombra novamente. Os dentes brancos da coisa morta captaram o luar, enquanto ela se preparava para pular.

Subitamente, Vasya percebeu que havia mais alguém ao seu lado: não uma mulher morta, nem uma voz feita de sombras, mas um homem num capote escuro. Não conseguia ver seu rosto na escuridão. Fosse quem fosse, ele pegou a mão dela e enfiou os dedos em sua palma. Vasya engoliu um grito.

Você está morta, disse o recém-chegado para a criatura. *E eu ainda sou o chefe. Vá.* Sua voz era como a neve à meia-noite.

A coisa morta na cama recuou encolhida, gemendo. As sombras na parede pareceram erguer-se numa fúria clamorosa, rugindo: *Não, ignore-o; ele não é nada. Eu sou o chefe. Leve-a, leve...*

Vasya sentiu a pele da sua mão se abrir e pingar sangue no chão. Foi tomada por um entusiasmo violento.

– Vá – ela disse para a coisa morta, como se sempre tivesse conhecido as palavras. – Pelo meu sangue, este lugar lhe está impedido. – Fechou a mão ao redor da que segurava a sua, sentindo-a escorregadia com seu sangue. Por um instante, a outra mão pareceu real, gelada e dura. Ela estremeceu e se virou para olhar, mas não havia ninguém ali.

As sombras na parede pareceram se encolher subitamente, tremendo, gritando, e os lábios da criatura morta contorceram-se de volta sobre dentes longos e finos. Guinchou para Vasya, virou-se e foi para a janela. Subiu no peitoril, pulou para a neve e seguiu em direção à floresta, mais rápida do que um cavalo em disparada, o cabelo embaraçado e sujo estendendo-se atrás.

Vasya não a viu partir. Já estava junto à cama, puxando os cobertores sujos, procurando o ferimento no pescoço nu do padre.

◇

A voz de Deus não havia conversado com Konstantin Nikonovich naquela noite. O padre rezara sozinho, hora pós hora. Mas seus pensamentos não se concentravam nas palavras desgastadas. *Vasilisa está enganada*, Konstantin pensara. *Que importância tem um pouco de medo, se ele salva suas almas?*

Ele quase voltara à cozinha para dizer isso a ela. Mas estava cansado e ficou no quarto, ajoelhado, mesmo depois de ter escurecido demais para que se visse o ouro descascado do ícone.

Pouco antes do nascer da lua, foi para a cama e sonhou.

Em seu sonho, a virgem de olhos ternos descia do seu painel de madeira. Trazia uma luz sublime no rosto. Sorria. Quis, mais do que tudo, sentir a mão dela em seu rosto, receber a bênção. Ela se curvou sobre ele, mas não foi sua mão que ele sentiu. Sua boca roçou em sua testa, tocou seus olhos. Depois, ela pôs um dedo sob seu queixo, e sua boca encontrou a dele. Beijou-o repetidas vezes. Mesmo dormindo, a vergonha lutou contra o desejo; tentou empurrá-la debilmente, mas os mantos azuis eram pesados, o corpo dela era como uma brasa contra o dele. Por fim, ele se rendeu, virando o rosto para o dela com um gemido de desespero. Ela sorriu contra a boca dele, como se a angústia dele lhe agradasse. A boca dela arremessou-se em direção à garganta dele com a velocidade de um falcão em busca da presa.

Então, ela soltou um grito agudo e Konstantin acordou de um pulo, preso sob um peso que estremecia.

O padre respirou fundo e se engasgou. A mulher sibilou e rolou de cima dele. Ele teve um relance do cabelo embaraçado que semiencobria olhos como rubis. A criatura foi para a janela. Ele viu duas outras figuras no quarto, uma revestida de azul, a outra, escura. A forma azul foi até ele. Sem energia, Konstantin tateou a cruz em seu pescoço, mas o rosto iluminado de azul era de Vasilisa Petrovna, um ícone em si mesma, toda angulosa e de olhos imensos. Os olhos dos dois encontraram-se por um momento, os dele arregalados de espanto, e então as mãos dela foram até a sua garganta e ele desmaiou.

◇

Ele não estava ferido; sua garganta, o braço e o peito não traziam marcas. Foi isso o que Vasya conseguiu sentir, apalpando no escuro, e então houve uma batida à porta. Vasya saltou para a janela e meio que caiu no *dvor*. A lua brilhava sobre o pátio nevado. Ela se jogou na terra e se agachou sob a sombra da casa, tremendo de frio e como consequência do terror.

Ouviu homens irromperem no quarto e estacou. Agarrando com as mãos, a altura de Vasya só lhe permitia espiar por sobre o peitoril de Konstantin. O quarto fedia a podridão. Rapidamente, o padre sentou-se ereto, agarrando o próprio pescoço. O pai de Vasya parou sobre ele, segurando uma lanterna.

– Você está bem, Batyushka? – Pyotr perguntou. – Ouvimos um grito.

– Estou – respondeu Konstantin titubeante, olhar assustado. – Estou, me desculpe. Devo ter gritado durante o sono.

Os homens na entrada do quarto entreolharam-se.

– O gelo partiu – disse Konstantin. Saiu da cama e teve dificuldade para se pôr em pé. – O frio me fez ter sonhos ruins.

Vasya abaixou-se rapidamente, quando seus rostos pálidos voltaram-se para o lugar onde se escondia. Agachou-se à sombra da casa sob a janela, procurando não respirar. Ouviu o pai pigarrear e se dirigir até o caixilho quebrado, onde todo o bloco de gelo havia caído. A sombra da cabeça e dos ombros dele incidiram sobre ela, quando ele se debruçou com cuidado sobre o *dvor*. Por sorte, não olhou para baixo. Nada se movia no pátio de entrada. Então, Pyotr fechou as venezianas e colocou uma cunha entre elas.

Mas Vasya não ouviu isso. No instante em que as venezianas se fecharam, ela estava correndo a toda a velocidade para a cozinha de inverno.

◇

A cozinha estava quente e escura, como um útero. Vasya passou pela porta de mansinho. Estava com todos os membros doloridos.

– Vasya? – Alyosha disse.

Vasya escalou para cima do forno. Alyosha ajoelhou-se ao seu lado.

– Está tudo bem, Dunya – disse Vasya, pegando nas mãos da sua ama. – Agora você ficará bem. Estamos salvos.

Dunya abriu os olhos. Um sorriso tocou sua boca murcha.

– Marina ficaria orgulhosa, minha Vasochka – disse ela. – Vou contar pra ela quando a gente se encontrar.

– Você não vai fazer nada disso – retrucou Vasya. Tentou sorrir, embora seus olhos estivessem nublados de lágrimas. – Você vai ficar boa de novo.

Ao ouvir isso, a velha senhora levantou a mão gelada e, com surpreendente firmeza, empurrou Vasya para longe.

– Não vou não – disse a ama, com um pouco do seu velho azedume. – Vivi para ver todos os meus pequenos crescidos e não quero nada além de morrer com minhas últimas três crianças de cada lado. – Irina também estava acordada agora, e a outra mão de Dunya esticou-se e encontrou a dela.

Alyosha estendeu a mão sobre todas elas. Falou antes que Vasya pudesse protestar:

– Vasya, ela tem razão – disse ele. – Você precisa deixar que ela parta. O inverno será cruel, e ela está exausta.

Vasya sacudiu a cabeça, mas sua mão vacilou.

– Por favor, querida – sussurrou a velha senhora. – Estou muito cansada.

Vasya hesitou por um momento, depois baixou a cabeça num consentimento mínimo.

A velha senhora soltou a outra mão com dificuldade e segurou as de Vasya nas suas.

– Sua mãe te abençoou ao partir, e agora eu faço o mesmo. Fique em paz. – Parou por um instante, como se escutasse. – Você precisa se lembrar das histórias antigas. Faça uma estaca de sorveira-brava. Vasya, tome cuidado, tenha coragem.

Sua mão caiu e ela ficou quieta. Coube a Irina, Alyosha e Vasya pegarem suas mãos frias, esforçando-se para ouvir o som da sua respiração. Por fim, Dunya ergueu-se e voltou a falar, tão baixo que eles tiveram que se inclinar para junto dela para entender suas palavras.

– Lyoshka – sussurrou ela. – Você canta pra mim?

– Claro – sussurrou de volta Alyosha. Hesitou, depois respirou fundo.

Houve uma época, há não muito tempo,
em que as flores cresciam o ano todo
os dias eram longos,
as noites estreladas
e os homens viviam livres do medo.

Dunya sorriu. Seus olhos cintilaram como os de uma criança, e, em seu sorriso, Vasya viu a sombra da menina que já fora.

Mas as estações se transformam e as estações mudam
o vento sopra do sul,
chegam os fogos, as tempestades, as lanças,
a tristeza e a escuridão.

Um vento formava-se lá fora. O vento frio que anuncia neve. Mas os três sentados sobre o forno mantiveram-se alheios. Dunya ouvia com os olhos abertos, o olhar fixo em alguma coisa que nem mesmo Vasya conseguia ver.

Mas bem ao longe existe um lugar
onde crescem flores amarelas
onde o sol nascente
ilumina a costa pedregosa
e doura a espuma esvoaçante
onde tudo tem que acabar
e tudo...

Alyosha foi interrompido. O vento abriu a porta da cozinha com estrondo e entrou guinchando pelo cômodo. Irina soltou um gritinho. Com o vento, veio uma figura de capote preto, embora ninguém a visse, exceto Vasya. A menina prendeu a respiração. Já a tinha visto antes. A figura dirigiu-lhe um único olhar demorado, depois estendeu os longos dedos na garganta de Dunya.

A velha senhora sorriu.

– Já não tenho medo.

Neste momento, veio a sombra. Incidiu entre a figura de capote preto e Dunya, assim como um machado fende a madeira.

– Ah, irmão – disse a voz-sombra. – Tão desprevenido? – A sombra sorriu, um grande sorriso negro vazio, e pareceu se estender e pegar Dunya com dois grandes braços. A paz no rosto dela transformou-se em terror. Seus olhos saltaram da cabeça, salientes, e o rosto ficou escarlate. Vasya viu-se de joelhos, amedrontada, aturdida, sacudida por soluços.

– O que você está fazendo?! – gritou.

– Não... Deixe-a ir! – O vento rugiu novamente pelo cômodo, de início um vento invernal, depois o vento úmido e crepitante que sopra antes de uma tempestade de verão.

Mas o vento passou tão rápido quanto tinha se formado, levando com ele tanto a sombra quanto o homem de capote preto.

– Vasya – disse Alyosha em meio ao silêncio. – Vasya.

Pyotr e Konstantin entraram correndo, os homens da casa logo atrás. Pyotr estava corado de frio; não tinha ido para a cama depois do incidente no quarto do padre, mas mandara seus homens patrulharem a aldeia adormecida. Todos tinham ouvido os gritos de Vasya.

Vasya olhou para Dunya. Estava morta. Seu rosto banhado de sangue, e uma pequena espuma manchava os cantos da boca. Seus olhos estavam protuberantes, o escuro nadando em poças de sangue.

– Ela morreu com medo – disse Vasya bem baixinho, tremendo. – Morreu com medo.

– Vamos lá, Vasochka – disse Alyosha. – Desça.

Ele tentara fechar os olhos de Dunya, mas estavam muito salientes. A última coisa que Vasya viu antes de descer do forno foi a expressão de horror no rosto morto de Dunya.

21

A CRIANÇA COM CORAÇÃO DE PEDRA

Dunya foi colocada na casa de banhos, e, ao amanhecer, as mulheres vieram barulhentas como galinhas cacarejando. Banharam o corpo gasto de Dunya, envolveram-na em linho e velaram ao seu lado. Irina ajoelhou-se chorando, a cabeça no colo da mãe. Padre Konstantin também se ajoelhou, mas não parecia rezar. Tinha o rosto branco como linho. Sua mão trêmula tateou repetidas vezes sua garganta sem marca.

Vasya não estava ali. Quando as mulheres foram atrás dela, não foi encontrada em lugar algum.

– Ela sempre foi malandra – murmurou uma para a outra –, mas nunca pensei que fosse tão má.

A amiga concordou sombriamente, a boca contraída. Dunya fora como uma mãe para Vasilisa, depois da morte de Marina Ivanovna.

– Está no sangue. Dá pra ver no rosto. Tem olhos de bruxa.

◊

Assim que amanheceu, Vasya esgueirou-se para fora, com uma pá sobre o ombro. Tinha uma expressão determinada. Fez alguns preparativos, depois foi procurar o irmão. Alyosha cortava lenha. Seu machado assobiava, descendo com tal força que as achas estouravam e se espalhavam na neve a seus pés.

– Lyoshka – disse Vasya –, preciso da sua ajuda.

Alyosha piscou ao olhar a irmã. Andara chorando; os cristais de gelo cintilavam em sua barba castanha. Fazia muito frio.

– O que é, Vasya?

– A Dunya encarregou a gente de uma missão.

O queixo do rapaz enrijeceu-se.

— Este não é o melhor momento – ele respondeu. – Por que você está aqui? As mulheres estão fazendo o velório; você deveria estar com elas.

— Ontem à noite – disse Vasya, afoita –, havia uma coisa morta. Na casa. Um *upyr*, como nas histórias da Dunya. Veio quando ela estava morrendo.

Alyosha ficou calado. Vasya encarou-o nos olhos. Ele tinha os nós dos dedos brancos, quando tornou a descer o machado.

— Você afugentou o monstro, foi isso? – disse com algum sarcasmo, entre machadadas. – Minha irmãzinha, por conta própria?

— Dunya me contou – Vasya disse. – Ela me disse pra me lembrar das histórias. Pra fazer uma estaca de sorveira-brava. Você se lembra? Por favor, irmão.

Alyosha parou de cortar.

— O que você está sugerindo?

— A gente precisa se livrar dele. – Vasya respirou fundo. – Precisamos procurar covas remexidas.

Alyosha franziu o cenho. Vasya tinha os lábios brancos, e seus olhos eram grandes buracos escuros.

— Bem, vamos ver – Alyosha disse, com um levíssimo toque de ironia. – Vamos escavar no cemitério. Falando sério, faz muito tempo que o padre não bate em mim.

Ele empilhou sua lenha e ergueu o machado.

Tinha nevado na hora precedente ao amanhecer. Não havia nada a ser visto no cemitério, a não ser vagos montinhos debaixo dos depósitos cintilantes de neve. Alyosha olhou para a irmã.

— E agora?

A boca de Vasya retorceu-se espontaneamente.

— Dunya sempre disse que os homens virgens são melhores para descobrir os mortos-vivos. Você anda em círculos até tropeçar na tumba certa. Incomoda-se de ir na frente, irmão?

— Acho que você está sem sorte, Vasochka – disse Alyosha com certa rispidez –, e já faz algum tempo. Vamos ter que raptar um menino camponês?

Vasya assumiu uma expressão virtuosa.

— Onde a maior virtude falha, a menor deve fazer o seu insignificante melhor – ela o informou e subiu primeiro entre as tumbas cintilantes.

Sinceramente, ela duvidava que a virtude tivesse algo a ver com aquilo. O cheiro pairava como chuva diabólica sobre o cemitério, e não demorou muito para que Vasya parasse, chocada, num canto familiar. Ela e Alyosha entreolharam-se, e seu irmão começou a cavar. A terra deveria estar dura de gelo, mas estava úmida e recém-remexida. À medida que Alyosha retirou a neve, o cheiro veio com tal força que ele se virou, nauseado. Mas, com os lábios cerrados, enfiou a pá na terra. Num tempo surpreendentemente curto, descobriram a cabeça e o torso de uma figura, envolta em uma mortalha. Vasya pegou uma faquinha e cortou a roupa fora.

– Mãe de Deus – disse Alyosha, e deu as costas.

Vasya não disse nada. A pele da pequena Agafya tinha o branco acinzentado de um defunto, mas seus lábios estavam vermelhos como morango, cheios e macios, como nunca haviam sido em vida. Seus cílios lançavam sombras rendilhadas em suas faces emaciadas. Ela deveria estar adormecida, em paz em um leito da terra.

– O que fazemos? – perguntou Alyosha, muito pálido e respirando o mínimo possível.

– Uma estaca pela boca – disse Vasya. – Fiz uma estaca esta manhã.

Alyosha estremeceu, mas se ajoelhou. Vasya ajoelhou-se ao lado dele, as mãos trêmulas. A estaca tinha sido feita grosseiramente, mas era afiada, e Vasya levantou uma grande pedra para servir de martelo.

– Bem, irmão – disse ela –, você vai segurar a cabeça dela ou enfiar a estaca?

Ele estava branco como os montes de neve, mas disse:

– Sou mais forte do que você.

– É bem verdade – ela respondeu. Estendeu-lhe a estaca e a pedra e forçou os maxilares da coisa a se abrirem. Os dentes, afiados como os de um gato, reluziam como agulhas de osso.

A visão deles arrancou Alyosha do seu estupor. Juntando coragem, enfiou a estaca entre os lábios vermelhos e bateu nela com a pedra. Jorrou sangue, vazando para fora da boca e sobre o queixo cinza. Os olhos abriram-se, imensos e horrorosos, embora o corpo não se mexesse.

A mão de Alyosha teve um estremecimento; ele largou a estaca, e Vasya tirou os dedos dela bem a tempo. Houve um esmagamento repugnante quando a pedra estilhaçou o osso malar direito. A coisa soltou um grito débil, embora continuasse sem se mexer.

Para Vasya, pareceu que um vago trovejar de fúria veio da floresta.

– Rápido – ela disse. – Rápido, rápido.

Alyosha mordeu a língua e reacomodou sua empunhadura. A pedra tinha feito um estrago informe no rosto. Ele bateu novamente na estaca, e mais uma vez, suando apesar do frio. Por fim, a ponta da estaca ralou contra o osso e um golpe final e feroz fez com que atravessasse para o outro lado do crânio. A luz esvaiu-se dos olhos abertos do cadáver, e a pedra caiu dos dedos sem energia de Alyosha. Ele se afastou, ofegante. As mãos de Vasya pingavam sangue e coisas piores, mas ela soltou Agafya quase distraidamente. Olhava fixo para a floresta.

– Vasya, o que é isso? – perguntou Alyosha.

– Pensei ter visto alguma coisa – Vasya sussurrou. – Olhe ali. – Ela havia se levantado. Um cavalo branco e um cavaleiro escuro afastavam-se num galope leve, engolidos quase que instantaneamente no emaranhado das árvores. Além deles, pareceu-lhe ter visto outra figura, como uma grande sombra, observando.

– Não tem ninguém aqui a não ser nós, Vasya – disse Alyosha. – Venha, me ajude a enterrá-la e a alisar a neve. Rápido. As mulheres vão te procurar.

Vasya concordou com a cabeça e levantou a pá. Ainda estava com o cenho franzido.

– Já vi o cavalo antes – disse consigo mesma – e seu cavaleiro, que usa um capote preto. Ele tem olhos azuis.

◊

Vasya não voltou para casa depois que o *upyr* foi enterrado. Lavou a terra e o sangue das mãos, foi para o estábulo e se enrodilhou na baia de Mysh, que fossou o alto da sua cabeça. O *vazila* estava ao seu lado.

Vasya ficou ali sentada por um bom tempo e tentou chorar. Pelo rosto de Dunya ao morrer, pela ruína sangrenta de Agafya. Até pelo padre Konstantin. Mas, embora tivesse ficado ali por muito tempo, as lágrimas não vieram. Havia apenas um lugar oco dentro dela e um grande silêncio.

Quando o sol estava se pondo, a menina juntou-se às mulheres na casa de banhos.

Todas as mulheres voltaram-se contra ela, ao mesmo tempo. *Descuidada*, disseram. *Maluca. Insensível*. Mais baixinho, ela ouviu: *Bruxa. Como a mãe.*

– Você é uma coisinha ingrata, Vasya – regozijou-se Anna Ivanovna. – Mas eu não esperava nada melhor.

Naquela noite, ela curvou Vasya sobre um banquinho e desceu sua vara de bétula com força, embora Vasya fosse velha demais para apanhar. Apenas Irina ficou calada, mas olhou para a irmã com uma censura de olhos vermelhos, pior do que as falas das mulheres.

Vasya suportou aquilo tudo, mas não conseguiu argumentar em sua defesa.

Dunya foi enterrada no fim do dia. As pessoas cochicharam entre si durante todo o funeral, rápido e congelante. Seu pai estava abatido e pálido; ela nunca o vira parecer tão velho.

– Dunya amava você como filha, Vasya – ele disse, mais tarde. – Justo hoje você foi sumir.

Vasya não disse nada, mas pensou em sua mão ferida, na noite difícil e estrelada, na joia em sua garganta, no *upyr* no escuro.

◇

– Pai – ela disse naquela noite. Os camponeses tinham voltado para suas cabanas. Ela puxou o banquinho para perto de Pyotr. As chamas do fogo saltitavam vermelhas, e havia um espaço vazio junto à fornalha, onde Dunya costumava ficar. Pyotr fazia um cabo novo para sua faca de caça. Tirou uma pequena espiral de madeira e olhou para a filha. Sob a luz do fogo, seu rosto estava abatido. – Pai – ela repetiu. – Eu não teria sumido sem necessidade. – Falava tão baixo que na cozinha lotada apenas os dois podiam ouvir.

– Que necessidade, então, Vasya? – Pyotr colocou a faca de lado.

Parecia temer sua resposta, Vasya percebeu. Reprimiu a confusa confissão que estremecia em sua garganta. *O upyr está morto*, pensou. *Não vou sobrecarregá-lo mais, não para aliviar meu próprio orgulho. Ele precisa estar forte para todos nós.*

– Fui... até o túmulo da mamãe – ela disse, rapidamente. – Dunya me pediu que fosse e rezasse para elas duas. Ela está com a mamãe, agora. Era... mais fácil rezar ali, no silêncio.

Seu pai pareceu mais acabado do que jamais o vira.

– Muito bem, Vasya – ele disse, voltando para sua faca de caça. – Mas foi errado ir sozinha e sem dizer nada. Fez com que as pessoas falassem. – Houve um pequeno silêncio. Vasya retorceu as mãos. – Sinto muito, filha – acrescentou com mais delicadeza. – Sei que Dunya era como uma mãe pra você. Ela lhe deu alguma coisa antes de morrer? Uma lembrança? Um pingente?

Vasya hesitou, surpreendida. *Dunya disse que eu não devia contar pra ele. Mas o presente é dele.* Ela abriu a boca...

Houve uma trovejante batida na porta, e um homem entrou e caiu, semicongelado, aos pés deles. Pyotr levantou-se num instante, e o momento passou. A cozinha de inverno encheu-se de gritos de espanto. A barba do homem chacoalhava com o gelo da sua respiração; seus olhos olhavam fixo sobre faces manchadas. Tremia no chão.

Pyotr o conhecia.

– O que foi? – perguntou ele, inclinando-se e sacudindo o homem pelo ombro. – O que aconteceu, Nikolai Matfeevich?

O homem ficou calado, apenas permaneceu enrodilhado no chão. Quando tiraram as luvas, as mãos congeladas estavam como garras.

– Vamos precisar de água quente – disse Vasya.

– Faça com que ele fale assim que conseguir – ordenou Pyotr. – A aldeia dele fica a dois dias de distância. Não consigo imaginar que desastre o traria aqui em pleno inverno.

Vasya e Irina passaram uma hora esfregando as mãos e os pés do homem e despejando caldo quente pela sua garganta. Mesmo quando ele recobrou as forças, tudo o que fez foi se amontoar junto ao forno, arfando. Por fim, aceitou comida, engolindo-a escaldante. Pyotr controlou sua impaciência. Finalmente, o mensageiro limpou a boca e olhou temeroso para seu suserano.

– O que o traz aqui, Nikolai Matfeevich? – perguntou Pyotr.

– Pyotr Vladimirovich – o homem sussurrou –, vamos morrer.

O rosto de Pyotr fechou-se.

– Há duas noites nossa aldeia pegou fogo – disse Nikolai. – Não restou nada. Se o senhor não se apiedar, vamos todos morrer. Muitos de nós já morreram.

– Fogo? – perguntou Alyosha.

– Sim – respondeu Nikolai. – Uma fagulha caiu de um forno e toda a aldeia foi pelos ares. Um vento doentio estava soprando, um vento estranho, quente demais para o auge do inverno. Não pudemos fazer nada. Parti assim que desenterramos os vivos das cinzas. Ouvi os gritos quando a neve tocou a pele deles. Talvez fosse melhor que tivessem morrido. Andei o dia todo e a noite toda, que noite!, com vozes terríveis na mata. Parecia que os gritos me seguiam. Não me atrevi a parar por medo do gelo.

– Foi muito corajoso – disse Pyotr.

– Vai ajudar a gente, Pyotr Vladimirovich?

Fez-se um longo silêncio. *Ele não pode ir*, pensou Vasya. *Agora não*. Mas ela sabia o que seu pai diria. Aquelas terras lhe pertenciam, e ele era o senhor deles.

– Meu filho e eu voltaremos com você amanhã – afirmou Pyotr com esforço –, levando os homens e animais que puderem ser cedidos.

O mensageiro concordou com a cabeça. Seus olhos estavam muito distantes.

– Obrigado, Pyotr Vladimirovich.

◇

O dia seguinte amanheceu com um azul e branco ofuscantes. Pyotr ordenou que os cavalos fossem arreados assim que clareou. Os homens que não iriam a cavalo amarraram raquetes de neve nos pés. O sol de inverno brilhou gelado. Grandes plumas brancas saíam em ondas das narinas dos cavalos, como a respiração de serpentes e pingentes de gelo pendiam dos queixos peludos. Pyotr pegou as rédeas de Metel das mãos do criado. O cavalo esticou o lábio e sacudiu a cabeça, o gelo chacoalhando em suas cerdas.

Kolya agachou-se na neve, olho com olho com Seryozha.

– Deixe eu ir com você, pai – pediu a criança. Seu cabelo caía nos olhos. Ele tinha vindo puxando seu pônei marrom e usando todas as roupas que tinha. – Já estou bem grande.

– Você não está bem grande – respondeu Kolya, parecendo ansioso. Irina saiu correndo de casa.

– Venha – disse, pegando a criança pelo ombro. – Seu papai está indo, afaste-se.

– Você não passa de uma menina – disse Seryozha. – O que você sabe? Por favor, papai.

– Volte para casa – ordenou Kolya, agora com dureza. – Guarde seu pônei e ouça sua tia.

Mas Seryozha não obedeceu; em vez disso, uivou e escapuliu, assustando os cavalos, e desapareceu atrás do estábulo. Kolya esfregou o rosto.

– Ele voltará quando tiver fome. – Subiu no próprio cavalo.

– Fique com Deus, irmão – disse Irina.

– Você também, irmã – disse Kolya.

Ele apertou a mão dela e se virou.

O couro frio estalou quando os homens puseram a cilha dos cavalos e checaram a amarração dos seus sapatos de neve. O vapor de sua respiração engrossou as cerdas geladas das suas barbas. Alyosha ficou na beira do *dvor*, com uma expressão de trovão no rosto bem-humorado.

– Você precisa ficar – Pyotr disse a ele. – Alguém precisa tomar conta das suas irmãs.

– Você vai precisar de mim, pai – ele respondeu.

Pyotr sacudiu a cabeça.

– Dormirei melhor se você estiver protegendo as minhas meninas. Vasya é impetuosa e Irina é frágil. E Lyoshka, você precisa manter Vasya em casa. Para o bem dela. O clima está feio na aldeia. Por favor, filho.

Alyosha sacudiu a cabeça, sem dizer nada. Mas não voltou a pedir.

– Pai – disse Vasya. – Pai. – Ela surgiu à cabeça de Metel, o rosto tenso, o cabelo muito preto contra a pele clara do seu gorro. – Você não deve ir. Agora não.

– Tenho que ir, Vasochka – Pyotr disse, cansado. Ela já havia pedido na noite passada. – É o meu lugar e eles são o meu povo. Tente entender.

– Eu entendo – ela disse. – Mas tem maldade na mata.

– Estes são tempos do mal – falou Pyotr. – Mas sou o senhor deles.

– Tem coisas mortas na mata... Os mortos estão andando. Pai, a floresta está perigosa.

– Bobagem, Vasya – retorquiu Pyotr. *Mãe de Deus*. Se ela começasse a espalhar tais histórias pela aldeia...

– *Mortos* – Vasya repetiu. – Pai, você não deve ir.

Pyotr agarrou seu ombro, com força suficiente para fazê-la se encolher. Por toda a sua volta, os homens estavam agrupados, esperando.

– Você está velha demais para contos de fadas – ele rosnou, tentando fazê-la entender.

– Contos de fadas! – exclamou Vasya em um grito sufocado. Metel atirou a cabeça para cima. Pyotr segurou melhor a rédea do garanhão e dominou o cavalo. Vasya jogou a mão do pai para o lado. – Você viu a janela quebrada do padre Konstantin – disse ela. – Você não pode sair da aldeia. Pai, *por favor*.

Os homens não conseguiram ouvir tudo, mas escutaram o bastante. Seus rostos empalideceram debaixo das barbas. Olharam para a filha de Pyotr. Mais de um olhou para a esposa ou para os filhos, parados, pequenos e corajosos, na neve. Não haveria como comandá-los, Pyotr pensou, se sua filha tola continuasse.

– Você não é uma criança, Vasya, para ter medo de histórias – Pyotr replicou. Falava calma e secamente para tranquilizar os homens. – Alyosha, pegue sua irmã pela mão. Não tenha medo, *dochka* – ele disse, mais baixo e mais gentil. – Devemos conseguir uma valente vitória; este inverno passará como os outros. Kolya e eu voltaremos para você. Seja boazinha com Anna Ivanovna.

– Mas, pai...

Pyotr pulou para as costas de Metel. A mão de Vasya fechou-se no cabresto do cavalo. Qualquer outra pessoa teria sido derrubada e pisada, mas o garanhão espetou as orelhas para a menina e parou.

– Solte, Vasya – disse Alyosha, chegando a seu lado. Ela não se mexeu. Ele colocou a mão na dela, no local que segurava o cabresto, e se inclinou para sussurrar em seu ouvido: – Agora não é a hora. Os homens desmoronarão. Eles temem por suas casas e têm medo de demônios. Além disso, se o pai te der atenção, dirão que ele seguiu ordens da sua filha donzela.

Vasya respirou entre os dentes, mas soltou o cabresto de Metel.

– É melhor acreditar em mim – murmurou ela.

Solto, o bravo e envelhecido garanhão empinou-se. Os homens subjugados enfileiraram-se atrás de Pyotr. Kolya cumprimentou o irmão e a irmã, enquanto o grupo partia a trote para o mundo branco, deixando os dois a sós no pátio do estábulo.

◇

Após a partida dos cavaleiros, a aldeia pareceu muito quieta. O sol gelado brilhava alegremente.

– Acredito em você, Vasya – disse Alyosha.

– Você enfiou a estaca com sua própria mão; claro que você acredita, seu bobo. – Vasya andava de um lado para outro como um lobo enjaulado. – Eu devia ter contado tudo pro pai.

– Mas nós matamos o *upyr*! – disse Alyosha.

Vasya sacudiu a cabeça, desanimada. Lembrava-se do alerta da *rusalka* e do *leshy*.

– Não acabou – ela disse. – Fui avisada: cuidado com os mortos.

– Quem te avisou, Vasya?

Vasya estacou e viu o rosto do irmão, frio, com leve desconfiança. Sentiu uma pontada tão forte de desespero que riu.

– Até você, Lyoshka? Amigos de verdade, velhos e sábios, me avisaram. Você acredita no padre? Sou uma bruxa?

– Você é minha irmã – disse Alyosha com muita firmeza. – E filha da nossa mãe. Mas deveria ficar longe da aldeia até a volta do pai.

◇

Naquela noite, a casa foi silenciando gradualmente, como se a calma se insinuasse junto com o frio da noite. Os moradores da casa de Pyotr juntaram-se perto do forno, para costurar, esculpir ou remendar à luz do fogo.

– O que foi aquele barulho? – Vasya perguntou de repente.

Sua família foi se calando um a um.

Alguém lá fora chorava. Era pouco mais do que um gemido sufocado, mal dava para escutar. Mas após um tempo não houve dúvida, ouviam o som abafado de uma mulher chorando.

Vasya e Alyosha entreolharam-se. Vasya fez menção de se levantar.

– Não – Alyosha disse. Ele mesmo foi até a porta, abriu-a e olhou por um bom tempo noite adentro. Por fim, voltou, sacudindo a cabeça. – Não há nada ali.

Mas o choro continuou.

Alyosha foi duas, três vezes até a porta. Por fim, a própria Vasya foi até lá. Pensou ter visto um brilho branco, esvoaçando por entre as cabanas dos camponeses. Então, ela piscou e não havia nada.

Vasya foi até o forno e espiou dentro da boca brilhante. O *domovoi* estava ali, escondendo-se nas cinzas quentes.

– Ela não pode entrar. – Ele respirava em meio a uma crepitação de chamas. – Juro, ela não pode. Não vou deixar.

– Foi isso que você disse antes, mas a coisa entrou – Vasya falou, baixinho.

– O quarto do homem aterrorizante é diferente – cochichou o *domovoi*. – Aquele eu não posso proteger. Ele negou a minha existência. Mas aqui, agora, aquela ali não pode entrar. – O *domovoi* fechou as mãos. – Ela não vai entrar.

Por fim, a lua surgiu e todos foram para a cama. Vasya e Irina ficaram juntas, enroladas em peles, respirando na escuridão.

Subitamente, o som de choro voltou a surgir, muito perto. As duas meninas congelaram. Houve um arranhar na janela.

Vasya olhou para Irina, que estava de olhos abertos e rígida a seu lado.

– Parece...

– Ah, não diga isso – implorou Irina. – *Não*.

Vasya rolou para fora da cama. Automaticamente, sua mão procurou o pingente entre seus seios. O frio do objeto queimou sua mão hesitante. A janela ficava bem alta na parede. Vasya subiu e lutou com as venezianas. O gelo na janela distorceu sua visão do *dvor*. Mas havia um rosto atrás do gelo. Vasya viu os olhos e a boca – grandes buracos escuros – e a mão ossuda pressionada contra o vidro congelado. A coisa soluçava.

– Me deixe entrar – ela arquejou. Houve um leve ruído de arranhar, unhas no gelo.

Irina choramingava.

– Me deixe entrar – a coisa sibilou. – Tenho frio.

Vasya perdeu o apoio do parapeito e caiu esparramada.

– Não, não... – Lutou para voltar à janela. Mas agora tudo estava completamente vazio e quieto. A lua brilhava imperturbável sobre o *dvor* vazio.

– O que era aquilo? – cochichou Irina.

– Nada, Irinka – retorquiu Vasya. – Vá dormir.

Ela começara a chorar, mas Irina não podia vê-la.

Vasya voltou para a cama e passou os braços ao redor da irmã. Irina não falou mais nada, mas passou muito tempo deitada, acordada, tremendo. Por fim, pegou no sono, e Vasya desvencilhou-se dos braços da irmã. Suas lágrimas haviam secado; o rosto estava determinado. Foi para a cozinha.

– Acho que todos nós vamos morrer se você for embora – ela disse para o *domovoi*. – Os mortos estão andando.

O *domovoi* colocou a cabeça cansada para fora do forno.

– Vou mantê-los a distância tanto quanto eu puder – ele disse. – Vigie comigo esta noite. Quando você está aqui, fico mais forte.

◇

Pyotr não voltou por três noites, e Vasya ficou na casa de vigília, com o *domovoi*. Na primeira noite, pensou ter ouvido choro, mas nada se aproximou da casa. Na segunda noite, o silêncio foi perfeito, e Vasya pensou que morreria de vontade de dormir.

No terceiro dia, ela resolveu pedir para Alyosha vigiar com ela. Naquele fim de tarde, um crepúsculo sangrento entrou em combustão e morreu, deixando sombras azuis e silêncio.

A família demorou-se na cozinha; os quartos pareciam muito frios e distantes. Alyosha afiou sua lança para javali à luz do forno. A lâmina em formato de folha lançava pequenos brilhos na fornalha.

O fogo havia diminuído e a cozinha estava repleta de um tom vermelho, quando um longo e baixo lamento soou lá fora. Irina encolheu-se ao lado do forno. Anna tricotava, mas todos podiam ver que suava e tremia. Os olhos do padre Konstantin estavam tão arregalados que o branco aparecia como um círculo; murmurava orações baixinho.

Ouviu-se o som de passos se arrastando. Foram chegando cada vez mais perto. Então, uma voz chacoalhou a janela.

– Está escuro – disse a voz. – Sinto frio. Abram a porta. Abram-na. – Depois *pã, pã, pã* na porta.

Vasya levantou-se.

As mãos de Alyosha fecharam-se em torno do punho da sua lança.

Vasya foi até a porta. Seu coração golpeava na garganta. O *domovoi* estava ao seu lado, dentes cerrados.

– Não – Vasya conseguiu falar, embora seus lábios estivessem entorpecidos. Fincou os dedos na ferida da sua mão e colocou a palma sangrenta aberta contra a porta. – Sinto muito, a casa é para os vivos.

A coisa do outro lado gemeu. Irina enfiou o rosto no colo da mãe. Alyosha pôs-se de pé, com a lança na mão. Mas os passos arrastados começaram a se mover, acabando no vazio. Todos respiraram e se entreolharam.

Então vieram os berros de cavalos apavorados.

Sem pensar, Vasya destrancou a porta, mesmo quando quatro vozes gritaram.

– Demônio! – esganiçou Anna. – Ela vai deixá-lo entrar!

Vasya já tinha saído correndo noite adentro. Uma sombra branca lançava-se entre os cavalos, espalhando-os como palha. Mas um deles foi mais lento do que os outros. A sombra branca grudou na garganta do animal e o derrubou. Vasya gritou, correndo, esquecendo o medo. A coisa morta levantou os olhos, silvando, e um feixe de luar incidiu em seu rosto.

– Não – disse Vasya, parando com um tropeção. – Ah, não, por favor, Dunya, Dunya…

– Vasya – ciciou a coisa. A voz era um arquejar entrecortado de defunto, mas era a voz de Dunya. – Vasya.

Era ela e não era. Os ossos estavam ali, a forma, o formato e a mortalha. Mas o nariz pendera, os lábios entraram para dentro, os olhos eram buracos em brasa, a boca, um abismo escurecido. Havia sangue emplastrado nas linhas do queixo, do nariz e das faces.

Vasya juntou coragem. O colar queimava gelado contra o peito, e ela o envolveu com a mão livre. A noite cheirava a sangue quente e mofo de tumba. Ela achou que uma figura escura estava ao seu lado, mas não olhou em torno para conferir.

– Dunya – Vasya disse, lutando para manter a voz firme. – Você tem que ir. Já fez maldades demais aqui.

Dunya levou a mão à boca, tampando-a. Lágrimas saltaram dos seus olhos vazios, mesmo enquanto ela mostrava os dentes. Ela oscilou, tremeu, mastigou o lábio. Dava quase impressão de que quisesse falar. Pulou para a frente, rosnando, e Vasya recuou, já sentindo os dentes na garganta. E então, o *upyr* guinchou, jogou-se para trás e correu como um cachorro em direção à floresta.

Vasya contemplou-a até ela se perder ao luar.

Houve uma respiração áspera, vinda do cavalo a seus pés. Era o filho mais novo de Mysh, pouco maior do que um potrilho. Ela se ajoelhou ao lado dele. A garganta do potro estava aberta. Vasya pressionou as mãos no lugar dilacerado, mas o fluxo escuro corria descontroladamente. Foi como se a morte penetrasse em seu ventre. Ouviu o grito angustiado do *vazila*, vindo do estábulo.

– Não – Vasya disse. – Por favor.

Mas o potro ficou imóvel. O fluxo negro diminuiu e parou.

Uma égua branca saiu da escuridão e colocou o focinho com muita delicadeza no cavalo morto. Vasya sentiu a respiração quente da égua junto ao seu pescoço, mas quando se virou para olhar havia apenas um leve gotejar de luz de estrelas.

O desespero e o cansaço eram um fluxo escuro, como o sangue do cavalo em suas mãos, e dominaram Vasya completamente. Ela segurou em seus braços a cabeça que se enrijecia, banhada de sangue, e chorou.

◇

A hora tinha envelhecido, e há muito eles deveriam ter ido para a cama, quando Alyosha voltou para a cozinha de inverno. Estava lívido, as roupas todas respingadas de sangue.

– Um dos cavalos está morto – disse, pesaroso. – Sua garganta foi dilacerada. Vasya ficará no estábulo esta noite. É impossível dissuadi-la.

– Mas ela vai congelar. Vai morrer! – exclamou Irina.

Alyosha sorriu levemente.

– Não a Vasya. Tente você discutir com ela, Irinka.

Irina apertou os lábios, largou a costura e foi esquentar uma panela de barro no forno. Ninguém teve muita certeza do que ela pretendia até que despejou leite, cozinhou com vontade um velho mingau, pegou aquilo e foi até a porta.

– Irinka, volte! – gritou Anna.

Alyosha tinha plena convicção de que Irina jamais desafiara sua mãe, mas, dessa vez, a garota desapareceu pela soleira sem dizer uma palavra.

Alyosha praguejou e foi atrás dela. *O pai tinha razão*, pensou sombriamente. *Minhas irmãs não podem ser deixadas sozinhas.*

Fazia muito frio e o *dvor* cheirava a sangue. O potro jazia onde havia caído. O corpo congelaria durante a noite, e logo chegaria o amanhã trazendo os homens para retalhá-lo. O estábulo pareceu vazio, quando Alyosha e Irina entraram.

— Vasya — chamou Alyosha. Subitamente, foi tomado pelo medo. E se...?

— Aqui, Lyoshka — disse Vasya. Ela saiu da baia de Mysh, com o andar macio como o de um gato. Irina soltou um grito e quase derrubou a panela.

— Você está bem, Vasochka? — ela conseguiu dizer, tremendo.

Eles não podiam ver o rosto de Vasya, apenas um pálido borrão sob a escuridão do seu cabelo.

— Bem o bastante, passarinho — ela replicou, com a voz rouca.

— O Lyoshka está dizendo que você vai ficar no estábulo esta noite — disse Irina.

— Vou — respondeu Vasya, visivelmente se recompondo. — Eu preciso... O *vazila* está com medo. — Suas mãos estavam negras de sangue.

— Se você precisa — disse Irina com muita delicadeza, como se conversasse com uma lunática querida. — Eu te trouxe um mingau. — Desajeitadamente, ela passou a panela para a irmã. Vasya a pegou. O peso e o calor pareceram estabilizá-la. — Mas seria melhor se você entrasse e comesse perto do fogo — acrescentou Irina. — Se você ficar aqui, as pessoas vão comentar.

Vasya sacudiu a cabeça.

— Agora não importa.

Os lábios de Irina firmaram-se.

— Venha — pediu ela. — Deste jeito é melhor.

Alyosha viu, com surpresa, Vasya se deixar conduzir de volta para casa, ser colocada em seu lugar ao lado do forno e ser alimentada.

— Vá para a cama, Irinka — disse Vasya, por fim. Seu rosto recuperara um pouco de cor. — Durma sobre o forno. Alyosha e eu vigiaremos esta noite.

O padre tinha ido embora. Anna já roncava em seu quarto. Irina, que estava francamente desfalecendo, não hesitou muito.

Depois que Irina adormeceu, Vasya e Alyosha entreolharam-se. Vasya estava branca como sal, com olheiras. Seu vestido, manchado com o sangue do cavalo. Mas a comida e o fogo haviam-na acalmado.

– E agora? – disse Alyosha, baixinho.

– Temos que vigiar esta noite – disse Vasya. – E precisamos testar o cemitério ao amanhecer e fazer o possível à luz do dia. Que Deus tenha piedade.

◊

Konstantin foi para a igreja ao nascer do sol. Arremeteu-se pelo pátio como se o anjo da morte o seguisse, barrou a porta que levava à nave e se jogou em frente ao biombo de ícones. Quando o sol subiu e lançou uma luz cinzenta rastejando pelo chão, não lhe deu atenção. Rezou pedindo perdão e para que a voz voltasse e acabasse com todas as suas dúvidas. Mas, durante todo aquele dia, o silêncio manteve-se perfeito.

Foi apenas no triste lusco-fusco, quando havia mais sombra do que luz no chão da igreja, que veio a voz.

– Caiu tanto, minha pobre criatura? – ela disse. – Agora, por duas vezes os demônios femininos vieram à sua procura, Konstantin Nikonovich. Quebraram sua janela, bateram à sua porta.

– É – gemeu Konstantin. Agora, acordado e dormindo, ele via o rosto do demônio feminino, sentia seus dentes na garganta. – Elas sabem que sou um decaído e então me perseguem. Tenha piedade. Salve-me. Eu imploro. Me perdoe. Tire este pecado de mim. – As mãos de Konstantin fecharam-se num aperto, e ele curvou a cabeça em direção ao chão.

– Muito bem – disse a voz com suavidade. – Você está me pedindo muito pouco, homem de Deus. Veja, sou misericordioso. Salvarei você. Não precisa chorar.

Konstantin pressionou as mãos em seu rosto molhado.

– Mas – contrapôs a voz – eu lhe pedirei algo em troca.

Konstantin levantou os olhos.

– Qualquer coisa – respondeu ele. – Sou seu humilde servo.

– A menina – disse a voz. – A bruxa. Tudo isso é culpa dela. As pessoas sabem, sussurram entre si. Elas veem que seus olhos a acompanham. Dizem que ela o tentou.

Konstantin não disse nada. *Culpa dela. Culpa dela.*

– Desejo fortemente que ela se retire do mundo. Tem que ser mais cedo, não mais tarde. Ela trouxe maldade para esta casa e não haverá remédio enquanto estiver aqui.

– Ela irá para o sul com os trenós – disse Konstantin. – Vai antes do solstício de inverno. Pyotr Vladimirovich disse isso.

– Antes disso – afirmou a voz. – Tem que ser antes disso. Fogos e tormentas estão destinados a este lugar. Mas mande-a embora e você pode se salvar, Konstantin. Mande-a embora e você poderá salvar todos.

Konstantin hesitou. A escuridão pareceu soltar um longo suspiro.

– Será como o senhor diz – sussurrou Konstantin. – Prometo.

Então, a voz se foi. Konstantin ficou vazio, arrebatado e frio, sozinho no chão da igreja.

◊

Naquela mesma tarde, Konstantin foi até Anna Ivanovna. Ela estava acamada e sua filha lhe trouxera um caldo.

– Você precisa mandar Vasya embora agora – disse Konstantin. Havia suor em sua testa, as mãos tremiam. – Pyotr Vladimirovich tem o coração muito mole, talvez ela o influencie. Mas, para o bem de todos nós, a menina precisa ir. Os demônios vêm por causa dela. Você viu como ela saiu correndo pela noite? Ela os invocou, não tem medo. Pode ser que sua própria filha, a pequena Irina, seja a próxima a morrer. Os demônios têm apetite por mais coisas além de cavalos.

– Irina? – murmurou Anna. – O senhor acha que a Irina corre perigo? – Ela estremeceu de amor e medo.

– Sei que sim – respondeu Konstantin.

– Entregue Vasya ao povo – ordenou Anna imediatamente. – Eles a apedrejarão, se o senhor pedir. Pyotr Vladimirovich não está aqui para impedi-los.

– É melhor que vá para um convento – disse Konstantin, depois de brevíssima hesitação. – Eu não deixaria que ela fosse ao encontro de Deus sem a chance de se arrepender.

Anna travou os lábios.

– Os trenós não estão prontos. É melhor que morra. Não permitirei que a minha Irina fique ferida.

— Os dois primeiros trenós estão prontos – replicou Konstantin. – Há homens suficientes. Alguns estariam mais do que dispostos a levá-la daqui. Tratarei disso. Pyotr poderá ir visitar a filha, se quiser, depois que ela estiver a salvo em Moscou. Não ficará zangado, quando souber a história toda. Tudo ficará bem. Fique tranquila e reze.

— O senhor sabe mais, Batyushka – Anna disse com raiva. *Tanto cuidado*, pensou. *E tudo por aquele réptil de olhos verdes do demônio. Mas ele é sábio; sabe que ela não pode ficar, corrompendo bons cristãos.* – O senhor é misericordioso. Mas prefiro a menina morta antes que a minha Irina seja exposta ao perigo.

◇

Tudo foi arranjado. Oleg, grosseiro e velho, dirigiria o trenó, e os pais de Timofei, com o lar vazio com a ausência do filho morto, seriam os criados e guardas de Vasya.

— É claro que faremos isto, Batyushka – falou Yasna, mãe de Timofei. – Deus abandonou a gente por causa daquela criança-demônio. Se ela tivesse sido mandada embora antes, eu nunca teria perdido o meu filho.

— Tome esta corda – disse Konstantin. – Amarre as mãos dela para o caso de ela perder a compostura.

Em sua mente, viu o cervo caído na cabana, pés amarrados, olhos arregalados, arrastando sangue pela neve. Sentiu uma pontada de luxúria, vergonha e orgulho satisfeito. Amanhã. No dia seguinte, ela iria embora, uma mudança para meia-lua antes do solstício de inverno.

22

CAMPÂNULAS BRANCAS

Naquela noite, Anna Ivanovna chamou Vasya.
— Vasochka! — gritou, estridente, fazendo a menina pular. — Vasochka, venha aqui!

Vasya levantou os olhos, abatida à luz do fogo. Ela e Alyosha tinham ido ao cemitério ao nascer do sol. Mas, quando cavaram, hesitantes, na tumba de Dunya, encontraram-na vazia. Entreolharam-se por sobre a terra nua e fria, Alyosha chocado, Vasya sombriamente sem surpresa.

— Não pode ser — disse Alyosha.

Vasya respirou fundo.

— Mas é. Venha. Temos que proteger a casa.

Gelados e exaustos, ambos alisaram a neve e voltaram para casa. As mulheres retalharam o potro para cozinhar sua carne nos fornos e comê-la com cenouras murchas, e Vasya se escondeu, vomitando até não sobrar nada no estômago.

Agora era o pico da noite e Dunya viria novamente atormentá-los com soluços. O pai ainda estava fora, e Vasya, doente de pavor. Foi com relutância até onde se encontrava Anna. Um pequeno baú de madeira, amarrado com tiras de bronze, estava ao seu lado.

— Abra-o — mandou Anna.

Vasya olhou com interrogação para o irmão. Alyosha deu de ombros. Ela se ajoelhou em frente ao baú e abriu a tampa. Dentro havia... tecido. Um grande corte dobrado de um belo linho cru.

— Linho — disse Vasya, aturdida. — Linho suficiente para uma dúzia de camisas. Você pretende que eu costure o inverno todo, Anna Ivanovna?

Anna sorriu contra a vontade.

— Claro que não. É uma peça de altar. Você irá embainhá-la e apresentá-la para sua abadessa. — Ao ver Vasya ainda intrigada, ela acrescentou com um sorriso ainda mais largo: – Você vai para um convento ao sul, pela manhã.

Por um momento, Vasya ficou tonta, e uma escuridão baixou perante seus olhos. Custou a se levantar.

– Meu pai sabe?

– Ah, sabe – respondeu Anna. – Era pra você ter ido embora com os bens dos impostos. Mas já tivemos o bastante com você invocando os demônios. Partirá ao amanhecer. Os homens estão prontos, e uma mulher cuidará da sua virtude. – Anna sorriu com cinismo. – Pyotr Vladimirovich faria isto. Talvez as sagradas irmãs consigam fazê-la obedecer, o que pra mim foi impossível.

Irina pareceu perturbada, mas não disse nada.

Vasya inclinou-se para trás como um cavalo esporado. Tremia dos pés à cabeça.

– Madrasta, não.

O sorriso de Anna desfez-se.

– Está me desafiando? Está feito e você será amarrada com cordas, se não quiser caminhar.

– Qual é – Alyosha interrompeu. – Que loucura é esta? O pai está fora de casa e ele jamais aprovaria...

– Não? – disse Konstantin. Agora, como de hábito, sua voz profunda e suave captou e segurou a atenção da sala. Encheu as paredes e o espaço escuro próximo aos caibros. Todos se calaram. Vasya viu o *domovoi* encolhendo-se para o fundo do forno. – Ele deu a sua aprovação. Uma vida entre irmãs sagradas poderia salvar sua alma. Ela não está segura na aldeia, onde enganou a tantos. Eles a chamam de bruxa, Vasilisa Petrovna, sabe disso? Chamam-na de demônio. Se você não for, será apedrejada antes que este maldito inverno termine.

Até Alyosha ficou quieto.

Mas Vasya falou, rouca como um corvo:

– Não – disse ela. – Nem agora, nem nunca. Não enganei ninguém. Jamais porei os pés em um convento. Nem se eu precisar viver na floresta e pedir trabalho para Baba Yaga.

– Isto não é um conto de fadas, Vasya – interrompeu Anna, estridente. – Ninguém está pedindo a sua opinião. É para o seu próprio bem.

Vasya pensou no hesitante *domovoi*, nas coisas mortas assombrando pela casa, no desastre por pouco evitado.

– Mas o que foi que eu fiz? – perguntou ela. Ficou horrorizada ao perceber que seus olhos estavam marejados. – Não machuquei ninguém. Tentei salvar vocês! Padre... – Ela se voltou para Konstantin. – Salvei o senhor da *rusalka*, quando ela ia pegá-lo junto ao lago. Afastei os mortos, ou tentei... – Ela parou, sufocada, lutando para respirar.

– *Você?* – disse Anna, esbaforida. – Afastou-os? Você convidou seu cúmplice demônio a entrar! Trouxe todas as nossas desgraças. *Pensa que eu não vi?*

Alyosha abriu a boca, mas Vasya adiantou-se:

– Se eu for mandada embora neste inverno, todos vocês morrerão.

Anna inspirou com dificuldade.

– Como se atreve a nos ameaçar?

– Não estou ameaçando – disse Vasya, desesperada. – Estou falando a verdade.

– Verdade? Verdade, sua pequena mentirosa, não existe verdade em você!

– Não irei – disse Vasya, com tal ferocidade que até o fogo crepitante pareceu ondular.

– Não vai? – disse Anna. Seus olhos estavam enlouquecidos, mas algo em sua postura lembrou a Vasya que seu pai era um grão-príncipe. – Muito bem, Vasilisa Petrovna. Eu lhe darei uma escolha. – Seus olhos percorreram o cômodo e se fixaram nas flores brancas que enfeitavam o lenço de Irina. – *Minha* filha, minha verdadeira, leal e obediente filha, está ansiosa, com toda esta neve, pela visão de coisas verdes. Você, bruxa feia, lhe prestará um favor. Vá para a floresta e traga para ela uma cesta de campânulas brancas. Se fizer isto, estará livre para fazer o que desejar daqui por diante.

Irina ficou boquiaberta. Konstantin abriu a boca num protesto alarmado.

Vasya olhou sem expressão para sua madrasta.

– Anna Ivanovna, estamos em pleno inverno.

– Vá! – esganiçou Anna, rindo enlouquecida. – Saia da minha frente! Traga-me flores ou vá para o convento! Saia já!

Vasya olhou de rosto em rosto. Anna triunfante, Irina apavorada, Alyosha furioso, Konstantin inescrutável. As paredes pareceram encolher-se novamente; o fogo queimou todo o ar, de modo que, por mais que seus pulmões arfassem, ela não conseguia respirar. Foi tomada pelo terror, o terror de um animal selvagem na armadilha. Virou-se e correu da cozinha.

Alyosha pegou-a na porta que dava para fora. Ela havia enfiado as botas e as luvas, enrolado uma capa ao seu redor e colocado um xale na cabeça. Ele a agarrou com as mãos, virou-a.

— Ficou louca, Vasya?

— Me solte! Você ouviu Anna Ivanovna. Prefiro me arriscar na floresta a ficar trancada para sempre. — Ela tremia, os olhos desvairados.

— Tudo isto é bobagem. Espere o pai voltar.

— O pai concordou com isto! — Vasya sufocou as lágrimas, mas elas continuaram escorrendo pelo rosto. — Se não fosse assim, Anna não teria se atrevido. As pessoas dizem que nossas desgraças são por culpa minha. Pensa que eu não ouvi? Vou ser apedrejada como bruxa, se ficar. Talvez o pai *esteja* tentando me proteger. Mas prefiro morrer na floresta a morrer num convento. — Sua voz falhou. — Nunca serei uma freira, entendeu? Nunca! — Ela tentou se desvencilhar dele, mas Alyosha segurou-a firme.

— Protegerei você até o pai voltar. Vou fazer com que ele veja as coisas com clareza.

— Você não pode me proteger se todos os homens da aldeia se voltarem contra nós. Pensa que eu não ouvi os murmúrios deles, irmão?

— Então você pretende entrar na floresta e morrer? — replicou Alyosha. — Um sacrifício nobre? Como é que vai ajudar alguém?

— Ajudei em tudo o que pude, e as pessoas me retribuíram com ódio — retorquiu Vasya. — Se esta for minha última decisão na vida, pelo menos é *minha* decisão. Deixe-me ir, Alyosha. Não estou com medo.

— Mas eu estou, sua menina estúpida! Você pensa que quero te perder pra esta loucura? Não vou deixar você ir. — Com certeza ficariam marcas de dedos no ombro dela, no lugar onde a segurava.

— Você também, irmão? — Vasya se enfureceu. — Sou criança? Sempre tem alguém pra decidir por mim. Mas isso eu vou decidir sozinha.

— Se o pai ou Kolya enlouquecessem, eu também não ia deixar que tomassem decisões.

– Deixe-me ir, Alyosha.

Ele sacudiu a cabeça.

A voz dela suavizou-se.

– Talvez exista magia na floresta, o suficiente pra que eu desafie Anna Ivanovna. Pensou nisso?

Alyosha deu uma breve risada.

– Você está velha demais pra contos de fadas.

– Estou? – indagou Vasya. Ela sorriu para ele, embora seus lábios tremessem.

Alyosha lembrou-se, subitamente, de todas as vezes que os olhos dela haviam se movido, seguindo coisas que ele não conseguia ver. Seus braços abaixaram. Eles se entreolharam.

– Vasya, prometa-me que vou te ver de novo.

– Dê pão pro *domovoi* – disse Vasya. – Vigie à noite, junto ao forno. A coragem poderá salvá-lo. Fiz o que pude. Adeus, irmão. Tentarei... tentarei voltar.

– *Vasya...*

Mas ela havia escapado pela porta da cozinha.

O padre Konstantin esperava-a ao lado da porta da igreja.

– Ficou louca, Vasilisa Petrovna?

Os olhos verdes de Vasya subiram até ele, agora zombeteiros. As lágrimas haviam secado; estava fria e equilibrada.

– Mas, Batyushka, tenho que obedecer à minha madrasta!

– Então vá tomar seus votos.

Vasya riu.

– Pra ela tanto faz que eu me vá, que morra ou que pegue os votos. Bem, vou satisfazer a mim e a ela igualmente.

– Esqueça esta bobagem louca. Você vai tomar os votos. Vai seguir a vontade de Deus, e ele quer isso.

– Quer? – perguntou Vasya. – E presumo que o senhor seja a voz de Deus. Bem, me deram uma chance e eu estou aceitando. – Ela se virou em direção à mata.

– Não está – disse Konstantin, e algo em sua voz fez Vasya dar meia-volta. Dois homens saíram das sombras.

– Coloquem-na na igreja esta noite e amarrem suas mãos – disse Konstantin, sem tirar os olhos de Vasya. – Ela partirá ao amanhecer.

Vasya já começara a correr. Mas só tinha dado três pernadas, e eles eram muito fortes. Um a alcançou, e a mão dele agarrou a bainha da capa dela. Ela tropeçou e caiu esparramada, rolando, golpeando, em pânico. O homem atirou-se em cima dela, segurando-a no chão. A neve gelou o pescoço dela. Ela sentiu a corda gelada raspar nos punhos.

Forçou-se a ficar largada, como se tivesse desmaiado de medo. O homem estava mais acostumado a amarrar animais mortos para carregar. Ele relaxou o aperto, enquanto lidava com a corda. Vasya ouviu os passos do padre e do outro homem que se aproximavam.

Então, levantou-se de um salto, soltando um grito sem palavras, enfiando os dedos nos olhos do captor. Ele se encolheu, ela se desviou para o lado, virou-se e correu como jamais fizera em sua vida. Atrás dela, ouviu gritos, respirações ofegantes, passos. Mas não seria pega novamente. Jamais.

Continuou correndo e não parou até ser engolida pelas sombras das árvores.

◆

A noite clara iluminava a neve, que permanecia firme sob os pés. Vasya correu para dentro da floresta, contundida e arquejante. Sua capa afrouxada batia à sua volta. Ouviu gritos da aldeia. Suas pegadas apareciam nítidas na neve fresca; portanto, sua única esperança era a velocidade. Atirou-se de cabeça de sombra em sombra, até que os gritos foram se tornando mais fracos e acabaram morrendo. *Eles não se atrevem a prosseguir*, pensou Vasya. *Têm medo da floresta depois que fica escuro*. E, então, mais amarga: *São prudentes*.

Sua respiração foi se acalmando. Ela entrou mais para dentro da floresta, empurrando a perda e o medo para o fundo da mente. Ouviu, chamou em voz alta, mas tudo estava quieto. O *leshy* não respondeu. A *rusalka* dormia, sonhando com o verão. O vento não agitava as árvores.

O tempo passou sem que ela tivesse certeza de quanto. A mata ficou mais densa e bloqueou as estrelas. A lua subiu mais para o alto e projetou sombras; então, as nuvens vieram e mergulharam a floresta na escuridão. Vasya andou até começar a se sentir sonolenta, e então o terror do sono forçou-a a ficar novamente alerta. Virou-se para o norte e, novamente, para o sul.

A noite caiu e Vasya tiritava, enquanto caminhava. Seus dentes batiam. Os dedos dos pés ficaram entorpecidos apesar das botas pesadas. Uma pequena parte sua tinha pensado – esperado – que haveria alguma ajuda na floresta, algum destino, alguma magia. Esperara que o pássaro de fogo viesse, ou o Cavalo de Crina Dourada, ou o corvo, que, na realidade, era um príncipe... *Menina tola para acreditar em contos de fadas.* A mata no inverno era indiferente a homens e mulheres; os *chyerty* dormiam no inverno, e não havia tal coisa como um príncipe-corvo.

Bem, então morra. É melhor do que um convento.

Mas Vasya não conseguia acreditar realmente nisso. Era jovem, seu sangue corria quente. Não podia se convencer a se deitar na neve.

Prosseguiu aos tropeços, mas estava ficando mais fraca. Temeu sua força debilitada, as mãos rígidas, os lábios gelados.

No maior negrume da noite, Vasya parou e olhou para trás. Anna Ivanovna caçoaria dela, se voltasse. Seria amarrada como um cervo, trancada na igreja e mandada para um convento. Mas não queria morrer e sentia muito frio.

Então, Vasya analisou as árvores de cada lado e percebeu que não sabia onde estava.

Não importa. Poderia seguir a própria trilha de volta pelo caminho por onde tinha vindo. Olhou novamente para trás.

Suas pegadas haviam sumido.

Vasya reprimiu um surto de pânico. Não estava perdida. E não poderia estar. Virou-se para o norte. Seus pés cansados esmagavam monotonamente a neve. Mais uma vez, o chão começou a parecer convidativo. Certamente, ela poderia se deitar. Só por um instante...

Uma sombra escura se assomou à sua frente, uma árvore, toda retorcida, maior do que qualquer outra que Vasya conhecia. A memória agitou-se, irrompendo pela sua bruma. Lembrou-se de uma criança perdida, um grande carvalho, um homem adormecido com um único olho. Recordou-se de um velho pesadelo. A árvore preencheu sua visão. *Aproximar-se? Correr?* Sentia muito frio para voltar atrás.

Então, ouviu o som de um choro.

Vasya estacou, mal conseguindo respirar. Ao parar, o som também parou. Mas, então, moveu-se novamente e o som a acompanhou. A lua doentia surgiu e fez desenhos estranhos na neve.

Ali, uma centelha branca, entre duas árvores. Vasya caminhou mais rápido, desajeitada em seus pés entorpecidos. Não havia casa para onde correr de volta, nenhum *vazila* para lhe dar força. Sua coragem cintilou como uma vela derretendo. A árvore parecia preencher o mundo. *Venha cá*, sussurrou uma voz baixa e agressiva. *Chegue mais perto.*

Um esmagar. Atrás dela, um passo que não era seu. Vasya virou-se. Nada. Mas, quando andava, os outros pés acompanhavam o passo.

Estava a vinte passos do carvalho retorcido. As pisadas aproximaram-se. Ficou difícil pensar. A árvore parecia preencher o mundo. *Mais perto.* Como uma criança em um pesadelo, Vasya não se atrevia a olhar para trás.

Os passos atrás desataram a correr e houve um grito estridente e ressecado. Vasya também correu, gastando o que lhe restava de força. Uma figura esfarrapada surgiu à sua frente, parada debaixo da árvore, a mão esticada. Seu único olho reluzia com um triunfo ávido. *Encontrei você primeiro.*

Então, Vasya ouviu um novo som: o estalar de cascos galopando. A figura junto às árvores gritou para ela, em fúria: *Mais rápido!* A árvore estava à sua frente, a criatura atrás, mas à sua esquerda veio uma égua branca a galope, rápida como fogo. Cega, aterrorizada, Vasya virou-se para o cavalo. Com o canto do olho, viu o *upyr* dar uma investida, os dentes brilhando no velho rosto morto.

Naquele instante, a égua branca apareceu ao lado. O cavaleiro estendeu a mão. Vasya a agarrou e o corpo foi lançado sobre a cernelha da égua. O *upyr* aterrissou na neve onde ela estivera. O cavalo saiu em disparada. Atrás deles vieram gritos duplos, um de dor e um de fúria.

O homem que montava a égua não falou. Vasya, ofegante, só teve um momento para se sentir grata pelo alívio. Pendia de cabeça para baixo sobre a cernelha do animal, e foi assim que cavalgaram. A cada batida dos cascos da égua, a menina sentia-se como se suas entranhas fossem sair pela pele; no entanto, eles galopavam indefinidamente. Ela não conseguia sentir o rosto, nem os pés. A mão forte que a havia retirado da neve segurava-a firme, mas o cavaleiro não falava. A égua tinha um cheiro diferente de qualquer outro cavalo que Vasya houvesse conhecido, como flores estranhas e pedra morna, incongruente na noite gélida.

Correram até Vasya achar que já não poderia suportar a dor sem o frio.

– Por favor – disse arquejando. – Por favor.

Abruptamente, fizeram uma parada de chacoalhar os ossos. Vasya escorregou de costas do cavalo e caiu dobrada sobre a neve, entorpecida, com ânsias de vômito, agarrada às costelas contundidas. A égua ficou imóvel. Vasya não ouviu o cavaleiro desmontar, mas subitamente ele estava em pé na neve. Ela levantou-se com dificuldade, não conseguindo mais sentir os pés. Sua cabeça estava descoberta. Nevava. Os flocos de neve emaranharam-se em sua trança. Tinha ultrapassado o estágio de tremer, sentia-se pesada e fraca.

O homem baixou os olhos para ela, que levantou o olhar para ele. Os olhos dele eram claros como a água, ou como o gelo no inverno.

– Por favor – murmurou Vasya. – Estou gelada.

– Tudo é gelado aqui – ele replicou.

– Onde estou?

Ele deu de ombros.

– Nas costas do vento norte. No fim do mundo. Em lugar algum.

Vasya oscilou repentinamente e teria caído, mas o homem a pegou.

– Diga-me o seu nome, *devushka*. – A voz dele provocava ecos estranhos na mata ao seu redor.

Vasya sacudiu a cabeça. A carne dele era gelada. Ela se afastou, tropeçando.

– Quem é você?

Os flocos de neve prenderam-se nos cachos escuros dele; trazia a cabeça descoberta como a dela. Ele sorriu e não disse nada.

– Eu já te vi antes – ela afirmou.

– Venho com a neve – ele disse. – Venho quando os homens estão morrendo.

Ela o conhecia. Soube quem era no instante em que a mão agarrou a dela.

– Eu estou morrendo?

– Talvez. – Ele colocou a mão fria sob o queixo dela. Vasya sentiu seu coração pulsando debaixo daqueles dedos. Então, de repente, veio a dor. Sua respiração ficou curta; ela caiu de joelhos. Em seu sangue pareciam se formar cacos de cristal. Ele se ajoelhou com ela. *Karachun*, Vasya pensou. *Morozko, o demônio do gelo. Morte, isto é a morte. Vão me achar congelada na neve, como a menina da história.*

Ela tomou fôlego e sentiu que o gelo havia se espalhado para seus pulmões.

— Solte-me — sussurrou ela. Seus lábios e sua língua estavam gelados demais para obedecer. — Você não teria me salvado na árvore se quisesse me matar.

O demônio soltou a mão. Ela caiu para trás na neve, ofegante, dobrada em si mesma.

Ele se levantou.

— Não teria, boba? — ele disse, a voz fina de raiva. — Que loucura te trouxe para a floresta esta noite?

Vasya forçou-se a ficar em pé.

— Não estou aqui por escolha. — A égua branca veio atrás dela, soprou um bafo quente em sua face. Vasya enfiou seus dedos gelados na longa crina. — Minha madrasta ia me mandar pra um convento.

A voz dele estava cheia de desdém:

— E por isto você fugiu? É mais fácil escapar de um convento do que do Urso.

Vasya olhou-o nos olhos.

— Eu não fugi. Bom, eu fugi, mas só...

Ela não conseguiu se controlar mais. Agarrou-se ao cavalo no fim das suas forças. Sua cabeça rodava. O cavalo curvou o pescoço à sua volta. O cheiro de pedra e flores reanimou um pouco Vasya, ela se endireitou e firmou os lábios.

O demônio do gelo aproximou-se. Vasya estendeu a mão, instintivamente, para mantê-lo a distância. Mas ele pegou a mão dela enluvada nas suas.

— Venha, então — ele disse. — Olhe para mim. — Ele tirou a luva que ela trazia e colocou a palma da sua mão na dela.

A menina retesou o corpo todo, temendo a dor, mas ela não veio. A mão dele era dura e fria como um rio gelado; era até mesmo gentil de encontro a seus dedos congelados.

— Me diga quem é você. — A voz dele enviou um arrepio de ar gélido em seu rosto.

— Sou... Vasilisa Petrovna — ela se apresentou.

Os olhos dele pareceram penetrar em seu cérebro. Ela mordeu a língua e não desviou os olhos.

– Muito prazer, então – disse o demônio. Ele soltou a mão e recuou. Seus olhos azuis irradiavam centelhas. Vasya pensou ter imaginado a expressão de triunfo no seu rosto. – Agora repita para mim, Vasilisa Petrovna – ele acrescentou, meio zombeteiro –, o que está fazendo, vagando pela floresta negra? Esta hora me pertence e somente a mim.

– Eles iam me mandar para o convento ao amanhecer – disse Vasya –, mas a minha madrasta disse que eu não precisaria ir se lhe trouxesse as flores brancas da primavera, as *podsnezhniki*.

O demônio do gelo olhou fixo e depois riu. Vasya olhou para ele atônita e continuou:

– Os homens tentaram me impedir, mas eu escapei, corri para dentro da floresta. Estava tão apavorada que não conseguia pensar. Pensei em voltar, mas me perdi. Vi o carvalho retorcido. E aí ouvi passos.

– Loucura – o demônio do gelo disse, secamente. – Não sou o único poder nesta floresta. Você não deveria ter deixado a sua casa.

– Eu precisava – Vasya respondeu. Subitamente, uma escuridão precipitou-se frente a seus olhos. Seu breve alento esmorecia rapidamente. – Eles iam me mandar para um *convento*. Decidi que preferia congelar em um monte de neve. – Sua pele estremeceu por completo. – Bem, isso foi antes de eu começar a congelar em um monte de neve. Dói.

– É – disse Morozko. – Dói mesmo.

– Os mortos estão andando – Vasya sussurrou. – O *domovoi* desaparecerá se eu for embora. Minha família morrerá se eles me mandarem embora. Não sei o que fazer.

O demônio do gelo não disse nada.

– Tenho que ir pra casa agora – Vasya conseguiu dizer. – Mas não sei onde ela fica.

A égua branca bateu o pé e sacudiu a crina. As pernas de Vasya subitamente baquearam, como se ela fosse um potrilho recém-nascido.

– A leste do sol, a oeste da lua – disse Morozko. – Além da próxima árvore.

Vasya não respondeu. Suas pálpebras pestanejavam.

– Vamos, então – acrescentou Morozko. – Está frio. – Agarrou Vasya no momento em que ela caía. Ao lado deles, havia um bosque de velhos abetos, com ramos entrelaçados. Ele ergueu a menina. Tinha a cabeça e os membros largados. O coração dela batia fraquinho.

Esta foi por pouco, disse a égua para o cavaleiro, soltando uma nuvem de bafo fumegante no rosto da menina.

– É – respondeu Morozko. – Ela é mais forte do que me atrevi a esperar. Qualquer outra teria morrido.

A égua bufou. *Você não precisava tê-la testado. O Urso já fez isso. Por pouco ele não a pegou primeiro.*

– Bem, não pegou e devemos ser gratos por isso.

Você vai contar a ela?, perguntou a égua.

– Tudo? – observou o demônio. – Sobre ursos, feiticeiras, feitiços feitos de safira e sobre o rei do mar? Não, claro que não. Devo contar a ela o mínimo possível. E esperar que baste.

A égua sacudiu a crina, e suas orelhas relaxaram para trás, mas o demônio do gelo não viu. Caminhou a passos decididos para dentro dos abetos, com a menina nos braços. A égua soltou um suspiro e seguiu.

PARTE TRÊS

23

A CASA QUE NÃO ESTAVA LÁ

Algumas horas depois, Vasya abriu os olhos e seu viu deitada na cama mais linda com que alguém jamais sonhara. As cobertas eram de lã branca, pesadas e macias como a neve. Azul-claro e amarelo permeavam o tecido, como um dia ensolarado de janeiro. A moldura da cama e as colunas eram escavadas para parecerem troncos de árvores vivas, e, sobre ela, pendia um grande dossel de ramos.

Vasya lutou para se entender. A única coisa da qual se lembrava: *flores*, andara procurando flores. Por quê? Era dezembro, pleno inverno. Mas tinha que buscar flores.

Ofegando, Vasya sentou-se, debatendo-se nas dobras do cobertor.

Viu o quarto e caiu para trás, tremendo.

O quarto, bem, se a cama era magnífica, o quarto era simplesmente estranho. De início, Vasya pensou que estava deitada num bosque de árvores imensas. Bem acima pairava uma abóbada de céu azul. Mas, no momento seguinte, pareceu que estava no interior de uma casa de madeira, cujo teto estava pintado com uma fina camada de azul-celeste. Não fazia ideia de qual das duas alternativas era verdadeira, e a tentativa de decidir deixou-a zonza.

Por fim, afundou o rosto num cobertor e decidiu que voltaria a dormir. Com certeza, acordaria em casa, com Dunya ao seu lado, perguntando se tinha tido um pesadelo. Não, aquilo era um engano, Dunya estava morta e vagava pela floresta enrolada no pano com o qual fora enterrada.

O cérebro de Vasya entrou em turbilhão. Mas ela não conseguia se lembrar... E então se recordou. Os homens, o padre, o convento. A neve, o demônio do gelo, os dedos dele na sua garganta, o frio, um cavalo branco. Ele tinha pretendido matá-la. Havia salvado sua vida.

Ela se esforçou novamente para se sentar, mas só conseguiu ajoelhar-se entre os cobertores. Forçou a vista desesperadamente, mas foi impossível fazer o quarto ficar parado. Por fim, fechou os olhos e descobriu a beirada da cama rolando por cima dela. Seu ombro bateu no chão. Pensou ter sentido um roçar de umidade, como se tivesse caído em um monte de neve. Não... Agora o chão era macio e quente, como uma madeira bem aplainada perto de uma lareira. Pensou ter ouvido o crepitar de um fogo. Levantou-se sem firmeza. Alguém havia tirado suas botas e meias. Os pés estavam congelados. Viu os dedos dos pés brancos e exangues.

Não conseguia olhar para nada na casa. Era um quarto; era um bosque de abetos sob céu aberto, impossível decidir o que era o quê. Fechou os olhos com força, tropeçando nos pés machucados.

– O que você está vendo? – perguntou uma voz estranha e clara.

Vasya virou-se em direção à voz, não ousando abrir os olhos.

– Uma casa – grasnou ela. – Um bosque de abetos. Os dois ao mesmo tempo.

– Muito bem – disse a voz. – Abra os olhos.

Encolhendo-se, Vasya fez o que era dito. O homem gelado, o demônio do gelo, estava no centro do quarto, e pelo menos ela conseguia vê-lo. Os cabelos escuros e rebeldes dele iam até os ombros. O rosto sardônico poderia pertencer a um jovem de vinte anos ou a um guerreiro de cinquenta. Diferentemente de todos os outros homens que Vasya já vira, estava barbeado. Talvez fosse isso que desse ao rosto o toque estranho de juventude. Com certeza tinha os olhos de um velho. Quando olhou dentro deles, pensou: *Eu não sabia que algo pudesse ser tão velho e viver.* O pensamento deu-lhe medo.

Porém mais forte do que o medo era a sua determinação.

– Por favor – disse ela. – Preciso ir pra casa.

Seu olhar claro percorreu-a de cima a baixo.

– Eles a expulsaram – ele respondeu. – Vão mandá-la para um convento. E mesmo assim você irá pra casa?

Ela mordeu o lábio inferior com força.

– O *domovoi* sumirá se eu não estiver lá. Talvez agora meu pai tenha voltado e eu consiga fazê-lo entender.

O demônio do gelo analisou-a por um momento.

– Talvez – disse ele, por fim. – Mas você está machucada. Está cansada. Sua presença de pouco servirá para o *domovoi*.

– Preciso tentar. Minha família corre perigo. Por quanto tempo eu dormi?

Ele sacudiu a cabeça. Um leve toque de humor curvou sua boca.

– Aqui só existe hoje. Não existe ontem, nem amanhã. Você pode ficar um ano e chegar em casa logo depois de ter saído. Não importa quanto tempo tenha dormido.

Vasya ficou calada, absorvendo isso. Por fim, perguntou numa voz mais baixa:

– Onde estou?

A noite na neve tinha virado um borrão em sua memória, mas pensava se lembrar de ter visto indiferença no rosto dele, um toque de malícia e outro de tristeza. Agora, apenas parecia se divertir.

– Na minha casa – ele respondeu. – Considerando que eu tenha uma.

Isto não está ajudando. Vasya engoliu as palavras antes que pudessem escapar, mas elas devem ter transparecido no rosto dela.

– Temo que você tenha o dom, ou a maldição, daquilo que sua gente poderia chamar de segunda visão – ele acrescentou gravemente, embora houvesse um brilho em seus olhos. – Minha casa é um bosque de abetos, e este bosque de abetos é a minha casa, e você vê os dois ao mesmo tempo.

– E o que eu faço com isto? – Vasya indagou entredentes, quase incapaz de se esforçar para ser educada. Logo estaria vomitando no chão aos pés dele.

– Olhe para mim – ele mandou. A voz dele a obrigou; parecia ecoar em seu crânio. – Olhe apenas para mim. – Ela o encarou nos olhos. – Você está na minha casa. Acredite nisto.

Vasya repetiu para si mesma, com hesitação. As paredes pareceram se solidificar, enquanto olhava. Estava em uma morada rústica, espaçosa, com entalhes gastos em suas vigas transversais e um teto da cor do céu ao meio-dia. Uma grande estufa na extremidade do quarto irradiava calor. Das paredes, pendiam estampas em tecidos: lobos na neve, um urso hibernando, um guerreiro de cabelo escuro conduzindo um trenó.

Ela desviou os olhos.

– Por que você me trouxe aqui?

— Meu cavalo insistiu.

— Está caçoando de mim.

— Estou? Você andou vagando pela floresta por tempo demais. Seus pés e mãos estão congelados. Talvez você devesse se sentir honrada; não costumo ter hóspedes com frequência.

— Então estou honrada – falou Vasya, sem conseguir pensar em mais nada para dizer.

Ele a analisou por mais um momento.

— Está com fome?

Vasya percebeu a hesitação na voz dele.

— Seu cavalo também sugeriu isso? – perguntou ela, antes de conseguir se conter.

O homem riu, e ela achou que ele parecia um tanto surpreso.

— Sim, é claro. Ela já teve vários potros. Eu cedo à sua opinião.

Subitamente, ele inclinou a cabeça. Seus olhos faiscaram.

— Meus criados cuidarão de você – acrescentou ele, abruptamente. – Preciso sair um pouco.

Não havia nada de humano em seu rosto; e por um instante, Vasya não conseguiu absolutamente ver o homem; em vez disso, viu apenas um vento açoitando os galhos de árvores antigas, uivando em triunfo enquanto se erguia. Afastou a visão piscando os olhos.

— Adeus – despediu-se o demônio do gelo, e se foi.

Vasya, tomada de surpresa com a partida, olhou em torno com cautela. As tapeçarias a atraíram. Extremamente vivas, os lobos, o homem e os cavalos pareciam prestes a pular para o chão em um rodamoinho de ar frio. Andou pelo quarto, examinando-as enquanto caminhava. Por fim, chegou em frente à fornalha e estendeu os dedos congelados.

O raspar de um casco fez com que se voltasse num giro. A égua branca veio em sua direção, sem qualquer arreio. Sua longa crina espumava como uma cascata. Pareceu que tinha saído de uma porta na parede oposta, mas ela estava fechada. Vasya olhou. A égua sacudiu a cabeça. Vasya lembrou-se de ser educada e fez uma mesura.

— Obrigada, senhora. Salvou a minha vida.

A égua estremeceu uma orelha.

Foi uma coisinha de nada.

— Pra mim, não – disse Vasya com certa aspereza.

Não quis dizer isso, disse a égua. *Quis dizer que você é uma criatura como nós, produto em estado bruto dos poderes do mundo. Teria se salvado por si mesma. Não foi feita para conventos, nem para viver como uma criatura do Urso.*

– Teria? – perguntou Vasya, lembrando-se da fuga, do terror, dos passos no escuro. – Eu não estava me saindo muito bem. Mas o que você quer dizer com "os poderes do mundo"? Fomos todos feitos por Deus.

Suponho que este Deus ensinou a você a nossa fala?

– Claro que não – disse Vasya. – Foi o *vazila* quem me ensinou isso. Eu lhe fiz oferendas.

A égua raspou um casco no chão.

Eu me lembro de mais coisas e vejo mais coisas do que você, ela disse. *E por um tempo considerável será assim. Não conversamos com muitas pessoas, e o espírito dos cavalos não se revela a qualquer um. Seus ossos trazem magia. Você precisa contar com isto.*

– Então, estou amaldiçoada? – Vasya murmurou, apavorada.

Não entendo o "amaldiçoada". Você é. E por ser, pode andar onde quiser, na paz, no esquecimento ou nos buracos de fogo, mas você vai sempre escolher.

Houve uma pausa. O rosto de Vasya doía, e sua visão tinha começado a se fragmentar. O campo nevado puxava as bordas da sua visão.

Há hidromel na mesa, a égua disse, vendo os ombros caídos da menina. *Você deveria beber e depois descansar de novo. Quando acordar, haverá comida.*

Vasya não comia desde a hora do jantar, antes de se aventurar pela floresta. Seu estômago levou um tempo, forçosamente, para lembrá-la. Do outro lado do fogão havia uma mesa de madeira, escura de velha, rica de entalhes. O garrafão de prata sobre ela era adornado com flores prateadas. O copo era de prata batida, incrustada de gemas vermelho--fogo. Por um momento, a menina esqueceu a fome. Levantou o copo e o inclinou na luz. Era lindo. Olhou interrogativamente para a égua.

Ele gosta de objetos, ela disse, *embora eu não entenda o motivo. E é um grande presenteador.* De fato, o garrafão continha hidromel: ralo e forte e, de certo modo, penetrante como a luz do sol no inverno. Bebendo-o, Vasya sentiu-se, repentinamente, sonolenta. Com os olhos pesados, tudo o que conseguiu fazer foi pousar o copo de prata. Fez uma mesura em silêncio para a égua branca e voltou aos tropeços para a grande cama.

◇

Durante todo aquele dia, uma tempestade atravessou as terras congeladas do norte de Rus'. Os camponeses correram para se abrigar e barraram suas portas. Até os fogos dos fornos no palácio de madeira de Dmitrii, em Moscou, dançavam e oscilavam. Os velhos e doentes sabiam que sua hora havia chegado e escapuliam no vento choroso. Os vivos persignavam-se quando sentiam a sombra passar. Mas, na caída da noite, o ar aquietou-se e o céu encheu-se da promessa de neve. Aqueles que haviam resistido aos chamados sorriram, porque sabiam que sobreviveriam.

Um homem de cabelos escuros surgiu por entre duas árvores e levantou o rosto para um céu rasgado por nuvens. Seus olhos reluziram um azul sobrenatural, enquanto ele percorria as sombras que se avolumavam. Seu manto era de pele e brocado escuro, embora tivesse vindo para as zonas fronteiriças ao crepúsculo, onde o inverno rendia-se à promessa da primavera. O chão estava coberto de campânulas brancas.

Uma canção penetrou no princípio da noite, tênue, calma e doce. Mesmo ao se voltar em direção a ela, Morozko experimentou o lado mais sombrio da magia que acionara, porque a música lhe lembrava tristeza, horas lentas, plenas de arrependimento. Não sentia essa tristeza – não tinha conseguido perceber – havia milhares de anos.

Caminhou mesmo assim, até chegar a uma árvore onde um rouxinol cantava no escuro.

– Pequenino, você voltará comigo?

A minúscula criatura pulou para um galho mais baixo e inclinou a cabeça marrom-clara.

– Para viver como seus irmãos e irmãs têm vivido – disse Morozko. – Tenho uma companhia para você.

O passarinho trinou, mas baixinho.

– Você não conseguirá a sua força de outro jeito, e esta é generosa e de bom coração.

O passarinho piou e ergueu as asas marrons.

– É, a coisa contém morte, mas não antes da alegria ou da glória. Você prefere ficar aqui, em vez disso, e cantar a eternidade?

O passarinho hesitou, depois pulou do seu galho com um grito. Morozko viu-o partir.

— Siga, então – disse baixinho, enquanto o vento erguia-se novamente à sua volta.

◇

Vasya ainda estava dormindo quando o demônio do gelo voltou. A égua cochilava perto do forno.

— O que você acha? – ele perguntou, a meia-voz.

A égua estava prestes a responder, mas um relincho e um barulho interromperam-na. Um garanhão baio com uma estrela entre os olhos irrompeu no quarto. Resfolegou e bateu a pata, sacudindo a neve das ancas manchadas de preto.

A égua abaixou as orelhas para trás.

Acho, disse ela, *que meu filho veio aonde não deveria.*

O garanhão, embora gracioso como um veado, ainda tinha resquícios de um potro de pernas compridas. Olhou para a mãe com cautela.

Soube que havia uma defensora aqui, ele disse.

A égua abanou o rabo.

Quem falou isso?

— Eu – disse Morozko. – Trouxe-o de volta comigo.

A égua olhou para seu cavaleiro com as orelhas espetadas e as narinas tremendo.

Você o trouxe para ela?

— Preciso daquela menina – disse Morozko, olhando para a égua com dureza –, como você bem sabe. Se ela é tola o suficiente para vagar pela floresta do Urso à noite, vai precisar de companhia.

Ele poderia ter continuado a falar, mas foi interrompido por um estrondo. Vasya tinha acordado e caído da cama, sem estar acostumada com roupas de cama que também eram um monte de neve.

O cavalo grande, o escuro pelo baio reluzindo à luz do fogo, adiantou-se com passos curtos, orelhas em pé. Vasya, ainda semiacordada e esfregando o ombro muito dolorido, levantou os olhos e se viu nariz a nariz com um enorme e jovem garanhão. Ficou imóvel.

— Oi – ela disse.

O cavalo gostou.

Oi, respondeu ele. *Você vai me cavalgar.*

Vasya levantou-se com dificuldade, muito menos idiota do que no seu último despertar. Mas sua face latejava e ela teve que controlar os olhos cansados para ver apenas o garanhão, não as sombras que lembravam penas e flutuavam à volta dele. Depois que sua visão se estabilizou, olhou as costas dele, dois palmos acima da cabeça dela, com algum ceticismo.

– Eu ficaria honrada de cavalgar você – ela respondeu educadamente, embora Morosko notasse o tom seco na voz da menina e mordesse o lábio. – Mas talvez eu deva adiar por um tempinho. Gostaria de ter mais algumas roupas. – Olhou ao redor do quarto, mas sua capa, suas botas e luvas não estavam à vista. Não vestia nada além de sua roupa de baixo amassada, sentindo o toque gelado do pingente de Dunya junto ao esterno. Sua trança havia se desmanchado enquanto dormia, e a espessa cortina do cabelo negro acobreado caía solta até a cintura. Tirou-o do rosto e, com um toque de bravata, caminhou até o fogo.

A égua branca estava ao lado do forno, com o demônio do gelo junto à sua cabeça. Vasya ficou perplexa com a semelhança da expressão dos dois: os olhos do homem contraíram-se e as orelhas da égua espetaram-se. O garanhão baio soltou um bafo quente no cabelo dela. Seguia-a tão de perto que o focinho bateu em seu ombro. Sem pensar, Vasya pousou a mão em seu pescoço. Satisfeitas, as orelhas do cavalo deram uma leve girada, e ela sorriu.

Havia espaço sobrando em frente ao fogo, apesar da presença incongruente dos dois cavalos altos e musculosos. Vasya franziu o cenho. O quarto não parecera tão grande assim em seu último despertar.

A mesa estava posta com dois copos de prata e um jarro fino. O perfume de mel quente flutuava pelo quarto. Um pão de forma preto, cheirando a centeio e anis, achava-se ao lado de uma travessa com ervas frescas. De um lado havia uma vasilha com peras e do outro uma com maçãs. Além daquilo tudo, havia um cesto de flores brancas com as corolas pendendo despretensiosamente. *Podsnezhniki*. Campânulas brancas.

Vasya parou e olhou.

– Foi por isto que você veio, não foi? – Morozko perguntou.

– Não pensei que fosse de fato encontrá-las!

– Então você tem sorte por eu ter conseguido.

Vasya olhou para as flores e não disse nada.

– Venha comer – disse Morozko. – Mais tarde, conversamos.

Vasya abriu a boca para argumentar, mas seu estômago vazio roncou. Refreou a curiosidade e se sentou em um banquinho em frente a ela, recostado no ombro da égua. Ela inspecionou a comida, e os lábios dele se contorceram ao ver sua expressão.

– Não é veneno.

– Imagino que não – disse Vasya, em dúvida.

Ele arrancou um pedaço de pão e o estendeu para Solovey. O garanhão pegou-o com entusiasmo.

– Vamos – disse Morozko –, ou seu cavalo comerá tudo.

Com cautela, Vasya pegou uma maçã e deu uma mordida. Uma doçura gelada fascinou a sua língua. Pegou o pão. Antes de perceber, sua vasilha estava vazia, metade do pão se fora, e ela estava satisfeita, dando pedacinhos de pão e fruta para os dois cavalos. Morozko não tocou na comida. Depois de ela ter comido, ele serviu o hidromel. Vasya bebeu no seu copo de prata gravado, saboreando o gosto da luz solar fria e das flores de inverno.

O copo dele era igual ao dela, exceto pelas pedras ao longo da borda, que eram azuis. Vasya não falou enquanto bebia. Mas pousou, enfim, o copo na mesa e olhou para ele.

Poder, pensou Morozko um tanto inquieto, vendo a coisa nadar nas profundidades verdes. *O velho Chernomor a reconheceria de imediato. Mas ela é muito jovem.*

– O que vai acontecer agora? – ela perguntou a ele.

– Depende de você, Vasilisa Petrovna.

– Preciso ir pra casa – ela afirmou. – Minha família corre perigo.

– Você está ferida – observou Morozko. – Mais do que pensa. Ficará até se curar. Sua família não vai ficar nem um pouco pior por causa disso. – Com mais delicadeza, acrescentou: – Você irá para casa na madrugada da noite em que partiu. Posso prometer isso.

Vasya não disse nada. O fato de não argumentar demonstrava o tamanho do seu cansaço. Tornou a olhar para as campânulas brancas.

– Por que você me trouxe isto?

– Suas opções eram levar estas flores para sua madrasta ou ir para um convento. – Vasya concordou com a cabeça. – Bem, então, aqui estão elas. Faça o que quiser.

Vasya estendeu, hesitante, um dedo indicador para agradar uma pétala sedosa e úmida.

– De onde vieram?

– Das fronteiras das minhas terras.

– E onde fica isso?

– No degelo.

– Mas isso não é um lugar.

– Não? É muitas coisas. Exatamente como você e eu somos muitas coisas, e a minha casa é muitas coisas, e até esse cavalo com o focinho no seu colo é muitas coisas. Suas flores estão aqui. Alegre-se.

Os olhos verdes chamejaram para ele mais uma vez, rebeldes, em vez de hesitantes.

– Não gosto de respostas pela metade.

– Então, pare de fazer perguntas pela metade – ele disse, e sorriu com um charme repentino. Ela corou. O garanhão aproximou sua grande cabeça. Ela se retraiu quando o cavalo lambeu seus dedos machucados.

– Ah – disse Morozko. – Esqueci, está doendo?

– Só um pouco. – Mas ela não o encarou.

Ele contornou a mesa e se ajoelhou, fazendo com que seus rostos ficassem no mesmo nível.

– Posso?

Ela engoliu em seco. Ele pegou o queixo dela e virou o rosto para o fogo. Sua face tinha marcas pretas no lugar onde ele a havia tocado na floresta. A ponta dos seus dedos dos pés e das mãos estava branca. Ele examinou suas mãos, passou a ponta do dedo em seu pé congelado.

– Não se mexa – ele mandou.

– Por quê...

Mas então ele colocou a mão espalmada em seu queixo. Seus dedos ficaram repentinamente quentes, inacreditavelmente quentes, a ponto de ela esperar o cheiro da própria carne queimar. Tentou afastar-se, mas ele a segurou por detrás da cabeça com a outra mão, afundando-a em seu cabelo. A respiração dela estremeceu, raspando na garganta. Ele desceu a mão até a sua garganta e a queimação aumentou. Ela estava chocada demais para gritar. Justo quando pensou que não poderia suportar nem mais um minuto ele a soltou. Ela desabou contra o garanhão baio. O cavalo soprou em seu cabelo, reconfortando-a.

— Me desculpe – disse Morozko. O ar à sua volta estava frio, apesar do calor das suas mãos. Vasya percebeu que tremia. Tocou em sua pele machucada; estava macia, quente e sem sinais.

— Não está doendo mais. – Ela forçou a voz a parecer tranquila.

— Não – ele disse. – Posso curar algumas coisas. Mas não consigo curar com delicadeza.

Ela olhou para os dedos dos seus pés, para a ponta dos dedos destruída.

— É melhor do que ficar aleijada.

— É isso aí.

Mas quando ele tocou nos seus pés, ela não conseguiu refrear as lágrimas.

— Você me dá as mãos? – ele pediu.

Ela hesitou. A ponta dos dedos estava congelada, e uma das mãos se encontrava mal envolvida em uma tira de linho para proteger o buraco irregular da palma, resultado da noite em que o *upyr* tinha vindo atrás de Konstantin. A lembrança da dor ribombou para ela. Ele não esperou que a menina falasse. Vasya precisou de toda sua força, mas conteve o grito enquanto a carne da ponta dos seus dedos tornava-se rósea e quente.

Por fim, ele pegou na mão esquerda dela e começou a desenrolar o linho.

— Foi você quem me machucou – disse Vasya, tentando se distrair. – Na noite em que o *upyr* veio.

— Fui eu.

— Por quê?

— Para que você me visse – ele disse. – Para que você se lembrasse.

— Eu já tinha te visto antes. Não esqueci.

Ele estava com a cabeça debruçada sobre sua tarefa, mas ela viu a curva da sua boca sarcástica e um pouco amarga.

— Mas você duvidou. Não teria acreditado no seu próprio discernimento depois de eu ter ido embora. Agora, sou pouco mais do que uma sombra nas casas dos homens. Houve época em que era um convidado.

— Quem é o caolho?

— Meu irmão – ele disse brevemente. – Meu inimigo. Mas esta é uma longa história e não é para hoje à noite. – Colocou a atadura de linho de lado. Vasya lutou contra a vontade de fechar a mão em um punho. – Este vai ser mais difícil de curar do que o congelamento.

– Eu fiquei reabrindo ele – disse Vasya. – Isso parecia ajudar a guardar a casa.

– Ajudaria – disse Morozko. – No seu sangue há virtude. – Tocou o lugar machucado. Vasya encolheu-se. – Mas apenas um pouco porque você é jovem, Vasya. Posso curar isto, mas você ficará com a marca.

– Faça isso, então – ela disse, sem conseguir impedir o tremor na voz.

– Muito bem.

Ele pegou um punhado de neve do chão. Por um instante, Vasya ficou desorientada; viu o bosque de abetos, a neve no chão, azul com o crepúsculo, vermelha com a luz do fogo. Mas, então, a casa se reconfigurou à sua volta, e Morozko pressionou a neve no ferimento da sua palma. Todo o seu corpo enrijeceu-se, e então veio a dor, pior do que antes. Ela reprimiu um grito e conseguiu se manter imóvel. A dor foi além do suportável, de modo que ela soluçou uma vez antes de conseguir se controlar.

Cessou abruptamente. Ele soltou a mão e ela quase caiu do banquinho. O garanhão baio salvou-a; ela caiu de encontro a seu corpanzil quente e se segurou agarrando na crina. O garanhão voltou a cabeça para lamber sua mão que tremia.

Vasya empurrou-o de lado e olhou. A ferida tinha sumido. Restava apenas uma marca fria e fraca, perfeitamente redonda, no meio da palma. Quando ela a virou para a luz do fogo, pareceu que captava a luz, como se uma lasca de gelo estivesse enterrada debaixo da pele. Não, estava imaginando coisas.

– Obrigada. – Apertou ambas as mãos no colo para esconder o tremor.

Morozko se levantou e se afastou, olhando para ela.

– Você vai sarar – disse ele. – Descanse. É minha hóspede. Quanto a suas perguntas, haverá respostas. Na hora certa.

Vasya concordou com a cabeça, ainda olhando para a mão. Quando voltou a levantar os olhos, ele havia desaparecido.

24

VI O DESEJO DO SEU CORAÇÃO

— Encontrem-na — Konstantin ordenou rispidamente. — Tragam-na de volta!

Mas os homens não entrariam na floresta. Seguiram Vasya até a beirada e empacaram, resmungando a respeito de lobos e demônios. Sobre o frio rigoroso.

– Deus a julgará agora, Batyushka – disse o pai de Timofei, e Oleg concordou com um gesto de cabeça.

Konstantin hesitou, surpreendido. A escuridão sob as árvores parecia absoluta.

– Como vocês dizem, meus filhos – disse gravemente –, Deus a julgará. Fiquem com Deus. – Fez o sinal da cruz.

Os homens perambularam pela cidade murmurando com as cabeças juntas. Konstantin foi para sua cela fria e nua. O mingau que tivera ao jantar pesava no estômago. Acendeu uma vela em frente à Mãe de Deus, e centenas de sombras criaram vida furiosamente ao longo das paredes.

– Servo malvado – rosnou a voz. – Por que a menina bruxa está livre na floresta, quando eu te disse que ela deve ser contida? Que precisa ir para um convento? Estou desgostoso, meu servo. Muito desgostoso.

Konstantin caiu de joelhos, acuado.

– Fizemos o possível – alegou ele. – Ela é um demônio.

– Aquele demônio está com o meu irmão, e se ele tiver a habilidade de ver a força dela...

A vela oscilou. O padre, encolhido no chão, ficou muito quieto.

– Seu irmão? – murmurou ele. – Mas o senhor... – Então, a vela se apagou, e restou apenas a escuridão respirando. – Quem é você?

Um longo e lento silêncio, e então a voz riu. Konstantin não teve certeza de ouvi-la; talvez só a tenha visto, no tremor das sombras na parede.

– O que traz as tempestades – murmurou a voz com certa satisfação. – Por uma vez você me invocou desse jeito, mas há muito tempo os homens me chamavam de o Urso, Medved.

– Você é um demônio – sussurrou Konstantin, fechando as mãos.

Todas as sombras riram.

– Como quiser. Mas qual é a diferença entre mim e aquele a quem chama de Deus? Eu também me alegro com os feitos realizados em meu nome. Posso dar-lhe glória, se cumprir a minha ordem.

– Você – sussurrou Konstantin. – Mas eu pensei... – Ele tinha se acreditado exaltado, escolhido, mas era apenas um pobre ingênuo e havia cumprido a ordem de um demônio. *Vasya...* Sua garganta fechou-se. Em algum lugar na sua alma havia uma garota orgulhosa cavalgando um cavalo à luz diurna do verão. Rindo com seu irmão em seu banquinho ao lado do forno.

– Ela vai morrer. – Ele pressionou os olhos com os punhos. – Fiz isto a seu serviço. – Mesmo enquanto falava, pensava: *eles jamais deverão saber.*

– Ela deveria ter ido para um convento. Ou vindo a mim – disse a voz, simplesmente, com apenas uma leve sugestão fervilhante de raiva. – Mas agora está com o meu irmão. Com a Morte, mas não morta.

– Com a morte? – murmurou Konstantin. – Não morta? – Ele queria que ela estivesse morta. Desejava que estivesse viva. Queria que ele mesmo estivesse morto. Enlouqueceria se a voz continuasse falando.

O silêncio estendeu-se, e quando ficou insuportável, a voz voltou a falar:

– O que você quer acima de tudo, Konstantin Nikonovich?

– Nada – Konstantin respondeu. – Não quero nada. Vá embora.

– Você parece uma donzela histérica – disse a voz, acidamente. E, então, suavizou-se: – Não importa, sei o que você quer. – E, depois, rindo: – Gostaria de ter a alma imaculada, homem de Deus? Gostaria que a garota inocente voltasse? Bem, saiba que posso tirá-la das mãos da própria Morte.

– É melhor que ela morra e deixe este mundo – disse Konstantin com a voz rouca.

– Ela viverá atormentada antes de morrer. Posso salvá-la, eu, sozinho.

– Então prove – disse Konstantin. – Traga-a de volta.

A sombra bufou.

— Tão precipitado, homem de Deus.

— O que você quer? — Konstantin engasgou-se com as palavras.

A voz da sombra envelheceu.

— Ah, Konstantin Nikonovich, é tão bom quando os filhos dos homens me perguntam o que eu quero.

— Então, o que é? — disse Konstantin, bruscamente. *Como é que eu posso ser justo com essa voz nos meus ouvidos? Se ele a trouxer de volta, estarei novamente puro.*

— Uma coisinha — disse a voz. — Apenas uma coisinha. A vida deve pagar pela vida. Você quer a bruxinha de volta; preciso de uma bruxa para mim. Traga-me uma e eu lhe darei a sua. E, então, eu o deixarei.

— O que você quer dizer?

— Traga uma bruxa para a floresta, para a beira, para o carvalho, ao amanhecer. Você saberá qual é o lugar quando o vir.

— E o que acontecerá — perguntou Konstantin, em pouco mais do que um suspiro — com esta... bruxa que eu lhe trouxer?

— Bem, ela não *morrerá* — explicou a voz, e riu. — Que benefício me traz uma morte? A morte é o meu irmão, a quem odeio.

— Mas não existem bruxas, com exceção de Vasya.

— As bruxas precisam *ver*, homem de Deus. É só a pequena donzela que vê?

Konstantin ficou em silêncio. Na sua mente, viu uma figura rechonchuda, sem forma, ajoelhada aos pés do biombo de ícones, segurando sua mão com a mão suada. A voz dela soou em seus ouvidos. *Batyushka, vejo demônios. Por toda parte. O tempo todo.*

— Pense nisto, Konstantin Nikonovich — disse a voz. — Mas preciso tê-la antes do nascer do sol.

— E como vou encontrá-lo? — As palavras soavam mais brandas do que a neve caindo. Um homem mortal não as teria ouvido, mas a sombra escutou.

— Entre na floresta — sibilou a sombra. — Procure campânulas brancas. Então, você saberá. Entregue-me uma bruxa e leve a sua. Entregue-me uma bruxa e estará livre.

25

O PASSARINHO QUE AMOU UMA DONZELA

Vasya acordou com o toque da luz do sol em seu rosto. Abriu os olhos para um teto de azul tênue – não, não, para uma abóbada de céu aberto. Seus sentidos confundiram-se, e ela não conseguiu se lembrar... E então se recordou. *Estou na casa do bosque de abetos.* Um queixo com cerdas encostou-se ao dela. Abriu os olhos e descobriu, mais uma vez, que estava cara a cara com o garanhão baio.

Você dorme demais, disse o cavalo.

– Pensei que você fosse um sonho – disse Vasya com certo fascínio. Tinha se esquecido de como era grande o cavalo do sonho e da expressão ardente em seus olhos escuros. Empurrou seu focinho e se sentou.

Normalmente, não sou, respondeu o cavalo.

A noite anterior voltou para Vasya em um instante. Campânulas brancas no auge do inverno, pão e maçãs, hidromel forte na língua. Dedos longos e brancos no rosto. Dor. Livrou a mão do cobertor. Havia uma leve marca no centro da palma.

– Isto também não foi um sonho – murmurou ela.

O cavalo olhava para ela com alguma preocupação.

É melhor acreditar que tudo é real, disse ele, como se falasse com uma lunática. *E eu te digo se você está sonhando.*

Vasya riu.

– Feito. Agora estou acordada.

Deslizou para fora da cama menos dolorida do que antes. Sua cabeça estava se desanuviando. A casa se encontrava quieta como uma floresta ao meio-dia, salvo pelo crepitar e estalar de um bom fogo, onde uma pequena panela fumegava. Subitamente voraz, Vasya foi até lá e descobriu um luxo: mingau, leite e mel. Comeu, enquanto o garanhão rondava.

– Qual é o seu nome? – perguntou ao cavalo depois de satisfeita.

O garanhão estava ocupado, terminando o que restara na vasilha dela. Inclinou uma orelha para ela, antes de responder:

Me chamo Solovey.

Vasya sorriu.

– Rouxinol. Um nome pequeno para um cavalo grande. Como é que recebeu este nome?

Fui parido ao crepúsculo, ele disse com gravidade. *Ou talvez tenha saído de um ovo, não consigo me lembrar. Foi há muito tempo. Às vezes eu corro, e às vezes eu me lembro de voar. E foi assim que fui chamado.*

Vasya olhou fixamente.

– Mas você não é um passarinho.

Você não sabe o que é, consegue saber o que eu sou?, replicou o cavalo. *Me chamam de Rouxinol, tem alguma importância o motivo?*

Vasya não teve resposta. Solovey havia terminado o mingau e levantou a cabeça para olhar para ela. Era o cavalo mais adorável que já vira. Mysh, Metel, Ogon, todos eles eram como pardais frente ao seu falcão.

– Ontem à noite – disse Vasya, hesitante –, ontem à noite você disse que me deixaria montar.

O garanhão relinchou. Seus cascos bateram no chão.

Minha mãe disse que eu deveria ser paciente, ele disse. *Mas normalmente não sou. Venha cavalgar. Nunca fui montado.*

Vasya ficou subitamente em dúvida, mas voltou a trançar seu cabelo embaraçado, vestiu a jaqueta e a capa, as luvas e as botas, que encontrou ao pé do fogo. Seguiu o cavalo no dia ofuscante. A neve estava espessa sob os pés. Vasya olhou as costas altas e nuas do garanhão. Experimentou braços e pernas e viu que estavam fracos como geleia. O cavalo posava orgulhoso e na expectativa, parecia saído de um conto de fadas.

– Acho – disse Vasya – que vou precisar de um toco.

As orelhas espetadas abaixaram-se.

Um toco?

– Um toco – repetiu Vasya, decidida. Foi até um bem conveniente, onde uma árvore havia quebrado e caído. O cavalo a seguiu com indolência. Parecia estar reconsiderando sua escolha de cavaleiro. Mas ficou parado junto ao toco, parecendo triste, e de lá Vasya saltou delicadamente para suas costas.

Todos os músculos do animal ficaram rígidos, e ele jogou a cabeça para o alto. Vasya, que já tinha montado em cavalos jovens, estava esperando algo do tipo e ficou parada.

Por fim, o grande garanhão soltou um bufo. *Muito bem*, disse. *Pelo menos você é pequena*. Mas, quando ele se pôs a andar, foi com um passo afetado, de lado. A cada poucos segundos, virava a cabeça para ver a menina em seu dorso.

◇

Cavalgaram o dia todo.

– Não – repetiu Vasya pela décima vez. Sua noite na floresta nevada deixara-a mais fraca do que imaginara e estava dificultando uma tarefa já difícil. – Você precisa baixar a cabeça e usar as costas. Neste exato momento, cavalgar você é como cavalgar um tronco. Um tronco grande e escorregadio.

O garanhão virou a cabeça para olhar.

Eu sei andar.

– Mas não sabe carregar uma pessoa – Vasya retorquiu. – É diferente.

Você dá uma sensação estranha, o cavalo reclamou.

– Dá pra imaginar – disse Vasya. – Não precisa me carregar se não quiser.

O cavalo não disse nada, sacudindo sua crina negra. Então:

Vou carregar você. Minha mãe diz que com o tempo fica mais fácil. Ele parecia cético. *Bem, chega disso. Vamos ver o que conseguimos fazer.* E saiu em disparada. Vasya, tomada de surpresa, jogou o peso do corpo para a frente e envolveu a barriga dele com as pernas. O garanhão adernou em meio às árvores. Vasya viu-se gritando em altos brados. Ele era gracioso como um gato caçador e fazia quase tanto barulho quanto. Em velocidade, os dois eram um só. O cavalo corria como água, e todo o mundo branco lhes pertencia.

– Precisamos voltar – disse Vasya por fim, afogueada, ofegante e rindo. Solovey diminuiu para um trote, a cabeça levantada, as narinas mostrando-se vermelhas. Pinoteou por puro entusiasmo, e Vasya, agarrando-se, esperou que ele não a derrubasse. – Estou cansada.

O cavalo apontou a orelha na direção dela, de uma maneira insatisfeita. Mal estava ofegante. Mas soltou um suspiro e voltou. Num tempo surpreendentemente curto, o bosque de abetos estava à frente deles. Vasya escorregou para o chão. Seus pés bateram na terra com um grande choque de dor, e ela caiu na neve, arfando. Seus dedos dos pés curados estavam entorpecidos, e a cavalgada de algumas horas não tinha melhorado a sua fraqueza.

– Mas onde está a casa? – perguntou ela, rangendo os dentes e se pondo em pé. Só conseguia ver os abetos. O fim do dia envolvia a mata em um violeta estrelado.

Ele não pode ser encontrado quando se procura, disse Solovey. *Você precisa desviar os olhos só um pouquinho.* Vasya fez isso, e ali, num rápido lampejo, na beirada da sua visão, estava a cabana em meio às árvores. O cavalo caminhou ao seu lado, e ela se sentiu um pouco envergonhada por precisar do apoio do seu ombro quente. Ele a empurrou porta adentro.

Morozko não tinha voltado. Mas havia comida na fornalha em brasa, colocada por mãos invisíveis, e algo quente e condimentado para beber.

Ela enxugou Solovey com panos, escovou sua pelagem baia e penteou a longa crina. Ele também nunca havia sido tratado.

Bobagem, disse o cavalo, quando ela começou. *Você está cansada. Não faz a mínima diferença se eu estou escovado ou não.* Mas mesmo assim ele pareceu imensamente satisfeito consigo mesmo, quando ela teve um cuidado extra com a sua cauda. Roçou sua face quando ela terminou e passou toda a refeição analisando o cabelo dela, o rosto, o jantar, como se suspeitasse que ela estivesse escondendo alguma coisa.

– De onde você vem? – Vasya perguntou, quando já não conseguia comer mais nada e alimentava o insaciável cavalo com pedaços de pão. – Onde você foi parido? – Solovey não respondeu. Estendeu o pescoço e trincou uma maçã com seus dedos amarelos. – Quem é seu pai? – Vasya insistiu. Solovey continuou sem dizer nada. Roubou o que restava do pão dela e se retirou lentamente, mastigando. Vasya suspirou e desistiu.

◇

Durante três dias, Vasya e Solovey saíram cavalgando juntos. A cada dia o cavalo levava-a com mais facilidade e, lentamente, a força de Vasya voltou.

Na terceira noite, ao voltarem para casa, Morozko e a égua branca os esperavam. Vasya passou pela soleira mancando, feliz de conseguir fazê--lo com os próprios pés, e, ao vê-los, parou abruptamente.

A égua estava junto ao fogo, lambendo sossegadamente um torrão de sal. Morozko se encontrava sentado do outro lado do braseiro. Vasya despiu sua capa e se aproximou do forno. Solovey foi para seu lugar costumeiro e ficou à espera, ansioso. Para um cavalo que nunca havia sido tratado, adaptara-se muito rápido.

– Boa noite, Vasilisa Petrovna – disse Morozko.

– Boa noite – respondeu Vasya. Para sua surpresa, o demônio do gelo estava segurando uma faca, talhando um bloco de madeira de textura fina. Algo como se fosse uma flor de madeira ganhava forma sob seus dedos habilidosos. Ele deixou a faca de lado, e seus olhos azuis tocaram-na aqui e lá. Ela se perguntou o que ele via.

– Meus criados foram gentis com você? – perguntou Morozko.

– Foram – disse Vasya. – Muito. E lhe agradeço por sua hospitalidade.

– Não tem de quê.

Ele ficou calado, enquanto ela cuidava de Solovey, embora o sentisse observando. Escovou o cavalo e penteou os nós da sua crina. Depois de lavar o rosto e com a mesa posta, ela atacou a comida como um filhote de lobo. A mesa estava repleta de coisas boas: frutos estranhos e nozes espinhentas, queijo, pão e coalhada. Quando, finalmente, Vasya endireitou o corpo e foi mais devagar, deparou com o olhar sardônico de Morozko.

– Eu estava com fome – disse, desculpando-se. – Não comemos tão bem em casa.

– Posso muito bem acreditar nisso. Você parecia um fantasma no alto inverno.

– É mesmo? – indagou Vasya, desapontada.

– Mais ou menos.

Vasya ficou calada. A fogueira desmoronou em seu cerne e a luz da sala passou de dourada a vermelha.

– Aonde você vai quando não está aqui? – ela perguntou.

– Onde eu quiser – ele disse. – É inverno no mundo dos homens.

– Você dorme?

Ele sacudiu a cabeça.

– Não da maneira como você pensaria, não.

Vasya olhou involuntariamente para a grande cama, com sua estrutura escura e cobertores amontoados como um monte de neve. Segurou a pergunta, mas Morozko leu seu pensamento. Levantou uma delicada sobrancelha.

Vasya ficou escarlate e deu um grande gole para esconder o rosto fumegante. Quando voltou a olhar para ele, Morozko estava rindo.

– Você não precisa fazer essa cara pudica pra mim, Vasilisa Petrovna – ele disse. – Essa cama foi feita pra você pelos meus criados.

– E você... – Vasya começou. Corou ainda mais. – Você nunca...

Ele tinha retomado seu entalhe. Tirou mais uma lasca da flor de madeira.

– Frequentemente, quando o mundo era jovem – ele disse com suavidade. – Eles me deixavam donzelas na neve. – Vasya estremeceu. – Às vezes, elas morriam – ele acrescentou. – Às vezes eram teimosas ou bravas e... não queriam.

– O que acontecia com elas? – perguntou Vasya.

– Iam para casa com o resgate de um rei – disse Morozko, secamente. – Você não ouviu as histórias?

Vasya, ainda corando, abriu a boca e tornou a fechá-la. Acorreram várias dezenas de coisas que poderia dizer.

– Por quê? – conseguiu dizer. – Por que salvou a minha vida?

– Achei divertido – respondeu Morozko, embora não tivesse levantado os olhos do seu entalhe. A flor estava grosseiramente terminada. Ele colocou a faca de lado, pegou um pedaço de vidro, ou de gelo, e começou a alisá-la.

A mão de Vasya subiu silenciosamente até o rosto, até o ponto que estivera congelado.

– É mesmo?

Ele não disse nada, mas seus olhos encontraram os dela além do fogo. Ela engoliu em seco com dificuldade.

– Por que você salvou a minha vida e depois tentou me matar?

– Os bravos vivem – respondeu Morozko. – Os covardes morrem na neve. Eu não sabia em qual dos dois você se enquadrava. – Ele pousou a flor e estendeu a mão. Seus longos dedos roçaram o lugar que estivera machucado, na sua face e no queixo. Quando o polegar encontrou sua boca, a respiração estremeceu na garganta. – Sangue é uma coisa. A visão é outra. Mas a coragem, esta é a mais rara de todas, Vasilisa Petrovna.

O sangue extrapolou para a pele de Vasya, até ela conseguir sentir cada frêmito no ar.

– Você faz perguntas demais – disse Morozko, abruptamente, e sua mão caiu.

Vasya encarou-o. Os olhos imensos à luz do fogo.

– Foi cruel – ela disse.

– Você vai percorrer um longo caminho – disse Morozko. – Se não tiver coragem para conhecê-lo, é melhor, muito melhor, para você, morrer tranquila na neve. Talvez eu tenha lhe feito uma gentileza.

– Tranquila não – disse Vasya. – Nem gentil. Você me machucou.

Ele sacudiu a cabeça. Tinha retomado seu entalhe.

– Foi porque você reagiu – ele explicou. – Não precisa machucar.

Ela se virou, recostando-se contra Solovey. Houve um longo silêncio. Então, ele disse bem baixinho:

– Me desculpe, Vasya. Não tenha medo.

Ela olhou diretamente nos seus olhos.

– Não tenho.

◊

No quinto dia, Vasya disse a Solovey:

– Esta noite vou trançar sua crina.

O garanhão não ficou exatamente paralisado, mas ela sentiu todos os seus músculos retesarem-se.

Ela não precisa ser trançada, ele disse, sacudindo a crina em questão. A pesada cortina negra ondulou como um cabelo de mulher e caiu abaixo do seu pescoço. Era impraticável e ridiculamente linda.

– Mas você vai gostar – Vasya tentou convencê-lo. – Você não iria gostar se ela não caísse nos seus olhos?

Não, disse Solovey, muito seguro.

A menina tentou novamente:

– Você vai parecer o príncipe de todos os cavalos. Seu pescoço é tão elegante, não deveria ficar escondido.

Solovey sacudiu a cabeça perante esse assunto de aparência. Mas era um pouco vaidoso; todos os garanhões são. Ela o sentiu hesitar. Suspirou e se inclinou sobre as costas dele.

– Por favor.

Ah, tudo bem, disse o cavalo.

Naquela noite, assim que o cavalo ficou limpo e penteado, Vasya pegou um banquinho e começou a trançar a crina. Com escrúpulos por causa da sensibilidade ultrajada do garanhão, abandonou os planos de fazer uma tiara de trança, cachos ou enfeites. Em vez disso, juntou a longa crina em uma grande trança cascata ao longo da crineira, de modo que o pescoço parecia arquear com mais imponência do que nunca. Ficou encantada. Sub-repticiamente, tentou pegar algumas das campânulas que ainda permaneciam sobre a mesa, perfeitas, e trançá-las junto. O garanhão empinou as orelhas.

O que você está fazendo?

– Acrescentando flores – Vasya disse, sentindo-se culpada.

Solovey bateu o casco.

Nada de flores.

Vasya, depois de se debater contra si mesma, deixou-as de lado com um suspiro.

Prendendo a última ponta, parou e se afastou. A trança enfatizava o arco orgulhoso do pescoço escuro e os ossos graciosos da cabeça do cavalo. Encorajada, Vasya deu a volta com seu banquinho, para começar na cauda.

O cavalo soltou um suspiro infeliz.

O rabo também?

– Você vai parecer o senhor dos cavalos, quando eu terminar – prometeu Vasya.

Solovey espiou em torno, numa tentativa vã de ver o que ela estava fazendo.

Se você está dizendo. Pareceu que ele estava reconsiderando as vantagens de um bom trato. Vasya ignorou-o, cantarolando baixinho, e começou a entrelaçar os pelos mais curtos sobre o osso da cauda.

Subitamente, uma brisa gelada agitou as tapeçarias, e o fogo saltou no forno. Solovey empinou as orelhas. Vasya virou-se exatamente quando a porta se abriu. Morozko atravessou a soleira, e a égua branca abriu caminho atrás dele. O calor da casa extraiu vapor do seu pelo. Solovey puxou a cauda das garras de Vasya, acenou de maneira digna com a cabeça e ignorou a mãe. Ela espetou as orelhas perante sua crina trançada.

– Boa noite, Vasilisa Petrovna – cumprimentou Morozko.

– Boa noite – disse Vasya.

Morozko tirou seu manto azul externo. O manto escorregou pela ponta dos seus dedos e desapareceu em uma baforada de pó. Tirou as botas, que caíram cada uma para um lado, deixando uma mancha úmida no chão. Foi descalço até o fogão. A égua branca o seguiu. Ele pegou uma torção de palha e começou a passá-la ao longo do corpo dela. No espaço de uma piscada, a palha transformou-se em uma escova de pelos de javali. A égua permaneceu com as orelhas relaxadas, os lábios frouxos de prazer.

Vasya aproximou-se, fascinada.

– Você transformou a palha? Isso foi mágica?

– Como você vê. – Ele continuou a tratar da égua.

– Você pode me contar como faz isso? – Ela chegou ao lado dele e espiou, ansiosa, a escova em sua mão.

– Você está ligada demais às coisas como elas são – disse Morozko, penteando a cernelha da égua. Olhou para baixo, com indolência. – Você precisa permitir que as coisas sejam o que melhor serve aos seus propósitos. E, então, elas serão.

Vasya, intrigada, não respondeu. Solovey bufou, não querendo ficar de fora. Ela pegou a própria palha e começou no pescoço do cavalo. Por mais que tentasse, no entanto, aquilo continuava palha.

– Você não pode *transformá-la* em uma escova – disse Morozko olhando para ela. – Porque isso seria acreditar que por enquanto é palha. Apenas permita que, agora, *seja* uma escova.

Insatisfeita, Vasya olhou furiosa para o flanco de Solovey.

– Não entendo.

– Nada muda, Vasya. As coisas são ou não são. Mágica é esquecer que uma coisa já foi outra coisa além daquilo que você desejou que ela fosse.

– *Continuo* sem entender.

– Isto não significa que não possa aprender.

– Acho que você está brincando comigo.

– Como quiser – disse Morozko. Mas sorriu ao dizer isso.

Naquela noite, quando a comida havia terminado e o fogo ardia vermelho, Vasya disse:

– Uma vez você me prometeu uma história.

Morozko bebeu até o fim do copo antes de responder:

– Que história, Vasilisa Petrovna? Sei muitas.

– Você sabe qual. A história do seu irmão e seu inimigo.

– Prometi mesmo essa história pra você – disse Morozko com relutância.

– Por duas vezes, eu vi o carvalho retorcido – disse Vasya. – Por quatro vezes, desde a infância, vi o homem caolho e os mortos andando. Você achou que eu pediria alguma outra história?

– Então beba, Vasilisa Petrovna. – A voz suave de Morozko percorreu suas veias juntamente com o vinho. – E ouça. – Ele serviu o hidromel e ela bebeu. Parecia mais velho, mais estranho e muito distante.

"Eu sou a Morte", começou Morozko, lentamente. "Agora, como no início. Há muito tempo, nasci nas mentes dos homens. Mas não nasci sozinho. Quando olhei para as estrelas pela primeira vez, meu irmão estava ao meu lado. Meu gêmeo. E quando vi pela primeira vez as estrelas, ele também viu."

As palavras tranquilas e cristalinas caíram na mente de Vasya, e ela viu os céus fazendo rodas de fogo, em formatos que não conhecia, e uma planície nevada que beirava um horizonte gélido, azul sobre preto.

– Eu tinha o rosto de um homem – disse Morozko. – Mas meu irmão tinha o rosto de um urso, porque para os homens um urso é muito assustador. Esse é o papel do meu irmão, ele deixa os homens com medo. Ele come o medo deles, devora a si mesmo e dorme até voltar a sentir fome. Acima de tudo, ele ama a desordem: guerra e peste, fogo à noite. Mas num passado distante eu o amarrei. Sou a Morte e o guardião da ordem das coisas. Tudo passa perante mim; é assim que acontece.

– Se você o amarrou, então como...

– Amarrei meu irmão – disse Morozko sem levantar a voz. – Sou seu responsável, seu guardião, seu carcereiro. Às vezes ele acorda e às vezes ele dorme. Afinal de contas, é um urso. Mas agora está acordado e mais forte do que nunca. Tão forte que está se libertando. Não pode sair da floresta. Ainda não. Mas já deixou a sombra do carvalho, coisa que não fez durante centenas de vidas dos homens. Sua gente ficou com medo; abandonou os *chyerty*, e agora sua casa está desprotegida. Ele já satisfaz sua fome com vocês. Mata sua gente à noite. Faz os mortos caminharem.

Vasya ficou calada por um momento, absorvendo isso.

– Como é que ele pode ser derrotado?

– Às vezes, por trapaça – Morozko disse. – Há muito tempo, venci-o pela força, mas então eu tinha outros para me ajudarem. Agora, estou sozinho e me enfraqueci. – Fez-se um breve silêncio. – Mas ele ainda não está livre. Para se libertar completamente, precisa de vidas, várias vidas, e do medo dos mortos atormentados. A vida daqueles que podem vê-lo é a mais forte de todas. Se ele tivesse pegado você no mato, na noite em que nos conhecemos, ele estaria livre, embora todos os poderes do mundo estivessem alinhados contra ele.

– Como é que ele pode ser novamente amarrado? – perguntou Vasya com um toque de impaciência.

Morozko esboçou um sorriso.

– Tenho um último truque. – Seria imaginação dela ou os olhos dele demoraram-se em seu rosto? Seu talismã pesava em sua garganta. – Vou amarrá-lo no solstício de inverno, quando estiver no auge da força.

– Posso ajudar você.

– Você pode? – perguntou Morozko levemente divertido. – Uma menina, meio-sangue e destreinada? Você não sabe nada sobre doutrinas, batalhas nem magia. Como, exatamente, você pode me ajudar, Vasilisa Petrovna?

– Mantive o *domovoi* vivo – Vasya protestou. – Mantive os *upyry* longe de casa.

– Bom trabalho – disse Morozko. – Um *upyr* recém-nascido assassinado à luz do dia, um pequeno e pálido *domovoi* agarrando-se à vida e uma menina que fugiu como uma boba pela neve.

Vasya engoliu em seco.

– Tenho um talismã – ela disse. – Minha ama me deu. Veio do meu pai. Ele me ajudou nas noites em que os *upyry* vieram. Pode ajudar de novo. – Ergueu a safira de sob sua túnica. Estava fria e pesada em sua mão. Quando a virou para a luz do fogo, a joia azul prateada resplandeceu como uma estrela de seis pontas.

Era sua imaginação ou o rosto dele estava um tom mais pálido? Os lábios dele se comprimiram, e seus olhos ficaram profundos e incolores como a água.

– Um pequeno talismã – disse Morozko. – Uma magia antiga e frágil para proteger uma menina. Um objeto reles para colocar perante o Urso. – Mas seu olhar demorou-se nele.

Vasya não viu. Soltou o colar. Inclinou-se para a frente.

– Durante toda a minha vida – ela disse –, me mandaram "ir" e "vir". Me dizem como vou viver e como devo morrer. Tenho que ser a criada de um homem e uma égua para seu prazer, ou tenho que me esconder entre muros e render minha carne para um deus silencioso e frio. Eu entraria nas malhas do próprio inferno, se fosse um caminho da minha própria escolha. Prefiro morrer amanhã na floresta a viver cem anos a vida que me é indicada. *Por favor*, deixe-me ajudar.

Por um instante, Morozko pareceu hesitar.

– Você não me ouviu? – disse ele, por fim. – Se o Urso tiver a sua vida, bom, então ele estará livre e não haverá nada que eu possa fazer. É melhor você ficar longe dele. Você é apenas uma donzela. Vá para casa, onde está segura. Isto vai me ajudar, é o melhor. Use sua joia. Não vá para um convento. – Ela não viu a severidade em sua boca. – Haverá um homem para casar com você. Garantirei isto. Darei o seu dote: um resgate de príncipe, como a história prescreve. Você gostaria disso? Ouro nos punhos e na garganta, o melhor dote de toda a Rus'?

Vasya levantou-se, repentinamente, fazendo o banquinho despencar no chão. Não conseguiu juntar as palavras; correu para fora, noite adentro, descalça e com a cabeça descoberta. Solovey olhou para Morozko e a seguiu.

A casa caiu em silêncio, exceto pelo crepitar do fogo.

Isso foi malfeito, disse a égua.

– Eu estava errado? – perguntou Morozko. – O melhor lugar para ela é em casa. Seu irmão a protegerá. O Urso ficará amarrado. Haverá um homem para se casar com ela, e ela viverá em segurança. Ela precisa carregar a joia. Precisa viver bastante e se lembrar. Não vou deixar que arrisque a vida. Você sabe o que está em risco.

Então você nega a natureza dela. Ela vai fenecer.

– Ela é jovem. Vai acabar se acostumando.

A égua não disse nada.

Vasya não soube por quanto tempo cavalgou. Solovey seguira-a pela neve, e ela subiu cegamente nas costas dele. Teria cavalgado eternamente, mas, por fim, o cavalo voltou para o bosque de abetos. A casa entre os abetos ondulou em sua visão.

Solovey sacudiu a crina. *Desça*, disse. *Ali tem fogo. Você está gelada, está exausta, assustada.*

— Não estou assustada! — replicou Vasya, mas desceu do cavalo. Encolheu-se quando seus pés bateram na neve. Mancando, passou por entre os abetos e cruzou com dificuldade a soleira familiar. O fogo saltava alto na estufa. Vasya despiu suas peças externas molhadas, sem perceber as criadas silenciosas que as levaram embora. De algum modo, conseguiu chegar até o fogo. Despencou em sua cadeira. Morozko e a égua branca tinham ido embora.

Por fim, tomou um copo de hidromel e cochilou com os dedos dos pés gelados perto da fornalha.

O fogo diminuiu, mas a menina continuou dormindo. Sonhou no período mais escuro da noite.

Estava na cela de Konstantin. O ar recendia a terra e sangue, e um monstro agachou sobre o corpo surrado do padre. Quando o monstro levantou o rosto, Vasya viu seus lábios e o queixo cobertos de sangue. Levantou a mão para afastá-lo, ele gritou, saltou pela janela e desapareceu. Vasya ajoelhou-se ao lado da cama, remexendo os cobertores rasgados.

Mas o rosto entre as suas mãos não era do padre Konstantin. Os olhos cinza e mortos de Alyosha miravam fixos nela.

Vasya ouviu um rosnado e se virou. O upyr havia voltado, e era Dunya, morta, cambaleando, semiatravessada na janela, a boca um grande buraco, o osso aparecendo na ponta dos dedos. Dunya que fora sua mãe. E, então, as sombras na parede do padre tornaram-se uma, a sombra do caolho, que riu dela.

— Chore — disse ele. — Você está com medo. É delicioso.

Todas as imagens no canto ganharam vida e guincharam, concordando. A sombra abriu a boca para rir também, e então já não era uma sombra, mas um urso, um grande urso com penúria entre os dentes. Ele soltou fogo, e então a parede começou a queimar, a casa dela estava queimando. Em algum lugar, ouviu Irina gritar.

Um rosto arreganhado apareceu por entre as chamas, mosqueado de azul, com um grande buraco escuro onde houvera um olho.

– Venha – disse ele. – Você ficará com eles e viverá para sempre.

Seu irmão e irmã mortos estavam ao lado da aparição, parecendo acenar por detrás das chamas.

Algo duro bateu no rosto de Vasya, mas ela não lhe deu atenção.

Ela estendeu a mão.

– Alyosha – chamou ela. – Lyoshka!

Sentiu uma dor rápida, mais aguda do que antes. Vasya foi arrancada do seu sono, sufocando em um som entre um soluço e um grito. Solovey cutucava-a, ansioso, com o focinho. Tinha mordido a parte superior do seu braço. Ela agarrou sua crina quente. Suas mãos estavam como dois blocos de gelo; os dentes batiam. Afundou o rosto em sua pelagem. Tinha a cabeça cheia de gritos e daquela voz rindo. *Venha, ou jamais os verá de novo.* Então, ouviu outra voz e sentiu uma lufada de ar frígido.

– Volte, seu grande boi.

Houve um guincho de indignação vindo de Solovey, e então mãos geladas pousaram no rosto de Vasya. Quando ela tentou olhar, tudo o que conseguiu ver foi a casa do seu pai queimando e um homem caolho que acenava.

Esqueça-o, disse o caolho. *Venha cá.*

Morozko deu um tapa em seu rosto.

– Vasya – disse ele. – Vasilisa Petrovna, *olhe para mim.*

Era como se ela estivesse se arrastando por uma grande distância, mas os olhos dele, finalmente, entraram em foco. Ela não conseguiu ver a casa na floresta. Tudo o que via eram os abetos, neve, cavalos e o céu noturno. O ar enrodilhava frígido à sua volta. Vasya tentou acalmar sua respiração em pânico.

Morozko sibilou algo que ela não entendeu. Então, ele disse:

– Tome. Beba.

Seus lábios receberam hidromel, ela sentia o cheiro de mel. Engoliu com dificuldade, engasgou e bebeu. Quando levantou a cabeça, o copo estava vazio e sua respiração tinha ficado mais lenta. Ela voltou a ver as paredes da casa, embora elas ondulassem nas bordas. Solovey enfiava sua cabeçorra na dela, lambendo seu cabelo e o rosto. Ela riu debilmente.

– Estou bem – começou a dizer, mas sua risada transformou-se em lágrimas, e ela foi tomada por um choro convulsivo. Cobriu o rosto.

Morozko observou-a, de olhos apertados. Ela ainda podia sentir o toque das suas mãos, e uma das faces pulsava no lugar onde ele a tinha golpeado.

Por fim, as lágrimas diminuíram.

– Tive um pesadelo – ela disse, sem olhar para ele. Curvou-se em sua cadeira, gelada e constrangida, grudenta de lágrimas.

– Não parece – disse Morozko. – Foi mais do que um pesadelo. A culpa foi minha. – Vendo-a estremecer, ele soltou um som de impaciência. – Venha até aqui, Vasya.

Quando ela hesitou, ele acrescentou secamente:

– Não vou machucar você, menina, e vai te tranquilizar. Venha aqui.

Desnorteada, ela endireitou o corpo e se levantou, reprimindo novas lágrimas. Ele a envolveu com uma capa. Vasya não soube onde a arrumara, talvez a tirara do ar. Morozko a pegou e se deixou largar no aquecido banco do forno com ela nos braços. Foi delicado. Sua respiração era o vento de inverno, mas sua carne estava quente e seu coração batia sob a mão dela. Ela quis se afastar, olhá-lo com todo o seu orgulho, mas estava com frio e assustada. Sua pulsação latejava nos ouvidos. Desajeitadamente, aninhou a cabeça na curva do ombro dele. Ele correu os dedos pelo cabelo solto. Aos poucos, seu tremor foi passando.

– Estou bem agora – ela disse depois de um tempo, um pouco instável. – O que você quis dizer com a culpa ter sido sua?

Ela mais sentiu do que ouviu a risada dele.

– Medved é um mestre dos pesadelos. Para ele, raiva e medo são carne e bebida; então, ele captura as mentes dos homens. Desculpe-me, Vasya.

Ela não disse nada.

Depois de um instante, ele disse:

– Conte-me o seu sonho.

Vasya contou. Recomeçou a tremer depois disso, e ele a abraçou e ficou em silêncio.

– Você tinha razão – disse Vasya, por fim. – O que é que eu sei sobre magia antiga ou rivalidades antigas, ou qualquer outra coisa? Mas tenho que ir pra casa. Posso proteger minha família, pelo menos por um tempo. O pai e Alyosha entenderão depois que eu explicar.

A imagem do seu irmão morto perturbou-a.

— Muito bem – disse Morozko. Ela não estava olhando para ele, e então não viu a tristeza no seu rosto.

— Posso levar Solovey comigo? – perguntou Vasya, com hesitação. – Se ele quiser vir?

Solovey ouviu e sacudiu a crina. Baixou a cabeça para olhar para Vasya por um dos olhos.

Onde você for, eu vou, disse o garanhão.

— Obrigada – Vasya sussurrou e agradou seu focinho.

— Você parte amanhã – interrompeu Morozko. – Durma o restante da noite.

— Por quê? – perguntou Vasya, afastando-se para olhar para ele. – Se o Urso estiver esperando nos meus sonhos, com certeza eu não vou dormir.

Morozko sorriu enviesado.

— Mas desta vez estarei aqui. Até nos seus sonhos, Medved não ousaria entrar na minha casa, se eu não estiver longe.

— Como é que você sabe que eu estava sonhando? – perguntou Vasya. – Como foi que voltou a tempo?

Morozko levantou uma sobrancelha.

— Eu soube. E voltei a tempo porque não há nada sob estas estrelas que corra mais rápido do que a égua branca.

Vasya abriu a boca para fazer outra pergunta, mas a exaustão golpeou-a como uma onda. Estava à beira do sono, quando se recobrou, assustada.

— Não – murmurou ela. – Não... Eu não suportaria isso de novo.

— Ele não vai voltar – disse Morozko. Tinha a voz firme junto ao seu ouvido. Ela sentiu os anos que ele trazia e a força. – Tudo ficará bem.

— Não vá – ela sussurrou.

Algo cruzou o rosto dele, sem que ela pudesse decifrar.

— Não vou – ele disse. E, então, já não importava mais. O sono foi uma grande onda escura que passou sobre e através dela. Suas pálpebras fecharam-se com um estremecimento.

— O sono é primo da morte, Vasya – ele murmurou sobre a sua cabeça –, e os dois me pertencem.

◆

Quando ela acordou, ele ainda estava lá, como prometera. Vasya se arrastou da cama e foi até o fogo. Estava muito quieto, contemplando as chamas. Era como se não tivesse se mexido nem por um instante. Se Vasya olhasse com atenção, poderia ver a floresta ao redor dele, e ele um grande silêncio branco, informe, no meio. Mas ela se largou em seu próprio banquinho, ele olhou em volta, e seu rosto perdeu parte do distanciamento.

– Aonde você foi ontem? – ela perguntou. – Onde você se encontrava quando o Urso soube que você estava distante?

– Aqui e lá – respondeu Morozko. – Trouxe presentes pra você.

Havia uma pilha de pacotes ao seu lado. Vasya olhou para eles. Ele levantou uma sobrancelha como um convite, e ela era criança o bastante para se atirar imediatamente para o primeiro pacote e abri-lo com o coração disparado. Continha um vestido verde arrematado em vermelho e uma capa revestida de zibelina. Havia botas feitas de feltro e pele, bordadas com frutinhas carmesim, toucados para seu cabelo e joias para seus dedos, muitas joias. Vasya pegou-as na mão. E também ouro e prata em alforjes de couro pesado. Havia tecidos com prata e um suntuoso e macio que ela não conhecia.

Vasya olhou para aquilo tudo. *Sou a menina da história,* pensou. *Este é o resgate do príncipe. Agora ele vai me levar de volta para a casa do meu pai, coberta de presentes.*

Lembrou-se das mãos dele à noite, uns poucos momentos de delicadeza.

Não, isso não foi nada. Não é assim que se passa a história. Sou apenas a menina no conto de fadas, e ele é o malvado demônio do gelo. A donzela deixa a floresta, casa-se com um homem bonito e esquece tudo em relação à magia.

Por que ela sentia essa dor? Colocou o tecido de lado.

– Este é o meu dote? – falava baixo, sem saber o que transparecia em seu rosto.

– Você precisa ter um – disse Morozko.

– Não vindo de você – sussurrou Vasya. Ela o viu subitamente surpreso. – Vou levar suas campânulas para minha madrasta. Solovey virá para Lesnaya Zemlya comigo, se ele quiser. Mas não receberei mais nada de você, Morozko.

– Você não receberá nada de mim, Vasya? – perguntou Morozko, e por uma vez ela ouviu uma voz humana.

Vasya oscilou para trás, tropeçando no resgate do príncipe, espalhado a seus pés.

– Nada! – Ela sabia que ele tinha certeza de que ela estava chorando, e tentou falar de maneira razoável. – Amarre seu irmão e salve a gente. Vou pra casa.

Sua capa pendia junto ao fogo. Ela calçou as botas e pegou o cesto de campânulas. Parte dela queria que ele objetasse, mas ele não o fez.

– Então, você vai cruzar a barreira da sua aldeia ao amanhecer – disse Morozko. Estava em pé. Fez uma pausa. – Acredite em mim, Vasya. Não me esqueça.

Mas ela já havia atravessado a soleira e partido.

26

NO DEGELO

Ela é apenas uma pobre boba louca, pensou Konstantin Nikonovich. *Ele disse que não vai matá-la. Preciso fazer com que me deixe. Ninguém pode saber disso.*

Um amanhecer cinza e um sol vermelho nascendo. *Onde está a beira da qual ele falou? Na floresta. Campânulas. O velho carvalho antes do amanhecer.*

Konstantin foi sorrateiramente até o quarto de Anna e tocou no seu ombro. Irina dormia ao seu lado, mas não se mexeu. Ele pôs a mão sobre a boca de Anna para abafar seu grito.

– Venha comigo agora – ele mandou. – Deus nos chamou. – Konstantin a capturou com os olhos. Ela ficou imóvel, a boca escancarada. Ele a beijou na testa. – Vamos.

Ela olhou para ele com olhos imensos, bordejados de lágrimas.

– Sim – Anna concordou.

Seguiu-o como um cachorro. Ele tinha se preparado para sussurrar, falar tolices, mas só foi preciso um olhar e ela o acompanhou. Estava escuro, mas o céu a leste tinha clareado. Fazia muito frio. Ele a envolveu com sua capa e a levou de casa. Fazia meses que Anna não saía ao ar livre, até mesmo à luz do dia, mas agora ela o seguia apenas com um leve acelerar da sua respiração entrecortada, enquanto cruzavam a barreira da aldeia.

Chegaram a um velho carvalho, avançando apenas um pouco na floresta. Konstantin nunca o havia visto. À volta deles, tudo era inverno, a mortalha de neve rigorosa, a terra como ferro, o rio parecendo mármore azul. Mas sob o carvalho a neve havia derretido e – Konstantin chegou mais perto – o chão estava forrado de campânulas. Anna se agarrou ao braço dele.

– Padre – sussurrou ela. – Ah, padre, o que é aquilo ali? Ainda é inverno, cedo demais para campânulas.

– O degelo – disse Konstantin, cansado, nauseado e seguro. – Venha, Anna.

Ela envolveu sua mão na dele. Tinha o toque de uma criança. À luz do amanhecer, ele podia ver os espaços escuros entre seus dentes.

Konstantin levou-a para mais junto da árvore, com seu tapete prematuro de campânulas. Cada vez mais próximo.

E, repentinamente, os dois estavam em uma clareira que nenhum deles jamais vira. O carvalho ficou sozinho no centro, enquanto as flores brancas agrupavam-se perto dos seus joelhos encanecidos. O céu estava branco. O chão virara uma lama de neve derretida, transformando-se em húmus.

– Bom trabalho – disse a voz. Parecia vir do ar, da água. Anna soltou um grito soluçante. Konstantin viu uma sombra na neve, tornando-se monstruosamente vasta, estendendo-se e se distorcendo, a sombra mais escura que já vira. Mas Anna não olhava para a sombra e sim para o espaço além. Apontou seu dedo trêmulo e gritou. Gritou e gritou.

Konstantin olhou para onde Anna olhava, mas não viu nada.

A sombra pareceu esticar-se e se sacudir, como um cachorro acariciado pelo dono. Os gritos de Anna cortaram o ar vazio. A luz estava uniforme e fraca.

– Bom trabalho, meu servo – disse a sombra. – Ela é tudo o que eu desejo. Ela pode me ver e está com medo. Grite, *vedma*, grite.

Konstantin sentiu-se vazio, estranhamente calmo. Afastou Anna de si, embora ela arranhasse e lutasse. Suas unhas afundaram-se em seu braço forrado de lã.

– Agora – disse Konstantin –, cumpra sua promessa. Me deixe. Traga a menina de volta.

A sombra ficou quieta, como o javali que ouve as passadas distantes do caçador.

– Vá para casa, homem de Deus – ela disse. – Volte e espere. A menina voltará para você. Juro.

Os gritos aterrorizados de Anna ficaram ainda mais altos. Ela se atirou ao chão e beijou os pés do padre, passou os braços à sua volta.

– Batyushka – implorou ela. – Batyushka! Não… Por favor. Não me deixe. Eu imploro. Eu imploro! Aquele é um diabo. Aquele é o diabo!

Konstantin foi tomado por um desgosto enfadonho.

– Muito bem – disse para a sombra.

Empurrou Anna para o lado.

– Aconselho-a a rezar.

Ela soluçou ainda com mais força.

– Estou indo – disse Konstantin para a sombra. – Esperarei. Não falte à sua palavra.

27

O URSO DO INVERNO

Vasya voltou para Lesnaya Zemlya à primeira luz de uma clara madrugada de inverno. Solovey carregou-a até o trecho da paliçada mais próximo da casa. Quando ela se levantou em suas costas, pôde alcançar o alto da parede de estacas.

Esperarei por você, Vasya, disse o garanhão. *Se precisar de mim, basta chamar.*

Vasya colocou a mão no pescoço dele. Então, saltou a paliçada e caiu na neve.

Encontrou Alyosha sozinho na cozinha de inverno, armado e andando de um lado a outro, de capote e de botas. Ele a viu e estacou. Irmão e irmã se entreolharam.

Então, Alyosha deu dois grandes passos, agarrou-a e a puxou para si.

– Por Deus, Vasya, você me assustou – disse junto ao seu cabelo. – Pensei que estivesse morta. Malditos Anna Ivanovna e os dois *upyry*; eu ia sair para te procurar. O que aconteceu? Você... você nem mesmo parece estar gelada. – Ele a afastou um pouco. – Você está diferente.

Vasya pensou na casa na floresta, na boa comida, no descanso e no calor. Pensou nas suas infindáveis cavalgadas pela neve e também em Morozko, a maneira como ele a contemplava sob a luz do fogo, à noite.

– Talvez eu esteja diferente. – Ela jogou as flores no chão.

Alyosha ficou boquiaberto.

– Onde? – gaguejou ele. – Como?

Vasya sorriu de esguelha.

– Um presente.

Alyosha estendeu o braço e tocou uma haste frágil.

– Não vai funcionar, Vasya – disse ele, recobrando-se. – Anna não manterá sua promessa. A aldeia já está temerosa. Se esta notícia se espalhar...

– Não vamos contar a eles – disse Vasya, com firmeza. – Já basta eu ter mantido minha metade do trato. No solstício de inverno, os mortos ficarão novamente quietos. O pai voltará pra casa, e eu e você faremos com que ele pense com clareza. Enquanto isso, temos que proteger a casa.

Ela se virou para o forno.

Nesse momento, Irina entrou aos tropeços na sala. Soltou um grito.

– Vasochka! Você voltou. Eu estava com tanto medo. – Atirou os braços ao redor da irmã, e Vasya agradou seu cabelo. Irina afastou-se. – Mas onde está a minha mãe? – perguntou ela. – Ela não estava na cama, embora geralmente durma por muito tempo. Pensei que estivesse na cozinha.

Um dedo gelado tocou a parte de trás do pescoço de Vasya, embora ela não estivesse certa do motivo.

– Talvez ela esteja na igreja, passarinho – Vasya sugeriu. – Vou dar uma olhada. Enquanto isso, aqui têm algumas flores pra você.

Irina pegou as flores, pressionou-as contra os lábios.

– Tão cedo! Já é primavera, Vasochka?

– Não – respondeu Vasya. – Elas são só uma promessa. Deixe-as escondidas. Preciso achar a sua mãe.

Não havia ninguém na igreja, além do padre Konstantin. Vasya entrou sem fazer barulho na quietude. Os ícones pareciam olhar para ela.

– Você – disse Kosntantin, exausto. – Ele cumpriu a promessa. – E não desviou o olhar dos ícones.

Vasya rodeou-o de maneira a ficar entre ele e o biombo de ícones. Um fogo baixo ardia nos olhos fundos do padre.

– Dei tudo por você, Vasilisa Petrovna.

– Não tudo – observou Vasya. – Uma vez que é evidente que seu orgulho está intacto, bem como suas ilusões. Onde está a minha madrasta. Batyushka?

– Não, eu dei tudo – disse Konstantin. Sua voz elevou-se; parecia falar independentemente da sua vontade. – Pensei que fosse a voz de Deus, mas não era. E fui deixado com o meu pecado… por querer você. Ouvi o diabo para te afastar de mim. Agora, jamais voltarei a ser puro.

– Batyushka, qual é esse diabo? – perguntou Vasya.

– A voz no escuro – respondeu Konstantin. – O que traz tempestades. A sombra na neve. Mas ele me contou... – Konstantin cobriu o rosto com as mãos. Seus ombros se sacudiram.

Vasya se ajoelhou e tirou as mãos do padre do rosto.

– Batyushka, onde está Anna Ivanovna?

– Na mata – disse Konstantin. Olhava para o rosto dela como se estivesse fascinado, muito semelhante ao que acontecera com Alyosha. Vasya se perguntou que mudança a casa na floresta teria forjado nela. – Com a sombra. O preço dos meus pecados.

– Batyushka – Vasya falou com muita cautela. – Nessa mata, você viu um grande carvalho preto e retorcido?

– É claro que você conheceria o lugar – disse Konstantin. – É o reduto dos demônios.

Então, ele levou um susto. Vasya perdera toda a cor que trazia no rosto.

– O que foi, menina? – ele perguntou com um tanto da sua antiga maneira imperiosa. – Você não pode ter dó daquela velha louca. Ela teria preferido você morta.

Mas Vasya já havia partido, subindo e correndo para a casa. A porta fechou-se à sua passagem.

Ela se lembrou da madrasta, encarando o *domovoi* com os olhos saltados.

Ele deseja, acima de tudo, as vidas daqueles que podem vê-lo.

O Urso tinha a sua bruxa, e era o amanhecer.

Ela colocou dois dedos na boca e assobiou com estridência. Já começava a subir fumaça das chaminés. Seu assovio dividiu a manhã como as flechas de invasores, e jorraram pessoas das suas casas.

Vasya!, ela ouviu. *Vasilisa Petrovna!* Mas, então, todos se calaram porque Solovey tinha saltado a paliçada. Galopou até Vasya e não diminuiu o passo quando ela pulou em suas costas. Vasya ouviu gritos de perplexidade.

O cavalo se deteve, derrapando no *dvor*. Do estábulo, vieram relinchos de cavalos. Alyosha saiu correndo da casa com a espada desembainhada em punho. Irina, atrás dele, pairava encolhida na soleira. Eles pararam e olharam para Solovey.

– Lyoshka, venha comigo – disse Vasya. – Agora! Não há tempo.

Alyosha olhou para a irmã e o garanhão baio. E também para Irina e para as pessoas.

– Você leva ele também? – Vasya disse para Solovey.

Levo, respondeu o cavalo. *Se você me pedir. Mas aonde estamos indo, Vasya?*

– Até o carvalho. Até a clareira do Urso – respondeu Vasya. – O mais rápido que você conseguir.

Alyosha subiu para a garupa sem dizer uma palavra.

Solovey ergueu a cabeça, um garanhão pressentindo batalha. Mas disse:

Você não pode fazer isto sozinha. Morozko está longe. Ele disse que precisa esperar até o solstício de inverno.

– Não posso? – disse Vasya. – Vou fazer. Rápido.

◇

Anna Ivanovna já não tinha voz. As cordas e músculos estavam todos esticados e partidos. Ainda assim, tentava gritar, embora apenas um som áspero e destruído escapasse dos seus lábios. O caolho sentou-se ao lado de onde ela jazia e sorriu.

– Ah, minha linda – disse ele. – Grite novamente. É lindo. Sua alma amadurece enquanto você grita.

Ele se inclinou mais para perto. Em um momento ela viu um homem com retorcidas cicatrizes azuis no rosto; no momento seguinte, arqueado sobre ela, viu um urso com um olho só, com cabeça e ombros que pareciam estilhaçar o céu. Então, ele não era absolutamente nada: uma tempestade, um vento, um fogo descontrolado de verão. Uma sombra. Ela se encolheu para longe, com ânsias de vômito. Tentou ficar em pé, mas a criatura riu dela, e ela perdeu a força dos membros. Ficou ali deitada, respirando o ar fedorento.

– Você é gloriosa – disse a criatura, debruçando-se mais para perto, babando. Percorreu sua carne com mãos ásperas. Agachada aos pés dele havia outra sombra pequena, envolta em branco. O rosto estava enrugado até quase se reduzir a nada, apenas olhos implantados juntos, têmporas estreitas e uma boca que se abria enorme e voraz. Agachou-se no chão com a cabeça entre os joelhos. De vez em quando, olhava para Anna, um brilho faminto reluzindo nos olhos escuros.

— Dunya — disse Anna, soluçando. Porque era ela, vestida como havia sido enterrada. — Dunya, por favor.

Porém Dunya não disse nada. Abriu sua boca cavernosa.

— Morra — disse Medved com arrebatada ternura, deixando Anna afastar-se. — Morra e viva para sempre.

O *upyr* deu o bote. Anna reagiu apenas com tentativas de arranhões dos dedos frágeis.

Mas então, do outro lado da clareira, veio o grito reverberante de um garanhão.

◇

Enquanto Solovey galopava, Vasya contou a Alyosha que a madrasta deles estava em poder de um monstro, e, se ele a matasse, estaria livre para assolar o campo de terror.

— Vasya — disse Alyosha, levando um momento para digerir aquilo. — *Onde você esteve?*

— Fui hóspede do rei do inverno — explicou Vasya.

— Bem, você deveria ter trazido um resgate de príncipe — Alyosha disse de pronto, e Vasya riu.

O dia estava amanhecendo. Um cheiro estranho, quente e rançoso, emanou por entre os troncos das árvores. Solovey galopou sem trégua, as orelhas para a frente. Era um cavalo digno do filho de um deus, mas as mãos de Vasya estavam vazias, e ela não sabia lutar.

Você não deve ter medo, disse Solovey, e ela acariciou o pescoço macio.

À frente assomou o grande carvalho. Atrás dela, Vasya sentiu a tensão de Alyosha. Os dois cavaleiros passaram pela árvore e se viram em uma clareira, um lugar que Vasya não conhecia. O céu estava branco, o ar morno, a ponto de ela transpirar debaixo das roupas.

Solovey empinou-se, chamando para um desafio. Alyosha agarrou Vasya pela cintura. Uma coisa branca estava debruçada na terra enlameada, enquanto outra forma ofegava sob ela. Uma grande poça de sangue destacava-se à volta das duas.

Acima delas, esperando, sorrindo, estava o Urso. Mas ele já não era um homem pequeno com cicatrizes na pele. Agora, Vasya viu um urso de verdade, porém maior do que qualquer outro que jamais vira. Tinha o pelo manchado da cor do líquen; seus lábios pretos reluziam ao redor de uma boca vasta e raivosa.

Um leve sorriso surgiu naqueles lábios pretos quando os viu, e a língua mostrou-se vermelha entre eles.

– Dois deles! – ele disse. – Melhor ainda. Pensei que meu irmão já a tivesse, menina, mas suponho que ele foi bobo demais para conseguir te manter. Você tem os olhos do rei do mar. Que donzela mortal tem olhos como esses?

Com o canto do olho, Vasya viu a égua branca adentrar na clareira.

– Ah, não, aqui está ele – disse o Urso. Mas sua voz se enrijecera. – Olá, irmão. Veio se despedir de mim?

Morozko deu a Vasya um olhar rápido e intenso, e ela sentiu um fogo subir dentro dela, em resposta: poder e liberdade juntos. O grande garanhão baio estava sob ela; os olhos ardentes do demônio do gelo ali, e entre eles, o monstro. Ela jogou a cabeça para trás e riu, e, ao fazer isso, sentiu queimar a joia em sua garganta.

– Bem – disse-lhe Morozko com ironia, sua voz como o vento –, eu tentei te manter a salvo.

Um vento estava se formando. Era pequeno, leve, rápido e penetrante. Um tanto da nuvem branca foi para longe, e Vasya pôde vislumbrar um céu límpido do amanhecer. Ouviu Morozko falando, baixo e claramente, mas não entendeu as palavras. Ele tinha os olhos fixos em algo que Vasya não enxergava. O vento ficou mais forte, lamuriento.

– Você acha que me assusta, Karachun? – perguntou Medved.

– Posso ganhar tempo, Vasya – disse o vento ao seu ouvido. – Mas não sei quanto. Eu teria ficado mais forte no solstício de inverno.

– Não houve tempo. Ele está com a minha madrasta – replicou Vasya. – Eu tinha me esquecido. Ela também consegue ver.

Subitamente, ela percebeu outros rostos na mata, à beira da clareira. Havia uma mulher nua com longos cabelos molhados e uma criatura como se fosse um velho, a pele igual à de uma árvore. E também o *vodianoy*, o rei do rio com seus grandes olhos de peixe. O *polevik* estava ali e o *bolotnik*. Havia outros, dúzias. Criaturas como corvos e como pedras, cogumelos e montes de neve. Muitos se adiantaram lentamente para onde estava a égua branca, ao lado de Vasya e Solovey, e se agruparam perto dos seus pés.

Atrás dela, Alyosha soltou um assobio de surpresa.

– Posso vê-los, Vasya.

Mas o Urso também estava falando, numa voz como se fossem homens gritando. E alguns dos *chyerty* foram até ele. O *bolotnik*, a criatura malvada do pântano. E – Vasya sentiu seu coração parar – a *rusalka*, selvageria, vazio e luxúria em seu rosto estranho e bonito.

Os *chyerty* tomaram partido, e Vasya viu todos os rostos intensos. *Rei do inverno. Medved. Reagiremos.* Vasya sentiu todos estremecendo à beira da batalha. Seu sangue ferveu. Ouviu suas inúmeras vozes. E a égua branca também foi à frente, levando Morozko às costas. Solovey empinou-se e deu patadas na terra.

– Vá, Vasya – disse o vento com a voz de Morozko. – Sua madrasta deve viver. Diga a seu irmão que a espada dele não furará a carne dos mortos. E... não morra.

A menina endireitou o peso e Solovey os levou à frente como num galope voador. O Urso rosnou, e instantaneamente a clareira mergulhou no caos. A *rusalka* pulou sobre o *vodianoy*, seu pai, e mordeu o ombro verruguento. Vasya viu o *leshy* ferido, soltando algo como se fosse seiva de um talho em seu tronco. Solovey seguiu galopando. Eles chegaram à grande poça de sangue e pararam, derrapando.

O *upyr* levantou os olhos e silvou. Anna achava-se sob ela, o rosto lívido, emplastrado de barro, sem se mexer. Dunya estava coberta de sangue e imundície, o rosto lanhado de lágrimas.

Anna soltou um suspiro lento e gorgolejante. Tinha a garganta aberta. Atrás deles veio um rugido de triunfo do Urso. Dunya estava agachada como um gato prestes a saltar. Vasya encarou-a nos olhos e escorregou das costas de Solovey.

Não, Vasya, disse o garanhão. *Suba aqui de volta.*

– Lyoshka – disse Vasya, sem tirar os olhos de Dunya. – Vá lutar com os outros. Solovey me protegerá.

Alyosha desceu das costas de Solovey.

– Até parece que eu deixaria você! – ele exclamou. Algumas das criaturas do Urso rodearam-nos. Alyosha soltou um grito de guerra e girou a espada. Solovey abaixou a cabeça como um touro prestes a investir.

– Dunya – Vasya disse. – Dunyashka. – Ouviu vagamente o ronco do irmão quando a margem da batalha chegou até eles. De algum lugar, veio um uivo como se fosse de lobo, um grito como se fosse de mulher. Mas ela e Dunya se mantiveram em um pequeno núcleo de silêncio. Solovey escavou a terra, as orelhas grudadas no crânio.

Essa criatura não conhece você, disse.

– Conhece. Sei que conhece. – A expressão de terror no rosto do *upyr* lutava agora com uma fome ávida. – Só vou dizer a ela que não precisa ter medo. Dunya... Dunya, por favor. Sei que está gelada aqui e assustada. Mas você não consegue se lembrar de mim?

Dunya ofegava, com todo o brilho do inferno nos olhos.

Vasya tirou a faca do cinto e enfiou-a com vontade nas veias do seu punho. A pele resistiu antes de ceder, e então o sangue jorrou para fora. Solovey, instintivamente, recuou em defesa.

– Vasya! – exclamou Alyosha, mas ela não lhe deu atenção. Vasya deu um longo passo adiante. Seu sangue caía, manchando de escarlate a neve, a lama, as campânulas. Atrás dela, Solovey empinou-se.

– Tome, Dunyashka – ofereceu Vasya. – Tome. Você está com fome. Você me alimentou o tempo todo. Você se lembra? – Ela estendeu seu braço sangrando.

E, então, não teve mais tempo para pensar. A criatura agarrou sua mão como uma criança gulosa, grudou a boca no seu punho e bebeu.

Vasya ficou parada, tentando desesperadamente manter-se em pé.

A criatura choramingava enquanto bebia. Chorava baixinho cada vez mais e, então, repentinamente, atirou a mão de Vasya para longe e tropeçou para trás. Vasya cambaleou, tonta, flores negras desabrochando nas bordas da sua visão. Mas Solovey estava atrás dela, amparando-a, focinhando-a com ansiedade.

O punho havia sido destroçado como se fosse um osso. Trincando os dentes, Vasya rasgou um pedaço da sua saia, amarrando-o com força. Ouviu o assobiar da espada de Alyosha. A pressão de lutar tomou conta do irmão e o levou embora.

O *upyr* olhava para ela com terror abjeto. Tinha o nariz, o queixo e as faces pintalgadas e manchadas de sangue. A mata parecia prender a respiração.

– Marina – disse o vampiro, e a voz era de Dunya.

E veio um urro de fúria.

O brilho infernal esmoreceu nos olhos do vampiro. O sangue rachou e escamou em seu rosto.

– Minha própria Marina, finalmente. Faz tanto tempo.

– Dunya – disse Vasya. – Estou feliz em ver você.

– Marina, Marushka, onde estou? Sinto frio. Tenho sentido tanto medo.

– Está tudo bem – disse Vasya, lutando contra as lágrimas. – Vai ficar tudo bem. – Envolveu com os braços a coisa que cheirava a morte. – Não precisa ter medo, agora. – De um lugar mais distante veio outro rugido. Dunya estremeceu nos braços de Vasya. – Calma – acrescentou Vasya, como se falasse com uma criança. – Não olhe. – Sentia gosto de sal nos lábios.

Subitamente, Morozko estava ao seu lado. Respirava acelerado e tinha um olhar selvagem que se igualava ao de Solovey.

– Você é uma tola louca, Vasilisa Petrovna – disse ele. Pegou um punhado de neve e o pressionou no braço sanguinolento. A neve congelou sólida, bloqueando o sangue. Quando ela espanou o excesso, encontrou a ferida resguardada por uma fina camada de gelo.

– Qual é a situação? – perguntou Vasya.

– Os *chyerty* resistem – respondeu Morozko sombriamente –, mas isso não vai durar. Sua madrasta está morta, portanto o Urso está solto. Agora, ele escapará logo, logo.

A luta tinha voltado para a clareira. Os espíritos da mata eram como crianças ao lado do tamanho do Urso. Ele tinha crescido. Seus ombros pareciam dividir o céu. Agarrou o *polevik* em seus maxilares imensos e o atirou para longe. A *rusalka* ficou ao seu lado, soltando um grito sem palavras. O Urso atirou para trás sua grande cabeça desgrenhada.

– Livre! – trovejou, mostrando os dentes, rindo. Agarrou o *leshy*, e Vasya ouviu barulho de madeira lascando.

– Você precisa ajudá-los – replicou Vasya. – Por que está aqui?

Morozko estreitou os olhos e não disse nada. Vasya cismou, por um ridículo instante, que ele teria voltado para impedi-la de se matar. A égua branca encostou o focinho no rosto murcho de Dunya.

– Eu te conheço – a velha senhora cochichou para a égua. – Você é tão linda. – Então, Dunya viu Morozko, e um leve medo insinuou-se novamente em seus olhos. – Te conheço também.

– Você não me verá novamente, Avdotya Mikhailovna, realmente espero – disse Morozko, mas sua voz era gentil.

– Leve-a – disse Vasya rapidamente. – Faça com que ela morra de verdade agora, para não ficar com medo. Olhe, ela já está esquecendo.

Era verdade. A clareza tinha começado a esvanecer do rosto de Dunya.

– E você, Vasya? – Morozko perguntou. – Se eu levá-la, terei que deixar este lugar.

Vasya pensou em enfrentar o Urso sem ele e vacilou.

– Quanto tempo você ficará longe?

– Um instante. Uma hora. Não dá para saber.

Atrás deles, o Urso chamava. Dunya ficou agitada com os chamados.

– Tenho que ir até ele – sussurrou ela. – Preciso... Marushka, *por favor*.

Vasya tomou sua decisão:

– Tenho uma ideia.

– Seria melhor...

– Não – respondeu Vasya brevemente. – Leve-a agora. *Por favor*. Ela foi minha mãe. – Agarrou o braço do demônio do gelo com as mãos. – A égua branca disse que você era um presenteador. Faça isto por mim agora, Morozko. Eu te imploro.

Fez-se um longo silêncio. Morozko olhou para a batalha além deles. Olhou de volta para ela. Pela centelha de um instante, seu olhar vagou pelas árvores. Vasya olhou para onde ele olhava e não viu nada. Mas, subitamente, o demônio do gelo sorriu.

– Muito bem – Morozko disse. Inesperadamente, ele estendeu o braço e a trouxe para si, beijando-a de forma rápida e intensa. Ela ergueu os olhos para ele, espantada. – Você vai ter que aguentar, então – ele disse.

– Tanto quanto puder. Seja corajosa.

Ele recuou.

– Venha, Avdotya Mikhailovna, e pegue a estrada comigo.

Subitamente, ele e Dunya estavam montados na égua branca, e apenas uma coisa vazia, sangrenta e amarfanhada jazia na neve, aos pés de Vasya.

– Adeus – sussurrou Vasya, lutando contra a vontade de chamá-lo de volta. Então, eles partiram, o cavalo branco e seus dois cavaleiros.

Vasya respirou fundo. O Urso tinha descartado o último dos seus atacantes. Agora, exibia o rosto de um homem cheio de cicatrizes, mas um homem alto, forte, com mãos cruéis. Riu.

– Bom trabalho – disse ele. – Eu mesmo estou sempre tentando me livrar dele. Ele é uma coisa gelada, *devushka*. Eu sou o fogo, aquecerei você. Venha cá, pequena *vedma*, e viva para sempre.

Ele acenava. Seus olhos pareciam agarrá-la. Seu poder inundava a clareira, e os *chyerty* feridos encolhiam-se perante ele.

A respiração de Vasya foi absorvida com medo. Mas Solovey estava ao seu lado. Sentiu seu pescoço vigoroso debaixo da sua mão e, então, às cegas, subiu nas suas costas.

– Prefiro mil mortes – ela respondeu ao Urso.

O lábio com cicatriz levantou-se e ela viu o brilho de seus longos dentes.

– Que seja, então – ele retrucou, com frieza. – Escrava ou serva leal, a escolha é sua. Mas, seja como for, você me pertence. – Ele foi crescendo enquanto falava e, de uma hora para outra, voltou a ser um urso, com mandíbulas para engolir o mundo. Sorriu para ela. – Ah, você está com medo. No fim, elas sempre ficam com medo. Mas o medo de quem tem coragem é o melhor.

Vasya pensou que seu coração saltaria do peito, mas disse em bom som, com uma voz pequena e sufocada:

– Vejo o pessoal da mata, mas onde está o *domovoi*, o *bannik* e o *vazila*? Venham para mim agora, filhos dos lares da minha gente, porque minha necessidade é grande. – Arrancou a camada de gelo do ferimento no seu braço, de modo que seu sangue jorrasse. A joia azul brilhava sob suas roupas.

Houve um instante de silêncio na clareira, quebrado pelo soar da espada de Alyosha e os grunhidos dos *chyerty* que ainda lutavam. Seu irmão estava cercado por três seguidores do Urso. Vasya viu o rosto dele intenso, o brilho de sangue no braço e no rosto.

– Venham para mim agora – disse Vasya, em desespero. – Já que sempre amei vocês e vocês sempre me amaram, lembrem-se do sangue que verti e do pão que dei.

O silêncio continuou. O Urso raspou a terra com suas grandes patas dianteiras.

– E agora você vai se desesperar – disse ele. – O desespero é ainda melhor do que o medo. – Ele colocou a língua para fora como uma cobra, como se provasse o ar.

Menina tola, pensou Vasya. *Como é que os espíritos domésticos poderiam vir? Estão comprometidos com os nossos lares.* Sentiu gosto de sangue, amargo e salgado na boca.

– Pelo menos podemos salvar meu irmão – Vasya disse para Solovey, e o cavalo chamou para o confronto. Uma das grandes patas do Urso apareceu num lampejo, pegando-os de surpresa, e o cavalo mal se desviou. Recuou com as orelhas grudadas na cabeça, e a grande pata preparou-se para atacar novamente.

Subitamente, todos os *domoviye*, todos os guardiães da casa de banhos e os espíritos do pátio de todas as moradias em Lesnaya Zemlya estavam se amontoando aos seus pés. Solovey teve que levantar os cascos para evitar pisar neles, e então o *vazila* pulou para sua cernelha. O pequeno *domovoi* da própria casa de Vasya brandia um carvão aceso em sua mão fuliginosa.

Pela primeira vez, o Urso pareceu em dúvida.

– Impossível – murmurou ele. – Impossível. Eles não deixam suas casas.

Os espíritos domésticos trovejaram desafios estranhos, e Solovey sapateou na terra enlameada.

Mas, então, o coração de Vasya saltou para a garganta e pareceu ficar ali pendurado, martelando. A *rusalka* tinha derrubado Alyosha por terra. Vasya viu a espada dele sair voando, viu-o paralisado, em transe, olhando para a mulher nua. E também os dedos dela rodeando a garganta do irmão.

O Urso riu.

– Fiquem todos onde estão, ou aquele ali morre.

– Lembre-se – Vasya dirigiu-se à *rusalka*, desesperada, do outro lado da clareira. – Joguei flores pra você e agora verto meu sangue. Lembre-se!

A *rusalka* estacou, ficou perfeitamente imóvel, com exceção da água que escorria pelo seu cabelo. As mãos ao redor do pescoço de Alyosha afrouxaram.

Alyosha golpeou, recomeçando a luta, mas o Urso estava perto demais.

– Vamos lá! – gritou Vasya para Solovey, para todo o seu exército esfarrapado. – Vão. Ele é meu irmão!

Mas, nesse momento, um grande urro de raiva veio da outra extremidade da clareira.

Vasya olhou para o lado e viu seu pai ali parado, de lança na mão.

◊

O Urso era duas, três vezes o tamanho de um urso comum. Tinha somente um olho, metade do seu rosto era uma massa de cicatrizes. O olho bom brilhava da cor de uma leve sombra na neve. Não estava sonolento, como um urso comum, mas aceso de fome e vertiginosa malícia.

Em frente ao Urso estava Vasya, indiscutivelmente minúscula perante o animal, cavalgando um cavalo escuro. Mas Alyosha, seu filho, estava quase debaixo dos pés do animal, e a bocarra abaixava-se...

Pyotr soltou um grito, um berro de amor e raiva. A besta virou a cabeça.

– Quantas visitas! – disse. – Silêncio durante mil vidas de homens, e então o mundo cai sobre mim. Bem, não vou objetar. Mas um de cada vez. Primeiro, o menino.

Mas, naquele momento, uma mulher nua, de pele verde, com água cintilando em seu longo cabelo, guinchou e pulou nas costas do Urso, agarrando-o com as mãos e os dentes. No minuto seguinte, a filha de Pyotr conclamou em altos brados e o grande cavalo investiu, golpeando a besta com suas patas dianteiras. Com eles, vieram todos os tipos de criaturas estranhas, altos e magros, minúsculos e barbudos, masculinos e femininos. Atiraram-se ao mesmo tempo sobre o Urso, gritando com vozes agudas e estranhas. A besta caiu para trás sob eles.

Vasya pendurou-se nas costas do cavalo, agarrou Alyosha e o levou embora. Pyotr ouviu-a soluçando.

– Lyoshka – ela gritava –, Lyoshka!

O garanhão golpeou novamente com as patas dianteiras e recuou, protegendo o menino e a menina no chão. Alyosha piscou para eles, desorientado.

– Levante-se, Lyoshka – implorava Vasya. – Por favor, por favor.

O Urso se sacudiu, e a maioria das criaturas estranhas foi atirada longe. Atacou com uma pata, e o grande garanhão mal evitou o golpe. A mulher nua caiu na neve, a água voando do seu cabelo. Vasya atirou-se sobre seu irmão semiconsciente. Dentes monstruosos avançaram para suas costas desprotegidas.

Pyotr não conseguia se lembrar de ter corrido, mas, de repente, viu-se parado, ofegante, entre seus filhos e o animal. Estava firme, com exceção do coração disparado, e segurava sua espada com as mãos. Vasya olhava para ele como se fosse uma aparição. Ele viu seus lábios moverem-se: *Pai*.

O Urso parou, derrapando.

– Dê o fora – rosnou e estendeu uma pata cheia de garras. Pyotr virou-o com sua espada e não se mexeu.

– Minha vida não vale nada – disse Pyotr. – Não tenho medo.

O Urso abriu a boca e rosnou. Vasya encolheu-se. Mesmo assim, Pyotr não se mexeu.

– Fique de lado – disse o Urso. – Vou pegar os filhos do rei-mar.

Pyotr avançou deliberadamente.

– Não conheço nenhum rei-mar. Estes são meus filhos.

Os dentes do Urso estalaram a dois centímetros do seu rosto, e mesmo assim ele não se moveu.

– Caia fora – disse Pyotr. – Você é um nada, é apenas uma história. Deixe minhas terras em paz.

O Urso bufou.

– Estas matas são minhas, agora. – Mas o olho girou, cauteloso.

– Qual é o seu preço? – perguntou Pyotr. – Eu também escutei as antigas histórias, e sempre existe um preço.

– Como quiser. Entregue-me sua filha e você terá paz.

Pyotr olhou para Vasya. Seus olhos se encontraram e ele a viu engolir em seco.

– Esta é a última cria da minha Marina – ele disse. – É minha filha. Um homem não oferece a vida de outra pessoa, muito menos a vida da sua própria filha.

Um instante de perfeito silêncio.

– Eu te ofereço a minha – disse Pyotr, deixando cair a espada.

– Não! – Vasya berrou. – Pai, não! Não!

O Urso analisou com seu olho bom e hesitou.

De repente, Pyotr atirou-se de mãos vazias no peito cor de líquen. O Urso agiu por instinto; jogou o homem de lado. Ouviu-se um *estalo* horrível. Pyotr voou como uma boneca de pano e aterrissou na neve de barriga para baixo.

◇

O Urso uivou e saltou atrás dele, mas Vasya estava em pé, esquecendo-se de todo o medo. Ela gritou numa fúria sem palavras, e o Urso tornou a girar.

Vasya subiu nas costas de Solovey. Investiram contra o Urso. A menina chorava, tinha esquecido de que não tinha arma. A joia em seu peito queimava gelada, batendo como outro coração.

O Urso abriu um largo sorriso, a língua pendendo como um cachorro entre seus grandes dentes.

– Ah, sim – disse ele. – Venha cá, pequena *vedma*, venha cá, bruxinha. Você ainda não é forte o suficiente para mim e nunca será. Venha para mim e se junte ao seu pobre pai.

Mas, mesmo enquanto falava, ele ia diminuindo. O Urso tornou-se um homem, um homenzinho encolhido que olhava para eles através de um lacrimoso olho cinzento.

Uma figura branca surgiu ao lado de Solovey, e uma mão branca tocou o pescoço tenso do garanhão. O cavalo levantou a cabeça e diminuiu o passo.

– Não! – gritou Vasya. – Não, Solovey, não pare.

Mas o caolho encolheu-se na neve e ela sentiu a mão de Morozko sobre a dela.

– Chega, Vasya – ele disse. – Vê? Ele está amarrado. Acabou.

Ela olhou para o homenzinho, piscando, atordoada.

– Como?

– Tal é a força dos homens – afirmou Morozko. Parecia estranhamente satisfeito. – Nós, que vivemos eternamente, não podemos conhecer a coragem, nem amamos o bastante para dar nossas vidas. Mas seu pai pôde. O sacrifício dele amarrou o Urso. Pyotr Vladimirovich morrerá como teria desejado. Acabou.

– Não – disse Vasya, puxando a mão. – Não...

Ela saltou de Solovey. Medved saiu se contorcendo, resmungando, mas ela já o tinha esquecido. Correu até o pai. Alyosha chegara ali antes dela. Abriu o capote rasgado do pai. O golpe havia quebrado as costelas de Pyotr de um lado, e o sangue borbulhava entre seus lábios. Vasya pressionou as mãos no ferimento. O calor expandiu-se em suas mãos. Suas lágrimas caíram nos olhos do pai. Um toque de cor tingiu a pele de Pyotr, que se tornava lívida, e ele abriu os olhos. Focaram em Vasya e se iluminaram.

– Marina – disse ele com a voz rouca. – Marina.

A respiração esvaiu-se dele, que não voltou a respirar.

– Não – sussurrou Vasya. – *Não*. – Enfiou a ponta dos dedos na carne frouxa do pai. Seu peito arfou subitamente, como um fole, mas seus olhos estavam fixos no vazio. Vasya sentiu gosto de sangue no lugar onde mordera o lábio e lutou contra a morte como se fosse sua, como se...

Uma mão fria e de dedos longos pegou as mãos dela, retirando o calor. Vasya tentou soltá-las, mas não conseguiu. A voz de Morozko bafejava ar gelado em sua face.

– Deixe, Vasya. Ele escolheu isto. Você não pode desfazer.

– Posso sim – ela sibilou em resposta, engasgando-se. – Deveria ter sido eu. Solte-me! – Então, a mão se foi, e ela girou. Morozko já havia se afastado. Ela olhou no seu rosto, pálido e indiferente, cruel e apenas um tanto bondoso.

– Tarde demais – ele disse, e a toda volta o vento absorveu as palavras: *Tarde demais, tarde demais.*

E, então, o demônio do gelo pulou nas costas da égua branca, atrás de outra figura que Vasya só podia ver com o canto do olho.

– Não – ela disse, correndo atrás deles. – Espere... *Pai.* – Mas a égua branca já tinha partido a meio-galope por entre as árvores e desaparecido na escuridão.

◇

A quietude foi repentina e absoluta. O caolho escapulira para o mato e os *chyerty* desapareceram na floresta de inverno. A *rusalka* pousou a mão gotejante no ombro de Vasya, ao passar.

– Obrigada, Vasilisa Petrovna – ela agradeceu.

Vasya não respondeu.

Solovey cutucou-a delicadamente com o focinho.

Vasya ficou indiferente. Olhava para o vazio, segurando a mão do pai enquanto ela esfriava lentamente.

– Veja – sussurrou Alyosha rouco e de olhos marejados. – As campânulas estão morrendo.

Era verdade. O vento quente, insalubre, cheirando a morte, tinha resfriado, tornara-se penetrante, e as flores caíam murchas na terra dura. Ainda não era o solstício de inverno, e faltavam meses para chegar a sua época. Não havia clareira, nenhum local lamacento sob um céu cinza. Existia apenas um enorme e velho carvalho, com os galhos entrelaçados. A aldeia ficava além, agora claramente visível, a pouca distância. O dia tinha amanhecido e estava extremamente frio.

– Amarrado – disse Vasya. – O monstro está amarrado. O pai fez isso. – Ela estendeu a mão rígida para colher uma flor que desfalecia.

– Como é possível o pai aqui? – observou Alyosha num leve espanto. – Ele tinha... tal expressão! Como se soubesse o que fazer, como e por quê. Agora, ele está com a mãe, com a graça de Deus. – Alyosha fez o sinal da cruz sobre o corpo do pai, levantou-se, foi até Anna e repetiu o gesto.

Mas Vasya não se mexeu, nem respondeu.

Colocou a flor na mão do pai. Depois, deitou a cabeça em seu peito e começou a chorar baixinho.

28

NO FIM E NO COMEÇO

Foi feito um velório noturno para Pyotr Vladimirovich e sua esposa. Os dois foram enterrados juntos, Pyotr entre a primeira e a segunda esposa. Embora lamentasse, o povo não se desesperou. O miasma da morte e da destruição tinha deixado seus campos e casas. Até os remanescentes esfarrapados de uma aldeia semiqueimada, conduzidos pelo portão por um exausto Kolya, não conseguiram assustá-los. O ar mordiscava com delicadeza, e o sol lançava seus raios, salpicando a neve de diamantes.

Vasya ficou com sua família, encapuzada e encapotada contra o frio, suportando os murmúrios das pessoas: *Vasilisa Petrovna desapareceu. Voltou num cavalo alado. Deveria ter morrido. Bruxa.* Vasya lembrava-se do toque da corda em seus punhos, da expressão fria nos olhos de Oleg, um homem que conhecia desde a infância, e tomou uma decisão.

Ao entardecer, quando todos os outros haviam ido embora, Vasya ficou só, junto à tumba do seu pai. Sentia-se velha, soturna e cansada.

– Você pode me ouvir, Morozko? – perguntou ela.

– Posso. – Ele surgiu ao seu lado.

Ela notou uma desconfiança sutil em seu rosto e soltou uma risada que era um meio soluço.

– Está com medo que eu peça meu pai de volta?

– Quando eu caminhava livremente entre os homens, os vivos gritavam para mim – Morozko respondeu num tom uniforme. – Agarravam minha mão, a crina do meu cavalo. As mães me imploravam para levá-las quando eu pegava seus filhos.

– Bem, já tive mortos suficientes voltando. – Vasya lutou para conseguir um tom de distanciamento gelado. Mas sua voz vacilou.

– Acho que sim – ele replicou. Mas já não havia desconfiança em seu rosto. – Vou me lembrar da coragem que ele teve, Vasya – ele disse. – E da sua.

A boca dela se retorceu.

– Sempre? Quando eu for como o meu pai, barro na terra fria? Bem, isso é algo para ser lembrado.

Ele não disse nada. Os dois entreolharam-se.

– O que você quer de mim, Vasilisa Petrovna?

– Por que meu pai morreu? – ela perguntou rapidamente. – Precisamos dele. Se alguém tinha que morrer, seria eu.

– A escolha foi dele, Vasya – retorquiu Morozko. – Foi seu privilégio. Ele não teria aceitado o contrário. Morreu por vocês.

Vasya sacudiu a cabeça e caminhou em círculo sem trégua.

– Como é que o pai sabia? Ele veio até a clareira. Ele *sabia*. Como ele pôde achar a gente?

Morozko hesitou. Então, disse lentamente:

– Ele chegou em casa antes dos outros e viu que você e seu irmão tinham saído. Foi até a floresta procurar. Aquela clareira é encantada. Até que a árvore morra, ela fará tudo que estiver em seu poder para conter o Urso. Ela sabia ainda mais do que eu o que era necessário. Atraiu seu pai para vocês, depois que ele entrou na floresta.

Vasya ficou calada por um longo momento. Olhou para ele perscrutando, e ele encarou seu olhar. Por fim, ela aquiesceu com um gesto de cabeça.

Então.

– Tem uma coisa que eu preciso fazer – Vasya disse, abruptamente. – Preciso da sua ajuda.

◊

Tudo tinha dado errado, pensou Konstantin. Pyotr Vladimirovich estava morto, atacado por um animal selvagem na entrada de sua aldeia. Anna Ivanovna, pelo que diziam, tinha corrido para dentro da floresta num ataque de loucura. *Bem, é claro que sim*, ele disse consigo mesmo. *Era uma louca e uma idiota, todos nós sabíamos disso.* Mas ele ainda podia ver seu rosto desvairado e exangue. E pendia frente a seus olhos despertos.

Konstantin leu as orações por Pyotr Vladimirovich, mal sabendo o que dizia, e comeu no banquete do funeral, mal sabendo o que comia.

Mas, ao crepúsculo, houve uma batida à porta da sua cela.

Quando a porta se abriu, sua respiração saiu num silvo e ele tropeçou para trás. Vasya estava na entrada, a luz da vela batendo forte no seu rosto. Tinha se tornado tão linda, pálida e distante, graciosa e perturbada. *Minha, ela é minha. Deus mandou-a de volta para mim. Este é o seu perdão.*

– Vasya – ele disse, e foi em sua direção.

Mas ela não estava só. Ao passar pela porta, uma figura de manto escuro desdobrou-se das sombras junto ao seu ombro e entrou deslizando ao seu lado. Usava um manto e um capuz que projetava sombras. Konstantin não conseguia ver nada do rosto, salvo que era pálido. As mãos eram muito longas e finas.

– Quem é esse, Vasya? – perguntou Konstantin.

– Eu voltei – Vasya respondeu –, mas não sozinha, como pode ver.

Konstantin não conseguia ver os olhos do homem, de tanto que estavam afundados no crânio. As mãos tinham uma magreza esquelética. O padre lambeu os lábios.

– Quem é ele, menina?

Vasya sorriu.

– A Morte – ela contou. – Ele me salvou na floresta. Ou talvez não tenha me salvado e eu seja um fantasma. Sinto-me um fantasma esta noite.

– Você está louca – disse Konstantin. – Estranho, quem é você?

O estranho não disse nada.

– Viva ou morta, vim pra te dizer pra deixar este lugar – disse Vasya. – Volte pra Moscou, pra Vladimir, pra Tsargrad, ou pro inferno, mas você precisa ir embora antes que as campânulas floresçam.

– Minha missão...

– Sua missão terminou – disse Vasya. Ela deu um passo à frente. O homem escuro ao seu lado pareceu crescer. Sua cabeça era um crânio, e fogos azuis ardiam nas órbitas dos seus olhos fundos.

– Você vai, Konstantin Nikonovich. Ou morrerá. E sua morte não será fácil.

– Não vou. – Mas estava pressionado contra a parede do seu quarto. Seus dentes batiam.

– Você vai – falou Vasya. Ela avançou até estar a ponto de tocar. Ele podia ver a curva da sua face, a expressão implacável nos seus olhos. – Ou vamos fazer com que fique louco como a minha madrasta, antes do fim.

– Demônios – disse Konstantin, ofegante. Um suor frio irrompeu em sua testa.

– Sim – disse Vasya, e sorriu, a própria filha do diabo. A figura escura ao seu lado sorriu também, um sorriso lento.

E então eles se foram, silenciosos como tinham vindo.

Konstantin caiu de joelhos perante as sombras em sua parede. Estendeu mãos suplicantes.

– Volte – implorou o padre. Fez uma pausa, ouvindo. Suas mãos sacudiram-se. – Volte. Você me levantou, mas ela me despreza. Volte.

Pensou que as sombras poderiam ter se mexido um pouquinho, mas só ouviu silêncio.

◊

– Acho que ele irá embora – Vasya disse.

– É bem provável – respondeu Morozko. Estava rindo. – Nunca tinha feito isso a pedido de outra pessoa.

– E imagino que você amedronte as pessoas o tempo todo, por sua própria conta – disse Vasya.

– Eu? – disse Morozko. – Sou apenas uma história, Vasya.

E foi a vez de Vasya rir. Então, sua risada parou na garganta.

– Obrigada – ela agradeceu.

Morozko inclinou a cabeça. Então, a noite pareceu se esticar e apanhá-lo, dobrá-lo dentro de si mesma, de modo a só restar o escuro no lugar onde ele havia estado.

◊

A casa toda tinha ido para a cama. Apenas Irina e Alyosha estavam na cozinha. Vasya entrou deslizando como uma sombra. Irina estivera chorando; Alyosha abraçava-a. Sem dizer nada, Vasya sentou-se no banco do forno ao lado deles e passou os braços ao redor dos dois. Todos ficaram calados por um tempo.

– Não posso ficar aqui – disse Vasya bem baixinho.

Alyosha olhou para ela, entorpecido de tristeza e cansaço da batalha.

– Você ainda está pensando no convento? – perguntou ele. – Bem, não precisa mais pensar nisso. Anna Ivanovna está morta e o pai também. Terei minha própria terra, minha própria herança. Cuidarei de você.

– Você precisa se estabelecer como um senhor entre os homens – Vasya disse. – Os homens terão menos condescendência com você, quando souberem que abriga sua irmã louca. Você sabe que muitos porão a culpa em mim por tudo isso. Sou a bruxa. O padre não disse isso?

– Não se preocupe com isso – disse Alyosha. – Você não tem pra onde ir.

– Não tenho? – disse Vasya. Um fogo lento ardeu no seu rosto, relaxando os traços de pesar. – Solovey me levará para os confins da terra, se eu pedir. Vou cair no mundo, Alyosha. Não serei noiva de ninguém, nem de homem, nem de Deus. Vou para Kiev, Sarai, Tsargrad e olharei para o sol sobre o mar.

Alyosha olhou fixo para a irmã.

– Você *está* louca, Vasya.

Ela riu, mas as lágrimas toldaram sua visão.

– Completamente – ela disse. – Mas terei minha liberdade, Alyosha. Duvida? Trouxe campânulas para minha madrasta, quando deveria ter morrido na floresta. O pai se foi; não existe ninguém que me impeça. Seja sincero, o que tem aqui pra mim, a não ser muros e jaulas? Serei livre, custe o que custar.

Irina agarrou-se à irmã.

– Não vá, Vasya, não vá. Serei boa, prometo.

– Olhe pra mim, Irinka – mandou Vasya. – Você é boa. Você é a melhor garotinha que eu conheço. Muito melhor do que eu. Mas, irmãzinha, você não acha que eu sou uma bruxa. Os outros acham.

– Isto é verdade – disse Alyosha. Ele também tinha visto os olhares soturnos dos aldeões, ouvido seus sussurros durante o funeral.

Vasya não disse nada.

– Uma coisa antinatural – disse seu irmão, mas estava mais triste do que zangado. – Você não consegue ficar satisfeita? Com o tempo, as pessoas esquecerão, e o que você chama de jaulas é o destino das mulheres.

– Não o meu – retrucou Vasya. – Eu te amo, Lyoshka. Amo vocês dois. Mas não posso.

Irina começou a chorar e se agarrou mais.

– Não chore, Irinka – acrescentou Alyosha. Olhava para sua irmã com atenção. – Ela vai voltar, não vai, Vasya?

Ela balançou a cabeça uma vez.

– Um dia. Juro.

– Você não vai sentir frio e fome na estrada, Vasya?

Vasya pensou na casa da floresta, no tesouro empilhado ali, à espera. Não um dote, agora, mas gemas para permutar, uma capa contra o frio, botas... Tudo o que precisava para viajar.

– Não – ela disse. – Acho que não.

Alyosha concordou com relutância. Um propósito implacável reluzia como fogo sem controle no rosto da irmã.

– Não se esqueça da gente, Vasya. Aqui.

Ele ergueu o braço e tirou um objeto de madeira pendurado numa tira de couro na altura do pescoço. Estendeu-o para ela. Era um passarinho esculpido, com asas abertas e gastas.

– O pai fez isto pra mãe – disse Alyosha. – Use-o, irmãzinha, e se lembre.

Vasya beijou os dois. Sua mão apertou-se ao redor do objeto de madeira.

– Eu juro – repetiu ela.

– Vá – disse Alyosha –, antes que eu te amarre no forno e faça você ficar. – Mas os olhos dele também estavam molhados.

Vasya esgueirou-se para fora. Assim que tocou na soleira, ouviu novamente a voz do irmão:

– Vá com Deus, irmãzinha.

Mesmo depois que a porta da cozinha fechou-se à sua passagem, era impossível abafar o som do choro de Irina.

◇

Solovey esperava por ela do lado de fora da paliçada.

– Venha – Vasya disse. – Você me levará para os confins da terra, se a estrada nos levar tão longe? – Chorava, enquanto falava, mas o cavalo limpou suas lágrimas com o focinho.

Suas narinas abriram-se para pegar o vento da noite. *Pra qualquer lugar, Vasya. O mundo é vasto, e a estrada nos levará para qualquer lugar.*

Ela subiu nas costas do garanhão e ele partiu, rápido e silencioso como um pássaro noturno.

Logo, Vasya viu um bosque de abetos e a luz do fogo vislumbrando por entre as árvores, derramando ouro na neve.

A porta se abriu.

– Entre, Vasya – Morozko disse. – Está frio.

NOTA DA AUTORA

Os estudantes e falantes de russo com certeza notarão, e possivelmente lamentarão, minha abordagem anárquica da transliteração.

Quase posso ouvir o torcer de mãos dos leitores, que estarão se perguntando, por exemplo, por que método possível eu poderia ter obtido *vodianoy* do russo водяной e depois dado a volta e obtido *domovoi* do russo домовой, uma palavra com fim idêntico?

A resposta é que eu tinha dois objetivos na transliteração.

Em primeiro lugar, procurei substituir as palavras russas de maneira a reter um pouco do seu sabor exótico. Foi por esta razão que substituí Константин por Konstantin em vez da forma mais familiar, Constantino, e Дмитрий por Dmitrii e não Dmitri.

Em segundo lugar, e mais importante, quis que essas palavras russas fossem razoavelmente pronunciadas e esteticamente agradáveis aos falantes da língua inglesa. Talvez seja mais preciso transformar a palavra метель em Myetyel', em vez de Metel, mas este tipo de ortografia é esquisito em inglês, além de confuso.

Gosto da maneira como *vodianoy* aparece na página, assim como gosto do nome Aleksei (Алексей), mas preferi transformar o nome Соловей em Solovey.

Desisti de qualquer tentativa de indicar sinais átonos e tônicos com apóstrofos ou de outra maneira, uma vez que eles não têm qualquer significado para o leitor médio falante de inglês. A única exceção é a palavra *Rus'*, em que o uso extensivo dessa ortografia com o apóstrofo na historiografia tornou-a a mais familiar de todas para os leitores falantes de inglês.

Para os estudantes da história russa, só posso dizer que tentei ser tão fiel quanto possível em relação a um período de tempo muito pouco documentado. Nas vezes em que me dei ao direito de tomar liberdade com o registro histórico – por exemplo, ao fazer o príncipe Vladimir Andreevich mais velho do que Dmitrii Ivanovich (na verdade, ele era alguns anos mais jovem), e o casando com uma menina chamada Olga Petrovna –, foi por recursos dramáticos, e espero que meus leitores sejam condescendentes comigo.

GLOSSÁRIO

BABA YAGA – Uma velha bruxa que aparece em muitos contos de fadas russos. Ela cavalga em um almofariz, voando com um pilão e apagando sua passagem com uma vassoura de bétula. Mora em uma cabana que dá voltas e voltas sobre pernas de galinhas.

BANNIK – "Morador da Casa de Banhos", guardião da casa de banhos no folclore russo.

BATYUSHKA – Literalmente, "padrezinho", usado como uma maneira respeitosa de se dirigir aos eclesiásticos ortodoxos.

BOBO SAGRADO – Um *yurodivy*, ou Bobo em Cristo, era alguém que abria mão de suas posses terrenas e se dedicava a uma vida ascética. Acreditava-se que sua loucura, real ou fingida, fosse inspirada pelo divino, e frequentemente falavam verdades que outras pessoas não ousavam dizer.

BOGATYR – Um lendário guerreiro eslavo, algo como um cavaleiro errante da Europa Ocidental.

BOLOTNIK – Habitante e demônio do pântano.

BOIARDO – Membro do Kievan ou, mais tarde, da aristocracia moscovita, segundo na hierarquia abaixo apenas de um *knyaz* ou príncipe.

BUYAN – Misteriosa ilha no oceano, creditada na mitologia eslava com a sua capacidade de aparecer e desaparecer. Consta em vários contos do folclore russo.

CZAR – A palavra "czar" deriva da palavra latina *caesar (césar* em português), e originalmente era usada para designar o imperador romano (*imperator*) e, mais tarde, o imperador bizantino, nos textos da Antiga Igreja Eslava. Neste romance, portanto, a palavra "czar" refere-se ao imperador bizantino em Constantinopla (ou Tsargrad, literalmente "cidade do czar") e não a um potentado russo. Ivã IV (Ivã o Terrível) foi o primeiro grão-príncipe russo a assumir o título de czar de todas as Rússias, quase duzentos anos depois dos acontecimentos fictícios de *O urso e o rouxinol*. Os governantes russos assumiram o título de czar porque, após a queda de Constantinopla para os otomanos em 1453, consideraram Moscou a "Terceira Roma", a herdeira da autoridade espiritual de Constantinopla entre os cristãos ortodoxos.

DEVOCHKA – Garotinha.

DEVUSHKA – Moça, donzela.

DOCHKA – Filha

DOMOVOI – No folclore russo, o guardião da casa, o espírito doméstico.

DURAK – Bobo; no feminino: *dura*.

DVOR – Pátio, ou pátio da entrada.

DVORNIK – No folclore russo, o guardião do *dvor*, ou pátio. Também o zelador, na linguagem moderna.

FORNO – O forno russo ou *pech'*, em inglês *"oven"*, era uma enorme construção que entrou em largo uso no século XV, tanto para cozinhar quanto para aquecer. Um sistema de dutos assegurava uma distribuição por igual do calor, e, frequentemente, famílias inteiras dormiam no alto do forno para se manterem aquecidas ao longo do inverno.

GOSPODIN – Forma respeitosa de se dirigir a um homem, mais formal do que "senhor" ou "mister" em inglês. Poderia ser traduzida para o inglês como "lord".

GOSUDAR – Termo de tratamento próximo a "Sua Majestade" ou "Soberano".

GRÃO-PRÍNCIPE (VELIKIY KNYAZ) – Título de um governante de um principado importante, por exemplo, Moscou, Tver ou Smolensk, na Rússia medieval. O título czar entrou em uso quando Ivã o Terrível foi coroado em 1547.

HIDROMEL – Vinho de mel, feito pela fermentação de uma mistura de mel e água.

ICONÓSTASE (BIOMBO DE ÍCONES) – Uma parede de ícones ou imagens com um leiaute específico que separa a nave do santuário numa igreja ortodoxa oriental.

IRMÃZINHA – Adaptação do termo afetivo russo *sestryonka*. Pode ser usado para irmãs mais velhas e mais novas.

IRMÃOZINHO – Adaptação do termo afetivo russo *bratyuska*. Pode ser usado para irmãos mais velhos e mais novos.

IZBA – Casa de camponês, pequena e feita de madeira, frequentemente adornada com entalhes. O plural é *izby*.

KASHA – Mingau. Pode ser feito de trigo sarraceno, trigo, centeio, painço ou cevada.

KOKOSHNIK – Um toucado russo. Existem muitos modelos de *kokoshniki*, dependendo do local e da época. Geralmente, a palavra se refere ao toucado fechado, usado por mulheres casadas, embora as solteiras também os utilizassem abertos atrás. O uso de *kokoshniki* limitava-se à nobreza. A forma mais comum de cobertura para a cabeça para uma mulher russa medieval era um lenço.

KREMLIN – Um complexo fortificado no centro de uma cidade russa. Embora o uso do inglês moderno tenha adotado a palavra *kremlin* para se referir unicamente ao mais famoso exemplo, o Kremlin de Moscou, na verdade, existem kremlins na maioria das cidades históricas russas.

KVAS – Bebida fermentada feita de pão de centeio.

LESHY – Também chamado de *lesovik*, o *leshy* era, na mitologia eslava, um espírito das matas, protetor das florestas e dos animais.

LESNAYA ZEMLYA – Literalmente "Terra da Floresta".

METEL – Pronuncia-se *Myetyel*. Significa "tempestade de neve".

METROPOLITANO – Alto dignitário da Igreja Ortodoxa. Na Idade Média, o metropolitano da igreja dos Rus' era a maior autoridade ortodoxa da Rússia, e era indicado pelo Patriarca Bizantino.

MYSH – *Mysh'*, camundongo.
OGON – *Ogon'*, fogo.
PATRIARCA ECUMÊNICO – Chefe supremo da Igreja Ortodoxa Oriental, baseado em Constantinopla, a moderna Istambul.
PODSNEZHNIK – Campânula branca, uma florzinha que floresce no início da primavera.
PYOS – Cachorro, vira-lata.
RUS' – Originalmente, os Rus' eram um povo escandinavo. No século IX d.c., a convite das tribos guerreiras eslavas e fínicas, eles estabeleceram uma dinastia dominante, os ruríquidas, que acabaram por compreender uma grande faixa do que hoje é a Ucrânia, a Belarus e a Rússia Ocidental. O território que governavam veio a receber seu nome, assim como o povo que vivia sob sua dinastia. A palavra *Rus'* vingou até os dias atuais, como podemos ver nos nomes da Rússia e da Belarus.
RUSALKA – No folclore russo, uma ninfa aquática, algo como um súcubo.
RÚSSIA – Do século XIII até o século XV não havia uma organização política unificada denominada Rússia. Em vez disso, os Rus' viviam sob uma série discrepante de príncipes (*knyazey*) rivais, que deviam sua aliança máxima aos suseranos mongóis. A palavra *Rússia* não entrou em uso comum até o século XVII. Assim, no contexto medieval, a pessoa não se referia à "Rússia" e sim à "terra dos Rus'", ou simplesmente "Rus'".
RUSSO – Existem dois adjetivos na língua russa: *russkiy* e *rossiyskiy*, que podem ser traduzidos como "russo(a)", ou "russian" em inglês. O primeiro, *russkiy*, refere-se, especificamente, ao povo e cultura russos, sem distinção ou limites. *Rossiyskiy* se refere, especificamente, ao moderno Estado russo. Quando a palavra "russo(a)" é usada no romance, sempre pretendo o primeiro significado.
SAPATOS DE ENTRECASCA – Sapatos leves feitos de entrecasca, a casca mais interna de uma bétula. Eram fáceis de ser feitos, mas não duráveis. Chamavam-se *lapti*.
SARAFAN – Um vestido que lembra uma jardineira ou um avental, com tiras nos ombros, usado sobre uma blusa de mangas compridas. Esta peça, na verdade, entrou em uso comum apenas no início do século XV. Incluí-a no romance ligeiramente antes do seu tempo por causa da força com que essa maneira de vestir evoca o conto de fadas russo para o leitor ocidental.
SOLOVEY – Rouxinol.
STARIK – Velho.
SYNOK – Adjetivo carinhoso derivado da palavra *syn*, que significa "filho".
TSARGRAD – "Cidade do czar", Constantinopla (ver czar).
UPYR – Vampiro (plural *upyry*).
VAZILA – No folclore russo, o guardião do estábulo e protetor dos rebanhos.
VEDMA – *Vyed'ma*, feiticeira, mulher sábia.
VERSTA – Unidade de distância que corresponde grosseiramente a um quilômetro ou dois terços de milha.
VODIANOY – No folclore russo, um espírito da água masculino, geralmente malicioso.

AGRADECIMENTOS

Escrever um romance é quase como lutar contra um moinho de vento, com a remota possibilidade de que ele possa ser um gigante. Sinto-me mais agradecida do que posso colocar em palavras a todas aquelas pessoas que estão dispostas a bancar o Sancho Panza nesta longa e estranha missão.

Em outras palavras, agradeço a todos por acreditarem. Tem sido uma louca empreitada.

A papai e Beth, o meu muito obrigada pela primeira leitura, por tantos jantares deliciosos e por estarem dispostos a abrigar a própria ensandecida no sótão. À mamãe, por prestar a atenção na escavação ficcional que, literalmente, ninguém mais (inclusive eu) notou. A Carol Dawson por ler, gostar e ajudar, muito antes de que qualquer pessoa, exceto meus pais, o fizesse. A Abhay Morrissey, por me arrastar para o sol quando ameacei ficar grudada no meu laptop até criar raízes. A Chris Johnson e R. J. Adler, por filmes e canções respectivamente, e terríveis piadas veganas vindas dos dois. A Phyl Cast pelo chocolate puro e pelas informações de bastidores sobre o mundo editorial. A Kaitlin Maxfield por carregar uma pilha de páginas por toda parte, até ler algo que se parecesse com um rascunho. A Erin Haywood por algumas horas realmente interessantes passadas inventando coisas – se alguma vez me faltarem ideias, chamarei você. A Robin Rice por chorar em uma Boa Parte e incentivar minha debilitada segurança. A Tatiana Smorodinskaya, Sergei Davydov e a todo o Departamento Russo do Middlebury College por uma formação educacional incrível, que espero não ter estragado inteiramente. A Carl Sieber, Konstantin, Anton e a todos os colegas da Carbon12 Creative pelo site mais maravilhoso que uma moça poderia ter. A Deverie Fernandez, por estar disposta a tirar fotos na chuva. A Chris Archer, por tirar fotos à luz do sol e gastar horas com enlouquecidas habilidades com o Photoshop. A Paula Hartman pelas palavras amáveis no início, que me ajudaram a atravessar alguns trechos difíceis. A Ann Dubinet pelos jantares deliciosos e conselhos tarde da noite. A todas as pessoas da Random House, a começar pela genial editora, Jennifer Hershey, cujo talento com ideias simples torna um manuscrito infinitamente melhor. Agradeço também a Anne Speyer, Vincent La Scala e Emily DeHuff. A meu incrível agente, Paul Lucas, que me arrastou de volta para este jogo quando eu estava a ponto de desistir, e então continuou até provar que sua confiança era bem fundamentada. Não posso agradecer-lhe o bastante. Agradeço ainda a Dorothy Vincent, Brenna English-Loeb, Michael Steger e a todos da Janklow e da Nesbit.

A todos vocês, sou mais agradecida do que consigo expressar.

Impressão e Acabamento:
EDITORA JPA LTDA.